FANTASY

Buch

Der totgeglaubte »Geflügelte« ist nicht wirklich besiegt: Sein Geist hat den Abt von St.-Mere-Abelle ergriffen, der nun völlig in dessen Bann steht. In seinem fanatischen Begehren, die magischen Juwelen des Himmels zu erlangen, schreckt Markwart auch vor Mord nicht zurück. Als Elbryan, der Hüter, und seine Gefährtin Pony mit ihren Freunden Ponys Adoptiveltern und den Zentauren Bradwarden aus der Abtei der unheimlichen Mönche befreien wollen, setzt er seine Schergen auf sie an. Mit Hilfe von Meister Jojonah, der gegen Markwarts diabolischen Größenwahn seine eigenen Intrigen spinnt, gelingt es ihnen jedoch, sich in die Gewölbe der Abtei einzuschleichen …

Autor

R. A. Salvatore wurde 1959 in Massachusetts geboren, wo er mit seiner Frau und seinen drei Kindern lebt. Bereits sein erster Roman »Der gesprungene Kristall« machte ihn bekannt und legte den Grundstein zu seiner weltweit beliebten Reihe von Romanen um den Dunkelelf »Drizzt Do'Urden«.

Von R. A. Salvatore bereits erschienen:

Die Vergessenen Welten: 1. Der gesprungene Kristall (24549), **2.** Die verschlungenen Pfade (24550), **3.** Die silbernen Ströme (24551), **4.** Das Tal der Dunkelheit (24552), **5.** Der Magische Stein (24553), **6.** Der Magische Traum (24554)

Die Vergessenen Welten, weitere Bände: 1. Das Vermächtnis (24663) [= 7. Band], **2.** Nacht ohne Sterne (24664) [= 8. Band], **3.** Brüder des Dunkels (24706) [= 9. Band], **4.** Die Küste der Schwerter (24741) [= 10. Band]

Die Saga vom Dunkelelf: 1. Der dritte Sohn (24562), **2.** Im Reich der Spinne (24564), **3.** Der Wächter im Dunkel (24565), **4.** Im Zeichen des Panthers (24566), **5.** In Acht und Bann (24567), **6.** Der Hüter des Waldes (24568)

Das Lied von Deneir: 1. Das Elixier der Wünsche (24703), **2.** Die Schatten von Shilmista (24704), **3.** Die Masken der Nacht (24705), **4.** Die Festung des Zwielichts (24735), **5.** Der Fluch des Alchimisten (24736)

Drachenwelt: 1. Der Speer des Kriegers (24652), **2.** Der Dolch des Drachen (24653), **3.** Die Rückkehr des Drachenjägers (24654)

Dämonendämmerung: 1. Nachtvogel (24892), **2.** Juwelen des Himmels (24893), **3.** Das verwunschene Tal (24905), **4.** Straße der Schatten (24906)

In Kürze erscheint:

Dämonendämmerung: 5. Der steinerne Arm (24936)

Weitere Bände sind in Vorbereitung.

FANTASY

R. A. Salvatore
Straße der Schatten

Dämonendämmerung 4

Aus dem Amerikanischen
von Christiane Schott-Hagedorn

BLANVALET

Die amerikanische Originalausgabe erschien 1998
unter dem Titel »The Demon Spirit« (Parts 3 + 4)
bei Del Rey/Ballantine Books, New York.

Umwelthinweis:
Alle bedruckten Materialien dieses Taschenbuches
sind chlorfrei und umweltschonend.
Das Papier enthält Recycling-Anteile.

Blanvalet Taschenbücher erscheinen im Goldmann Verlag,
einem Unternehmen der Verlagsgruppe Bertelsmann GmbH.

Deutsche Erstveröffentlichung 2/2000
Copyright © der Originalausgabe 1998 bei R. A. Salvatore
Copyright © der deutschsprachigen Ausgabe 2000
bei Wilhelm Goldmann Verlag, München,
in der Verlagsgruppe Bertelsmann GmbH
This translation was published
by arrangement with The Ballantine Publishing Group,
a division of Random House, Inc.
Umschlaggestaltung: Design Team München
Umschlagillustration: Agt. Schlück/Kelly
Satz: deutsch-türkischer fotosatz, Berlin
Druck: Elsnerdruck, Berlin
Verlagsnummer: 24906
Redaktion: Alexander Groß
V. B. · Herstellung: Peter Papenbrok
Printed in Germany
ISBN 3-442-24906-6

1 3 5 7 9 10 8 6 4 2

*Für Scott Siegel
und Jim Cegeilski,
die beiden Jungs,
die mir diesen Beruf
immer wieder zu einem
solchen Vergnügen machen.*

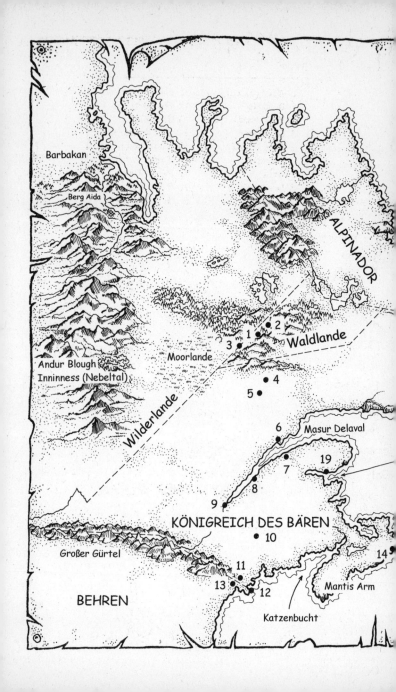

Teil eins

▼

Im Banne des Dämons

Ich habe geweint, als der Bruder Richter starb.
Natürlich war das nicht sein richtiger Name. In Wirklichkeit hieß er Quintall. Ich weiß nicht, ob das sein Vor- oder Nachname war oder ob er vielleicht noch einen anderen hatte. Einfach Quintall.

Ich glaube nicht, daß ich ihn getötet habe, Onkel Mather – jedenfalls nicht als Menschen. Ich glaube, sein menschlicher Körper starb durch die seltsame Brosche, die er trug und die ihn, wie Avelyn herausgefunden hatte, auf magische Weise mit diesem finsteren Dämon verband.

Dennoch hat mir sein Tod, bei dem ich eine entscheidende Rolle spielte, leid getan. Ich habe in Notwehr gehandelt, um Avelyn und Pony und auch mich selbst zu verteidigen, und ich würde jederzeit wieder das gleiche tun und den Bruder Richter ohne Gewissensbisse niederstrecken.

Und doch hat es mir leid getan um den Mann und all seine Fähigkeiten, die er auf dem Weg des Bösen vergeudet hat. Wenn ich es recht betrachte, so ist das die wirkliche Tragödie, der echte Verlust bei dem Ganzen, denn in jedem von uns brennt doch das Licht der Hoffnung, die Flamme der Opferbereitschaft und des Gemeinsinns, die uns zu großen Taten befähigt, um die Welt besser zu machen. Jeder von uns, jeder Mann und jede Frau, trägt in sich die Möglichkeit menschlicher Größe.

Was haben die Oberen von Avelyns Abtei diesem Mann angetan, indem sie ihn in dieses Ungeheuer verwandelten, das sie Bruder Richter nannten!

Nach Quintalls Tod hatte ich zum ersten Mal das Gefühl, als ob Blut an meinen Händen klebte. Ich hatte zuvor nur ein einziges Mal gegen andere Menschen gekämpft, nämlich gegen die drei Fallensteller, und bei ihnen habe ich Gnade vor Recht ergehen lassen – was sie mir nicht vergessen haben! Für Quintall aber gab es keine Gnade. Es hätte keine geben können, selbst wenn er meinen Pfeil und den Absturz überlebt hätte, selbst wenn der Geflügelte nicht mit Hilfe der magischen Brosche seiner menschlichen Gestalt ihren Geist gestohlen hätte. Auf keinem anderen Wege hätten wir den Bruder Richter davon abhalten können, seinen Auftrag auszuführen und Avelyn umzubringen. Er war völlig besessen von diesem Ziel, das eingebrannt war in seine Seele durch einen langen, mühsamen Prozeß, der den freien Willen des Mannes gebrochen, sein eigenes Gewissen ausgeschaltet und sein Herz der Finsternis anheimgegeben hatte.

Vielleicht lag es daran, daß er eine so leichte Beute für den Dämon war.

Was für ein Jammer, Onkel Mather! Was für eine Verschwendung wertvoller Energie!

Während meiner Zeit als Hüter und selbst vorher, in der Schlacht um Dundalis, habe ich viele Gegner umgebracht – Goblins, Pauris, Riesen –, doch nie habe ich deshalb eine Träne vergossen. Darüber habe ich lange und eingehend nachgedacht angesichts meiner Empfindungen bei Quintalls Tod. Hieß das nicht, daß ich mein eigenes Volk damit über alle anderen erhob, und wenn ja, ist das nicht die schlimmste Form des Stolzes?

Nein, und das sage ich mit vollster Überzeugung, denn ich würde auch weinen, wenn irgendein grausames Schicksal jemals mein Schwert gegen einen der Touel'alfar richtete. Denn

ganz gewiß würde ich den Tod eines Elfen als ebenso beklagenswert und tragisch empfinden wie den eines Menschen.
Wo liegt dann der Unterschied?
Ich glaube, es läuft alles auf eine Frage des Bewußtseins hinaus, denn wie die Menschen besitzen auch die Touel'alfar die Fähigkeit, ja die Neigung, den Weg des Guten einzuschlagen. Ganz anders die Goblins und erst recht die niederträchtigen Pauris. Bei den Riesen bin ich mir nicht ganz sicher – mag sein, daß sie einfach zu dumm sind, um zu begreifen, welches Leid ihr Verhalten hervorruft. Auf jeden Fall würde ich weder Tränen vergießen noch Reue empfinden, wenn irgendeins dieser Ungeheuer Sturmwind oder Falkenschwinge zum Opfer fiele, denn durch ihre eigene Schlechtigkeit beschwören sie ihren Tod herauf.

Sie sind die Geschöpfe des Dämons, das personifizierte Böse, und bringen Menschen – und oft auch ihresgleichen – aus purer Mordlust um.

Also weine ich nicht um Goblins, Pauris und Riesen, Onkel Mather. Ich vergieße keine Tränen um die Geschöpfe des Dämons. Aber ich weine um Quintall, der dem Bösen anheimfiel. Und um die Fähigkeiten, die er vergeudete, als er den falschen Weg einschlug, der ihn ins Dunkel führte.

Und ich glaube, daß ich mir meine eigene Menschlichkeit bewahre, indem ich um ihn oder irgendeinen Menschen oder Elfen weine, den zu töten mich ein grausames Schicksal zwingen mag.

Und ich fürchte, es sind solche Schlachtennarben, die am längsten schmerzen werden.

ELBRYAN DER NACHTVOGEL

1. Die Bluthunde des Abtes

Das einzige, was sie bei sich trugen, waren ein Granat, um die heiligen Steine aufzuspüren, und ein Sonnenstein als Schutz gegen fremde Magie. Genaugenommen verstand sich keiner der beiden besonders gut auf den Umgang mit den Steinen, hatten sie doch die meiste Zeit in St. Mere-Abelle mit hartem körperlichem Training zugebracht und dabei die geistige Verkümmerung in Kauf genommen, die unabdingbar war für einen, der ein Bruder Richter werden wollte.

Während die Karawane noch am selben Morgen wieder nach Osten aufgebrochen war, hatten die beiden Mönche ihre Kleider mit denen eines gewöhnlichen Bauern vertauscht und sich nach Süden begeben, um im Morgengrauen die erste Fähre über den Fluß nach Palmaris zu erwischen. Am späten Nachmittag waren sie in der Stadt angelangt, und um keine Zeit zu verlieren, kletterten sie, anstatt das Tor zu benutzen, im Norden gleich wieder über die Mauer. Die Sonne stand bereits tief am westlichen Horizont, als Youseff und Dandelion ihre erste Beute erspähten, drei Pauris und einen Goblin, die, kaum zehn Meilen vor der Stadt, zwischen ein paar Felsblöcken gerade ihr Lager aufschlugen. Die Mönche merkten schnell, daß der Goblin der Sklave war, denn er machte fast die ganze Arbeit, und immer wenn er anfing zu trödeln, verpaßte ihm einer der Pauris einen kurzen Schlag auf den Hinterkopf, um ihn anzutreiben. Und was noch wichtiger war, den Mönchen fiel auf, daß man dem Goblin ein Seil wie eine Leine um sein Fußgelenk gebunden hatte.

Youseff machte eine Kopfbewegung zu Dandelion. Dieser Umstand würde ihnen sehr zugute kommen.

Als die Sonne am Horizont versank, verließ der Goblin das Lager, dicht gefolgt von dem Pauri, der das andere Ende des Seils festhielt. Im Wald mußte der Goblin dann Feuerholz sammeln, während der Pauri seelenruhig daneben stand und zusah. Die beiden Mönche schlichen sich lautlos wie die länger werdenden Schatten heran; der schlankere von beiden kletterte auf einen Baum, und der behäbige Dandelion glitt von Baumstamm zu Baumstamm.

»He, beeil dich, du fauler Sack!« schimpfte der Pauri und wirbelte mit dem Fuß Blätter und Erde auf. »Die andern fressen mir das ganze Fleisch weg, und ich kann nachher nur noch die Knochen abnagen!«

Der Goblin, der schon schwer beladen war, drehte sich kurz um und wuchtete dann noch ein Stück Holz hoch. »Bitte, Meister«, winselte er. »Ich kann nicht mehr tragen, mein Rücken tut so weh.«

»Halt's Maul!« knurrte der Pauri. »Es reicht noch lange nicht für das Feuer heute nacht. Soll ich vielleicht nachher noch mal den ganzen Weg hierher rennen? Ich hau dich grün und blau, du stinkender Mistkerl!«

In diesem Augenblick landete Youseff neben dem verdutzten Pauri und zog ihm im Handumdrehen einen schweren Sack über den Kopf. Im nächsten Moment rannte Dandelion mit voller Wucht von hinten gegen den Zwerg, klemmte ihn sich unter den Arm und rammte ihn mit dem Gesicht voran gegen den nächstbesten Baumstamm.

Doch der zähe Pauri wehrte sich weiter und versetzte Dandelion einen Schlag mit dem Ellbogen gegen die Kehle. Der bullige Mönch nahm jedoch kaum Notiz davon, sondern drückte nur um so kräftiger zu, und als er seinen Mitstreiter kommen sah, riß er dem Pauri blitzschnell die Arme in die Höhe.

Youseffs Dolch fuhr dem Zwerg zwischen zwei Rippen und mitten ins Herz. Dandelion hielt den strampelnden Pauri mit einer Hand fest und bedeckte mit der anderen die Wunde, denn er wollte nicht allzu viel Blut verspritzen.

Jedenfalls nicht hier.

Währenddessen wandte sich Youseff zu dem Goblin um. »Na los, du bist frei!« flüsterte er und fuchtelte wild mit den Händen in der Luft herum, um den Kerl zu verscheuchen.

Dieser wollte zuerst schreien, sah dann erstaunt erst sein Gegenüber und dann den Stapel Holz in seinen Armen an. Zitternd vor Aufregung ließ er das Holz fallen, zog den Fuß aus der Schlinge und verschwand Hals über Kopf im Dunkel des Waldes.

»Tot?« fragte Youseff, als Dandelion den leblosen Pauri zu Boden gleiten ließ.

Der kräftige Mann nickte und umwickelte dann die Wunde. Sie mußten unbedingt vermeiden, daß sie auf ihrem Weg nach Palmaris und ganz besonders beim Betreten von St. Precious Blutspuren hinterließen. Youseff nahm die Waffe des Pauri an sich, einen gräßlich gezackten Krummdolch, so lang und dick wie sein Unterarm, und Dandelion steckte den Zwerg in einen dicken, gefütterten Sack. Mit einem kurzen Rundblick vergewisserte er sich, daß die anderen Pauris nichts von dem Hinterhalt bemerkt hatten, dann machten sie sich auf den Weg nach Süden, und der bullige Dandelion spürte die Last auf seinem Rücken kaum.

»Hätten wir den Goblin nicht für Connor Bildeborough mitnehmen sollen?« fragte Dandelion, als sie sich der nördlichen Stadtmauer näherten und ihren Schritt verlangsamten.

Youseff dachte einen Augenblick über die Frage nach und verkniff sich das Lachen darüber, daß sein einfältiger Freund erst jetzt auf diese Idee kam, mehr als eine Stunde, nachdem sie den Goblin hatten laufen lassen. »Wir brauchen nur einen«, sagte er. Der ehrwürdige Vater hatte Bruder Youseff klare Anweisungen gegeben. Der Mord an Abt Dobrinion sollte entweder wie ein Unfall aussehen, oder sie mußten den Verdacht weit von Markwart ablenken, denn es würde schwerwiegende Folgen innerhalb des Ordens haben, falls man St. Mere-Abelle irgendwie mit diesem Todesfall in Verbindung bringen konnte. Connor Bildeborough hingegen war kein so großes Problem. Falls sein Onkel, der Baron von Palmaris, überhaupt die Kirche für Connors Verschwinden verantwortlich machen würde, so würde er, da er nichts von der Rivalität der beiden Abteien ahnte, St. Precious und St. Mere-Abelle gleichermaßen verdächtigen, und selbst wenn er sein Augenmerk auf letztere richtete, so konnte er doch nur sehr wenig unternehmen.

Es bereitete den durchtrainierten Meuchelmördern kaum Mühe, über die Stadtmauer zu gelangen und sich an den schläfrigen Wachposten vorbeizuschleichen. Das Kampfgeschehen hatte sich nach Norden verlagert, und wenn auch noch vereinzelte Horden wie jene, der die Mönche gerade über den Weg gelaufen waren, durch die Gegend zogen, so wurden sie von der in der Stadt liegenden Garnison – die zuvor durch eine komplette Brigade Kingsmen aus Ursal verstärkt worden war – jedenfalls nicht als größere Bedrohung empfunden.

Nun schlüpften Dandelion und Youseff wieder in ihre braunen Mönchskutten und schritten mit demütig gesenkten Häuptern durch die Straßen. Nur einmal wurden sie von einem Bettler angesprochen, der sie hartnäckig um einen Silberling anging und sie schließlich sogar beschimpfte, bis Bruder Dandelion ihn kurzerhand gegen eine Mauer schmetterte.

Die Zeit der Abendandacht war schon lange vorüber, und friedliche Stille lag über St. Precious, doch davon ließen sich die beiden Mönche nicht täuschen, denn sie kannten ihre Ordensbrüder nur zu genau und wußten, daß sie weitaus wachsamer waren als die verschlafenen Posten an der Stadtmauer. Doch auch darauf hatte sie der ehrwürdige Vater bestens vorbereitet. In der südlichen Mauer der Abtei, die praktisch ein

Teil des Gebäudes selbst war, befanden sich keine Fenster und keine sichtbaren Türen.

In Wirklichkeit aber gab es eine einzige, gut verborgene Öffnung, durch die das Küchenpersonal des Klosters die Essensabfälle hinaustrug. Bruder Youseff holte den Granat hervor, um den unsichtbaren Eingang ausfindig zu machen, denn die Pforte war nicht nur durch Zauberkraft verborgen, sondern auch noch magisch gegen jegliches Öffnen von außen geschützt.

Darüber hinaus war sie auch auf herkömmliche Weise verschlossen – oder sollte es jedenfalls sein –, aber vor ihrer Abreise aus St. Precious war Bruder Youseff auf Markwarts Geheiß noch einmal in die Küche gegangen, hatte zum Schein ein paar Lebensmittel geholt und dabei den Riegel geöffnet. Offensichtlich war dem Abt klar gewesen, daß sie möglichst unauffällig wieder in das Kloster hineingelangen mußten, dachte er jetzt, tief beeindruckt von der weisen Voraussicht ihres Meisters.

Mit dem Sonnenstein zerstörte Youseff die schwache magische Sperre und drückte vorsichtig die Tür auf. Drinnen befand sich nur eine Person, eine junge Frau, die vor sich hinträllerte, während sie in einem Bottich mit heißem Wasser einen Topf schrubbte.

Schon stand der Mönch hinter ihr und lauschte ihrem unbekümmerten Gesang mit zynischer Schadenfreude.

Da hielt die Frau, die seine Anwesenheit spürte, inne und horchte.

Einen Augenblick lang weidete sich Youseff an ihrer Angst, dann packte er sie bei den Haaren und drückte ihr Gesicht ins Wasser. Sie schlug um sich, aber vergebens, denn ihr Mörder war stärker. Er grinste zufrieden, als sie leblos in sich zusammensackte. Die anderen hielten ihn für einen eiskalten Mörder, ein rein mechanisches Werkzeug des ehrwürdigen Vaters, aber in Wirklichkeit fand der Mönch großes Vergnügen an seinen Aufgaben und genoß in vollen Zügen die Angst seiner Opfer und seine Macht. Als er jetzt auf die tote junge Frau herabschaute, wünschte er sich, er hätte mehr Zeit gehabt, um ihren Schrecken richtig auszukosten.

So ein schneller Tod war viel zu einfach und gnädig.

An diesem Abend lag St. Precious in so tiefer Ruhe, als müsse sich die ganze Abtei erst einmal von den Strapazen der Visite des ehrwürdigen Vaters erholen. Und auf ihrem Weg zu den Privatgemächern des Abtes Dobrinion sahen Youseff und Dandelion, der den Sack mit dem Pauri über der Schulter trug, nur einen einzigen Mönch, der sie jedoch nicht bemerkte.

Vor der Tür kniete Youseff mit einem kleinen Messer in der Hand nieder. Obwohl er das primitive Schloß mit Leichtigkeit hätte öffnen können, kratzte und schnitzte er an dem Holz herum, damit es aussah, als hätte jemand die Tür aufgebrochen.

Schon waren sie drinnen und standen, nachdem sie eine weitere, weniger widerstandsfähige Tür hinter sich gelassen hatten, vor Dobrinions Schlafstatt.

Der Abt fuhr erschrocken in die Höhe. Er wollte schreien, doch der Schrei blieb ihm im Halse stecken, als er die gezackte Klinge, mit der die beiden dicht vor seinem Gesicht herumwedelten, im Mondlicht aufblitzen sah.

»Du wußtest doch, daß wir wiederkommen würden«, sagte Youseff herausfordernd.

Dobrinion schüttelte den Kopf. »Ich werde mit dem ehrwürdigen Vater reden«, bettelte er. »Ein Mißverständnis, weiter nichts.«

Youseff legte seinen Finger an den Mund und lächelte bösartig, aber Dobrinion gab noch nicht auf.

»Die Chilichunks sind Verbrecher – das ist klar«, stammelte er und haßte sich selbst für seine Feigheit. Der Abt focht einen harten Kampf zwischen seinem Gewissen und dem schlichten Überlebensinstinkt.

Ohne die Ursache seiner Gewissensqual zu begreifen, sahen die beiden Mönche zu, wie er sich wand, und Youseff weidete sich an der Qual seines Opfers.

Auf einmal wurde Dobrinion ganz ruhig. Er sah den anderen unerschrocken an. »Markwart ist ein schlechter Mensch«, sagte er. »Er war nie wirklich ein ehrwürdiger Vater des Abellikaner-Ordens. Ich fordere Euch auf, im Namen Eures heiligen Ordensschwurs – Frömmigkeit, Würde, Armut – umzukehren vom Wege des Bösen hin zum Licht –«

Der Satz endete in einem Gurgeln, als Youseff, den solche Apelle an das Gewissen schon lange nicht mehr erreichten, dem Abt mit der gezackten Messerspitze die Kehle aufschlitzte.

Dann holten die beiden den Pauri und ließen ihn zu Boden fallen. Dandelion löste die Binden und kratzte den Schorf von der Wunde, während Youseff die Gemächer des Abtes nach etwas absuchte. Schließlich fand er ein kleines Messer, das dem Erbrechen der Briefsiegel diente. Die Klinge war nicht so groß wie die seines Dolches, aber das Messer paßte vortrefflich in die tödliche Wunde des Pauri.

»Hol ihn aus dem Bett!« sagte Youseff zu Dandelion. Während der kräftige Mann Dobrinion zum Schreibtisch zerrte, ging Youseff nebenher und fügte dem Leichnam eine Reihe kleinerer Verletzungen zu, um den Anschein zu erwecken, als habe ein heftiger Kampf stattgefunden.

Dann waren die beiden Mörder verschwunden, lautlos wie der Tod, zwei Schatten, die aus dem Kloster hinaus in die pechschwarze Nacht huschten.

Schon am nächsten Morgen verbreitete sich die Kunde vom Mord an dem Abt wie ein Lauffeuer in der ganzen Stadt. An den Stadtmauern erschollen die verzweifelten Wutschreie von Soldaten, die sich mit Tränen in den Augen bittere Vorwürfe machten, daß sie einen Pauri hatten durch ihre Reihen schlüpfen lassen. Die schlimmsten Gerüchte machten die Runde von einem Wirtshaus zum anderen und von einer Straßenecke zur anderen, und jedesmal hörte sich die Geschichte noch ein bißchen gefährlicher an. Als Connor Bildeborough in einem Bett des berüchtigten Bordells House Battlebrow erwachte und die Kunde vernahm, stand mittlerweile angeblich ein ganzes Heer von Pauris am Stadtrand von Palmaris, im Begriff, über die Stadt herzufallen und das tiefbekümmerte Volk mit Stumpf und Stiel auszurotten.

Halbnackt lief Connor aus dem Haus, zog sich im Gehen an und winkte einem Kutscher, dem er befahl, ihn unverzüglich nach Chasewind Manor, dem Haus seines Onkels, zu bringen.

Dort war das Tor geschlossen, und ein Dutzend bewaffnete Soldaten umringten die Kutsche, während der verängstigte Kutscher das Pferd abrupt zum Stehen brachte. Connor spürte, wie sich die Blicke zahlreicher Bogenschützen auf sie hefteten.

Als sie Connor erkannten, ließen die Posten ihre Waffen sinken und halfen dem Edelmann beim Aussteigen. Den Kutscher schickten sie mit derben Worten fort.

»Ist mein Onkel wohlauf?« fragte der junge Mann verzweifelt, als ihn die Wachen durch das Tor geleiteten.

»Er ist fassungslos, Master Connor«, antwortete einer von ihnen. »Wenn man bedenkt, daß ein Pauri einfach so hereinspazieren und Abt Dobrinion umbringen konnte! Und das so kurz nach der ganzen Aufregung in der Abtei! Ach, was für finstere Zeiten sind über uns hereingebrochen!«

Connor machte keinerlei Anstalten zu antworten, aber er hörte aufmerksam auf die Worte des Mannes und ihre unausgesprochene und wahrscheinlich unbewußte Bedeutung. Dann eilte er in das Herrenhaus, durch die scharfbewachte Eingangshalle und in das Empfangszimmer seines Onkels.

Passenderweise war der Soldat, der mit stark verbundenem Gesicht neben Baron Rochefort Bildeboroughs Schreibtisch Posten stand, eben jener stämmige Mann, dessen Nasenbein

Vater Dalebert Markwart höchstselbst mit seinem magischen Angriff zertrümmert hatte.

»Weiß mein Onkel schon, daß ich da bin?« fragte ihn Connor.

»Er wird sofort hier sein«, nuschelte der Wachposten, denn sein Mund war ebenfalls von dem Magnetitgeschoß ramponiert worden.

Er hatte den Satz kaum ausgesprochen, da trat Connors Onkel auch schon durch eine Seitentür ein, und sein Gesicht hellte sich auf, als er seinen Neffen sah.

»Dem Himmel sei Dank, du bist am Leben und wohlauf!« sagte der Mann herzlich. Connor war immer der Lieblingsneffe des Barons gewesen, und da dieser keine eigenen Kinder hatte, ging man in Palmaris allgemein davon aus, daß Connor einmal den Titel erben würde.

»Warum sollte ich nicht?« fragte der junge Mann in der für ihn typischen unbekümmerten Art.

»Sie sind hergekommen und haben Abt Dobrinion ermordet«, erwiderte Rochefort und setzte sich Connor gegenüber an den Schreibtisch.

Connor fiel auf, wieviel Anstrengung seinen Onkel diese einfache Bewegung kostete. Der Baron war stark übergewichtig und litt unter erheblichen Schmerzen in den Gelenken. Bis zum vorigen Sommer hatte der Mann noch bei Wind und Wetter jeden Tag einen Ritt über seine Felder gemacht, doch in diesem Jahr war er erst ein- oder zweimal ausgeritten, und das auch noch in großem Abstand. Auch Rocheforts Augen zeigten, daß er unversehens gealtert war. Bisher hatten sie einen graublauen Farbton gehabt, doch nun war sein Blick stumpf und trübe.

Connor hatte sich den Titel eines Barons von Palmaris gewünscht, seit er alt genug war, um zu begreifen, welches Ansehen und welche Rechte damit verbunden waren. Doch jetzt, wo dieses Ziel näherzurücken schien, hatte er gemerkt, daß er noch viele Jahre warten konnte, denn er wollte sich lieber mit seiner gegenwärtigen Stellung zufriedengeben, wenn dafür sein geliebter Onkel, der ihm stets wie ein Vater gewesen war, gesund und munter bliebe.

»Warum sollten diese Ungeheuer überhaupt auf die Idee kommen, nach mir zu suchen?« erwiderte Connor ruhig. »Daß sie es auf den Abt abgesehen hatten, ist klar, aber auf mich?«

»Auf den Abt und den Baron«, meinte Rochefort.

»Und ich bin wirklich froh, zu sehen, daß du alle erforderlichen Vorkehrungen getroffen hast«, sagte Connor schnell. »Auf dich haben sie es vielleicht abgesehen, aber auf mich bestimmt nicht. Für unsere Gegner bin ich doch nichts weiter als ein gewöhnlicher Saufbruder.«

Rochefort nickte. Connors logische Betrachtungsweise schien ihn zu beruhigen, denn wie ein besorgter Vater hatte er nicht halb soviel Angst um sich selbst wie um Connor.

Connor hingegen war nicht besonders überzeugt von seinen eigenen Worten. Ihm schien die Geschichte von dem Pauri, der ausgerechnet jetzt, so kurz nach dem gewaltsamen Aufbruch des ehrwürdigen Vaters, in St. Precious auftauchte, ein bißchen zu einfach. Und ihm war ganz und gar nicht wohl dabei, als sein Blick auf das demolierte Gesicht des Leibwächters fiel.

»Ich möchte, daß du in Chasewind Manor bleibst«, sagte Rochefort.

Connor schüttelte den Kopf. »Ich habe in der Stadt zu tun, Onkel«, erwiderte er. »Und ich kämpfe schon seit Monaten gegen die Pauris. Du brauchst dir um mich keine Sorgen zu machen.« Er klopfte zur Bestätigung auf das Schwert, das er griffbereit umgeschnallt hatte.

Rochefort betrachtete den forschen jungen Mann lange und eingehend. Das liebte er so an Connor, dieses Selbstvertrauen, dieses Draufgängertum. Er war in seiner Jugend genauso gewesen, war von einem Wirtshaus zum anderen, von einem Bordell ins nächste gestolpert und hatte das Leben in vollen Zügen ausgekostet. Was für eine Ironie, dachte er, daß er jetzt, wo er alt wurde und nur noch wenig Vergnügen, Aufregung und Lebendigkeit zu erwarten hatte, auf sich aufpassen sollte. Connor hingegen, der dem jungen Rochefort so sehr ähnelte und so viel mehr zu verlieren hatte, scherte sich viel weniger um mögliche Gefahren, sondern fühlte sich scheinbar unsterblich und unverwundbar.

Der Baron lachte und verwarf den Gedanken, Connor mit Gewalt in Chasewind Manor festzuhalten, denn ihm wurde klar, daß er damit alles zunichte machen würde, was er an dem beherzten jungen Mann liebte. »Nimm einen meiner Soldaten mit«, schlug er vor.

Doch Connor schüttelte erneut den Kopf. »Damit würde ich nur die Aufmerksamkeit auf mich lenken«, sagte er. »Ich kenne mich in der Stadt aus, Onkel. Und ich weiß, wo ich Informationen bekommen und wo ich mich verstecken kann.«

»Geh schon! Geh!« rief der Baron lachend und gab sich geschlagen. »Aber denk daran, daß du nicht nur für dich allein die Verantwortung trägst.«

Er erhob sich mit entschieden weniger Mühe, als ihm das Hinsetzen bereitet hatte, lief um den Schreibtisch herum, klopfte Connor herzlich auf die Schulter und legte ihm dann seine kräftige Hand vertraulich ins Genick. »Mein Herz geht mit dir, Junge«, sagte er feierlich. »Wenn sie dich eines Tages so auflesen, wie sie Dobrinion gefunden haben, dann sterbe ich mit Sicherheit an gebrochenem Herzen, vergiß das nicht!«

Connor glaubte ihm jedes Wort. Er umarmte den Mann und ging dann mit festem Schritt hinaus.

»Er wird bald euer neuer Baron sein«, sagte Rochefort zu dem Soldaten.

Der Mann nahm Haltung an und nickte, sichtlich angetan von dieser Aussicht.

»Aufmachen!«

»Aber, Master Bildeborough, ich sehe keinen Grund, die Totenruhe zu stören«, erwiderte der Mönch. »Der Sarg ist von Bruder Talumus eingesegnet worden, unserem ranghöchsten –«

»Aufmachen!« sagte Connor erneut und sah den jungen Mann unerbittlich an.

Doch dieser zögerte noch immer.

»Muß ich erst meinen Onkel holen?«

Der Mönch kaute unentschlossen auf seiner Unterlippe, doch schließlich wirkte die Drohung, und mit einem Seitenblick auf Connor schob er den hölzernen Sargdeckel beiseite. Vor ihnen lag die Frau, ihre Haut war kreidebleich und bläulich angelaufen.

Zum Entsetzen des Mönchs griff Connor nun in den Sarg, packte sie bei der Schulter und drehte und wendete den Leichnam. Unbeeindruckt von dem üblen Geruch untersuchte er die Tote sorgfältig. »Irgendwelche Verletzungen?« fragte er.

»Sie ist ertrunken«, erwiderte der Mönch. »Im Spülstein. Das heiße Wasser. Ihr Gesicht war zuerst ganz rot, aber jetzt ist alles Blut aus ihren Adern gewichen.«

Connor legte den Körper behutsam wieder zurecht und trat einen Schritt zurück. Er bedeutete dem Mönch, den Sarg wieder zu schließen, dann fuhr er mit dem Daumennagel an seinen Schneidezähnen entlang und versuchte sich auf das Ganze einen Reim zu machen. Die Mönche von St. Precious waren sehr entgegenkommend gewesen, als er an ihrem Tor aufgetaucht war. Ihm war klar, daß sie verängstigt und verunsichert waren, und da hatte das Erscheinen eines so bedeutenden Vertreters von Baron Bildeborough sie ein wenig beruhigt.

Im Zimmer von Abt Dobrinion hatte Connor wenig Aufschluß gefunden. Die beiden Leichen befanden sich noch dort, die des Abtes hatte man sorgfältig gewaschen und in seinem

Bett aufgebahrt, während die des Pauri immer noch da lag, wo die Mönche sie vorgefunden hatten. Trotz aller Bemühungen, den Raum zu säubern, waren noch überall Blutflecken zu sehen. Als sich Connor über die Veränderungen beschwert hatte, waren die Mönche eifrig bemüht gewesen, ihm den Ablauf des Kampfes, wie er sich in ihren Augen abgespielt hatte, in allen Einzelheiten zu schildern. Der Abt war zuerst und mehrfach verwundet worden, wahrscheinlich hatte ihn der andere im Schlaf überrascht. Eine dieser Wunden, die ihm die Kehle aufgeschlitzt hatte, war tödlich gewesen, aber der tapfere Dobrinion hatte es trotzdem noch zuwege gebracht, quer durch den Raum zu kriechen und nach dem kleinen Messer zu greifen.

Wie stolz die Mönche von St. Precious waren, daß ihr Abt es dem Mörder noch hatte heimzahlen können!

Connor, der oft genug gegen die zähen Pauris gekämpft hatte, erschien es äußerst unwahrscheinlich, daß ein einziger Dolchstoß einen von ihnen so zielsicher niedergestreckt haben sollte und daß es Dobrinion mit aufgeschlitzter Kehle überhaupt noch gelingen konnte, den Schreibtisch zu erreichen. Die Vorstellung war jedoch nicht vollends unmöglich, und so behielt er seine Gedanken vorerst für sich, nahm die Schilderungen mit einem unverbindlichen Kopfnicken zur Kenntnis und lobte mit einfachen Worten Dobrinions Tapferkeit.

Als er sich anschließend erkundigte, wie der Pauri ins Kloster hatte eindringen können, erfuhr er von einem zweiten Opfer, einem armen Mädchen, das in der Küche überfallen und ertränkt worden war. Es war den Mönchen völlig schleierhaft, wie der Pauri hineingelangt war, denn die Tür war magisch dagegen geschützt, sich von außen öffnen zu lassen, und außerdem wußte kaum jemand von dieser Tür, da sie in der Ziegelmauer nicht zu sehen war. Die einzige Erklärung, die ihnen einfiel, war die, daß das dumme Ding mit dem Pauri unter einer Decke gesteckt habe oder, was eher anzunehmen war, von ihm hereingelegt wurde und den Zwerg eingelassen hatte.

Auch diese Erklärung erschien Connor zunächst plausibel, wenn auch etwas an den Haaren herbeigezogen; doch als der junge Mann sich jetzt das Mädchen ansah und ihre Haut unverletzt fand, bestärkte das seine Befürchtungen und seinen Verdacht. Dennoch sagte er den Mönchen nichts davon, denn ihm war klar, daß sie jetzt, ohne die einzige Autoritätsperson in der gesamten Abtei, einigermaßen hilflos waren.

»Armes Ding«, murmelte er vor sich hin, als er mit dem Mönch wieder aus dem Keller heraufstieg – und er mußte immer wieder daran denken, daß man die Chilichunks nur ein paar Stufen von hier entfernt gefangengehalten hatte.

»Wird Euer Onkel uns helfen, die Abtei vor weiteren Übergriffen zu bewahren?« fragte einer der Mönche, der in der Kapelle auf sie gewartet hatte.

Connor verlangte nach Pergament und Federkiel und schrieb ein Gesuch an seinen Onkel. »Bringt das nach Chasewind Manor«, sagte er. »Die Familie Bildeborough wird selbstverständlich alles für die Sicherheit von St. Precious tun, was sie kann.«

Dann entbot er den Mönchen einen Abschiedsgruß und tauchte in den Straßen von Palmaris unter, wo er in der raunenden Menge Antworten auf seine Fragen zu finden hoffte.

Diese Fragen ließen ihn den ganzen Nachmittag nicht los. Warum sollten die Pauris es auf Abt Dobrinion abgesehen haben, der so wenig mit den Kämpfen zu tun gehabt hatte? Nur eine Handvoll Mönche aus St. Precious war nach Norden in den Krieg gezogen, und sie hatten beileibe nicht viel ausgerichtet. Dies und die Tatsache, daß die Mönche der Abtei sich in diesem Krieg eher als Heilkundige betätigt hatten, ließ es äußerst unwahrscheinlich erscheinen, daß Dobrinion die Pauris zu solch dramatischem Vorgehen veranlaßt haben sollte.

Die einzige Erklärung, die Connor für denkbar hielt, war

die, daß die Mönche aus St. Mere-Abelle, die angeblich von Norden her in die Stadt gekommen waren, mit den Ungeheuern zusammengestoßen waren, dabei wahrscheinlich etliche vernichtet und auf diese Weise unbeabsichtigt den Abt zur Zielscheibe für einen Mord gemacht hatten.

Aber nach seinen Erfahrungen mit Markwart konnte sich Connor auch das nur schwer vorstellen. Wann immer er sich einer logischen Erklärung nahe glaubte, mußte er sich doch gleich wieder sagen, daß diese viel zu einfach war.

An diesem Abend ging Connor in die Gesellige Runde. In der vorangegangenen Nacht hatte er Dainsey Aucomb überredet, die Schenke wieder zu öffnen, indem er ihr erklärt hatte, daß die Chilichunks sonst nach ihrer Rückkehr in ernsthafte Schwierigkeiten geraten würden – allerdings glaubte Connor inzwischen nicht mehr daran, daß sie jemals nach Palmaris zurückkehren würden. Die Schankstube platzte aus allen Nähten, denn die Leute konnten es gar nicht erwarten, zu erfahren, was mit Abt Dobrinion und Keleigh Leigh, dem armen Küchenmädchen, passiert war. Connor selbst verhielt sich die meiste Zeit über ruhig und hörte lieber zu in der Hoffnung, dabei von irgend jemandem etwas Wichtiges zu erfahren – kein leichtes Unterfangen in diesem Tohuwabohu. Und obwohl er sich große Mühe gab, sich im Hintergrund zu halten, wurde er doch immer wieder von den einfachen Leuten angesprochen, die davon ausgingen, der Edelmann müsse einfach mehr wissen als sie.

Doch Connor schüttelte immer nur lächelnd den Kopf und sagte: »Ich weiß nur, was ich gehört habe, seit ich dieses Wirtshaus betreten habe.«

Die Nacht verging, ohne daß er einen Schritt vorankam, und schließlich lehnte sich der junge Mann resigniert zurück und schloß die Augen. Erst der Ausruf »Da kommen Neue!« riß ihn wieder aus seinen Gedanken.

Er brauchte einen Augenblick, bis er im Gewühl die beiden

Männer an der Tür ausmachen konnte, der eine ein bulliger Hüne, der andere klein und schmächtig, aber mit dem federnden Gang eines geübten Kämpfers. Connor riß erstaunt die Augen auf. Er wußte genau, daß er diese Männer schon einmal gesehen hatte, allerdings in einem ganz anderen Aufzug.

Wo hatten sie ihre Mönchskutten gelassen?

Beim bloßen Anblick von Youseff schmerzten Connor in Erinnerung an ihr letztes Zusammentreffen wieder die Nieren, und er tauchte vorsichtshalber tiefer in der Menge unter. Doch vorher winkte er noch nach Dainsey.

»Frag sie, was sie wollen«, sagte er mit einem Blick auf die beiden Neuankömmlinge. »Und sag ihnen, daß ich die ganze Woche noch nicht hier war.«

Dainsey nickte und machte kehrt, während Connor sich in die hinterste Ecke verdrückte. Dabei versuchte er trotzdem, jedes Wort mitzubekommen, das die beiden zu der Wirtin sagten. Doch bei dem Lärm erwies sich das als aussichtsloses Unterfangen.

Bis Dainsey – dieses Goldstück! – laut und vernehmlich durch den Saal trompetete: »Er war die ganze Woche über nicht hier!«

Das bestätigte Connors Verdacht, daß die Mönche hinter ihm her waren – und er konnte sich unschwer vorstellen, warum. Jetzt wußte er auch, warum Keleigh Leigh keine äußeren Verletzungen aufwies, so daß kein Pauri seine Kappe in ihr Blut tauchen konnte, eine Gewohnheit, die sich nach allem, was Connor je über die Blutkappen gehört hatte, kein Pauri entgehen lassen würde. Vorsichtig drehte er sich um und warf Dainsey einen Blick zu, und sie sah ihn aus den Augenwinkeln an und ließ dann ihre Hand wie zufällig an der Knopfleiste ihrer Bluse hinabgleiten, bis diese so tiefe Einblicke gewährte, daß allen umstehenden Männern, die beiden Mönche inbegriffen, nahezu die Augen aus dem Kopf fielen.

Prächtiges Mädchen, dachte Connor und nutzte die Ablenkung aus, um sich in Richtung Tür zu schleichen. Es dauerte endlos, bis er sich durch die überfüllte Schankstube hindurchgekämpft hatte, doch dann stand er endlich draußen in der würzigen Nachtluft von Palmaris, über sich das weite Himmelszelt.

Dann blickte er zurück zu der Schenke, in der die Menge jetzt in Bewegung geriet, als wenn jemand versuchte, zur Tür zu gelangen.

Connor wartete nicht ab, bis er die Verursacher dieser Turbulenzen erkennen konnte. Wenn die Mönche Dainseys Ablenkungsmanöver durchschaut hatten, dann wußten sie auch, wohin sie jetzt gehen mußten. Mit einem letzten Blick über die Schulter verschwand er schleunigst um die nächste Ecke.

Im nächsten Moment stürzten Youseff und Dandelion auch schon zur Tür hinaus.

Connor rannte die Gasse entlang, seine Gedanken überschlugen sich. Ohne viel Zeit zu verlieren, kletterte er an der Regenrinne hinauf aufs Dach und legte sich oben flach auf den Bauch. Er schüttelte nur den Kopf, als die beiden Mönche, ihm dicht auf den Fersen, um die Ecke bogen. Dann kroch er lautlos auf allen vieren davon.

Hier oben, so dicht unter dem Abendhimmel, mit den Lichtern der Stadt zu seinen Füßen, mußte Connor unwillkürlich an alte Zeiten denken. Das hier war Jills Lieblingsplätzchen gewesen, hier hatte sie sich zu gern vor der übrigen Welt versteckt. Sie war oft hier heraufgeklettert, um mit ihren Gedanken allein zu sein und mit Erlebnissen fertig zu werden, die ihre empfindsame Seele zu stark schmerzten.

Ein metallisches Geräusch riß ihn aus seinen Träumereien. Einer der Mönche hatte sich an den Aufstieg gemacht.

Im Nu war Connor auf und davon, mit einem Satz sprang er über die Gasse aufs Dach des nächsten Gebäudes, schwang sich über den Dachfirst und rutschte auf der anderen Seite wieder hinunter; dann drehte er sich um, hielt sich an der

Dachrinne fest und ließ sich wieder auf die Straße plumpsen. Augenblicklich rannte er wie von Furien gehetzt weiter, und dabei dachte er an Jill und an all die verrückten Dinge, die er in letzter Zeit erlebt hatte.

Abt Dobrinion war tot. Tot! Und es war kein Pauri gewesen. Nein, diese beiden hatten es getan, die Helfershelfer des ehrwürdigen Vaters Dalebert Markwart, des ersten Mannes im gesamten Abellikaner-Orden. Markwart hatte Dobrinion umbringen lassen, weil dieser ihm im Weg stand, und jetzt hatte er seine Bluthunde auf ihn angesetzt.

Die Ungeheuerlichkeit dieser Erkenntnis traf Connor bis ins Mark, und er überlegte, ob er in Chasewind Manor Schutz suchen sollte.

Doch er verwarf diesen Gedanken sofort wieder, denn er wollte seinen Onkel nicht in die Sache hineinziehen. Wenn Markwart an Dobrinion herangekommen war, konnte dann überhaupt noch irgend jemand, der Baron von Palmaris inbegriffen, vor ihm sicher sein? Mit diesem Gegner war nicht zu spaßen, soviel war Connor klar. Das gesamte Heer des Königs konnte auch nicht gefährlicher sein als diese Abellikanermönche. In gewisser Hinsicht, besonders was seine geheimnisvollen Zauberkräfte betraf, war dieser Abt sogar noch mächtiger als der König.

All diese Betrachtungen, vor allem die unglaubliche Vorstellung, daß der ehrwürdige Vater Dobrinion hatte ermorden lassen, machten den jungen Edelmann tief betroffen, und ihm schwirrte der Kopf, als er schließlich im nächtlichen Palmaris untertauchte.

Doch trotz seiner heillosen Verwirrung wußte er sehr genau, daß er auf keinen Fall in der Stadt bleiben durfte, sondern sich schleunigst irgendwo verstecken mußte. Die beiden waren eiskalte Mörder, und vielleicht gab es ja hier noch mehr von ihrer Sorte. Früher oder später würden sie ihn finden und umbringen.

Was er jetzt brauchte, waren ein paar Antworten, und er wußte auch, wo er sie herbekommen würde. Im übrigen war hier noch jemand in Gefahr, und zwar das eigentliche Ziel von Markwarts Zerstörungswut. Er begab sich nach Chasewind Manor, betrat den Hof, machte dann aber einen Bogen um das Herrenhaus und ging direkt zu den Ställen. Dort sattelte er flugs Greystone, sein Lieblingsjagdpferd, einen herrlichen muskulösen Palominohengst mit langer blonder Mähne. Auf dem Rücken des aufgeregten Pferdes ritt Connor dann zum nördlichen Stadttor von Palmaris hinaus, noch ehe die Nacht ihren Zenit überschritten hatte.

2. Richtungswechsel

Die Reise war bequem – oder hätte es in Anbetracht der ausgezeichneten Straße, die sich am westlichen Flußufer südlich von Palmaris entlangzog, eigentlich sein müssen. Und zuvor hatte eine Karawane Jojonah zwei Tage lang mitgenommen. Doch Meister Jojonah ging es trotzdem nicht besonders gut. Seine alten Knochen schmerzten entsetzlich, und etwa zweihundert Meilen südlich von Palmaris wurde er regelrecht krank, von schrecklichen Krämpfen geschüttelt, die mit Übelkeit und ständigen Schweißausbrüchen einhergingen.

Er nahm an, daß er etwas Schlechtes gegessen hatte, und hoffte inständig, daß dies nicht seine letzte Reise sein würde. Er hatte nämlich noch sehr viel vor, bevor er starb, und außerdem erschien ihm die Aussicht, mutterseelenallein auf halbem Wege zwischen Ursal und Palmaris, zwei Städten, die er nie besonders gemocht hatte, zu sterben, alles andere als verlockend. Und so setzte der alte Mann, auf einen kräftigen Stock gestützt, mühsam einen Fuß vor den andern und verwünschte sich selbst für seinen dicken Bauch. »Frömmigkeit,

Würde, Armut«, murmelte er verbittert, denn von seiner Würde war jetzt nicht mehr viel zu spüren, und es hatte ganz den Anschein, als würde er seinem Armutsgelöbnis jetzt doch etwas zu weitgehend nachkommen. Was den Glauben anging, so war sich Jojonah inzwischen nicht mehr ganz sicher, was dieses Wort zu bedeuten hatte. Hieß es, dem ehrwürdigen Vater blindlings zu gehorchen? Oder sollte er lieber seinem Herzen und Avelyns Beispiel folgen?

Er entschied sich für letzteres, doch auch das brachte ihm nicht die Erleuchtung, denn Jojonah wußte einfach nicht genau, auf welchem Wege er überhaupt etwas an der Welt ändern konnte. Wahrscheinlich würde man ihn doch nur degradieren, vielleicht sogar anklagen und womöglich als Ketzer auf dem Scheiterhaufen verbrennen – die Kirche hatte schließlich eine lange Tradition solcher finsteren Machenschaften. Wie in einer dunklen Vorahnung lief Jojonah ein kalter Schauer über den Rücken. Vater Markwart war in letzter Zeit außerordentlich reizbar gewesen, und sobald irgend jemand den Namen Avelyn Desbris in den Mund nahm, verschlechterte sich seine Stimmung noch mehr! So lernte der Meister auf seinem langen Weg nach Ursal einen neuen Feind kennen, die Verzweiflung. Dennoch setzte er unbeirrt einen Fuß vor den andern und schleppte sich vorwärts.

Als er am sechsten Tag seiner Wanderschaft erwachte, hing der Himmel voller dunkler Wolken, bis am frühen Vormittag ein kühler Regen niederging. Zuerst war er froh gewesen über die zu erwartende Erfrischung, denn der vorangegangene Tag war unerträglich heiß gewesen. Doch als dann die ersten Tropfen fielen, liefen Schauer über seine fiebrige Haut, und er fühlte sich so elend, daß er sogar daran dachte, in die Stadt zurückzukehren, in der er die vorangegangene Nacht verbracht hatte.

Doch er kehrte nicht um, sondern schleppte sich weiter vorwärts durch die schlammigen Pfützen und richtete seinen Blick nach innen, auf Avelyn und Markwart und die Frage, wie er den Orden von seinem dunklen Irrweg abbringen konnte. Als eine Stunde vergangen war und schließlich sogar zwei, war der Meister so tief in Gedanken versunken, daß er gar nicht bemerkte, wie sich ihm von hinten ein Fuhrwerk in schnellem Tempo näherte.

»Aus dem Weg!« schrie der Kutscher, zog die Zügel scharf an und riß die Pferde zur Seite. Der Wagen verfehlte Jojonah nur knapp und bespritzte ihn von oben bis unten, während er vor Schreck das Gleichgewicht verlor.

Das Gefährt kam von der Straße ab und sank tief in den Morast – ein Umstand, der es vor dem Umkippen bewahrte –, während der Fahrer verzweifelt darum kämpfte, daß ihm die Pferde nicht durchgingen. Schließlich gelang es ihm, das Gespann zum Stehen zu bringen. Er sprang vom Bock, warf einen kurzen Blick auf sein feststeckendes Gefährt und lief dann eilends über die Straße zu Jojonah.

»Um Vergebung!« stammelte der Mönch, als der Mann, ein hübscher Bursche von ungefähr zwanzig Jahren, neben ihm in der Pfütze landete. »Ich habe Euch bei dem Regen nicht gehört.«

»Keine Ursache«, sagte der andere liebenswürdig und half Jojonah auf die Beine, während er ihm den Schlamm von den pitschnassen Kleidern wischte. »Auf so was hab ich schon die ganze Zeit gewartet, seit ich aus Palmaris weg bin.«

»Palmaris«, wiederholte Jojonah. »Auch ich komme gerade aus dieser schönen Stadt.« Als er jedoch merkte, wie der andere bei dem Wort »schön« das Gesicht verzog, verstummte er und beschloß, lieber zuzuhören.

»Also, je schneller ich von diesem Ort wegkomme«, erklärte der Mann, »beziehungsweise wegkam ...«, fügte er mit einem hilflosen Blick auf seinen Wagen hinzu.

»Ich fürchte, so leicht werden wir ihn da nicht wieder herausbekommen«, meinte Jojonah.

Der Mann nickte. »Aber vielleicht finde ich ein paar Leute,

die uns dabei helfen«, meinte er. »Drei Meilen hinter uns liegt ein Dorf.«

»Die Leute sind sehr hilfsbereit«, sagte Jojonah hoffnungsvoll. »Vielleicht sollte ich Euch begleiten. Einem Priester helfen sie bestimmt gern, und gestern waren sie sehr nett zu mir, als ich dort übernachtet habe. Wenn wir den Wagen wieder herausgezogen haben, könnt Ihr mich vielleicht ein Stück mitnehmen. Ich muß nach Ursal und habe noch einen langen Weg vor mir, fürchte ich, und mein Körper eignet sich nicht mehr besonders gut für eine solche Reise.«

»Ich fahre auch nach Ursal«, sagte der Mann. »Und vielleicht könnt Ihr mir bei meinem Auftrag behilflich sein, hat ja schließlich was mit Eurem Orden zu tun.«

Bei dieser Bemerkung wurde Jojonah hellhörig. »Ach ja?« hakte er nach und zog eine Augenbraue hoch.

»Ist wahrhaftig ein trauriger Tag heute«, fuhr der Mann fort, »wo Abt Dobrinion tot ist.«

Jojonah riß erschrocken die Augen auf, ihm wurde schwindelig, und er griff haltsuchend nach dem Ärmel des jungen Mannes. »Dobrinion? Wie das?«

»Ein Pauri«, antwortete der andere. »Diese verdammte kleine Ratte. Hat sich ins Kloster geschlichen und ihn umgebracht.«

Jojonah konnte es kaum fassen. In seinem Kopf begann es zu arbeiten, aber er war einfach zu krank und zu durcheinander. Er sank zurück in den Schlamm, vergrub das Gesicht in den Händen und schluchzte hemmungslos. Dabei wußte er nicht einmal genau, ob er nun um Abt Dobrinion weinte oder um sich selbst und seinen geliebten Orden.

Der Kutscher legte ihm tröstend die Hand auf die Schulter. Dann machten sie sich gemeinsam auf den Weg zum Dorf, und der Mann versprach ihm, auf jeden Fall dort zu übernachten, selbst wenn die Leute es schafften, seinen Wagen aus dem Morast zu ziehen. »Und dann nehme ich Euch mit nach

Ursal«, sagte er und lächelte aufmunternd. »Wir nehmen ein paar Decken mit, damit Ihr's schön warm habt, Vater, und was Ordentliches zu essen für unterwegs.«

Eine der Familien in dem kleinen Ort gab Jojonah und dem jungen Mann ein warmes Nachtquartier. Der Mönch zog sich zeitig zurück, aber er konnte nicht gleich einschlafen, denn es waren eine ganze Menge Leute in dem Haus zusammengelaufen, die von dem Kutscher die traurige Geschichte vom Tod des Abtes Dobrinion hören wollten. Jojonah lag mucksmäuschenstill in seinem Bett und hörte ihnen lange zu, bis er schließlich zitternd und schweißgebadet einschlief.

Youseff und Dandelion sind nicht mit auf die Heimreise gegangen.

Meister Jojonah fuhr plötzlich aus dem Schlaf hoch. Im Haus war es still und dunkel. Er blickte um sich und blinzelte in die Finsternis. »Wer ist da?« fragte er.

Youseff und Dandelion sind nicht mit auf die Heimreise gegangen! hörte er wieder, diesmal deutlicher.

Nein, wurde Jojonah klar, er hörte es nicht wirklich, denn das einzige Geräusch, das er vernahm, war das Trommeln des Regens auf dem Dach. Vielmehr spürte er die Worte in sich, und er wußte auch, wer sie ihm eingab.

»Bruder Braumin?« fragte er in die Dunkelheit hinein.

Ich fürchte, der ehrwürdige Vater hat sie auf Euch angesetzt, ließ der andere ihn wissen. *Bringt Euch in Sicherheit, mein Freund und Lehrmeister! Flieht nach Palmaris, wenn Ihr noch in der Nähe seid, geht zu Abt Dobrinion, und laßt nicht zu, daß Bruder Youseff und Bruder Dandelion nach St. Precious kommen.*

Die Verbindung wurde schwächer – Jojonah wußte, daß Bruder Braumin nicht sehr geübt war im Umgang mit dem Hämatit, und wahrscheinlich gebrauchte der Mann ihn unter denkbar schlechten Voraussetzungen. *Wo bist du?* fragte er zurück. *In St. Mere-Abelle?*

Ich bitte Euch, Meister Jojonah! Ihr müßt mich hören. Youseff und Dandelion sind nicht mit auf die Heimreise gegangen.

Langsam wurde die Verbindung schwächer – Braumin war erschöpft, dachte Jojonah. Dann brach sie plötzlich ganz ab, und Jojonah bekam es mit der Angst zu tun. Womöglich waren Markwart oder Francis über Braumin hergefallen.

Wenn es wirklich Braumin gewesen war, sagte er sich. Wenn es nicht nur seine eigenen Fieberträume waren.

»Sie wissen es noch nicht«, flüsterte der Meister, denn ihm wurde erst jetzt klar, daß Braumin nichts über Dobrinions Tod gesagt hatte. Ächzend tastete sich Jojonah aus dem Bett und schlich leise durch das Haus. Zuerst erschreckte er die Frau, denn er wäre fast über die auf einem Stapel Laken am Boden Schlafende gefallen. Sie hatte ihr eigenes Bett an ihn abgetreten, und er wollte sie wirklich nicht stören, aber manche Dinge duldeten einfach keinen Aufschub.

»Wo ist der Kutscher?« fragte er. »Schläft er auch hier oder bei einer anderen Familie?«

»Oh, nein«, sagte die Frau freundlich. »Er schläft im Zimmer bei meinen beiden Jungen. Schlafen wie die Murmeltiere, wie man so schön sagt.«

»Holt ihn her!« sagte Meister Jojonah. »Jetzt gleich.«

»Wie Ihr wünscht, Vater«, erwiderte die Frau, wickelte sich aus ihrer Decke und ging. Kurz darauf war sie wieder da; der verschlafene Fahrer stand an ihrer Seite.

»Ihr solltet im Bett liegen«, meinte der Mann. »Wird Euch nicht gut bekommen bei Euerm Fieber, wenn Ihr so spät noch auf seid.«

»Eine Frage«, unterbrach ihn Jojonah mit einer Handbewegung. »Wo war die Karawane aus St. Mere-Abelle, als Abt Dobrinion ermordet wurde?«

Der Mann sah ihn an, als hätte er ihn nicht verstanden.

»Ihr wißt doch, daß Mönche aus meiner Abtei St. Precious einen Besuch abgestattet haben«, half Jojonah nach.

»Besuch ist gut bei dem Ärger, den sie angezettelt haben«, schnaubte der andere.

»Ja, ja«, sagte Jojonah. »Aber wo waren sie, als der Pauri Abt Dobrinion getötet hat?«

»Wieder weg.«

»Auch aus der Stadt?«

»Richtung Norden, sagen manche, aber ich hab gehört, sie wären über den Fluß, aber nicht mit der Fähre«, erwiderte der Fahrer. »Jedenfalls waren sie schon mehr als einen Tag weg, als der Abt dem Pauri zum Opfer fiel.«

Meister Jojonah lehnte sich zurück und strich sich nachdenklich übers Kinn. Der junge Mann wollte ihm gerade einen Vortrag halten, doch der Mönch hatte genug gehört und unterbrach ihn mit einer Handbewegung. »Geht wieder zu Bett!« sagte er zu den beiden. »Ich tue das jetzt auch.«

Nachdem er in die Einsamkeit seines dunklen Zimmers zurückgekehrt war, fand Meister Jojonah jedoch keinen Schlaf. Daran war gar nicht zu denken. Er war nun überzeugt, daß die Botschaft von Braumin keine Einbildung gewesen war, und mußte über vieles nachdenken. Er fürchtete nicht wie Braumin, daß man Youseff und Dandelion auf ihn angesetzt habe. Markwart war seinem Ziel inzwischen zu nah oder glaubte zumindest in seiner Besessenheit, es zu sein, als daß er seine Bluthunde in Verzug gebracht hätte. Nein, sie würden in die Gegend nördlich von Palmaris gehen, nicht nach Süden, und sich im Kampfgebiet auf die Suche nach den Steinen machen.

Doch anscheinend hatten sie unterwegs einmal kurz haltgemacht, gerade lange genug, um in Palmaris einen Auftrag von Markwart auszuführen.

Meister Jojonah lief schnell zu dem einzigen Fenster des Zimmers hinüber, stieß die Läden auf und erbrach sich auf den davorliegenden Rasen. Bei der bloßen Vorstellung, daß sein ehrwürdiger Vater einen anderen Abt hatte umbringen lassen, drehte sich ihm der Magen um.

Es klang völlig absurd! Und doch führte jede Einzelheit, die zu Jojonah durchgesickert war, unweigerlich in diese Richtung. Er mußte sich fragen, ob all diese Einzelheiten nicht durch seine persönliche Sicht der Dinge getrübt wurden. – *Youseff und Dandelion sind nicht mit auf die Heimreise gegangen!*

Und Bruder Braumin hatte keine Ahnung von der Ermordung des Abtes Dobrinion.

Meister Jojonah hoffte inständig, daß er sich irrte, daß seine Phantasie mit ihm durchgegangen und der oberste Hüter seines Ordens niemals zu einer derartigen Tat fähig wäre. In jedem Fall gab es jetzt nur noch einen Weg für ihn, nämlich zurück nach Norden und nicht nach Süden, zurück nach St. Mere-Abelle.

Endlich hatten sich alle zweihundert Mann in Bewegung gesetzt und machten einen weiten Bogen um die beiden Städte, die sich noch immer in den Händen der Pauris befanden. Elbryan gab die Marschrichtung vor, indem er Späher ein gutes Stück vorausschickte und seine vierzig besten Krieger stets dicht beisammenhielt. Von dem ganzen zerlumpten Haufen war höchstens die Hälfte zur Not kampffähig, die andere Hälfte war einfach zu alt, zu jung oder zu krank. Doch dank des unermüdlichen Einsatzes von Pony mit ihrem kostbaren Seelenstein war der allgemeine Gesundheitszustand der Gruppe gut.

Aus den beiden Städten wurden ihnen keine Hindernisse in den Weg gelegt, und so waren sie, als sich der Nachmittag des fünften Tages neigte, bereits auf halbem Wege nach Palmaris.

»Ein Hof und eine Scheune«, erklärte Roger Flinkfinger, als er zu Elbryan zurückkehrte. »Ungefähr eine Meile vor uns. Der Brunnen ist intakt, und ich habe Hühner gackern gehört.«

Einigen der Umstehenden lief bei dem Gedanken an frische Eier sichtlich das Wasser im Munde zusammen.

»Und es war niemand zu sehen?« fragte der Hüter ungläubig.

»Draußen jedenfalls nicht«, erwiderte Roger und schien etwas betreten, weil er nicht mehr herausgefunden hatte. »Aber ich war euch ja nicht sehr weit voraus«, meinte er schnell, »und wollte nicht zu lange herumtrödeln. Wir wissen schließlich nicht, wer sich in diesen Gebäuden aufhält.«

Elbryan nickte lächelnd. »Das hast du gut gemacht«, sagte er. »Bleib mit den Leuten hier, inzwischen gehe ich mit Pony los und sehe mir die Sache einmal an.«

Roger nickte und half Pony, hinter dem Hüter aufs Pferd zu steigen.

»Verstärke die Flanken, besonders die nördliche«, wies ihn Elbryan noch an. »Und dann suche nach Juraviel und sag ihm, wo wir sind.«

Roger nickte noch einmal, dann gab er Symphony einen Klaps aufs Hinterteil, und der Hengst sprengte davon. Noch bevor die beiden aus seinem Blickfeld verschwunden waren, drehte er sich um und sagte den Leuten Bescheid, daß sie sich niederlassen sollten.

Der Hüter fand die beschriebenen Gebäude sofort, und im Nu machte sich Pony mit dem Seelenstein ans Werk und inspizierte zuerst die Scheune und dann das Wohnhaus.

»Im Haus sind Pauris«, sagte sie, als sie wieder in ihren Körper zurückgekehrt war. »Es sind drei, der eine schläft im hinteren Schlafzimmer. In der Scheune sind Goblins, aber sie passen nicht auf.«

Elbryan schloß die Augen und ließ sich in tiefe Konzentration fallen. Dabei verwandelte er sich beinahe sichtbar in sein Alter ego. Dann zeigte er auf ein kleines Wäldchen links neben der Scheune, ließ sich vom Pferd gleiten und half Pony, dasselbe zu tun. Sie ließen das Pferd zurück und schlichen sich vorsichtig zu dem Wäldchen hinüber. Dann ging der Hüter allein weiter und arbeitete sich immer näher heran, indem er sich hinter Baumstümpfen, einem Wasserbottich und allem verbarg, was ihm Deckung bot. Alsbald war er an dem Bauernhaus angelangt und drückte sich neben einem Fenster mit dem Rücken flach an die Wand, den Bogen in der Hand. Er blickte um sich, dann sah er zu Pony hinüber und nickte, während er einen Pfeil anlegte.

Nun drehte er sich mit einem Ruck um, und sein Schuß traf einen Pauri, der ahnungslos am Herd stand und kochte, in den Hinterkopf. Die Wucht des Aufpralls drückte den Zwerg mit dem Gesicht in das brutzelnde Fett der Bratpfanne.

»Was machst du denn da?« jaulte sein Kumpan und stürzte zum Herd hinüber.

Doch als er den zitternden Pfeil sah, blieb er abrupt stehen, fuhr herum und stand Nachtvogel gegenüber, der ihm Sturmwind unter die Nase hielt.

Mit einem gewaltigen Hieb trennte dieser ihm den Arm, mit dem er gerade nach seiner Waffe greifen wollte, vom Rumpf, und nun versuchte der Zwerg kreischend, gegen den Hüter anzurennen.

Ein zielsicherer Stoß, und dieser bohrte dem Kerl sein Schwert bis zum Heft mitten ins Herz, so daß der Pauri nach ein paar wilden Zuckungen tot in sich zusammensackte.

»He, macht doch nicht solchen Krach! Ihr weckt mich ja auf!« brüllte es jetzt von hinten.

Nachtvogel grinste, ließ einen Moment verstreichen und huschte dann flink zur Schlafzimmertür. Er wartete noch ein Weilchen, bis der Zwerg sich wieder hingelegt hatte, dann drückte er langsam die Tür auf.

Der Pauri lag im Bett und drehte ihm den Rücken zu.

Kurz darauf kam der Hüter wieder aus dem Haus und winkte Pony kurz zu. Dann nahm er den Bogen in die Hand und umrundete vorsichtig die Scheune. Ihm fiel auf, daß eine Tür des Heubodens aufgebrochen war, aus der ein Seil bis zum Boden herabhing.

Der Hüter blickte um sich und sah, wie Pony sich eine neue Position suchte, aus der sie sowohl den Haupteingang als auch den Heuboden im Auge hatte. Er war doch wirklich ein Glückspilz, dachte er, daß er eine so umsichtige Mitstreiterin hatte, denn wenn es Ärger gäbe, würde Pony stets zur Stelle sein.

Ohne ein Wort wußten beide jetzt genau, was zu tun war. Pony hätte natürlich einfach mit dem Serpentin als Schutzschild in die Scheune stürmen und das Ding mit dem Rubin in die Luft jagen können, aber der Qualm eines solchen Feuers wäre weit und breit zu sehen gewesen. Deshalb blieb sie lieber, wo sie war, und gab Nachtvogel mit dem Magnetit und dem Hämatit Rückendeckung.

Dieser unterschätzte nicht, welche Selbstbeherrschung sie dieses Vorgehen kostete. Jeden Morgen übte sie an seiner Seite den Schwerttanz, und ihre Armarbeit wurde immer besser. Sie wollte gern an seiner Seite kämpfen und ihre Fertigkeiten endlich einmal anwenden. Doch Pony konnte warten. Der Hüter hatte ihr versprochen, daß sie ihre Chance bekäme, denn sie wußten beide, daß sie schon fast soweit war.

Aber noch nicht ganz.

Nachtvogel prüfte das Seil zum Heuboden, dann fing er leise und vorsichtig an hinaufzuklettern. Direkt unterhalb der Öffnung hielt er einen Augenblick inne, lauschte und warf einen kurzen Blick hinein, dann hielt er für Pony einen Finger in die Luft.

Jetzt befand er sich auf Höhe der Tür und setzte vorsichtig einen Fuß in den Spalt, während er sich noch immer an dem Seil festhielt. Er wußte, daß er sich beeilen mußte und wahrscheinlich nicht einmal Zeit haben würde, seine Waffe zu ziehen.

Er atmete noch einmal tief durch, um die nötige Ruhe zu finden, dann hakte er seinen Fuß in die Tür, riß sie mit einem Ruck auf und schwang sich auf den Heuboden, dem verdatterten Goblin, der dort gelangweilt herumstand und Wache schob, ins Kreuz.

Dieser stieß einen Schrei aus, den der Hüter sofort erstickte, indem er ihm den Mund zuhielt, während er gleichzeitig die Hand packte, die gerade nach der Waffe greifen wollte. Dann verdrehte er ihm das Handgelenk und zwang ihn so auf die Knie.

Ein Schrei von unten sagte ihm, daß er keine Zeit mehr hatte.

Mit einem Ruck stellte er den Goblin wieder auf die Füße, machte eine Kehrtwendung und warf ihn durch die offene Tür hinaus, so daß er drei Meter tief hinabsauste und hart am Boden aufschlug. Der Goblin versuchte sofort, wieder hinaufzuklettern, und wollte um Hilfe rufen, da sah er im letzten Moment Pony, die ruhig dastand und eine Hand ausgestreckt hielt.

Im nächsten Augenblick durchschlug ein Magnetstein mit der zehnfachen Geschwindigkeit einer Schleuderkugel genau das metallene Amulett, das dem Kerl um den Hals hing – ein Beutestück von einer Frau, die ihn vergebens um ihr Leben angefleht hatte.

Oben in der Scheune ging Nachtvogel mit Falkenschwinge ans Werk und fegte die Goblins von der Leiter, die jetzt versuchten, den Heuboden zu erreichen. Im nächsten Moment stellte er verblüfft fest, daß er dabei nicht allein war, denn ein zweiter Bogenschütze kam ihm zu Hilfe.

»Roger hat mir erzählt, was du vorhattest«, erklärte ihm Belli'mar Juraviel. »Ein guter Anfang!« fügte er noch hinzu und jagte einem Goblin, der ihm unvorsichtigerweise ins Blickfeld geraten war, einen Pfeil zwischen die Rippen.

Als sie merkten, daß es keine Möglichkeit gab, die Leiter hinaufzugelangen, liefen die restlichen Goblins zur unteren Tür, stießen diese sperrangelweit auf und stürzten hinaus ins Tageslicht.

Da zuckte auch schon ein Blitz und mähte die meisten von ihnen nieder.

Von oben nahm der Elf die Übriggebliebenen unter Beschuß.

Der Hüter überließ das Feld vorübergehend seinem Freund und huschte die Leiter hinunter. Mit einer Rolle landete er am Boden, wich einem Speer aus, zielte, schoß einem Goblin einen Pfeil mitten ins Gesicht und erledigte dann noch einen, der gerade zur Tür rannte.

Dann war alles ruhig, zumindest drinnen, doch Nachtvogel spürte, daß er nicht allein war. Er legte den Bogen beiseite, zog sein Schwert und schlich leise vorwärts.

Draußen wurden die Schreie immer spärlicher. Nachtvogel näherte sich einem Heuballen. Er lehnte sich mit dem Rücken dagegen und horchte angestrengt.

Da waren Atemgeräusche.

Er fuhr mit einem Ruck herum und hielt gerade lange genug inne, um sich zu vergewissern, daß es tatsächlich ein Goblin war und nicht irgendein unglückseliger Gefangener, dann trennte er dem Scheusal mit einem Schlag seinen häßlichen Kopf von den Schultern. Draußen im Sonnenlicht kamen ihm Pony und Juraviel mit Symphony entgegen. Auch sie hatten ihre Aufgabe inzwischen erledigt.

Und während der Elf mit Elbryan dablieb, um das neue Terrain zu sondieren, ritt Pony zurück und holte die anderen.

»Ich kann jetzt leider nicht wieder zurück«, erwiderte der Fahrer, als ihm Jojonah am nächsten Morgen von seinem Vorhaben erzählte. »Dabei würde ich Euch natürlich herzlich gern helfen. Aber meine Geschäfte –«

»Sind selbstverständlich wichtiger«, sagte Jojonah verständnisvoll.

»Am besten nehmt Ihr ein Schiff«, fuhr der Mann fort. »Die meisten fahren für den Sommer nach Norden und aufs offene Meer. Am liebsten wär ich selber mit einem gekommen, aber um diese Zeit gehen nur wenige nach Süden.«

Meister Jojonah strich sich über das stoppelige Kinn. Er hatte kein Geld, aber es würde ihm schon etwas einfallen. »Also dann zum nächsten Hafen«, sagte er.

»Nach Süden und dann nach Osten«, erwiderte der Mann. »Bristole heißt die Stadt, haben sie nur gebaut, um die Schiffe auf Vordermann zu bringen, sonst nix. Kein großer Umweg für mich.«

»Da wäre ich Euch wirklich dankbar«, antwortete der Mönch.

Und nach einem herzhaften Frühstück, das die gutmütigen Leute ihnen gratis verabreicht hatten, waren sie auch schon unterwegs, und erst als der Wagen die Straße hinunterrumpelte, merkte Meister Jojonah, daß es ihm schon wieder viel besser ging. Trotz des Gerüttels war ihm das Frühstück gut bekommen, und es kam ihm so vor, als hätten die Nachrichten der letzten Nacht und die Erkenntnis, daß die Dinge viel schlimmer standen, als er geglaubt hatte, wieder Kraft in seinen angegriffenen Körper gepumpt. Er konnte sich jetzt einfach keine Schwäche leisten.

Bristole war die kleinste Stadt, die Jojonah je gesehen hatte, und sie erschien dem Mönch seltsam unausgewogen. Die Docks waren ausgedehnt, mit langen Werften, die Platz für zehn große Schiffe boten. Im Gegensatz dazu gab es nur wenige Gebäude, zu denen auch zwei kleine Warenhäuser gehörten. Erst als der Wagen in das Häuserviertel einbog, wurde Jojonah klar, was es damit auf sich hatte.

Schiffe, die den Fluß hinauf- oder hinabfuhren, brauchten an dieser Stelle keinen Nachschub, denn der Weg von Palmaris nach Ursal war nicht lang. Die Seeleute hingegen konnten womöglich ein wenig Erholung gebrauchen, und so ließen sie die Schiffe hier einlaufen, um ihre Kräfte auf andere Weise zu regenerieren.

Von den sieben Gebäuden, die da dichtgedrängt beieinanderstanden, waren zwei Wirtshäuser und zwei Bordelle.

Meister Jojonah sprach ein kurzes Gebet, aber er war nicht

übermäßig betroffen von dieser Beobachtung. Als gutmütiger Mensch war er immer bereit, großzügig über die Schwächen des Fleisches hinwegzusehen. Was wirklich zählte, war schließlich die Kraft der Seele.

Er sagte dem hilfsbereiten Fahrer Lebewohl und wünschte, er könnte ihm mehr geben als bloße Worte, dann wandte er sich seiner nächsten Aufgabe zu. Es lagen drei Schiffe im Hafen, ein weiteres näherte sich gerade von Süden her. Der Mönch ging auf das Flußufer zu, und seine Sandalen klapperten auf dem langen Holzsteg.

»Gott mit euch, gute Leute!« rief er, als er bei dem nächstgelegenen Schiff ankam und zwei Männer sah, die sich tief über die Heckreling beugten und auf etwas, das er nicht sehen konnte, herumhämmerten. Jojonah fiel auf, daß das Schiff mit dem Heck zu ihm hin im Wasser lag, und hoffte, daß dieser Umstand auf die baldige Abfahrt schließen ließ.

»Gott mit euch!« rief er noch einmal und wedelte mit den Armen, um sich bemerkbar zu machen.

Das Hämmern hörte auf, und ein zahnloser alter Seebär mit wettergegerbter brauner Haut hob den Kopf und musterte den Mönch. »Gott mit Euch, Vater!« sagte er.

»Fahrt ihr nach Norden?« fragte Meister Jojonah. »Nach Palmaris vielleicht?«

»Nach Palmaris und zum Golf«, antwortete der Mann. »Aber so bald werden wir wohl nirgendwo hinfahren. Die Ankerleine hält nicht mehr. Die ganze Kette ist verrottet.«

Jetzt war Jojonah auch klar, warum das Schiff rückwärts im Dock lag. Er blickte hinter sich zur Stadt hinüber und überlegte, wie man das Schiff wieder flottmachen könnte. In jedem anderen Hafen hätte man die erforderlichen Gegenstände besorgen können – selbst die kümmerlichen Docks von St. Mere-Abelle hatten solche Dinge wie Ketten und Anker vorrätig. Aber Bristole war offenbar weniger für Schiffsreparaturen gedacht als für die »Auffrischung« ihrer Besatzung.

»Ist schon eine neue unterwegs von Ursal«, sagte der alte Seemann. »Müßte so in zwei Tagen hier sein. Sucht Ihr eine Überfahrt?«

»Ja, aber ich kann nicht so lange warten.«

»Also, für fünf Goldtaler könnt Ihr mitfahren«, sagte der Mann. »Ein fairer Preis, Vater.«

»Wahrhaftig, das ist es, aber ich fürchte, ich habe kein Gold und auch keine Zeit.«

»Nicht mal zwei Tage?« wunderte sich der Seebär.

»Das sind zwei Tage mehr, als ich erübrigen kann«, antwortete Jojonah.

»Verzeiht, Vater«, ertönte eine Stimme vom daneben liegenden Schiff, einer breiten, trotzigen Karavelle. »Wir segeln noch heute nach Norden.«

Jojonah winkte den beiden auf dem havarierten Schiff zu und ging näher an den Mann heran, der ihn angesprochen hatte. Er war groß, schlank und dunkelhäutig – aber nicht von der Sonne, sondern von Natur aus. Es war ein Behreneser, und nach seiner Hautfarbe zu schließen, kam er wahrscheinlich aus einer Gegend weit im Süden des Großen Gürtels.

»Ich habe leider kein Gold, um Euch zu bezahlen«, erwiderte Jojonah.

Der dunkelhäutige Mann lachte mit blitzenden Zähnen. »Aber Vater«, sagte er, »wofür braucht Ihr denn Gold?«

»Dann werde ich für meine Überfahrt arbeiten«, erbot sich Jojonah.

»Ein paar schöne Gebete können wir sicher alle gut gebrauchen, Vater«, meinte der Behreneser. »Ganz besonders nach unserem kleinen Aufenthalt hier, fürchte ich. Kommt an Bord, bitte! Wir wollten eigentlich erst am späten Nachmittag aufbrechen, aber es fehlt nur noch ein Mann, und der wird leicht zu finden sein. Wenn Ihr es eilig habt, dann haben wir es auch eilig!«

»Ihr seid zu gütig, Sir ...«

»Al'u'met«, sagte der Mann. »Kapitän Al'u'met von der schönen *Saudi Jacintha*.«

Jojonah stutzte, als er diesen seltsamen Namen hörte.

»Es bedeutet Juwel der Wüste«, erklärte Al'u'met. »Ein kleiner Scherz auf meinen Vater, der lieber wollte, daß ich auf den Dünen reite und nicht auf den Wellen.«

»So wie mein Vater wollte, daß ich Bier ausgebe und keine Gebete«, erwiderte Jojonah lachend. Er war erstaunt, einen dunkelhäutigen Behreneser als Kapitän eines Segelschiffes aus Ursal anzutreffen, und noch überraschter war er, daß der Mann ihn mit so viel Respekt behandelte. Jojonahs Orden war nicht sehr beliebt in dem südlichen Königreich. Es waren sogar des öfteren Missionare umgebracht worden, die versucht hatten, den unbelehrbaren Priestern dieses Wüstenlandes – in ihrer eigenen Sprache *Yatols* genannt – ihren Glauben aufzuzwingen.

Käptn Al'u'met half Jojonah über die letzte Stufe der Landungsbrücke und schickte dann zwei seiner Leute los, um den fehlenden Matrosen zu holen. »Habt Ihr Gepäck?« fragte er Jojonah.

»Nur das, was ich bei mir trage«, erwiderte der Mönch.

»Und wie weit fahrt Ihr mit nach Norden?«

»Bis nach Palmaris«, erwiderte Jojonah. »Oder eigentlich auf die andere Seite des Flusses. Aber ich kann die Fähre nehmen. Ich werde in St. Mere-Abelle dringend gebraucht.«

»Wir können an der Allerheiligenbucht vorbeifahren«, meinte Käptn Al'u'met. »Aber auf diesem Wege verliert Ihr mindestens eine Woche.«

»Dann nehme ich Palmaris«, sagte der Mönch.

»Genau da fahren wir hin«, erwiderte der Kapitän, und immer noch lächelnd zeigte er auf die Kabinentür, die zum Achterdeck führte. »Ich habe zwei Räume«, erklärte er. »Und für ein oder zwei Tage kann ich Euch sicherlich einen davon abtreten.«

»Ihr seid Abellikaner?«

Al'u'met grinste breit. »Drei Jahre lang war ich's«, meinte er. »In St. Gwendolyn. War der beste Griff, den ich je getan hab.«

»Aber die nächste Enttäuschung für Euren Vater«, vermutete Jojonah.

Al'u'met legte den Finger an die Lippen. »Er braucht es ja nicht zu wissen, Vater«, meinte er verschmitzt. »Draußen im Mirianik, wenn der Sturm tobt und die Wellen doppelt mannshoch über dem Bug zusammenschlagen, suche ich mir meinen eigenen Gott aus. Übrigens«, fügte er zwinkernd hinzu, »sind sie gar nicht so verschieden, der Gott meines Landes und der Eure. Ein anderes Gewand, und aus einem Priester wird ein *Yatol*.«

»Dann war Eure Bekehrung ja eine Kleinigkeit«, sagte Jojonah scherzhaft.

Al'u'met zuckte mit den Achseln. »Ich suche mir meinen Gott selbst aus.«

Jojonah nickte und erwiderte das breite Lächeln, dann machte er sich auf den Weg zur Kabine des Kapitäns.

»Mein Schiffsjunge zeigt Euch Euer Quartier«, rief ihm Al'u'met hinterher.

Der Kabinenmaat hockte in einer Ecke und spielte Würfel, als Meister Jojonah die Tür öffnete. Der Knabe, er konnte kaum älter sein als zehn Jahre, sprang erschrocken auf und steckte den Würfel ein. Dabei sah er sehr schuldbewußt drein – er hatte sich bei einer Pflichtvergessenheit erwischen lassen, das war dem Mönch klar.

»Kümmer dich um unseren Freund, Matthew!« rief Kapitän Al'u'met. »Und bring ihm, was er braucht.«

Jojonah und der Junge standen sich gegenüber und sahen sich lange von oben bis unten an. Matthews Kleider waren abgetragen wie bei allen, die auf einem Schiff arbeiteten. Aber sie waren von feiner Machart, wie es der Mönch selten bei solchen Leuten gesehen hatte. Und er war ungewöhnlich sauber, sein sonnengebleichtes Haar war ordentlich geschnitten, und seine Haut hatte einen goldbraunen Schimmer. Nur auf dem einen Unterarm des Jungen befand sich ein auffallender schwarzer Fleck.

Jojonah erkannte die Narbe und konnte sich vorstellen, welche Schmerzen der Junge ausgestanden hatte. Der Fleck rührte von einer der drei »medizinischen« Flüssigkeiten her, die man auf Segelschiffen verwendete – Rum, Teer und Urin. Der Rum diente dazu, die Würmer zu bekämpfen, die unweigerlich in den Nahrungsmitteln vorkamen, sowie die Nachwirkungen schlechten Essens, und außerdem ließ er einen die langen, einsamen Stunden vergessen. Mit dem Urin wurden Kleidung und Haare gewaschen, und so unappetitlich dieser Gedanke auch war, es war noch harmlos, verglichen mit dem flüssigen Teer. Damit wurden Hautverletzungen behandelt. Der Junge hatte sich offensichtlich den Arm aufgerissen, und so hatten die Seeleute die Wunde mit Teer versiegelt.

»Darf ich?« fragte Jojonah ruhig und griff nach dem Arm.

Matthew zögerte, wagte aber nicht zu widersprechen und hielt ihm den Arm vorsichtig hin.

Eine gute Arbeit, dachte der Mönch. Der Teer hatte sich flach auf die Haut gelegt und einen perfekten schwarzen Flicken gebildet. »Tut das weh?« fragte Jojonah.

Der Junge schüttelte den Kopf.

»Er kann nicht sprechen«, sagte Kapitän Al'u'met, der jetzt hinter dem Mönch stand.

»Euer Werk?« fragte Jojonah und zeigte auf den Arm.

»Nein, das von Cody Bellaway«, antwortete der Kapitän. »Er betätigt sich als Heilkundiger, wenn wir weit vom Hafen entfernt sind.«

Meister Jojonah nickte und ließ die Sache auf sich beruhen. Zumindest nach außen hin, denn aus seinem Kopf würde das

Bild von Matthews schwarzverfärbtem Arm nicht so bald verschwinden. Wie viele Hämatite lagen in St. Mere-Abelle eingeschlossen? Fünfhundert, vielleicht auch tausend. Jojonah wußte, daß es eine beträchtliche Anzahl war, denn er hatte als junger Mönch einmal eine Bestandsaufnahme dieser Steine vorgenommen, von denen im Laufe der Jahre am meisten von Pimaninicuit mitgebracht worden waren. Der größte Teil hatte weit weniger Kraft als der, den die Karawane zum Barbakan mitgenommen hatte, und doch fragte sich Jojonah, wieviel Gutes man damit hätte bewirken können, hätte man sie an solche Segelschiffe verteilt und jeweils einem Mann oder zweien beigebracht, ihre heilende Kraft zu nutzen. Matthews Wunde war zweifellos beträchtlich gewesen, aber Jojonah hätte sie leicht mit Zauberkraft heilen können anstatt mit Teer. So könnte den Menschen ohne große Mühe viel Leid erspart werden.

Doch der Meister dachte noch weiter. Warum überließ man nicht jeder Gemeinde – oder wenigstens je einer Gemeinde in jedem Bezirk des Königreichs – einen Hämatit und unterwies ihre Heilkundigen im Gebrauch des Steines?

Natürlich hatte er nie mit Avelyn über so etwas gesprochen, aber irgendwie wußte Meister Jojonah, daß Avelyn Desbris, wenn es in seiner Hand gelegen hätte, ohne zu zögern die kleineren Hämatite unters Volk gebracht und damit die magische Schatzkammer von St. Mere-Abelle zum Wohle aller geöffnet hätte. Zumindest hätte er die kleinsten Steine verteilt, die für niederträchtige Zwecke wie die Inbesitznahme eines anderen Menschen zu schwach waren und mit denen man keinerlei Schaden anrichten konnte.

Ja, das hätte Avelyn zweifellos getan, wenn er jemals die Gelegenheit gehabt hätte, aber das hätte Vater Markwart natürlich nie zugelassen!

Jojonah tätschelte den blonden Haarschopf des Knaben und bedeutete ihm, ihn zu seiner Kabine zu führen. Al'u'met ließ sie daraufhin allein und rief seine Leute zusammen, um das Schiff abfahrtbereit zu machen.

Bald darauf glitt die *Saudi Jacintha* aus dem Hafen von Bristole, der Wind blähte schnell die Segel und trieb das Schiff gegen die beträchtliche Strömung voran. Al'u'met kam und versicherte dem Mönch, sie würden gut vorwärts kommen, denn von Süden wehte eine steife Brise ohne irgendwelche Anzeichen für einen Sturm, und wenn der Fluß breiter würde, wäre auch der Sog nicht mehr so stark.

Der Mönch verbrachte den größten Teil des Tages in seiner Kabine, schlief und sammelte seine Kräfte, denn er wußte, daß er sie bald brauchen würde. Zwischendurch stand er kurz auf und forderte Matthew mit einem freundlichen Kopfnicken zu einem Spielchen auf, wobei er ihm versicherte, daß der Kapitän bestimmt nichts dagegen hätte, wenn er eine kleine Pause machte.

Als sie eine Stunde so beisammen waren und Würfel spielten, wünschte Jojonah, der Junge könnte reden oder wenigstens lachen. Er hätte so gern gewußt, wo er herkam und wie er in seinem zarten Alter auf einem Schiff hatte anheuern können.

Wahrscheinlich hatten ihn seine Eltern aus Armut verkauft, dachte der Mönch, und dieser Gedanke versetzte ihm einen Stich. Auf diese Weise kamen die meisten zu ihren Schiffsjungen. Allerdings hoffte Jojonah, daß Al'u'met ihn sich nicht selbst besorgt hatte, denn der Kapitän bezeichnete sich als frommen Mann, und ein Gottesmann tat solche Dinge nicht.

In der Nacht begann es leicht zu regnen, doch das konnte die *Saudi Jacintha* nicht aufhalten. Die Mannschaft war geübt und kannte jede einzelne Flußbiegung genau, und so pflügte das Schiff durch die Wellen, und am Bug schäumte die Gischt weiß im Mondlicht. Später, als der Regen nachgelassen hatte, stand Meister Jojonah vorn an der Reling und ließ sich alles noch einmal durch den Kopf gehen. Und während er so allein im Dunkel dastand und auf das leise Plätschern am Bug, das Krächzen der Tiere am Ufer und das Knattern der Segel im Wind lauschte, sah er seinen Weg ganz deutlich vor sich.

Er hatte das Gefühl, als ob Avelyn bei ihm wäre, über ihm schwebte und ihn an das Gelübde erinnerte, dem sich der Abellikaner-Orden angeblich verschrieben hatte. Und er meinte damit nicht nur die leeren Worte, sondern ihre eigentliche Bedeutung.

Er blieb fast die ganze Nacht auf und ging erst kurz vor Sonnenaufgang zu Bett, nachdem er den verschlafenen Matthew überredet hatte, ihm noch etwas Gutes zu essen zu bringen.

Zur Mittagszeit war er wieder auf und saß beim Essen neben Käptn Al'u'met, der ihm mitteilte, daß sie am nächsten Morgen am Ziel wären.

»Ihr werdet doch nicht wieder die ganze Nacht aufbleiben«, sagte der Kapitän lächelnd. »Morgen früh wollt Ihr von Bord gehen, und wenn Ihr dann eingeschlafen seid, werdet Ihr wohl nicht weit kommen.«

Doch einige Zeit später fand er Jojonah wieder an der vorderen Reling, den Blick in die Dunkelheit gerichtet und in Gedanken versunken.

»Ihr seid ein nachdenklicher Mensch«, sagte der Kapitän und trat näher an den Mönch heran. »Das gefällt mir.«

»Das könnt Ihr einfach so sagen, nur weil ich allein hier draußen stehe?« erwiderte Jojonah. »Es könnte doch sein, daß ich an gar nichts denke.«

»Nicht hier vorn am Bug«, sagte Käptn Al'u'met und stellte sich neben den Mönch. »Auch ich weiß, wie gedankenanregend dieser Platz ist.«

»Wo habt Ihr Matthew her?« platzte Jojonah unvermittelt heraus, bevor er über die Frage nachdenken konnte.

Al'u'met sah ihn von oben bis unten an. Die Überraschung stand ihm ins Gesicht geschrieben. Er blickte der Gischt hinterher und lächelte. »Die Vorstellung gefällt Euch nicht, daß ich als frommer Mann, ihn seinen Eltern abgekauft habe«, sagte der Mann scharfsichtig. »Aber das habe ich«, fügte er hinzu und sah den Mönch direkt an.

Meister Jojonah wich dem Blick aus.

»Es waren arme Schlucker, die in der Nähe von St. Gwendolyn hausten und von den Abfällen lebten, die Eure Abellikaner-Brüder ihnen hinauswarfen«, fuhr der Kapitän fort, und sein Tonfall wurde düster.

Jetzt drehte sich auch Jojonah um und sah den Mann streng an. »Und doch ist es die Kirche, die Ihr Euch ausgesucht habt«, meinte er.

»Das heißt aber nicht, daß ich mit allen einer Meinung bin, die neuerdings ihre Lehre verbreiten«, erwiderte Al'u'met ruhig. »Und was Matthew betrifft, den habe ich gekauft, und ich habe einen guten Preis bezahlt, weil er für mich ist wie ein eigener Sohn. Ihr müßt wissen, er trieb sich immer bei den Docks herum, oder jedenfalls dann, wenn er seinem jähzornigen Vater entwischen konnte. Der Kerl hat ihn ohne Grund verprügelt, obwohl der kleine Matthew damals noch nicht einmal sieben Jahre alt war. Also hab ich ihn an Bord genommen, um einen anständigen Kerl aus ihm zu machen.«

»Ein hartes Leben«, meinte Jojonah, aber es war jetzt nichts Vorwurfsvolles mehr in seiner Stimme.

»Das ist wahr«, gab der Behreneser zu. »Der eine liebt es, und der andere haßt es. Matthew wird seine eigene Entscheidung treffen, wenn er alt genug ist. Wenn er die See liebt, so wie ich, dann muß er wohl oder übel an Bord bleiben – und das hoffe ich sehr. Ich fürchte, die *Saudi Jacintha* wird mich überleben, und es wäre schön, wenn Matthew mein Werk fortführen könnte.«

Al'u'met wandte sich zu dem Mönch um und wartete schweigend, bis Jojonah ihn direkt ansah. »Und wenn er den Geruch und das Geschaukel der Wellen nicht ausstehen kann, dann steht es ihm frei zu gehen«, sagte der Mann aufrichtig.

»Und wohin er auch geht, ich werde dafür sorgen, daß er gute Voraussetzungen hat. Darauf gebe ich Euch mein Wort, Meister Jojonah von St. Mere-Abelle.«

Jojonah glaubte ihm, und sein Lächeln kam aus vollem Herzen. Unter den tüchtigen Seeleuten seiner Zeit war Kapitän Al'u'met mit Sicherheit ein ganz besonderes Exemplar.

Eine Zeitlang standen sie beide schweigend da, starrten ins dunkle Wasser und hörten auf das Plätschern am Bug und den Wind.

»Ich kannte Abt Dobrinion«, sagte Kapitän Al'u'met schließlich. »Ein guter Mann.«

Jojonah sah ihn verwundert an.

»Euer Begleiter, der Wagenlenker, hat in Bristole von der Tragödie erzählt, als Ihr nach einer Überfahrt suchtet«, erklärte der Kapitän.

»Dobrinion war wirklich ein guter Mensch«, erwiderte Jojonah. »Und sein Tod ist ein großer Verlust für meinen Orden.«

»Für die ganze Welt«, bestätigte Al'u'met.

»Woher kennt Ihr ihn?«

»Ich kenne viele der Kirchenoberen, denn da ich ständig unterwegs bin, habe ich schon viele Stunden in allen möglichen Klöstern verbracht, unter anderem auch im Kloster von St. Precious.«

»Wart Ihr jemals in St. Mere-Abelle?« fragte Jojonah, obwohl er es sich nicht vorstellen konnte, denn sonst würde er sich an diesen Mann erinnern.

»Wir haben einmal dort angelegt«, erwiderte der Kapitän. »Aber dann ist das Wetter umgeschlagen, und wir hatten noch eine weite Reise, so daß ich gar nicht mehr von den Docks weggegangen bin. Außerdem war St. Gwendolyn nicht mehr weit weg.«

Jojonah schmunzelte.

»Aber ich bin doch einmal Eurem ehrwürdigen Vater begegnet«, fuhr der Kapitän fort. »Das war im Jahre 819 oder 820.

Die Zeit vergeht so schnell. Vater Markwart hatte nach seetüchtigen Segelschiffen verlangt. Ich bin eigentlich kein Flußschiffer, wißt Ihr, aber letztes Jahr hatten wir ein bißchen Pech – ein Pauri-Tonnenboot, diese elenden Zwerge waren einfach überall – und sind deshalb in diesem Frühjahr erst spät aus dem Hafen herausgekommen.«

»Ihr seid also dem Ruf von Vater Markwart gefolgt«, drängte Jojonah.

»Ja, aber er wollte mein Schiff nicht«, erwiderte Al'u'met beiläufig. »Um die Wahrheit zu sagen, ich glaube, es hatte etwas mit meiner Hautfarbe zu tun. Ich glaube, Euer ehrwürdiger Vater traut einem Behreneser nicht über den Weg, schon gar nicht einem, der damals noch nicht die Weihen Eurer Kirche empfangen hatte.«

Jojonah nickte zustimmend. Markwart hätte niemals einen Mann aus dem Süden für die Fahrt nach Pimaninicuit genommen. Angesichts des sorgfältig geplanten tödlichen Ausgangs dieser Reise fand der Mönch das geradezu lächerlich.

»Kapitän Adjonas und sein Schiff *Windläufer* hatten die besseren Karten«, erklärte Al'u'met. »Er ist schon auf dem offenen Mirianik gesegelt, bevor ich zum ersten Mal ein Ruder in der Hand hatte.«

»Dann wißt Ihr also von Adjonas?« fragte Jojonah. »Und vom Ende der *Windläufer?*«

»Jeder Seemann an der Zerschmetterten Küste weiß davon«, erwiderte Kapitän Al'u'met. »Ist draußen vor der Allerheiligenbucht passiert, sagen sie. Muß schwere See gewesen sein, obwohl es mich schon wundert, daß es einen alten Hasen wie Adjonas so nah bei den Klippen erwischt hat.«

Jojonah nickte nur. Er konnte es nicht über sich bringen, die schreckliche Wahrheit zu enthüllen und diesem Mann zu erzählen, daß Adjonas und seine Mannschaft in den seichten Gewässern der Allerheiligenbucht von den Männern des Glaubens ermordet worden waren, dem Al'u'met sich aus freien Stücken angeschlossen hatte. Als er jetzt daran zurückdachte, konnte Meister Jojonah es kaum fassen, daß er sich an dieser schrecklichen Gepflogenheit beteiligt hatte. War das wirklich schon immer so gewesen, wie man im Orden behauptete?

»Ein vortreffliches Schiff und eine großartige Mannschaft«, betonte Al'u'met voller Bewunderung.

Jojonah nickte wieder, obwohl er in Wirklichkeit kaum einen der Matrosen gekannt hatte, nur Kapitän Adjonas und seinen ersten Maat Bunkus Smealy, den er überhaupt nicht hatte leiden konnte.

»Geht jetzt zu Bett, Vater«, sagte Kapitän Al'u'met. »Ihr habt einen harten Tag vor Euch.«

Auch Jojonah dachte, daß es Zeit wäre, die Unterhaltung zu beenden. Al'u'met hatte ihm ungewollt viel zu denken gegeben, Erinnerungen in ihm wachgerufen und sie in einem neuen Licht erscheinen lassen. *Das heißt nicht, daß ich mit allen einer Meinung bin, die neuerdings ihre Lehre verbreiten,* hatte Al'u'met gesagt, und diese Worte bestätigten auf wahrhaft hellsichtige Weise die Enttäuschung des Meisters.

In dieser Nacht schlief Jojonah gut, besser als er es seit seiner Ankunft in Palmaris je getan hatte, und seit die Welt aus den Fugen geraten war. Bei Tagesanbruch wurde er von lautem Rufen geweckt, das die Lichter des Hafens ankündigte, und so raffte er seine spärliche Habe zusammen und eilte an Deck. Doch alles, was er sah, war eine dichte graue Nebeldecke. Die ganze Mannschaft befand sich an Deck, die meisten standen mit Laternen an der Reling und spähten in die Dunkelheit hinaus. Jojonah sagte sich, daß sie nach Felsen oder anderen Schiffen Ausschau hielten, und ein Schauer lief ihm das Rückgrat hinunter. Doch dann sah er Kapitän Al'u'met, der gelassen dastand, als wäre nichts Besonderes vorgefallen, und das beruhigte ihn wieder. Er ging zu dem Mann hinüber.

»Ich habe die Rufe gehört«, meinte der Mönch. »Allerdings

bezweifle ich, daß man bei diesem Nebel überhaupt Lichter sehen konnte.«

»Wir haben welche gesehen«, versicherte ihm Al'u'met und lächelte. »Wir kommen immer näher.«

Jojonah folgte dem Blick des Kapitäns über den Bug und versuchte, in der Dunkelheit etwas zu erkennen. Ihm war, als hätte er den Orientierungssinn verloren; irgend etwas schien nicht zu stimmen, er wußte nur nicht, was es war. Er stand eine ganze Weile still da und überlegte, bis ihm der Stand der Sonne auffiel, die als hellerer Klecks durch das Grau vor dem Schiff hindurchschimmerte.

»Wir fahren nach Osten«, sagte er plötzlich, an Al'u'met gewandt. »Aber Palmaris liegt am westlichen Ufer.«

»Ich dachte, ich könnte Euch die Stunden auf der vollen Fähre ersparen«, erwiderte dieser. »Obwohl sie bei dem Wetter wahrscheinlich gar nicht fahren wird.«

»Kapitän, das hättet Ihr doch nicht –«

»Kein Problem, mein Freund«, erwiderte Al'u'met. »Sie hätten uns sowieso nicht nach Palmaris hineingelassen, bevor sich der Nebel verzogen hätte, da sind wir, anstatt vor Anker zu gehen, lieber umgekehrt nach Amvoy, einem kleineren Hafen mit weniger strengen Regeln.«

»Land in Sicht!« ertönte jetzt ein Ruf von oben.

»Der Hafen von Amvoy!« bestätigte ein anderer Matrose.

Jojonah sah Al'u'met an, der aber zwinkerte nur lächelnd.

Bald darauf glitt die *Saudi Jacintha* sanft in die Docks von Amvoy, und die Matrosen vertäuten sie geschickt.

»Gehabt Euch wohl, Meister Jojonah von St. Mere-Abelle!« sagte Al'u'met herzlich, als er den Mönch zum Landungssteg brachte. »Möge der Verlust des guten Abts Dobrinion uns allen Kraft geben.« Damit schüttelte er Jojonah die Hand, und der Mönch wandte sich zum Gehen.

Am Rande des Stegs hielt er inne, hin und her gerissen zwischen Vorsicht und Verantwortungsgefühl.

»Kapitän Al'u'met«, sagte er plötzlich und drehte sich noch einmal um. Er merkte, wie etliche Matrosen in der Nähe aufmerksam wurden, aber das focht ihn nicht an. »In den kommenden Monaten werdet Ihr Geschichten zu hören bekommen von einem Mann namens Avelyn Desbris. Bruder Avelyn, der früher einmal in St. Mere-Abelle war.«

»Den Namen kenne ich nicht«, erwiderte Kapitän Al'u'met.

»Aber Ihr werdet von ihm erfahren«, versicherte ihm Meister Jojonah. »Und Ihr werdet schreckliche Geschichten über diesen Mann hören, in denen man ihn als Dieb, Mörder und Ketzer bezeichnen und seinen Namen durch das Höllenfeuer ziehen wird.«

Der Kapitän sagte nichts, als Jojonah innehielt und schwer schluckte.

»Ich sage Euch jedoch in heiligem Ernst«, fuhr der Mönch fort, und er schluckte noch einmal, denn ihm war bewußt, daß er jetzt an einen heiklen Punkt gekommen war, »daß diese Geschichten nicht wahr sind. Oder zumindest werden sie ein stark verzerrtes Bild von Bruder Avelyn abgeben, der, das kann ich Euch versichern, stets seinem von Gott beseelten Gewissen gefolgt ist.«

Einige Mitglieder der Mannschaft zuckten nur verständnislos mit den Achseln, doch Kapitän Al'u'met erkannte sehr wohl, wie ernst dem Mönch die Sache war, und ihm war klar, daß dies einen entscheidenden Augenblick im Leben des Mannes darstellte. Und er konnte Jojonahs Tonfall entnehmen, daß die Geschichten über diesen ihm unbekannten Mönch möglicherweise eines Tages auch ihn betreffen würden, so wie jeden anderen, der etwas mit dem Abellikaner-Orden zu tun hatte. Er nickte mit ernster Miene.

»Nie hat der Abellikaner-Orden einen Besseren hervorgebracht als Avelyn Desbris!« sagte Jojonah überzeugt, drehte sich dann um und verließ die *Saudi Jacintha*. Er wußte, was er mit seinen Worten riskiert hatte, denn dieses Schiff würde wahrscheinlich eines Tages wieder einmal nach St. Mere-Abelle kommen, und dann würden Kapitän Al'u'met oder einer seiner Männer, die ihm eben zugehört hatten, sich mit den Mönchen der Abtei unterhalten, vielleicht sogar mit Vater Markwart selbst. Doch aus irgendeinem Grunde versuchte Jojonah nicht, die Geschichte weiter auszuführen, sondern er ließ sie so stehen, wie er sie eben erzählt hatte, offen und einfach. Und dabei sollte es bleiben.

Und doch plagten ihn immer noch Zweifel, als er in die Stadt Amvoy kam. Er suchte sich einen Wagen, der ihn nach Osten mitnahm, und obwohl der Fahrer ein Kirchenmitglied war und ebenso freundlich und entgegenkommend wie Kapitän Al'u'met, erzählte Meister Jojonah die Geschichte von Avelyn nicht noch einmal, als er sich drei Tage später nur wenige Meilen von St. Mere-Abelle entfernt von ihm verabschiedete.

Erst beim Anblick des Klosters vergingen dem Meister schließlich seine Zweifel. St. Mere-Abelle war in jeder Hinsicht ein beeindruckender Ort, mit seinen altehrwürdigen Mauern war es ein fester Bestandteil der Felsenküste. Immer wenn er die Abtei so von außen betrachtete, dachte Jojonah an die lange Geschichte des Ordens und an ihre Tradition, die viel älter war als Markwart und das letzte Dutzend Äbte vor ihm. Und wieder einmal hatte Jojonah das Gefühl, daß Avelyns Geist ihm zum Greifen nah war, und ihn überkam das Bedürfnis, tiefer in die Vergangenheit der Kirche einzutauchen und in die Jahrhunderte zurückzublicken. Denn Meister Jojonah konnte sich einfach nicht vorstellen, daß sie in ihrer jetzigen Form jemals hätte so mächtig werden können. Inzwischen zog es die Leute aus Gewohnheit zu diesem Glauben, weil ihre Eltern, Großeltern und Urgroßeltern ihm auch schon angehört hatten. Und nur wenige waren ihm wie Al'u'met aus eigener Überzeugung beigetreten.

Das konnte nicht immer so gewesen sein, dachte Jojonah.

St. Mere-Abelle, dieses riesige, imposante Kloster, hätte nicht mit Hilfe der paar Aufrechten gebaut werden können, die heutzutage noch aus tiefstem Herzen der Lehre dieser Kirche anhingen. Unter dem Eindruck dieser Erkenntnis näherte sich Meister Jojonah dem mächtigen Tor der Abtei, die er die meiste Zeit seines Lebens sein Zuhause genannt hatte und die ihm jetzt nur noch als bloße Fassade erschien. Zwar kannte er die ganze Wahrheit noch nicht, doch mit Hilfe von Avelyns Geist, der ihn leitete, würde er sie schon noch herausfinden.

3. In die Falle gegangen

Es machte Connor Bildeborough kein bißchen nervös, die vertrauten und vorläufig noch sicheren Grenzen von Palmaris hinter sich zu lassen. Er war in den letzten Monaten oft im Norden gewesen und völlig sicher, daß er jedem Ärger, der ihn dort oben erwarten mochte, aus dem Weg gehen konnte. Die gefährlichen Riesen waren rar geworden, und Goblins und Pauris besaßen keine Pferde und würden Greystone niemals einholen.

Und so schlug der junge Edelmann in der ersten Nacht, etwa dreißig Meilen von der Stadt entfernt, ganz unbesorgt sein Lager auf. Er wußte, wie man sich gut vor fremden Blicken verbarg, und da es Sommer war, brauchte er nicht einmal ein Feuer. So verkroch er sich unter den Zweigen einer buschigen Fichte, und sein Pferd wieherte leise in der Nähe.

Am nächsten Tag und in der folgenden Nacht machte er es ebenso. Er mied die einzige richtige Straße, die hier hinaufführte, aber da er sich gut auskannte, fand er immer einen Weg, auf dem er zügig vorankam.

Am dritten Tage befand er sich schon gut hundert Meilen nördlich von Palmaris, als er plötzlich die Ruinen eines Bauernhauses und einer Scheune vor sich sah. Die Spuren in der Umgebung sagten dem erfahrenen Jäger sofort, daß hier in den letzten zwei Tagen ein Trupp Goblins vorbeigekommen war, es mußten mindestens zwanzig gewesen sein. Da der Himmel dicht verhangen war und er fürchtete, der Regen könnte die Spuren verwischen, setzte sich Connor sofort wieder in Bewegung und folgte der deutlichen Fährte. Am späten Nachmittag hatte er die wilde Horde eingeholt, als eben ein leichter Regen einsetzte. Er war froh festzustellen, daß es sich tatsächlich nur um Goblins handelte, allerdings waren es doppelt so viele, wie er angenommen hatte, und sie waren bis an die Zähne bewaffnet und relativ straff organisiert. Als er sah, daß sie in nordwestliche Richtung marschierten, beschloß er, ihnen zu folgen. Wenn es stimmte, was er vermutete und was ihm die Gerüchte zugetragen hatten, dann würden ihn diese törichten Goblins geradewegs zum Kriegsschauplatz und damit zu der Person führen, die dort mit den Zaubersteinen hantierte.

Eine halbe Meile von den lärmenden Goblins entfernt schlug er sein Lager auf. Irgendwann mitten in der Nacht schlich er sich näher heran – und staunte erneut über die straffe Organisation dieser normalerweise eher verlotterten Kreaturen. Trotzdem gelang es ihm, etliche Gesprächsfetzen aufzuschnappen, zum größten Teil Nörgeleien, aber auch die Bestätigung, daß die meisten Riesen tatsächlich nach Hause gegangen und die Pauris viel zu sehr mit ihrem eigenen Wohlergehen beschäftigt waren, um sich über irgendwelche Goblins den Kopf zu zerbrechen.

Dann lauschte er gespannt dem Disput zweier Goblins, die sich über ihr Reiseziel stritten. Der eine von ihnen wollte nach Norden, zu dem Lager bei den beiden Städten – Connor war klar, daß sie Caer Tinella und Landsdown meinten.

»Pah!« schimpfte der andere. »Du weißt ganz genau, daß Kos-kosio mausetot ist und Maiyer Dek auch. Da oben gibt's bloß noch diesen Nachtvogel und seine Mörderbande. Die Städte sind sowieso hin, du Blödmann, da regnet's jeden Tag Feuerkugeln.«

Ein breites Grinsen überzog Connors Gesicht. Er kehrte zu seinem improvisierten Lager zurück und stahl sich ein paar Stunden Schlaf, doch lange vor Tagesanbruch war er schon wieder auf den Beinen und abmarschbereit. Erneut folgte er den Goblins in der Absicht, notfalls mit ihnen einen großen Bogen nach Westen zu machen und dann wieder zurückzukehren und die Gegend um Caer Tinella und Landsdown zu erkunden. An diesem Tage regnete es noch stärker als am vorhergehenden, doch Connor konnte das kaum etwas anhaben.

Sie machten Rast im Schutze der Gebäude, benutzten den Brunnen und fanden zu ihrer großen Freude tatsächlich frische Eier und frische Milch. Außerdem entdeckten sie in der Scheune einen Wagen und einen Ochsen, ein paar Wetzsteine, um ihre Klingen zu schärfen, und eine Mistgabel, von der Tomas meinte, sie würde sich ausgezeichnet im Bauch eines Riesen ausnehmen. Roger stöberte in der Scheune ein dünnes Seil und eine kleine Seilwinde auf, die er problemlos mitnehmen konnte. Er hatte keine Ahnung, wofür er sie brauchen würde, außer vielleicht, um eines Tages den Wagen aus dem Morast zu ziehen, aber er nahm die Sachen sicherheitshalber erst einmal an sich.

Und so waren die Flüchtlinge, als sie später am Abend das Gehöft wieder verließen, frisch gestärkt für die letzte Etappe ihrer Reise.

Wie üblich setzten sich Roger und Juraviel an die Spitze der Gruppe. Der Elf hüpfte behende unter den niedrigen Ästen der Bäume entlang, und Roger zog unermüdlich in einigem Abstand vor ihnen her und hielt die Augen offen.

»Du hast dich heute tapfer geschlagen«, sagte Juraviel unerwartet und brachte Roger damit ganz aus dem Konzept.

Der junge Mann sah den Elfen erstaunt an. Die beiden hatten seit ihrer Auseinandersetzung kaum ein Wort miteinander geredet.

»Nachdem du das Gehöft entdeckt hattest, hast du, ohne mit der Wimper zu zucken, die Rolle akzeptiert, die dir Nachtvogel zugewiesen hat«, meinte der Elf.

»Was hätte ich denn sonst tun sollen?«

»Du hättest widersprechen können«, erwiderte Juraviel. »Ich glaube, der Roger Flinkfinger, den ich kannte, hätte die Anweisung, bei den anderen zu bleiben, als Beleidigung aufgefaßt und sich dagegen gewehrt, wahrscheinlich wäre er sogar trotzdem zu dem Bauernhaus gelaufen. Der Roger, den ich kannte, wäre gar nicht erst zu Nachtvogel und den anderen gekommen, um ihnen Bescheid zu sagen, bevor er sich selbst die Pauris und Goblins vorgeknöpft hätte.«

Roger dachte einen Augenblick nach und kam zu dem Schluß, daß der Elf gar nicht so unrecht hatte. Als er das Haus entdeckt hatte, war sein erster Impuls gewesen, hineinzugehen und sich ein bißchen umzusehen und zu amüsieren. Doch dann war er sich der Gefährlichkeit dieses Vorgehens bewußt geworden, nicht so sehr für ihn selbst als für die anderen, die nicht mehr weit entfernt waren. Selbst wenn sie ihn nicht erwischt hätten – und davon war er natürlich überzeugt –, so hätte er die anderen doch womöglich nicht mehr rechtzeitig warnen können und sie ahnungslos in die Falle laufen lassen.

»Du hast mich also verstanden«, meinte der Elf.

»Ich weiß schon, was ich getan habe«, antwortete Roger knapp.

»Und du weißt auch, daß du gut daran getan hast«, sagte Juraviel, und dann fügte er mit schelmischem Grinsen hinzu: »Du lernst schnell.«

Rogers Augen wurden schmal, und er sah den Elfen wütend an. Er brauchte ihn wahrhaftig nicht an diese »Lektion« zu erinnern.

Doch Juraviels anerkennendes Lächeln versöhnte ihn bald wieder, und nun wußte Roger, daß sie sich verstanden, er und dieser Elf. Die Lektion hatte gewirkt, das mußte er zugeben. Es war hier um mehr gegangen als sein eigenes Leben, und so hatte er auf diejenigen hören müssen, die mehr Erfahrung hatten als er. Er schluckte seinen Groll hinunter und grinste verschwörerisch.

Auf einmal spitzte Juraviel die Ohren und sah sich um. »Da kommt jemand!« sagte er und war so plötzlich zwischen den Bäumen verschwunden, daß Roger sich verdutzt die Augen rieb.

Dann suchte sich der junge Mann geschwind ein Versteck. Erleichtert stellte er kurz darauf fest, daß es eine Frau aus seiner Gruppe war, die ebenfalls die Gegend erkunden wollte. Als er hinter dem Baum hervortrat, hätte sie ihm vor Schreck beinahe ihren Dolch in die Brust gestoßen.

»Warum bist du so nervös?« meinte Roger lakonisch.

»Feinde«, erwiderte die Frau. »Sie ziehen südlich von uns nach Westen.«

»Wie stark?«

»Ganz schön, vierzig vielleicht«, sagte sie.

»Und was sind es für welche?« fragte jemand von den Zweigen herab.

Die Frau blickte nach oben, obgleich sie genau wußte, daß sie doch nichts von Nachtvogels ungreifbarem Freund zu Gesicht bekäme. Nur wenige der Späher hatten Juraviel bisher gesehen, wenn auch alle von Zeit zu Zeit seine wohlklingende Stimme hörten. »Goblins«, erwiderte sie. »Nur Goblins.«

»Dann geh wieder auf deinen Posten«, sagte der Elf. »Und sieh zu, daß du den nächsten findest und der wieder den nächsten, so daß alle Späher miteinander in Verbindung stehen und man sich schnell verständigen kann.«

Die Frau nickte und eilte davon.

»Wir können sie ja an uns vorbeilassen«, schlug Roger vor,

als Juraviel auf einem der unteren Äste wieder zum Vorschein kam.

Der Elf sah ihn nicht an, sein Blick war weit in die Ferne gerichtet. »Geh und sag Nachtvogel, er soll einen Überraschungsangriff vorbereiten«, meinte er.

»Nachtvogel hat gesagt, wir sollen uns auf nichts einlassen«, hielt ihm Roger entgegen.

»Es sind nur Goblins«, erwiderte Juraviel. »Aber wenn sie zu einer größeren Truppe gehören, könnten sie uns gefährlich werden, also müssen wir sie schnell beseitigen. Sag Nachtvogel, ich bestehe auf einem Angriff!«

Roger sah den Elfen nachdenklich an, und Juraviel dachte schon, er würde sich weigern. Und das hatte Roger tatsächlich vorgehabt, doch dann bezwang sich der junge Mann, nickte und rannte los.

»Und, Roger«, rief Juraviel ihm nach, so daß der andere stehenblieb, bevor er noch fünf Schritte getan hatte. Er wandte sich um und sah den Elfen an.

»Sag Nachtvogel, daß es deine Idee war«, meinte Juraviel. »Und daß ich vollkommen deiner Meinung bin. Überzeug ihn davon, daß wir die Goblins schnell und hart schlagen müssen; es ist dein Vorschlag.«

»Das wäre gelogen«, protestierte Roger.

»Wirklich?« fragte der Elf. »Als du von den Goblins erfahren hast, hast du da nicht zuerst gedacht, wir sollten sie angreifen? Und hast du dich nicht nur aus Gehorsam zurückgehalten?«

Der junge Mann schürzte die Lippen und dachte darüber nach. Das war allerdings wahr.

»Es ist nichts dagegen einzuwenden. Du hast wiederholt unter Beweis gestellt, daß deine Meinung ernst zu nehmen ist. Das weiß Nachtvogel ebensogut wie Pony und ich.«

Da drehte sich Roger wieder um und lief los, und diesmal hatte sein Gang etwas ausgesprochen Beschwingtes an sich.

»Mein Baby!« schrie die Frau. »Bitte, tut ihm nichts!«

»Hä?« krächzte der eine Goblin, als er die unerwartete Stimme hörte, sah seinen Anführer an und kratzte sich am Kopf. Die Horde aus den Moorlanden war in der Sprache dieses Landes nicht sehr bewandert. Allerdings kannten sie durch ihre Zusammenarbeit mit den Pauris zumindest die Grundbegriffe.

Der Goblinführer sah, wie seine Leute unruhig mit den Füßen scharrten. Sie gierten nach Blut, waren allerdings nicht besonders erpicht auf eine richtige Schlacht, und hier schien ihnen eine leichte Beute in die Hände gefallen zu sein. Der wolkenverhangene Himmel war endlich aufgerissen, und ein leuchtender Vollmond erhellte die Nacht.

»Bitte!« fuhr die unsichtbare Frau fort. »Es sind doch alles noch Kinder.«

Nun war es mit der Geduld der Goblins vorbei. Noch ehe der Anführer das Stichwort gegeben hatte, fielen sie Hals über Kopf in den Wald ein, denn jeder von ihnen wollte der erste sein.

Da drang ein weiterer Schrei aus dem Dunkel herüber, aus gleicher Entfernung. Die Goblins setzten ihre blindwütige Hetzjagd durchs Unterholz fort, stolperten dabei immer wieder über Wurzeln, rappelten sich aber jedesmal gleich wieder auf. Schließlich waren sie alle auf einer kleinen Lichtung angelangt, die auf ihrer Rückseite von einem Haufen Felsbrocken, auf der linken Seite von einem Kiefernhain und auf der rechten von einem Wäldchen aus Eichen und Ahornbäumen begrenzt wurde.

Von irgendwo hinter den Kiefern war nun wieder die Stimme der Frau zu hören, aber diesmal war es kein Verzweiflungsschrei, sondern ein leiser, spöttischer Singsang.

Goblins, Goblins, blind und dumm,
rennen nur im Kreis herum.

*Sitzen, eh sie's noch gedacht
in der Falle, gebt nur acht.*

»Hä?« fragte der Goblin noch einmal.
 Da nahm eine andere Stimme aus dem Schatten der Bäume mit glockenhellem Klang die kleine Weise auf.

*Elfenpfeil und Zauberschwert
haben euch den Krieg erklärt.
Vergelten jede Missetat
erbarmungslos und ohne Gnad'.
Bis einst der Barden Spottgesang
verkündet euren Untergang.*

Nun stimmten viele andere in das Lied mit ein, begleitet von lautem Hohngelächter, das den verdutzten Ungeheuern von allen Seiten entgegengellte. Schließlich erhob sich eine kräftige, sonore Stimme über alle anderen, und der ganze Wald schien für einen Augenblick den Atem anzuhalten.

*Da hilft kein Jammern und kein Flehn,
die böse Brut muß untergehn,
damit ein bess'rer Tag anbricht,
die Welt erstrahlt in neuem Licht.
Durch meine Hand seid ihr verdammt,
fahrt nun zur Hölle allesamt!*

Als der letzte Ton verklungen war, trat ein Mann mit einem glänzenden schwarzen Hengst neben sich hinter dem Steinhügel hervor und baute sich drohend vor den eingeschüchterten Goblins auf.
 Ein Raunen ging durch ihre Reihen: »Nachtvogel!« Und in diesem Augenblick wußten sie alle, daß sie verloren waren.
 Von einem nahegelegenen Hügel sah sich Connor Bilde-

borough das Schauspiel mit wachsendem Interesse an. Denn die erste Stimme, die der Frau, nahm ihn unwillkürlich gefangen. Dieser Stimme hatte er so viele wunderbare Monate lang gelauscht.

»Ich würde euch ja erlauben, euch zu ergeben«, sagte der Hüter. »Aber ich fürchte, ich wüßte gar nicht, wohin mit euch, außerdem traue ich euch üblem Pack nicht über den Weg.«

Der Anführer der Goblins hielt seine Waffe fest umklammert und marschierte dreist auf sein Gegenüber zu.

»Bist du der Anführer dieses elenden Haufens?« fragte der Hüter.

Keine Antwort.

»Schurke!« rief Nachtvogel und zeigte mit dem Finger auf den Helm des Goblin. »Du bist des Todes!«

Der scharfe Ton fuhr den andern in die Glieder, und dann starrten sie ungläubig auf ihren Anführer, dessen Kopf plötzlich zur Seite klappte. Bereits tot, stürzte der Goblin zu Boden.

»Und wer kommt als nächster?« fragte der Hüter drohend.

Da verfielen die Goblins in heillose Panik und versuchten auf jedem erdenklichen Wege die Flucht zu ergreifen. Aber Nachtvogels Truppe war die ganze Zeit über nicht untätig gewesen, und so wartete bereits ein starkes Aufgebot an Bogenschützen im Wald auf die Ungeheuer und empfing sie mit einem Hagel spitzer Pfeile. Als sie kehrtmachten und in die andere Richtung laufen wollten, krachte ein gewaltiger Blitzschlag zwischen den Kiefern hervor, der sie alle blendete und etliche von ihnen tötete.

Dann kamen Nachtvogel und seine Krieger und stürmten auf den orientierungslos herumirrenden Haufen los.

Und auch Connor Bildeborough zückte sein Schwert und gab seinem Pferd die Sporen. Er hatte genug gesehen und gehört, nun stürzte er sich kopfüber in die Schlacht, den Namen seiner Jilly auf den Lippen.

Nachtvogel schien überall gleichzeitig zu sein, und er stärkte seinen Kriegern den Rücken, wann immer die Goblins irgendwo einen Vorteil errangen.

Von seinem Hochstand in der Eiche deckte Belli'mar Juraviel mit sicherer Hand und scharfem Auge die Ungeheuer mit seinen kleinen Pfeilen ein, und er traf sogar einige mitten im Kampfgewühl.

Auf der anderen Seite stand Pony, hielt ihre Steine bereit und versuchte ihre Kräfte zu schonen, denn sie hegte die Befürchtung, daß sie den Seelenstein nur zu bald brauchen würde.

Als Connor die Lichtung erreicht hatte, war er tief beeindruckt. Das war kein Haufen von Wegelagerern! Die Blitze und Pfeile, das Ganze lief so perfekt ab – und er dachte, wenn die Soldaten des Königs genauso gut ausgebildet wären, hätte dieser Krieg schon lange ein Ende gefunden.

Er hatte gehofft, Jilly auf der Lichtung zu begegnen, aber sie war nirgends zu sehen, und er konnte jetzt nicht nach ihr suchen, denn sein Schwert wurde gebraucht. Und so versetzte er Greystone in scharfen Trab, hieb einem Goblin im Vorbeireiten den Kopf von den Schultern und trampelte einen zweiten nieder, der gerade einen Mann zu Boden geschlagen hatte.

Das Pferd strauchelte, und Connor verlor den Halt und fiel aus dem Sattel. Doch das focht ihn nicht an, denn er hatte sich nicht ernsthaft verletzt, und im nächsten Augenblick stand er schon wieder mit gezücktem Schwert da, bereit zu neuen Taten.

Doch das Glück war ihm nicht hold, denn etliche Goblins versuchten gerade an dieser Stelle durchzubrechen, und nun stand Connor allein zwischen ihnen und dem Wald. So erhob er sein Schwert und verteidigte tapfer seine Stellung, wobei er seine Gedanken auf die Magnetite konzentrierte, um ihre Anziehungskraft freizusetzen.

Ein Goblin-Schwert kam ihm in die Quere, doch er konnte es mühelos abwehren. Als der andere seine Waffe zurückziehen wollte, stellte er verblüfft fest, daß sie an der Klinge des Edelmanns hängenblieb.

Eine flinke Drehung und ein kräftiger Schwung, zusammen mit dem Nachlassen der magischen Anziehungskraft, und das Schwert des Goblin flog durch die Luft.

Doch Connor war noch lange nicht außer Gefahr, denn jetzt drängten weitere Goblins nach, und viele von ihnen hatten keine metallenen Waffen, sondern dicke Holzknüppel.

Da zischte ein kleiner Pfeil hinter Connor vorbei und fuhr einem Goblin mitten ins Auge. Noch ehe er sich nach dem Verursacher umsehen konnte, war der Krieger mit dem Hengst an seiner Seite, und sein prächtiges Schwert erstrahlte in magischem Licht.

Die Goblins machten kehrt, riefen unentwegt »O weh! O weh! Der Nachtvogel!« und schienen gar nicht zu merken, daß sie zwei Männern entflohen, um in die zuckenden Schwerter von vierzig anderen hineinzurennen.

Nach einigen Minuten war alles vorbei, und die wenigen Verletzten – nur ein oder zwei von ihnen schienen schwer verwundet zu sein – wurden rasch in das Kiefernwäldchen im Norden gebracht.

Connor kehrte zurück zu seinem Pferd und untersuchte sorgfältig die Beine des Tieres. Er stieß einen erleichterten Seufzer aus, als er feststellte, daß der schöne Greystone keine schlimmen Verletzungen davongetragen hatte.

»Wer seid Ihr?« fragte ihn der Mann auf dem Hengst und kam näher. Sein Tonfall war weder drohend noch argwöhnisch.

Connor blickte auf und bemerkte etliche Krieger, die ihn umringten und neugierig ansahen.

»Vergebt uns, aber wir haben hier oben noch nicht viele Mitstreiter getroffen«, fügte der Hüter ruhig hinzu.

»Ich bin ein Freund aus Palmaris, wie es scheint«, antwortete Connor. »Und jage Goblins.«

»Ganz allein?«

»Es hat seine Vorteile, allein unterwegs zu sein«, antwortete Connor.

»Dann seid herzlich willkommen!« sagte Elbryan und ließ sich vom Pferd gleiten. Er ging zu Connor hinüber und schüttelte ihm die Hand. »Wir haben zu essen und zu trinken, aber wir werden uns nicht lange hier aufhalten. Unser Weg führt nach Palmaris, und wir wollen die Nachtstunden nutzen.«

»Sieht ganz so aus«, meinte Connor trocken mit einem Blick auf die vielen toten Goblins.

»Seid unser Gast«, sagte Elbryan. »Es wäre uns eine Ehre und ein Vergnügen.«

»So großartig habe ich in diesem Kampf ja nicht dagestanden«, meinte Connor. »Jedenfalls nicht gemessen an dem, den sie Nachtvogel nennen«, fügte er treuherzig hinzu.

Elbryan lächelte nur und ging davon; Connor folgte ihm. Er sah sich den toten Goblin-Anführer an, beugte sich tief hinab und schob dessen verbeulten und zerfetzten Helm beiseite.

»Wie weit ist es bis zur Stadt?« fragte ihn ein schmächtiger junger Mann.

»Drei Tage«, erwiderte Connor. »Vielleicht auch vier, wenn euch irgend etwas aufhält.«

»Dann also vier«, erwiderte Roger.

Connor blickte gerade lange genug zu dem Hüter hinüber, um zu sehen, wie dieser einen Edelstein aus dem zertrümmerten Kopf des Goblin zutage förderte.

»Dann seid Ihr also der Magier«, meinte der junge Edelmann.

»Nicht ich«, erwiderte Elbryan. »Ich kann zwar in bescheidenem Maße mit den Steinen umgehen, aber das ist gar nichts verglichen mit der eigentlichen Zauberin.«

»Eine Frau?« fragte Connor atemlos.

Elbryan drehte sich um und sah Connor scharf an, und diesem wurde klar, daß er mit seiner Frage einen wunden Punkt berührt und den anderen verunsichert hatte. Da bezwang er seine Neugier und ließ das Thema vorläufig fallen. Diese Leute, zumindest derjenige von ihnen, der mit den magischen Kräften hantierte, waren in den Augen der Kirche Verbrecher, und wahrscheinlich wußten sie das und waren argwöhnisch jedem gegenüber, der ihnen zu viele Fragen stellte.

»Ich habe die Frau singen gehört«, sagte Connor ablenkend. »Ich bin ein Edelmann und kenne einige Zaubertricks, aber ich habe noch nie etwas Derartiges gesehen.«

Elbryan antwortete nicht, doch seine Gesichtszüge entspannten sich ein wenig. Dann sah er sich um und stellte fest, daß seine Leute die restlichen Goblins, die ihren Verletzungen noch nicht erlegen waren, zügig von ihren Qualen erlösten und anschließend an sich nahmen, was sie an Brauchbarem bei den Toten finden konnten. »Kommt!« forderte er den Fremden auf. »Ich muß die Leute zum Abmarsch bereitmachen.«

Dann führte er Connor mit Roger im Schlepptau in den Wald bis zu einer Stelle, wo das Unterholz nicht ganz so dicht war. Es brannten einige Feuer, um den Leuten zu leuchten, und an einem dieser Feuer sah Connor sie sitzen.

Jilly behandelte die Verwundeten. Seine Jilly, so schön – ja, noch viel schöner als damals in Palmaris, vor dem Krieg, bevor all das Elend begonnen hatte. Ihr blondes Haar war jetzt schulterlang und so dick, daß er das Gefühl hatte, er könnte sich darin verlieren, und selbst in dem schummrigen Licht der Flammen leuchteten und funkelten ihre blauen Augen.

Aus Connors hübschem Gesicht war alle Farbe gewichen, als er sich jetzt mit einem Ruck von Elbryan löste und wie in Trance auf sie zuging.

Der Hüter holte ihn jedoch sofort wieder ein und griff nach seinem Arm. »Seid Ihr verwundet?« fragte er.

»Ich kenne sie«, erwiderte Connor schwer atmend. »Ich kenne sie.«

»Pony?«

»Jilly.«

Der Hüter, der ihn noch immer festhielt, drehte ihn zu sich herum und sah ihn scharf an. Elbryan wußte, daß Pony damals in Palmaris einen Edelmann geheiratet hatte, und zwar mit verheerenden Folgen. »Wie ist Euer Name?« wollte der Hüter wissen.

Der andere straffte sich. »Connor Bildeborough von Chasewind Manor«, antwortete er, ohne zu zögern.

Elbryan wußte nicht, wie er reagieren sollte. Ein Teil von ihm hätte den Mann am liebsten niedergeschlagen – weil er Pony weh getan hatte? Nein, mußte sich der Hüter eingestehen, das war es nicht. Was ihn trieb, war pure Eifersucht, weil dieser Mann zumindest eine Zeitlang Ponys Herz besessen hatte. Auch wenn sie nicht so in Connor verliebt gewesen war, wie sie jetzt ihn liebte, auch wenn sie ihre Beziehung gar nicht vollzogen hatten, so hatte sie Connor Bildeborough doch sehr gern gehabt, hatte ihn sogar geheiratet.

Elbryan schloß für einen kurzen Moment die Augen, um seine Mitte und seine Ruhe wiederzufinden. Er mußte bedenken, was Pony empfände, wenn er sich jetzt mit dem Mann prügelte, mußte bedenken, was sie beim bloßen Anblick von Connor Bildeborough empfände. »Ihr wartet besser, bis sie mit den Verwundeten fertig ist«, sagte er ruhig.

»Ich muß sie sehen und mit ihr reden«, stammelte Connor.

»Damit schadet ihr denen, die eben an ihrer Seite gegen die Goblins gekämpft haben«, sagte der Hüter mit Nachdruck. »Ihr würdet sie nur ablenken, Master Bildeborough, und die Arbeit mit den Steinen erfordert äußerste Konzentration.«

Connor blickte zurück zu der jungen Frau, machte sogar einen Schritt in ihre Richtung, doch der Hüter hielt ihn unerbittlich zurück, und seine Kraft machte dem anderen angst. Er wandte sich wieder Elbryan zu, und ihm wurde klar, daß er jetzt doch nicht in Jillys Nähe käme, daß dieser Mann ihn notfalls mit Gewalt von ihr fernhalten würde.

»In einer Stunde wird sie fertig sein«, sagte Elbryan zu ihm. »Dann könnt Ihr sie sehen.«

Connor betrachtete währenddessen das Gesicht des Hüters, und erst jetzt begriff er, daß es da mehr als Freundschaft gab zwischen diesem Mann und der Frau, die einmal sein Weib gewesen war. Und er maß ihn unter dem Aspekt dieser neuen Erkenntnis für den Fall, daß sie sich prügeln würden.

Diese Aussicht gefiel ihm jedoch ganz und gar nicht.

Und so folgte er dem Hüter, als dieser sich an die Vorbereitungen für den Abmarsch machte. Dabei sah er, ebenso wie Nachtvogel, des öfteren zu Jill hinüber, und sie wußten beide, daß sie dasselbe dachten. Schließlich zog sich Connor ganz ans andere Ende des Lagers zurück, um einen möglichst großen Abstand zwischen sich und Jill zu legen. Ihr Anblick, das Gefühl, daß sie ihm plötzlich wieder so nah war, legten sich schwer auf sein Gemüt, und er dachte über die schönen Erinnerungen hinaus an jene schreckliche Nacht zurück, ihre Hochzeitsnacht, in der er seiner widerspenstigen Braut beinahe Gewalt angetan hätte. Und dann hatte er die Ehe annullieren und Jill dafür büßen lassen, daß sie sich ihm verweigert hatte. Er hatte dafür gesorgt, daß sie ihre Familie verlassen und ins königliche Heer gehen mußte. Was würde sie empfinden, wenn sie ihn jetzt wiedersähe? Er hatte Angst, denn er konnte sich nicht vorstellen, daß sie ihm das alles je verziehen hatte.

Sie waren schon fast eine halbe Stunde unterwegs, als Connor endlich den Mut aufbrachte, sich ihr zu nähern. Sie ritt jetzt auf Symphony, und der Hüter lief zu Fuß neben ihr her.

Als Elbryan ihn kommen sah, schaute er Pony fest in die Augen. »Ich bin bei dir«, sagte er, »ganz gleich, was du von mir verlangst, selbst wenn ich dich allein lassen muß.«

Pony sah ihn verwundert an, dann hörte sie das Hufgetrappel. Sie wußte, daß ein Fremder an der Schlacht teilgenommen hatte, ein Edelmann aus Palmaris, aber Palmaris war groß, und sie wäre nie auf die Idee gekommen, daß es Connor sein könnte.

Um ein Haar wäre sie jetzt vom Pferd gefallen, als sie den Mann sah. Ihre Knie wurden weich, und der Magen drehte sich ihr um. Der dunkle Schatten der Vergangenheit hatte sie eingeholt und drohte sie unter sich zu begraben. Das war ein Teil ihres Lebens, an den sie sich nie mehr hatte erinnern wollen. Sie hatte diese Leidenszeit überstanden, war sogar daran gewachsen, aber sie wollte das alles nicht noch einmal durchleben, schon gar nicht jetzt, mit einer so unsicheren Zukunft und so vielen Gefahren vor Augen.

Doch sie konnte die Bilder nicht abschütteln. Man hatte ihr die Kleider vom Leib gerissen und sie festgehalten wie ein Tier. Und als dieser Mann, der behauptet hatte, sie zu lieben, nicht zum Ziel gekommen war, hatte er sie wüst beschimpft und aus dem Schlafzimmer hinausgeworfen. Und auch das hatte ihm noch nicht genügt, denn dann hatte Connor – dieser edle Ritter auf seinem prächtigen, gutgepflegten Zuchthengst, mit juwelenbesetztem Schwertgürtel und Kleidern aus feinstem Tuch – die beiden Kammerzofen aufgefordert, sich mit ihm zu vergnügen, und sie damit grausam verhöhnt. Und jetzt ritt er neben ihr her, und ein Lächeln lag auf seinen unbestritten hübschen Gesichtszügen. »Jilly!« stammelte er aufgeregt.

4. Im Vorhof der Hölle

»Willst du etwa zulassen, daß man deinen geliebten Mann peinigt, nur um deine verbrecherische Adoptivtochter zu decken?« drang Vater Markwart auf die arme Frau ein.

Pettibwa Chilichunk bot einen erbärmlichen Anblick. Sie hatte tiefe bläuliche Ringe unter den Augen und schien nur noch Haut und Knochen, denn seit Gradys Tod auf der Reise fand sie kaum noch Schlaf. Früher hatte sie stets das fröhliche Naturell einer rundlichen Frau an den Tag gelegt. Davon war jetzt nichts mehr übrig. Selbst in den kurzen Zeitspannen, in denen sie vor Erschöpfung in den Schlaf sank, wurde sie alsbald wieder von Alpträumen aufgerüttelt – oder von ihren Peinigern, die niederträchtiger waren als jeder Alptraum.

»Zuerst nehmen wir uns seine Nase vor«, führte der Abt jetzt genüßlich aus.

»Genau bis hier«, fügte er hinzu und fuhr mit dem Finger an seinem Nasenflügel entlang. »Das sieht gräßlich aus und macht den armen Graevis für alle Zeiten zum Außenseiter.«

»Wie könnt Ihr so etwas tun und Euch dabei einen Gottesmann nennen!« schrie Pettibwa. Sie wußte, daß der böse alte Mann ihr nichts vormachte, sondern genau das tun würde, was er sagte. Sie hatte ihn ja gerade noch im angrenzenden Raum der tiefsten Katakomben von St. Mere-Abelle gehört, der früher ein Lagerraum gewesen war und nun als Gefängnis für die Chilichunks und Bradwarden diente. Markwart war zuerst zu Graevis gegangen, und Pettibwa hatte die Schreie nur zu deutlich durch die Mauer hindurch hören können. Nun jammerte die Frau kläglich und bekreuzigte sich ununterbrochen.

Doch Markwart blieb ungerührt. Auf einmal hielt er ihr mit einem Ruck seine grinsende Fratze um Haaresbreite vors Gesicht. »Warum?« brüllte er. »Wegen deiner Tochter, du dummes Weib! Weil sie sich mit dem Ketzer Avelyn verschworen hat und noch den Weltuntergang anzetteln wird!«

»Jilly ist ein gutes Kind!« schrie Pettibwa ihm ins Gesicht. »Sie würde niemals –«

»Sie hat ja schon längst!« fiel ihr Markwart zähneknirschend ins Wort. »Sie hat die gestohlenen Steine, und ich werde alles tun, was nötig ist – schade um Graevis! –, um sie zurückzubekommen. Dann kann Pettibwa sich ihren verstümmelten Ehemann ansehen und sich sagen, daß sie ihn auf dem Gewissen hat, genau wie ihren Sohn!«

»Ihr habt ihn umgebracht!« kreischte die Frau tränenüberströmt. »Ihr habt meinen Sohn umgebracht!«

Markwarts Gesichtszüge versteinerten zusehends, und die Frau erstarrte unter seinem eiskalten Blick. »Du kannst sicher sein«, sagte Markwart ungerührt, »du und dein Mann, Ihr werdet Grady noch beneiden.«

Die Frau schrie auf und schwankte, und sie wäre gestürzt, wenn nicht Bruder Francis hinter ihr gestanden und sie aufgefangen hätte. »Was wollt Ihr denn bloß von der armen Pettibwa, Vater!« rief sie. »Ich sag Euch ja alles!«

Ein boshaftes Grinsen breitete sich auf dem Gesicht des Abtes aus, obwohl er sich schon darauf gefreut hatte, dem dummen Graevis die Nase abzuschneiden.

Obwohl St. Mere-Abelle gut verbarrikadiert war, streng bewacht von jungen Mönchen mit Armbrüsten und älteren Schülern, die von Zeit zu Zeit mit einem wirksamen Edelstein die Mauer entlang patrouillierten, hatte Meister Jojonah, den alle erkannten und die meisten mochten, keine Schwierigkeiten, wieder in die Abtei hineinzugelangen.

Die Kunde von seiner Rückkehr war ihm vorausgeeilt, und so wurde er schon in der Eingangshalle von einem äußerst säuerlich dreinschauenden Bruder Francis empfangen. Es waren außerdem noch viele andere Mönche dort, die neugierig darauf warteten, zu erfahren, warum Jojonah zurückgekehrt war.

»Der ehrwürdige Vater will mit Euch reden«, sagte der Jüngere kurz angebunden und blickte dabei in die Runde, als spiele er vor einem Publikum und müsse ihnen zeigen, wer von beiden, er oder Jojonah, hier das Sagen hätte.

»Du scheinst den Respekt vor den Älteren verlernt zu haben«, erwiderte Meister Jojonah und wich nicht einen Schritt von der Stelle.

Francis schnaubte und wollte etwas erwidern, aber Jojonah schnitt ihm das Wort ab.

»Ich warne dich, Bruder Francis«, sagte er ernst. »Ich bin krank und habe schon zuviel erlebt. Ich weiß, daß du dich als Vater Markwarts Ziehsohn ansiehst, aber wenn du dich weiter so benimmst und es denen gegenüber, die nach Rang und Jahren über dir stehen, an Respekt fehlen läßt, dann bringe ich dich vor das Äbtekollegium. Vielleicht wird dich Vater Markwart dort in Schutz nehmen, aber die Sache wird auf jeden Fall für ihn peinlich werden, und du wirst es am Ende ausbaden müssen.«

In der Halle wurde es totenstill, und Meister Jojonah ging erhobenen Hauptes an dem verblüfften Francis vorbei.

Bruder Francis stand eine Weile regungslos da und überlegte. Die anderen sahen ihn plötzlich abschätzig an, und er begegnete ihnen mit einem drohenden Blick, doch zumindest fürs erste hatte ihn Meister Jojonah außer Gefecht gesetzt. Er stürmte aus der Eingangshalle und spürte dabei unzählige Blicke in seinem Rücken.

Meister Jojonah klopfte nur flüchtig, bevor er die unverschlossene Tür zu Markwarts Arbeitszimmer aufstieß und geradewegs auf den Schreibtisch des alten Mannes zuging.

Dieser schob ein paar Papiere beiseite, lehnte sich in seinem Sessel zurück und musterte Jojonah.

»Ich habe Euch in einer wichtigen Angelegenheit ausgesandt«, stellte der Abt fest. »Sicher konntet Ihr Eure Mission in Ursal nicht erfüllen und seid deshalb schon jetzt zu uns zurückgekehrt.«

»Ich bin gar nicht erst bis nach Ursal gekommen«, räumte Meister Jojonah ein. »Denn unterwegs bin ich krank geworden.«

»So krank seht Ihr gar nicht aus«, meinte Markwart unfreundlich.

»Unterwegs habe ich einen Mann getroffen, der mir von der

Tragödie in Palmaris erzählt hat«, erklärte Meister Jojonah und beobachtete den anderen dabei genau.

Doch der alte Mann war viel zu schlau, um sich zu verraten. »Tragödie ist wohl etwas übertrieben«, erwiderte er. »Die Angelegenheit ist mit dem Baron gütlich geregelt worden, und sein Neffe ist zu ihm zurückgekehrt.«

Meister Jojonah lächelte überlegen. »Ich rede von dem Mord an Abt Dobrinion«, sagte er.

Markwart riß die Augen auf und beugte sich nach vorn.

»Dobrinion?« wiederholte er.

»Dann hat es sich also noch nicht bis nach St. Mere-Abelle herumgesprochen«, meinte Jojonah und ging auf das offensichtliche Täuschungsmanöver ein. »Gut, daß ich zurückgekommen bin.«

In diesem Augenblick stolperte Bruder Francis ins Zimmer.

»Ja, ehrwürdiger Vater«, fuhr Jojonah fort, ohne den Jüngeren zu beachten. »Pauris – oder zumindest ein einzelner Pauri – sind in St. Precious eingedrungen und haben Abt Dobrinion ermordet.« Bruder Francis, der hinter ihm stand, schnappte nach Luft, und es schien Meister Jojonah, als wäre diese Nachricht für den jungen Mann tatsächlich eine Überraschung. »Als ich das hörte, bin ich natürlich sofort hierher zurückgekommen«, fuhr er fort. »Es geht nicht an, daß es auch uns so unerwartet trifft. Anscheinend haben unsere Gegner es auf einzelne Opfer abgesehen, und wenn Abt Dobrinion eines davon war, dann steht zu erwarten, daß der ehrwürdige Vater des Abellikaner-Ordens –«

»Genug«, unterbrach ihn Markwart und ließ den Kopf auf die Arme sinken. Ihm war völlig klar, was hier vor sich ging und daß der gewitzte Jojonah kurzerhand den Spieß umgedreht hatte, um seine Rückkehr nach St. Mere-Abelle zu rechtfertigen.

»Es ist gut, daß Ihr zu uns gekommen seid«, sagte er schließlich. »Und es ist wahrhaftig eine Tragödie, daß der gute Abt

Dobrinion ein so schreckliches Ende gefunden hat. Doch damit habt Ihr Eure Sache hier erledigt, und Ihr könnt Euch wieder auf den Weg machen.«

»Ich bin nicht in der körperlichen Verfassung für eine Reise nach Ursal«, erwiderte Jojonah.

Markwart musterte ihn argwöhnisch.

»Und ich halte das Unternehmen nach dem Ableben des Hauptfürsprechers der Heiligsprechung von Bruder Allabarnet nicht mehr für sinnvoll. Ohne Dobrinions Unterstützung wird sich das Verfahren zumindest um Jahre verzögern.«

»Wenn ich Euch nach Ursal schicke, dann geht Ihr auch nach Ursal!« antwortete Markwart, und sein Tonfall wurde zunehmend gereizt.

Doch Meister Jojonah gab nicht nach. »Gewiß, ehrwürdiger Vater«, erwiderte er. »Und wenn sich in den Ordensregeln irgendeine Rechtfertigung dafür findet, einen kränklichen Meister durch das halbe Königreich zu schicken, dann werde ich mich bereitwillig fügen. Doch zur Zeit gibt es keinen Grund dafür. Seid froh, daß ich rechtzeitig zurückgekommen bin, um Euch vor den Pauris zu warnen.« Dann drehte sich Meister Jojonah mit einem Ruck um und sah Bruder Francis lächelnd ins Gesicht.

»Geht aus dem Weg, Bruder!« sagte er drohend.

Francis' Blick ging an ihm vorbei zu Vater Markwart.

»Dieser junge Mönch bewegt sich gefährlich nah an einem Verfahren vor dem Äbtekollegium«, fügte Jojonah ruhig hinzu.

Hinter seinem Rücken gab der Abt Bruder Francis ein Zeichen, den Meister vorbeizulassen. Als Jojonah gegangen war, forderte er den aufgeregten jungen Mönch mit einer Handbewegung auf, die Tür zu schließen.

»Ihr hättet ihn gleich wieder fortschicken sollen«, meinte Bruder Francis voreilig.

»Etwa dir zuliebe?« erwiderte Markwart sarkastisch. »Ich

bin nicht der Alleinherrscher des Abellikaner-Ordens, sondern lediglich zu seinem Leiter ernannt, der sich zwangsläufig in den vorgeschriebenen Richtlinien bewegen muß. Ich kann nicht einfach einen Meister davonjagen, schon gar nicht einen kranken.«

»Das habt Ihr doch schon einmal getan«, wagte der junge Mönch einzuwenden.

»Zu Recht«, meinte Markwart, stand auf und ging um seinen Schreibtisch herum. »Das Verfahren der Heiligsprechung war eine dringende Angelegenheit, aber Meister Jojonah hat recht, wenn er sagt, daß Dobrinion ihr Hauptbefürworter war.«

»Ist denn Abt Dobrinion wirklich tot?«

Markwart zuckte mit den Achseln und sah den jungen Mann mürrisch an. »Es sieht ganz so aus«, erwiderte er. »Und deshalb hat Meister Jojonah recht daran getan, nach St. Mere-Abelle zurückzukommen, und er hat recht, wenn er sich weigert, jetzt wieder zu gehen.«

»Er sieht gar nicht so krank aus«, meinte Bruder Francis.

Doch Markwart hörte kaum noch hin. Die Dinge waren nicht so abgelaufen, wie er es sich vorgestellt hatte. Er hatte Jojonah nach Ursal abschieben wollen, lange bevor ihn die Nachricht vom Tode des Abtes erreicht hätte. Dann hätte er Abt Je'howith angeboten, den Meister bei sich zu behalten, und ihn diesem bis auf weiteres zur Verfügung gestellt – was für Markwart soviel geheißen hätte, daß Jojonah bis zu seinem Tode dort geblieben wäre. Trotzdem erschien ihm das alles nicht weiter schlimm. Jojonah war ein Stachel in seinem Fleische, der von Tag zu Tag spitzer und länger wurde, aber hier konnte er ihn wenigstens im Auge behalten.

Im übrigen fiel es Markwart schwer, verärgert zu sein. Youseff und Dandelion hatten den gefährlichsten Teil ihrer Aufgabe in Palmaris erledigt. Nach Jojonahs Worten machte man einen Pauri für die Tat verantwortlich. Ein mächtiger Gegner war aus dem Weg geräumt worden, und der andere hatte keinerlei Beweise dafür, daß Markwart etwas damit zu tun hatte. Das einzige, was dem Abt jetzt noch fehlte, waren die gestohlenen Steine, dann wäre ihm seine Position sicher. Mit Jojonah würde er schon fertig werden; wenn es sein mußte, konnte er den Mann ja beseitigen.

»Ich werde mit den Brüdern Richter Kontakt aufnehmen«, schlug Bruder Francis vor. »Wir müssen über ihr Vorgehen auf dem laufenden bleiben.«

»Nein!« sagte Markwart brüsk. »Wenn der Dieb mit den gestohlenen Steinen wachsam ist, könnte er etwas davon merken«, log er, als er Bruder Francis' fragende Miene bemerkte. In Wahrheit wollte Markwart selber den Seelenstein benutzen und mit Youseff und Dandelion reden. Er wollte auf keinen Fall, daß irgend jemand außer ihm mit ihnen Kontakt aufnahm und womöglich von der Sache in Palmaris erfuhr.

»Behalte Meister Jojonah im Auge!« wies er Francis an. »Und achte auch auf Bruder Braumin Herde. Ich will wissen, mit wem sie sich in ihrer freien Zeit unterhalten, eine vollständige Liste.«

Bruder Francis zögerte eine ganze Weile, ehe er zustimmend nickte. Um ihn herum ereignete sich so vieles, was er nicht verstand. Doch wie immer sah der Mann auch diesmal nur die Gelegenheit, sich bei seinem ehrwürdigen Vater einzuschmeicheln und damit sein persönliches Fortkommen zu sichern, und diese Chance wollte er sich nicht entgehen lassen.

Die Mitteilung erschütterte Vater Markwart weitaus weniger, als Bruder Youseff befürchtet hatte. Connor Bildeborough war ihnen entwischt und nicht mehr aufzufinden. Er war in den Katakomben der Stadt untergetaucht oder vielleicht auch nach Norden gezogen.

Kümmert euch um die Steine! hatte Markwart dem jungen

Mönch übermittelt und ihm gleichzeitig ein deutliches Bild von dem Mädchen geliefert, das unter dem Namen Jill, Jilly, Pony und Cat die Streunerin bekannt war. Pettibwa war heute morgen sehr entgegenkommend gewesen. *Vergeßt den Neffen des Barons!*

Sobald er spürte, daß Youseff ihn verstanden hatte, brach der Abt erschöpft die Verbindung ab und ließ sich in seinen eigenen Körper zurückfallen.

Aber da war noch etwas anderes.

Irgend etwas ging in ihm vor, und Markwart packte die Angst, daß in seiner Ausrede, Avelyns Schützling könnte den Seelenstein spüren, mehr Wahrheit lag, als er geglaubt hatte.

Er beruhigte sich jedoch schnell wieder und sagte sich, daß ihm wahrscheinlich sein eigenes Unterbewußtsein einen Streich spielte. Mönche hatten den Seelenstein schon seit alters her benutzt, um das tiefste Stadium der Versenkung zu erlangen, und vielleicht war er jetzt versehentlich auch auf diese Ebene geraten.

Und so ließ er es mit sich geschehen in der Hoffnung, dadurch einen Zustand völliger geistiger Klarheit zu erreichen.

Im Geiste sah er Meister Jojonah und den jüngeren Mönch, Bruder Braumin Herde, die sich gegen ihn verschworen. Das überraschte Markwart natürlich nicht, schließlich hatte er Francis gerade aufgetragen, die beiden im Auge zu behalten.

Doch dann sah er noch etwas anderes: Meister Jojonah ging mit einer Handvoll Steine auf eine Tür zu, Markwart kannte diese Tür, es war seine eigene. Und was der Meister in der Hand hielt, waren – Graphite.

Jetzt trat Jojonah die Tür auf und ließ die geballte Energie auf den Abt los, der ruhig auf seinem Stuhl saß. Markwart spürte einen Stoß, ein Brennen, ein heftiges Beben durchzuckte seinen Körper, sein Herz flatterte, das Leben entwich aus seinen Gliedern ...

Der Abt brauchte einige qualvolle Sekunden, um Einbildung und Wirklichkeit voneinander zu unterscheiden und sich darüber klar zu werden, daß sich das alles nur in seiner Vorstellung abspielte. Bis zu diesem Augenblick der Erleuchtung hatte er ja gar nicht geahnt, wie gefährlich dieser Jojonah und sein übler Anhang waren!

Ja, er würde sie scharf im Auge behalten und, wenn nötig, mit aller Härte gegen sie vorgehen.

Doch sie würden stärker werden, das sagte ihm seine innere Stimme. Wenn der Krieg zu Ende und der große Sieg errungen wäre, würde sich die bislang noch wenig bekannte Geschichte von dem Gefecht am Berg Aida herumsprechen, und Jojonah würde womöglich dafür sorgen, daß man Avelyn Desbris zum Helden machte. Diese Möglichkeit konnte Markwart nicht in Kauf nehmen, und er sagte sich, daß er schnell etwas dagegen tun mußte. Er mußte diesen Dieb und Mörder in ein so schlechtes Licht rücken, ihn als Verbündeten des Dämons hinstellen, daß man nur noch vom glücklichen Ausgang der Schlacht reden würde und nicht von den Heldentaten eines einzelnen Mannes.

Jawohl, er mußte Avelyn gehörig in Mißkredit bringen und diesen Ketzer in den Köpfen der Leute und in den Annalen der Kirche unmöglich machen.

Plötzlich kam Markwart wieder zu sich, und erst jetzt bemerkte er, daß er den Seelenstein so fest umklammert hielt, daß die Knöchel unter der schrumpligen Haut weiß hervortraten.

Er lächelte und fand sich sehr klug, weil er eine so hohe Konzentrationsebene erreicht hatte, dann legte er den Stein wieder in das Geheimfach seines Schreibtisches. Er fühlte sich jetzt viel besser, und es kümmerte ihn kein bißchen, daß dieser lästige Connor offenbar entkommen war – der Mann konnte ihm ohnehin nichts anhaben. Dobrinion, die tatsächliche Gefahr in Palmaris, war beseitigt, und nun wußte Markwart auch über Jojonah und seine Verschwörer Bescheid. Sobald die Brüder Richter ihm die Steine zurückgebracht hatten, war seine Position gesichert. Und aus dieser Machtposition heraus konnte der Abt jederzeit mit Jojonah fertig werden. Und er beschloß, den Präventivschlag gegen Jojonah bald durchzuführen, mit Je'howith zu reden, der ein langjähriger Freund war und dem es ebenso um die Erhaltung des Ordens zu tun war wie ihm selbst, und dessen Einfluß, sagte sich Markwart, würde ihm auch die Unterstützung des Königs verschaffen.

Am anderen Ende der gerade abgebrochenen Verbindung lachte sich der Geist von Bestesbulzibar, dem Geflügelten, ins Fäustchen. Er hatte den vermeintlichen geistlichen Anführer des Menschenvolkes fest in der Hand, und dieser schluckte seine Anweisungen so bereitwillig, als wären es seine eigenen Überzeugungen.

Noch immer konnte der Dämon die Niederlage am Berg Aida und den Verlust seiner körperlichen Gestalt nicht verwinden, denn er hatte noch keinen Weg gefunden, diese wiederzuerlangen, doch das Marionettenspiel mit dem ehrwürdigen Vater des Abellikaner-Ordens, der Institution, die er stets als seinen größten Feind angesehen hatte, verschaffte Bestesbulzibar schadenfrohe Zerstreuung, die ihn seinen Groll ein wenig vergessen ließ.

»Was wollen wir eigentlich hier unten?« fragte Bruder Braumin zaghaft und beobachtete ängstlich die tänzelnden Schatten, die seine Fackel an die Wand warf. Ihm wurde es eng zwischen den zahllosen Bücherregalen, in denen sich verstaubte alte Schriften türmten, und unter der niedrigen Decke der alten Gewölbe.

»Hier werde ich die Antworten auf meine Fragen finden«, erwiderte Meister Jojonah ruhig, und die vielen Tonnen Felsgestein über seinem Kopf schienen ihn nicht zu kümmern. Er und Bruder Braumin befanden sich in der untersten Bibliothek von St. Mere-Abelle, dem ältesten Teil der Abtei, die tief unter den neueren Geschossen vergraben war, fast schon auf Höhe des Wasserspiegels der Allerheiligenbucht. In den Anfangszeiten des Klosters hatte von hier ein Ausgang zur Felsenküste geführt, ein Gang, der in den Tunnel mit dem Fallgitter mündete, den Meister De'Unnero jüngst gegen die Pauris verteidigt hatte, doch diesen alten Verbindungsgang hatte man verschlossen, als das Kloster auf dem Berg in die Höhe wuchs.

»Nachdem Abt Dobrinion tot ist und es so bald doch nichts mit der Heiligsprechung werden wird, hat Vater Markwart keine Ausrede mehr, um mich von St. Mere-Abelle fortzuschicken«, erklärte Jojonah. »Aber er wird mich schon in Trab halten, und zweifellos wird Bruder Francis oder irgend jemand anderer jetzt mit Argusaugen über jeden meiner Schritte wachen.«

»Bruder Francis wird nicht so schnell hier herunterkommen«, meinte Bruder Braumin.

»Und ob er das wird«, entgegnete Meister Jojonah. »Er hat es ja bereits getan, und zwar neulich erst. Hier hat Bruder Francis nämlich die alten Pläne und Aufzeichnungen gefunden, mit denen er uns zum Berg Aida geführt hat. Und einige dieser Pläne hat Bruder Allabarnet von St. Precious selbst angefertigt.«

Bruder Braumin sah ihn fragend an, denn er konnte Jojonah nicht ganz folgen.

»Ich werde die Rolle des Hauptbefürworters der Heiligsprechung von Bruder Allabarnet übernehmen«, erklärte Meister Jojonah. »Das wird mir den ehrwürdigen Vater vom Leib halten, denn er hat ganz sicher vor, mich so ausgiebig zu beschäftigen, daß ich keine Zeit mehr habe, Unfug zu stiften. Wenn ich aber öffentlich bekanntmache, daß ich Allabarnet fördern will, dann muß er mir genug Zeit dafür einräumen, sonst handelt er sich den Unmut von St. Precious ein, und mich notfalls sogar von meinen normalen Pflichten freistellen.«

»Damit Ihr Eure Tage hier unten zubringen könnt?« fragte Bruder Braumin zweifelnd, denn er konnte nicht einsehen, wozu es gut sein sollte, in diesen finsteren Katakomben zu hocken. Am liebsten wäre er sofort wieder hinauf ans Tageslicht gerannt oder wenigstens in die helleren und wohnlicheren Räume des oberen Klosters. Hier unten kam er sich vor wie in einer Gruft – und tatsächlich beherbergten etliche der angrenzenden Räume eine Krypta! Und was noch schlimmer war, in der hintersten Ecke dieser Bibliothek stand ein Regal mit uralten Bänden über Hexerei und Dämonen, die von der Kirche indiziert worden waren. Mit Ausnahme dieser wenigen Exemplare, die man aufbewahrt hatte, damit die Kirche ihre Gegner besser studieren konnte, waren sämtliche Kopien, die man aufgetrieben hatte, verbrannt worden. Braumin wäre es allerdings lieber gewesen, sie hätten nichts davon übriggelassen, denn schon die bloße Existenz dieser alten Schriften jagte ihm einen kalten Schauer über den Rücken, und er vermeinte, das Böse förmlich spüren zu können.

»Das muß ich wohl«, meinte Meister Jojonah.

Bruder Braumin breitete die Arme aus und sah den anderen in ungläubigem Erstaunen an. »Was versprecht Ihr Euch nur davon?« fragte er, und unbewußt fiel sein Blick auf das Regal mit den alten Bänden.

»Ehrlich gesagt weiß ich das nicht so genau«, erwiderte Jojonah. Er bemerkte Braumins Blick, dachte sich aber nichts dabei, denn er hatte nicht vor, sich auch nur am Rande mit den Dämonenwerken zu befassen. Dann ging er zu dem nächststehenden Regal und nahm ehrfürchtig ein dickes Buch in die Hand, dessen Einband nur noch von einem dünnen Faden gehalten wurde. »Aber hier, in der Geschichte des Ordens, werde ich die Antwort finden.«

»Die Antwort?«

»Ich werde herausfinden, was Avelyn herausgefunden hatte«, versuchte Jojonah ihm zu erklären. »Das Verhalten, das ich heute bei jenen beobachte, die als heilige Männer gelten, kann nicht dasselbe sein, auf dem der Orden einst gegründet wurde. Wer würde Markwart heute noch folgen, ginge es nicht um Traditionen, die bereits ein oder zwei Jahrtausende alt sind? Wer hätte noch Respekt vor den Ordensoberen, wenn er sie als das sähe, was sie sind, nämlich Menschen mit allen Schwächen, vor denen sie durch die Gebote Gottes angeblich gefeit sind?«

»Das sind deutliche Worte, Meister«, sagte Bruder Braumin ruhig.

»Vielleicht wurde es Zeit, daß jemand sie einmal ausspricht«, erwiderte Jojonah. »Worte, die so stark sind wie Avelyns Taten.«

»Die Taten von Bruder Avelyn haben ihm den Ruf eines Diebes und Mörders eingebracht«, wandte der junge Mönch ein.

»Aber wir wissen es besser«, sagte Jojonah schnell. Dann blickte er wieder auf das alte Buch und streifte behutsam den Staub von dem geborstenen Deckel. »Und diese hier wüßten es auch. Die Gründer unseres Glaubens, meine ich, die Männer und Frauen, die als erste das Licht Gottes sahen.«

Jojonah verstummte, und Bruder Braumin dachte noch lange über seine Worte nach. Schließlich fragte er: »Und wenn nun Eure Nachforschungen ergeben, daß es nicht so ist und alles schon immer so war?«

Diese Worte trafen Meister Jojonah hart, und Bruder Braumin zuckte zusammen, als er sah, wie der alte Mann den Kopf hängen ließ.

»Dann habe ich umsonst gelebt«, räumte Jojonah ein. »Und bin irrtümlich den Menschen gefolgt und nicht Gott.«

»So reden Ketzer«, sagte Bruder Braumin erschrocken.

Meister Jojonah drehte sich zu ihm um und sah ihn so durchdringend an, wie es Braumin noch nie bei dem sonst so freundlichen Mann erlebt hatte. »Dann wollen wir hoffen, daß die Ketzer unrecht behalten«, sagte Jojonah ernst.

Dann wandte sich der Meister wieder den Schriften zu, und Braumin dachte über seine Worte nach. Er beschloß, es genug sein zu lassen mit der Fragerei – Meister Jojonah hatte einen Weg eingeschlagen, von dem es kein Zurück mehr gab und an dessen Ende entweder die Bestätigung seiner Hoffnungen oder die Verzweiflung auf ihn wartete.

»Bruder Dellman hat mir eine Menge Fragen gestellt, seit wir aus St. Precious abgereist sind«, sagte Bruder Braumin, um die Unterhaltung etwas aufzulockern.

Mit Erleichterung bemerkte er, wie ein Lächeln über Jojonahs Züge glitt.

»Vater Markwarts Umgang mit den Gefangenen erscheint natürlich unangemessen«, fuhr Bruder Braumin fort.

»Gefangene?« unterbrach ihn Jojonah. »Hat er sie denn mitgenommen?«

»Ja, die Chilichunks und den Zentauren«, erklärte Braumin. »Wir wissen nicht, wo sie untergebracht sind.«

Meister Jojonah wurde nachdenklich. Das hätte er sich denken können, sagte er sich, aber der Wirbel um den Tod Dobrinions hatte ihn die unglückseligen Gefangenen fast vergessen lassen. »Hat denn St. Precious nicht dagegen protestiert?« fragte er.

»Abt Dobrinion soll gar nicht erfreut gewesen sein«, erwiderte Braumin. »Es hat eine Auseinandersetzung mit Baron Bildeboroughs Männern gegeben wegen seines Neffen, der angeblich mit dem Mädchen verheiratet war, das Avelyn begleitet hat. Und viele behaupten, Abt Dobrinion hätte sich mit dem Baron gegen den ehrwürdigen Vater verbündet.«

Jojonah lachte hilflos. Das paßte natürlich alles zusammen, und er war jetzt noch sicherer, daß kein Pauri Dobrinion ermordet hatte. Beinahe hätte er Braumin das gesagt, aber dann behielt er die Sache doch lieber für sich, denn ihm war klar, daß eine solche Offenbarung den anderen womöglich zerbrechen oder in Lebensgefahr bringen würde.

»Dann hat Bruder Dellman also seine Augen und Ohren offengehalten?« fragte er. »Und hat sich den Dingen um ihn herum nicht verschlossen?«

»Er hat mir viele Fragen gestellt«, sagte Braumin noch einmal. »Einige grenzten schon an offene Kritik am ehrwürdigen Vater. Und natürlich sind wir alle beunruhigt wegen der beiden Brüder, die nicht wieder mit uns nach St. Mere-Abelle zurückgekehrt sind. Es ist kein Geheimnis, daß sie hoch in der Gunst des ehrwürdigen Vaters standen, und ihr Betragen hat unter den jüngeren Brüdern oft Anlaß zur Diskussion gegeben.«

»Wir tun alle gut daran, Vater Markwarts Spürhunde scharf im Auge zu behalten«, sagte Meister Jojonah ernst. »Man kann Bruder Youseff und Bruder Dandelion nicht über den Weg trauen. Geh jetzt an deine Pflichten, und suche mich nur im äußersten Notfall auf. Ich werde zu dir kommen, wenn ich eine Gelegenheit finde. Ich möchte hören, welche Fortschritte Bruder Dellman macht. Sag bitte Bruder Viscenti, er soll sich um den Mann kümmern. Viscenti ist ausreichend weit von mir entfernt, so daß es dem ehrwürdigen Vater nicht auffallen wird, wenn er sich mit Bruder Dellman unterhält. Und, Bruder Braumin, stell bitte fest, wo die Gefangenen sind und wie man sie behandelt.«

Bruder Braumin verbeugte sich und wandte sich zum Gehen, blieb aber stehen, als Meister Jojonah noch einmal nach ihm rief.

»Und vergiß nicht, mein Freund«, sagte Jojonah warnend, »daß Bruder Francis und ein paar von den andern unauffälligeren Spürhunden des ehrwürdigen Vaters nie weit weg sind.«

Dann war Meister Jojonah allein mit den alten Schriften seines Ordens, den Büchern und Pergamenten, von denen viele jahrhundertelang nicht mehr studiert worden waren. Und er konnte die Geister seiner Vorkämpfer in den angrenzenden Krypten spüren. Er war jetzt allein mit dieser Vergangenheit und mit der vermeintlichen göttlichen Führung, auf die er schon sein ganzes Leben lang baute. Und er betete, daß er nicht enttäuscht werden möge.

5. Jilly

»Jilly«, sagte Connor noch einmal, so sanft und freundlich, wie er nur konnte.

Der Gesichtsausdruck der jungen Frau lag irgendwo zwischen schlichter Ungläubigkeit und Entsetzen, wie bei einem Kind, das einer Ungeheuerlichkeit gegenübersteht.

Elbryan schaute zu seiner Liebsten hinauf. So hatte er sie bisher nur einmal gesehen, als sie beide vom Nordhang aus auf Dundalis herabblickten und ihr erster Kuß von den Todesschreien ihrer untergehenden Heimatstadt unterbrochen wurde. Als er sah, wie sie auf dem breiten Rücken des Pferdes hin und her schwankte, legte er die Hand auf Ponys Oberschenkel und hielt sie fest.

Doch im nächsten Augenblick hatte sie den Schrecken überwunden und die innere Stärke zurückgewonnen, die ihr über die Prüfungen all der Jahre hinweggeholfen hatte. »Jilseponie«, erwiderte sie. »Ich heiße Jilseponie. Jilseponie Ault.« Dann sah sie zu Elbryan hinab, dessen unendliche Liebe ihr Kraft gab. »Oder eigentlich Jilseponie Wyndon«, verbesserte sie sich.

»Und früher einmal Jilly Bildeborough«, sagte Connor ruhig.

»Niemals!« fuhr sie ihn, schärfer als beabsichtigt, an. »Diesen Namen hast du ausradiert, als du vor Gott und dem Gesetz erklärt hast, daß er nie existiert habe. Beliebt es dem vornehmen Connor jetzt auf einmal, zurückzufordern, wovon er sich losgesagt hat?«

Wieder tätschelte sie der Hüter beruhigend.

Ihre Worte trafen Connor schmerzlich, aber er sagte sich, daß er sie verdient hatte. »Ich war jung und verrückt«, erwiderte er. »Und unsere Hochzeitsnacht – du hast mich gekränkt, Jilly – Jilseponie«, verbesserte er sich rasch, als er sah, wie sie das Gesicht verzog. »Ich …«

Pony hob die Hand und unterbrach ihn, dann schaute sie zu Elbryan hinunter. Wie schmerzhaft mußte das für ihn sein, dachte sie. Es war sicher nicht nötig, daß er sich anhören mußte, was sich in der Nacht abgespielt hatte, in der sie die Frau eines anderen war!

Doch der Hüter wirkte vollkommen ruhig, und in seinen großen leuchtenden Augen stand nichts als Zuneigung für die Frau, die er so sehr liebte. Er ließ nicht einmal zu, daß diese Augen seinen Zorn, seine Eifersucht auf Connor widerspiegelten, denn er wußte, das wäre Pony gegenüber unfair gewesen. »Ihr habt sicher eine Menge zu besprechen«, sagte er. »Und ich muß auf die Karawane aufpassen.« Dann streichelte er noch einmal Ponys Schenkel, diesmal ganz sanft, fast verspielt, um ihr zu zeigen, daß er ihrer Liebe völlig sicher war, und mit einem schelmischen Augenzwinkern ließ er die beiden allein.

Pony schaute ihm nach und liebte ihn nur um so mehr. Dann blickte sie sich um, und als sie sah, daß ein paar andere in der Nähe waren, die ihnen zuhören konnten, gab sie dem Pferd die Sporen. Connor blieb ihr dicht auf den Fersen.

»Es war nicht so gemeint«, setzte er an, als sie allein waren. »Ich wollte dir nicht weh tun.«

»Ich möchte nicht mehr über diese Nacht sprechen«, sagte Pony entschieden. Sie wußte es besser, wußte, daß Connor sehr wohl versucht hatte, sie zu verletzen, aber nur, weil ihre Zurückweisung ihn in seiner Eitelkeit gekränkt hatte.

»Kannst du das alles so einfach vergessen?« fragte er.

»Wenn die Alternative die ist, sich mit Dingen zu beschäftigen, die keiner Erklärung bedürfen und nur Schmerz verursachen, dann ja«, antwortete sie. »Die Vergangenheit ist lange nicht so wichtig wie das, was vor uns liegt.«

»Dann sag mir wenigstens, daß du mir verzeihst«, bettelte Connor.

Pony musterte ihn eingehend, sah ihm tief in seine grauen Augen und erinnerte sich an die Zeit vor dieser verheerenden Hochzeitsnacht, als sie noch Freunde und Vertraute gewesen waren.

»Weißt du noch, als wir uns zum erstenmal begegnet sind?« fragte Connor, der ihre Gedanken erriet. »Wie ich damals ankam und dich beschützen wollte und ein Haufen Halunken über mich herfiel?«

Pony mußte lächeln. Es gab auch eine Menge schöner Erinnerungen, die sich mit dem ausgesprochen schmerzhaften Ende vermischten. »Ich habe dich nie geliebt, Connor«, sagte sie aufrichtig.

Der Mann sah aus, als hätte ihm jemand ein nasses Handtuch ins Gesicht geschlagen.

»Ich wußte gar nicht, was Liebe ist, bis ich zurückkam und Elbryan kennengelernt habe«, fuhr Pony fort.

»Wir hatten uns doch sehr gern«, protestierte der Mann.

»Wir waren Freunde, aber dann haben wir versucht, mehr daraus zu machen«, erwiderte Pony. »Und ich werde die Erinnerung an diese Freundschaft immer in Ehren halten, das verspreche ich dir.«

»Dann laß uns auch weiter Freunde sein!« sagte Connor.

»Nein.« Die Antwort kam, ohne daß Pony überhaupt darüber nachdachte. »Du warst mit einem verlassenen kleinen Mädchen befreundet, das nicht wußte, woher es kam und wohin es gehörte. Diese Jilly, ja sogar Jilseponie gibt es nicht mehr, sondern nur noch Pony, die Gefährtin, Geliebte und

Frau von Elbryan Wyndon. Mein Herz gehört ihm ganz allein.«

»Gibt es denn in diesem Herzen kein Plätzchen für deinen Freund Connor?« fragte er liebevoll.

Nun mußte Pony wieder lächeln, und sie fühlte sich schon etwas wohler. »Du kennst mich doch gar nicht«, meinte sie.

»O doch«, widersprach der Edelmann. »Auch wenn du damals noch ein kleines Mädchen warst, hattest du doch schon dieses Feuer in dir. Selbst dann, wenn du am verletzlichsten und hilflosesten warst, lag noch eine Stärke in deinen schönen Augen, die den meisten Leuten ewig fremd bleiben wird.«

Pony tat diese Erklärung ausgesprochen wohl. Sie hatte ja ihre Beziehung zu Connor nie richtig lösen können, und das schmerzliche Gefühl, das zurückgeblieben war, konnte den schönen Zeiten, die sie miteinander verbracht hatten, nicht gerecht werden. Jetzt hatte sie endlich das Gefühl, zur Ruhe zu kommen.

»Was machst du eigentlich hier draußen?« fragte sie.

»Ich bin schon monatelang nördlich der Stadt unterwegs«, erwiderte Connor und verfiel wieder ein bißchen in seine alte Prahlerei. »Auf der Jagd nach Goblins und Pauris – ein paar Riesen waren auch schon dabei!«

»Warum bist du jetzt hier heraufgekommen?« Pony ließ nicht locker, denn ihr war nicht entgangen, daß Connor nicht annähernd so überrascht gewesen war, sie zu sehen, wie umgekehrt, obwohl man das in Anbetracht der Umstände eigentlich hätte erwarten können. »Du hast es gewußt, nicht wahr?«

»Ich hatte die Vermutung«, gab Connor zu, »nachdem ich gehört hatte, daß jemand hier oben mit Zauberkraft gegen die Ungeheuer kämpft, und ich wußte, daß du etwas mit den magischen Steinen zu tun hast.«

Das gab Pony zu denken.

»Ruf deinen – Mann zurück!« sagte Connor. »Wenn du, wie

du behauptest, die Vergangenheit ruhen lassen und dich auf die Zukunft konzentrieren willst. Ich bin tatsächlich aus einem bestimmten Grund hergekommen, Jill – Pony. Und nicht nur, um dich wiederzusehen, wenn ich auch allein dafür quer durch das ganze Bärenreich gereist wäre.«

Pony verkniff sich ihre Antwort, auch wenn sie sich fragte, warum Connor das dann nicht schon früher getan hatte, als sie beim Heer dienstverpflichtet gewesen war. Es war nicht nötig, sich jetzt über diese Dinge zu streiten und alte Wunden wieder aufzureißen.

Bald darauf saßen sie alle beisammen, Connor, Pony, Elbryan und Juraviel, der gemütlich in den Zweigen eines nahegelegenen Baumes hockte.

»Erinnerst du dich noch an Abt Dobrinion Calislas?« begann Connor, nachdem er eine ganze Weile nervös auf und ab gegangen war und überlegt hatte, womit er anfangen sollte.

Die junge Frau nickte. »Das ist doch der Abt von St. Precious«, sagte sie.

»Jetzt nicht mehr«, meinte Connor. »Er ist vor ein paar Tagen in seinen Gemächern im Kloster ermordet worden.« Er machte eine Pause und achtete auf die Reaktionen der anderen. Zuerst war er etwas überrascht, daß keiner von ihnen übermäßig betroffen schien, doch dann wurde ihm klar, daß sie den gutmütigen Dobrinion ja schließlich gar nicht richtig gekannt hatten und ihre Erfahrungen mit dem Orden nicht gerade erquicklich waren.

»Angeblich war es ein Pauri«, fuhr Connor jetzt fort.

»Was für finstere Zeiten, in denen ein Pauri so einfach in das sicherste Gebäude hineinmarschieren kann, das eine Stadt zu bieten hat, der ein Krieg bevorsteht«, meinte Elbryan.

»Ich glaube, er wurde von seinem eigenen Orden umgebracht«, sagte Connor ohne Umschweife und beobachtete den Hüter genau, der sich jetzt neugierig aufrichtete. »Die Mönche aus St. Mere-Abelle waren in Palmaris«, erklärte er. »Ein starkes Aufgebot, einschließlich des ehrwürdigen Vaters selbst. Viele von ihnen kamen gerade aus dem hohen Norden zurück, angeblich vom Barbakan.«

Nun waren alle hellhörig geworden.

»Roger Flinkfinger hat doch so eine Karawane gesehen, die an Caer Tinella und Landsdown vorbei nach Süden gestürmt ist«, erinnerte sich Pony.

»Sie suchen dich«, sagte Connor unverblümt und zeigte auf sie. »Diese Edelsteine, hinter denen sie her sind, stammen aus St. Mere-Abelle.«

Pony riß die Augen auf und stammelte ein paar unzusammenhängende Worte, dann sah sie hilfesuchend ihren Liebsten an.

»Das haben wir befürchtet«, räumte Elbryan ein. »Deshalb wollten wir auch unbedingt die Leute nach Palmaris bringen«, erklärte er Connor. »Pony und ich können nicht bei ihnen bleiben – das wäre zu gefährlich für sie. Wir bringen sie in Sicherheit und gehen dann unseren eigenen Weg.«

»Die Gefahr ist größer, als du denkst«, warf Connor ein. »Der ehrwürdige Vater ist mit den meisten seiner Begleiter in seine eigene Abtei zurückgekehrt, aber mindestens zwei hat er dagelassen – und diese beiden sind abgerichtete Bluthunde, darauf könnt ihr euch verlassen. Ich glaube, daß sie es waren, die Abt Dobrinion umgebracht haben. Hinter mir waren sie auch her, denn sie wissen von meiner Verbindung zu Pony, aber ich konnte ihnen entkommen, und jetzt werden sie euch jagen.«

»Bruder Richter«, sagte der Hüter und schüttelte sich bei der Vorstellung, es noch einmal mit einem wie Quintall zu tun zu haben – und diesmal waren es offensichtlich gleich zwei.

»Aber warum hätten sie Abt Dobrinion ermorden sollen?« fragte Pony. »Und warum waren sie hinter dir her?«

»Weil wir dem ehrwürdigen Vater im Weg standen«, erwiderte Connor. »Und weil –« Er unterbrach sich und warf Pony einen teilnahmsvollen Blick zu. Diese Nachricht würde ihr ganz und gar nicht gefallen, aber er mußte es ihr sagen. »Weil wir nicht damit einverstanden waren, wie er mit den Chilichunks umging – eine Behandlung, die er auch für mich vorgesehen hatte, bevor mein Onkel eingeschritten ist.«

»Was für eine Behandlung?« rief Pony und sprang auf. »Was soll das heißen?«

»Er hat sie abgeholt, Pony«, erklärte Connor. »Und in Ketten nach St. Mere-Abelle gebracht, zusammen mit diesem Bradwarden, dem Zentauren.«

Jetzt sprang Elbryan auf wie von der Tarantel gestochen und machte einen Satz zu Connor hinüber. Er war jedoch zu aufgewühlt, um ein Wort herauszubringen.

»Bradwarden ist tot«, ertönte eine Stimme aus den Bäumen.

Connor fuhr herum, konnte aber nichts sehen.

»Er ist am Berg Aida umgekommen«, fuhr der Elf fort. »Als er den Dämon vernichtet hat.«

»Er ist nicht umgekommen«, sagte Connor mit Nachdruck. »Und wenn, dann haben die Mönche es irgendwie geschafft, ihn wieder zum Leben zu erwecken. Ich hab ihn mit eigenen Augen gesehen, diese erbarmungswürdige Gestalt, aber da war er ausgesprochen lebendig.«

»Und ich hab ihn auch gesehen«, warf Roger Flinkfinger ein und kam zwischen den Bäumen hervor. Er ging zu Elbryan und legte ihm die Hand auf die Schulter. »Die Karawane. Ich habe euch doch davon erzählt.«

Elbryan nickte. Er erinnerte sich noch gut an Rogers Beschreibung und seine eigenen Empfindungen, als dieser ihm von den Mönchen berichtet hatte. Dann wandte er sich zu Pony um, die ihn mit großen Augen ansah, in denen ein wildes Feuer brannte.

»Wir müssen zu ihnen«, sagte sie, und der Hüter nickte, denn der Weg lag nun plötzlich ganz deutlich vor ihnen.

»Zu den Mönchen?« fragte Roger, der nicht ganz verstand.

»Und zwar schnell«, fiel ihm Connor ins Wort. »Ich komme mit.«

»Diese Sache geht Euch nichts an«, entfuhr es dem Hüter, und im selben Augenblick hätte er seine Worte am liebsten wieder zurückgenommen, denn sie entsprangen lediglich seinem Bedürfnis, diesen Mann so bald wie möglich loszuwerden.

»Abt Dobrinion war mein Freund«, widersprach der Edelmann. »Genau wie die Chilichunks meine Freunde sind. Du weißt das ja«, sagte er zu Pony, und diese nickte bestätigend. »Aber zuerst müssen wir, müßt ihr mit den Meuchelmördern abrechnen. Sie sind gefährlich. Sie haben Dobrinion erwischt und es wie einen Pauri-Überfall aussehen lassen, um von sich abzulenken. Sie sind gerissen und eine tödliche Bedrohung.«

»Aber sie werden noch früh genug selber tot sein«, sagte der Hüter mit solcher Überzeugung, daß keiner der anderen es gewagt hätte, Zweifel daran laut werden zu lassen.

»Wir sehen uns bald wieder«, versicherte Elbryan Belster O'Comely am nächsten Morgen und drückte dem Mann fest die Hand. Der andere kämpfte mit den Tränen, denn er hatte den leisen Verdacht, und Elbryan konnte diesen beim besten Willen nicht widerlegen, daß sie sich heute zum letzten Mal sehen würden. »Wenn der Krieg vorüber ist und du dein Wirtshaus in den Waldlanden wiedereröffnest, kannst du sicher sein, daß Nachtvogel auch dasein wird, um dir dein Wasser wegzutrinken und deine Stammgäste zu vergraulen.«

Belster lächelte herzlich, aber er bezweifelte, daß er jemals wieder nach Dundalis zurückkehren würde, selbst wenn die Ungeheuer bald in die Flucht geschlagen wären. Er war kein junger Mann mehr, und die Erinnerungen wären zu quälend. Belster war nur aus Palmaris geflüchtet, weil er Schulden hatte, aber das schien hundert Jahre her zu sein angesichts der jüngsten Ereignisse, und er war sich sicher, daß er jetzt wieder ein Geschäft in der Stadt eröffnen konnte, ohne daß ihn seine Vergangenheit einholen würde. Es gab jedoch keinen Grund, das alles zu diesem Zeitpunkt dem Hüter zu erzählen, und so lächelte er tapfer.

»Paß gut auf die Leute auf, Tomas!« sagte der Hüter zu dem Mann, der neben Belster stand. »Der Weg dürfte frei sein, aber ich bin sicher, daß du sie in jedem Fall gut nach Palmaris bringst.«

Tomas Gingerwart nickte eifrig und pflanzte seine neue Waffe, die Mistgabel, neben sich in den Boden. »Wir sind dir sehr dankbar, Nachtvogel«, sagte er. »Und auch Pony und eurem kleinen unsichtbaren Freund.«

»Du darfst Roger nicht vergessen«, erwiderte der Hüter schnell. »Ihm verdanken die Leute von Caer Tinella und Landsdown vielleicht am allermeisten.«

»Roger wird schon dafür sorgen, daß wir ihn nicht vergessen!« polterte Belster gutmütig, und seine Stimme erinnerte Elbryan ungeheuer an Avelyn.

Da mußten sie alle lachen, und das war ein guter Abschluß für ihre Unterhaltung. Sie gaben sich die Hand und schieden als Freunde, und Tomas lief an die Spitze des Zuges und blies zum Aufbruch.

Bald darauf sahen Pony, Connor, Juraviel und Elbryan dem Flüchtlingstroß hinterher, doch nach einer Weile ließ Tomas die Gruppe für einen Moment haltmachen, und eine einzelne Gestalt löste sich heraus und lief zurück zu dem Hüter und seinen Freunden.

»Roger Flinkfinger«, sagte Pony, die keineswegs überrascht war. Hinter ihm setzte sich die Karawane wieder in südlicher Richtung in Bewegung.

»Du solltest doch Tomas' spezieller Führer sein«, sagte Elbryan, als Roger zu ihm kam.

»Er hat andere, die ihm helfen können«, erwiderte der junge Mann.

Der Hüter sah ihn streng und unerbittlich an.

»Warum kann er bei euch bleiben?« protestierte Roger und zeigte auf Connor. »Und warum bleibst du hier, obwohl Palmaris nur drei Tagesmärsche entfernt ist? Wären Elbryan und Pony in diesen trostlosen Zeiten nicht von unschätzbarem Wert für die Garnison?«

»Es gibt noch andere Dinge, die du nicht verstehst«, sagte Elbryan ruhig.

»Und ihn gehen sie etwas an?« fragte Roger und zeigte erneut auf Connor, der sein Bedürfnis bezwang, dem jungen Mann einen Fausthieb zu verpassen.

Elbryan nickte ernst. »Du solltest mit ihnen gehen, Roger«, sagte er in freundschaftlichem Tonfall. »Wir haben erst noch etwas zu erledigen, bevor wir uns in der Stadt sehen lassen können. Aber du kannst mir glauben, wenn ich dir sage, daß die Gefahr hier für dich weitaus größer ist als in Palmaris. Und jetzt beeil dich, damit du Tomas und Belster noch einholst!«

Roger schüttelte wild entschlossen den Kopf. »Nein!« sagte er. »Wenn ihr hier oben bleibt und weiterkämpft, dann tue ich das auch.«

»Du brauchst jetzt nichts mehr unter Beweis zu stellen«, schaltete sich Pony ein. »Du hast dir deinen Namen und deinen Ruf redlich verdient.«

»Meinen Namen?« wehrte Roger ab. »In Palmaris werde ich früh genug wieder Roger Billingsbury sein und nichts als Roger Billingsbury. Ein Waisenkind, ein streunender Hund, ein Außenseiter.«

»Mein Onkel, der Baron, könnte dich gut gebrauchen«, schlug ihm Connor vor.

»Dann werde ich Euch begleiten, wenn Ihr jemals wieder zu Eurem Onkel zurückkehren solltet, um es ihm zu sagen«, erwiderte der junge Mann schlagfertig. Doch sein freches Grinsen verschwand sofort wieder, und er sah Elbryan mit todernstem Blick an. »Schick mich nicht zurück!« bettelte er. »Ich kann nicht dorthin zurückgehen und wieder Roger Billingsbury sein. Noch nicht. Hier draußen, im Kampf gegen die Ungeheuer, habe ich eine Seite an mir entdeckt, die ich selbst noch nicht kannte. Ich mag diese Seite und will sie nicht in der Sicherheit des Stadtlebens wieder verlieren.«

»So sicher ist es da auch wieder nicht«, murmelte Connor.

»Du wirst deine neue Persönlichkeit nicht verlieren«, sagte der Hüter in aller Ernsthaftigkeit. »Du wirst nie wieder der sein, der du vor dem Überfall auf deine Heimatstadt warst. Ich weiß genau, wovon ich rede, genauer, als du dir vorstellen kannst, und ich sage dir ganz ehrlich, ob du nun hier bist oder in Palmaris, du wirst immer Roger Flinkfinger bleiben, der Held des Nordens.« Dann sah er Pony an und dachte an die Verantwortung, die ein solcher Status mit sich brachte, und an die Entsagungen, die er und seine Liebste sich unfreiwillig auferlegt hatten, und er fügte hinzu: »Das ist manchmal gar keine so großartige Sache, wie du denkst, Roger.«

Der junge Mann straffte sich ein wenig und nickte, aber er wich nicht von seiner Forderung ab, und so mußte der Hüter wohl oder übel eine Entscheidung fällen.

Er sah Pony an, und sie nickte.

»Es gibt da zwei Männer, die hinter Pony und mir her sind«, begann er. »Und hinter Connor. Sie haben schon in Palmaris versucht, ihn umzubringen, deshalb hat er sich auf die Suche nach uns gemacht.«

»Er kennt euch beide?« fragte Roger. »Und wußte, daß ihr hier oben seid?«

»Er kennt mich«, warf Pony ein.

»Er hat nach demjenigen gesucht, der mit den magischen Kräften hantiert, obwohl er nicht wußte, wer das ist«, erklärte der Hüter. »Wir sind Geächtete, Roger, Pony und ich. Du hast uns darüber mit Juraviel reden gehört, kurz nachdem die Karawane vorbeigekommen war. Der Orden will die Zaubersteine wiederhaben, aber beim Grabe unseres Freundes Avelyn, wir werden sie ihnen nicht geben. Und deshalb haben sie Mörder auf uns gehetzt, und die sind nicht mehr weit, fürchte ich.« Trotz seiner grimmigen Worte bedachte der Hüter Roger mit einem aufmunternden Lächeln. »Wir hätten es allerdings bedeutend leichter mit Roger Flinkfinger an unserer Seite.«

Jetzt grinste Roger von einem Ohr zum anderen.

»Du mußt dir aber im klaren sein, daß du dann in den Augen der Kirche ein Verbrecher bist«, meinte Pony.

»Obwohl mein Onkel die Sache natürlich wieder in Ordnung bringen wird, wenn alles vorbei ist«, beeilte sich Connor hinzuzufügen.

»Wollt ihr ihnen davonlaufen oder sie mit euren eigenen Mitteln bekämpfen?« fragte Roger entschieden.

»Ich habe nicht die Absicht, mich für den Rest meines Lebens ständig vor Mördern in acht zu nehmen«, erwiderte der Hüter, und sein grimmiger Tonfall jagte Connor einen kalten Schauer über den Rücken. »Sie sollen sich lieber vor mir in acht nehmen.«

Ihr Geist schwebte durch den schattigen Wald. Sie sah Belli'mar Juraviel, der sich auf mittlerer Höhe der Zweige seinen Weg durch ein Wäldchen bahnte, und folgte ihm. Der wachsame Elf spitzte die Ohren, denn seine feinen Sinne spürten Ponys Gegenwart, auch wenn sich ihr Geist unsichtbar und lautlos fortbewegte.

Dann ließ sie sich wie auf einer Windbö zu Boden gleiten. Sie entdeckte Connor, der mit seinem goldblonden Pferd in einem weiten Bogen um das kleine Lager herumritt. In der Ferne sah sie sogar ihren eigenen Körper im Schneidersitz dahocken, und noch weiter hinten stand die riesige Ulme mit dem dunklen Loch an ihrem Fuße. Dort drinnen war Elbryan gerade beim Orakel, und Pony wagte es nicht, ihn dabei zu stören.

Statt dessen ließ sie ihre Gedanken bei Connor verweilen, und sie dachte über alles nach, was sich zwischen ihnen zugetragen hatte. Die Fürsorglichkeit, mit der er hier seine Kreise zog, erschien ihr irgendwie tröstlich, und es hatte sie tatsächlich gerührt, daß der junge Edelmann extra hier heraufgekommen war, um sie zu warnen. Er hatte die ganze Zeit über gewußt, daß sie die Steine hatte, oder es zumindest vermutet, und auch, daß die Mönche vor allem hinter den Steinen her waren, und er hätte auf der Flucht vor den Mördern auch in den Süden gehen können, wo das Land stärker besiedelt war. Und wenn er sie einfach verraten hätte, dann hätte er in aller Seelenruhe in Palmaris bleiben können, denn dann würden ihn die Ordensbrüder überhaupt nicht als Gegner ansehen. Aber er war hierher in den Norden gekommen, um sie zu warnen. Und er hatte zu seinen Freunden, den Chilichunks, gehalten.

Pony hatte Connor nie wirklich gehaßt, nicht einmal an dem Morgen nach dieser verhängnisvollen Hochzeitsnacht. Er hatte ihr unrecht getan, davon war sie felsenfest überzeugt, aber sein Verhalten war durch die tiefe Enttäuschung hervorgerufen worden, die sie ihm zugefügt hatte. Und letzten Endes hatte er ihr ja keine Gewalt angetan, dafür hatte sie ihm viel zuviel bedeutet.

Und so hatte Pony ihm schon vor langer Zeit verziehen, gleich in den ersten Tagen ihres Aufenthalts beim Heer des Königs.

Doch was empfand sie jetzt, beim Anblick dieses Mannes, der einmal ihr Ehemann gewesen war?

Liebe war es nie gewesen, das wußte sie genau, denn es war etwas ganz anderes, wenn sie Elbryan ansah, etwas ganz Besonderes. Aber sie hatte Connor gern. Er hatte sich als Freund erwiesen, als sie einen Freund gebraucht hatte. Und um dieser Freundschaft willen war sie jetzt bereit, noch einmal über ihre Erinnerungen und Gefühle nachzudenken. Wenn es in der Hochzeitsnacht besser geklappt hätte, wäre sie sicher bei ihm geblieben, hätte ihm Kinder geboren und –

Auf einmal merkte Pony, daß sie gar nicht mehr bedauerte,

daß es so und nicht anders gekommen war. Denn sie erkannte jetzt zum erstenmal, daß dieses schreckliche Erlebnis auch seine gute Seite gehabt hatte. Diese Nacht hatte sie auf den Weg geführt, der sie zu dem gemacht hatte, was sie heute war. Beim königlichen Heer hatte sie ihre natürliche Begabung für Kampftechniken weiterentwickelt, und auf diesem Wege hatte sie Avelyn kennengelernt, der ihr die tieferen Wahrheiten nahegebracht und ihre Spiritualität gefördert hatte. Und all das hatte sie letzten Endes wieder mit Elbryan zusammengeführt. Und erst jetzt, als sie ihre Gefühle für den Hüter mit denen verglich, die sie einmal einem anderen entgegengebracht hatte, wurde ihr vollends bewußt, daß ihre Liebe zu Elbryan etwas ganz Besonderes war.

Sie hatten sich monatelang gegen die Überfälle der Ungeheuer gewehrt, hatten gute Freunde verloren, und nun befanden sich offenbar ihre Adoptiveltern und ein weiterer Freund in Gefahr, und dennoch hätte Pony mit nichts und niemandem tauschen mögen. Das Leben erteilte einem manchmal harte Lektionen, doch man brauchte diese Bausteine, um an ihnen zu wachsen.

Und so wurde Pony ganz warm ums Herz, als sie Connor Bildeborough unbeirrt seine Kreise ziehen sah. Nun konnte sie endlich mit ihrer Vergangenheit abschließen.

Doch sie durfte sich nicht länger in diesem Gefühl verlieren, und so sandte sie ihren Geist wieder hinaus in die Wälder. Sie sah Roger und über ihm Juraviel und ließ die beiden hinter sich und suchte im Dunkel nach irgendwelchen Zeichen.

Ich fürchte mich wirklich vor der Verfolgung durch den Orden, Onkel Mather, gestand Elbryan, der in der engen Höhle saß und seinen Blick in den kaum sichtbaren Spiegel versenkt hatte. *Wie viele von diesen Mördern werden sie hinter uns herjagen?*

Mit einem Seufzer lehnte sich der Hüter zurück. Die Mönche würden nicht lockerlassen, soviel war sicher, und vielleicht würden sie Pony und ihn eines Tages an irgendeinem weitentfernten Ort erwischen. Oder sie scheiterten in St. Mere-Abelle, denn Elbryan war klar, daß sie dorthin mußten, wegen Bradwarden und der Chilichunks, die Ponys Familie gewesen waren.

Doch wir müssen weiterkämpfen, sagte er zu dem Geist seines Onkels. *Wir müssen weitermachen um Avelyns Andenken willen, um der Wahrheit willen, die er in den verschlungenen Wegen seines Ordens gefunden hat. Und bald werden wir den Kampf mitten in die Höhle des Löwen tragen.*

Aber zuvor – ach, Onkel Mather, schon einmal hat ein Bruder Richter Pony, Avelyn und mir beinahe den Garaus gemacht. Wie sollen wir da gleich mit zweien solcher Kerle fertigwerden?

Elbryan rieb sich die Augen und starrte in den Spiegel. Die Bilder von diesem ersten Kampf standen ihm wieder vor Augen, als Avelyns alter Klosterkamerad Quintall, der inzwischen den Titel Bruder Richter trug, in einer Höhle auf ihn losgegangen war. Zuerst hatte der Halunke mit Hilfe eines Sonnensteins, wie auch Elbryans Schwert einen besaß, alle anderen Zauberkräfte in der Höhle unwirksam gemacht.

Und um Avelyn ausfindig zu machen, hatte er einen Granat verwendet, denn dieser Stein konnte magische Schwingungen wahrnehmen.

Der Granat –

Ein Lächeln glitt über Elbryans Gesicht, er hatte die Antwort gefunden. Mit einem Satz sprang er auf und quetschte sich durch die schmale Öffnung der Höhle. Er rannte zu Pony und schüttelte sie kräftig, um sie aus der Trance herauszuholen.

Ihr Geist, der die Erschütterung ihres Körpers spürte, kehrte zurück, und nach ein paar Sekunden blinzelte sie Elbryan verdutzt an.

Er stand über sie gebeugt; hinter ihm ließ sich Connor vom Pferd gleiten und kam zu ihnen herüber, um nachzusehen, was die Aufregung zu bedeuten hatte.

»Kein Seelenstein mehr!« erklärte der Hüter.

»Wenn ich meinen Geist freilasse, kann ich viel mehr erkunden als die anderen«, wandte Pony ein.

»Aber wenn deine Gegner einen Granat benutzen, können sie deine Schwingungen spüren«, sagte Elbryan.

Pony nickte. Über diese mögliche Gefahr hatten sie sich bereits unterhalten.

»Wir haben einen Granat«, erklärte Elbryan. »Den von Quintall. Wieviel mehr könntest du mit diesem Stein herausfinden!«

»Wenn sie sich überhaupt magischer Kräfte bedienen«, meinte Pony.

»Wie sollten sie es sonst in diesem riesigen Land anstellen, uns zu finden?« entgegnete der Hüter.

Pony betrachtete ihn eine Weile nachdenklich, und Elbryan fiel ihr überraschter Gesichtsausdruck auf.

»Du bist ja auf einmal so von dir überzeugt«, meinte sie.

Elbryan lachte.

»Quintall war ein gefährlicher Gegner«, sagte Pony. »Er hätte uns beinahe alle drei im Alleingang umgebracht.«

»Aber nur, weil er das Schlachtfeld so einrichten konnte, wie er wollte«, erwiderte der Hüter. »Er hatte den Überraschungseffekt auf seiner Seite und konnte sich den richtigen Ort aussuchen und vorbereiten. Diese beiden Kerle wären sicher in einem Kampf Mann gegen Mann unschlagbar, aber wenn wir mit dem Überraschungseffekt arbeiten, an einem Schauplatz unserer Wahl, dann können wir mit ihnen ohne Zweifel kurzen Prozeß machen.«

Pony schien immer noch nicht überzeugt zu sein.

»Ein Fehler von Quintall war seine Überheblichkeit«, meinte der Hüter. »Er hat seine Karten zu früh ausgespielt, in der Heulenden Sheila, weil er sich aufgrund seiner Kampfausbildung allen anderen überlegen fühlte.«

»Damit hatte er ja auch nicht ganz unrecht«, sagte Pony.

»Aber seine Ausbildung und die unserer jetzigen Gegner ist nicht zu vergleichen mit der, die ich bei den Touel'alfar erhalten habe und die du durch Avelyn und mich bekommen hast, und auch nicht mit der Erfahrung, die wir beide in monatelangen Kämpfen gesammelt haben. Und wir haben drei starke Verbündete. Nein, meine Befürchtungen haben beträchtlich abgenommen. Wenn du unsere Gegner mit dem Granat aufspüren kannst, dann locken wir sie an eine Stelle, wo wir sie überrumpeln können.«

Das erschien Pony ausgesprochen sinnvoll, und sie war überzeugt, daß sie diese Schurken tatsächlich ausfindig machen konnte, so wie Elbryan sich das vorstellte. Die Mönche würden ihre magischen Kräfte einsetzen, um sie zu finden, und das würde ihr die Möglichkeit geben, wiederum die Mönche zu finden.

»Und wenn wir sie erst einmal aufgespürt haben, dann wissen wir, daß sie umgekehrt auch uns sehen können«, fuhr der Hüter fort. »Aber im Gegensatz zu ihnen werden wir wissen, wohin die Reise geht.«

»Denn Ort und Zeitpunkt bestimmen wir«, sagte Pony. Sie machte sich sogleich an die Arbeit, und bereits nach kurzer Zeit spürte sie magische Schwingungen, die wahrscheinlich von dem Granat herrührten, den die Mönche benutzten. Das Gefühl hielt jedoch nicht lange an, und Pony vermutete, daß die beiden sie bemerkt und ihre Strategie entsprechend geändert hatten.

»Ich nehme an, sie haben mit dem Sonnenstein einen Schutzschild errichtet«, erklärte sie Belli'mar Juraviel, als sie die Augen öffnete und sah, daß der Elf sich zu ihr gesellt hatte.

»Ist das denn nicht auch magische Energie?« fragte dieser. »Kannst du sie dann nicht ebenso feststellen?«

Pony verzog das Gesicht wegen dieser einfachen, aber doch irgendwie irrigen Logik. »Es ist nicht dieselbe«, versuchte sie zu erklären. »Ein Sonnenstein erzeugt Negativenergie. Ich könnte auch so einen Schutzschild aufbauen mit dem Stein im Knauf von Sturmwind, und dann könnten unsere Gegner mit ihrem Granat nichts mehr ausrichten.«

Juraviel schüttelte den Kopf und glaubte ihr kein Wort. »Die Elfen sagen, die ganze Welt besteht aus Magie«, meinte er. »Jede Pflanze, jedes Tier ist durchdrungen von magischen Kräften.«

Pony zuckte mit den Achseln, sie sah keinen Sinn darin, über diesen Punkt zu streiten.

»Wenn der Sonnenstein alle magischen Kräfte ausschaltet, dann entsteht doch eine Lücke in der Kette«, erläuterte Juraviel. »Eine leere Stelle, ein Loch in dem magischen Teppich, der die ganze Welt bedeckt.«

»Ich kann nicht ...«, hob Pony an.

»Weil du nicht gelernt hast, die Welt mit den Augen der Touel'alfar zu sehen«, unterbrach sie der Elf. »Laß uns unsere Seelen vereinen, so wie du dich mit Avelyn geistig vereint hast, und dann gehen wir gemeinsam auf die Suche nach dieser Lücke und damit nach unseren Gegnern.«

Pony dachte einen Augenblick darüber nach. Ihr Verschmelzen mit Avelyn mit Hilfe des Hämatits war ein sehr intimer Vorgang gewesen, der sie ungeheuer verletzlich gemacht hatte, aber wenn sie sich ihren Elfenfreund hier ansah, so erschien ihr die Sache nicht weiter gefährlich. Zwar glaubte sie nicht, daß Juraviel recht hatte, sondern dachte, daß er dieselben Dinge ganz einfach aus einem anderen Blickwinkel betrachtete, dennoch holte sie den Seelenstein hervor, und dann gingen sie beide gemeinsam mit dem Granat auf die Suche.

Pony war hingerissen von all den Schwingungen, die sie plötzlich wahrnahm, die ganze Welt schien auf einmal lebendig zu sein, und jede Pflanze und jedes Tier strahlten magische Energie aus. Und schon sehr bald fanden sie das Loch, das Juraviel gemeint hatte, und kamen auf diesem Wege den Mönchen so leicht auf die Spur, als würden diese einen Granat benutzen und keinen Sonnenstein.

Zeig mir den Weg! übermittelte ihr Juraviel, und dann spürte sie, daß er nicht mehr neben ihr stand, sondern die Spur ihrer Feinde aufgenommen hatte.

Als er kaum drei Stunden später ins Lager zurückkehrte, übertrafen seine Schilderungen Elbryans Hoffnungen bei weitem. Der Elf hatte sie entdeckt und von seinem Versteck in den Bäumen aus gründlich studiert. Ihm war aufgefallen, daß sie kaum bewaffnet waren, abgesehen von ein oder zwei kleinen Dolchen und den diversen Steinen, die sie vermutlich bei sich hatten. Juraviel hatte sogar ihre Gespräche belauscht; so hatten sie sich zum Beispiel darüber unterhalten, Pony gefangenzunehmen, um sie lebendig zu Vater Markwart zu bringen.

Der Hüter lächelte. Mit ihren Bogen und Ponys Steinen konnten sie solche Angriffe aus der Ferne mit Leichtigkeit abschmettern, und ihre Absicht, Pony als Gefangene mitzunehmen, zeigte ihm, daß sie sich keine Vorstellung davon machten, was da auf sie zukam. »Lock sie her!« forderte er Pony auf. »Und laß uns das Schlachtfeld vorbereiten.«

Das kleine Plateau auf einem Felsvorsprung war geradezu ideal, um ein Lager aufzuschlagen, denn es gab nur einen einzigen Zugang, und der fiel steil ab und ragte gefährlich weit aus der Felswand hervor. Auf der freien Fläche brannte ein kleines Lagerfeuer, auf drei Seiten umgeben von weiteren Felswänden und auf der vierten von einem Baumdickicht.

Bruder Youseff grinste bösartig. Der Granat zeigte ihm an, daß irgendwo hier oben jemand magische Kräfte freisetzte. Er verstaute den Stein in einer Tasche des Gürtels seiner braunen Kutte, die er ebenso wie Dandelion wieder angelegt hatte, nachdem sie die Stadt verlassen hatten, und holte statt dessen den Sonnenstein hervor. Dann bat er Dandelion, ihm die Hand zu reichen, um mit vereinten Kräften den magischen Abwehrschild noch stärker zu machen.

»Sie werden versuchen, mit Zauberkraft gegen uns vorzugehen«, erklärte Youseff. »Das ist zweifellos ihre stärkste Waffe, aber wenn wir es schaffen, sie unwirksam zu machen, sind sie uns hilflos ausgeliefert.«

Dandelion grinste in Erwartung des Gemetzels. »Zuerst erledigen wir den Begleiter dieser Frau«, sagte Youseff. »Und dann kümmern wir uns um sie. Wenn wir sie umbringen müssen, na schön. Ansonsten schnappen wir sie uns mitsamt den Steinen, und dann nichts wie weg.«

»Nach Palmaris?« fragte Dandelion, der gern noch einmal Jagd auf Connor Bildeborough gemacht hätte.

Youseff, der wußte, daß dieser Teil ihrer Reise der wichtigste war, schüttelte den Kopf. »Schnurstracks durch die Stadt und nach St. Mere-Abelle«, sagte er und umschloß mit der freien Hand die Hand von Dandelion. »Konzentrier dich!« befahl er dem anderen.

Nach wenigen Minuten hatten sie einen kräftigen Schutzschild um sich herum errichtet und begannen lautlos und siegessicher mit dem Aufstieg.

In der Nähe der Spitze spähten sie über den Bergkamm, und ihr Grinsen wurde noch breiter, denn dort neben der Frau saß Connor Bildeborough – da schlugen sie also gleich drei Fliegen mit einer Klappe, wie es schien.

Die beiden Mönche tauschten einen kurzen Blick, dann schwangen sie sich über die Felskante und landeten mit einem Satz in der feindlichen Runde.

»Herzlich willkommen!« rief Connor gutgelaunt, und die Mönche waren verdutzt. »Kennt ihr mich noch?«

Youseff sah Dandelion an und machte einen großen Schritt vorwärts, der fast ein Drittel des Abstands zwischen ihm und dem noch immer gelassen dasitzenden Mann ausmachte. Dann zuckte er plötzlich zusammen, denn ein kleiner Pfeil bohrte sich von hinten in seine Wade und schnitt ihm direkt in die Sehne.

»Das werden meine Freunde aber nicht zulassen«, sagte Connor fröhlich.

»Ihr wißt ja gar nicht, wie aussichtslos eure Lage ist!« fügte Roger hinzu, der jetzt unmittelbar hinter Pony und Connor auftauchte. »Habt ihr eigentlich schon den kennengelernt, den sie Nachtvogel nennen?«

Auf dieses Stichwort hin kam der Hüter aus dem Wäldchen geritten, und auf dem stattlichen Pferd, mit dem Bogen in der Hand, bot er einen prächtigen Anblick.

»Was machen wir jetzt?« flüsterte Bruder Dandelion.

Youseff sah Connor wütend an. »Du hast Schande über deinen Onkel und deine ganze Familie gebracht«, bellte er. »Du bist jetzt genauso ein Gesetzloser wie diese elenden Narren, die du als deine Freunde bezeichnest.«

»Das sind mutige Worte für einen in deiner Lage«, erwiderte Connor gelassen.

»Meinst du?« entgegnete Youseff, plötzlich ganz ruhig. Mit der Hand, mit der er sich sein verletztes Bein hielt, gab er Dandelion heimlich ein Zeichen.

Plötzlich schoß dieser an seinem Begleiter vorbei und sprang Connor, der gerade aufstand und sein Schwert zückte, so überraschend an, daß dieser nicht schnell genug reagieren konnte. Er schlug ihm das Schwert aus der Hand und setzte ihn mit einem Unterarmstoß gegen die Kehle außer Gefecht. Dann stürmte er über den zusammensackenden Connor hinweg und drängte Roger zurück an die Felswand.

Youseff machte einen Satz mit seinem gesunden Bein an Dandelions Seite in der Absicht, die Frau zu packen und sich so den Weg nach draußen freizukämpfen. Doch wie schon zu Anfang unterschätzte der siegessichere Mönch auch jetzt seinen Gegner und dachte nicht im Traum daran, welche Macht die Steine Pony verliehen. Der Schutzschild war zwar noch immer stark, auch wenn sie beide jetzt ihre Kräfte auf andere Dinge konzentrieren mußten, aber selbst wenn die beiden Schurken sich allein auf den Sonnenstein hätten konzentrieren können, wären sie Pony nicht gewachsen gewesen.

Und schon merkte Youseff, wie es ihm die Beine wegzog, doch er fiel nicht zu Boden, sondern schwebte plötzlich hilflos in der Luft. Der Schwung seiner Bewegung aber schob ihn vorwärts auf Pony zu, doch als er in seinem schwerelosen Zustand nach ihr greifen wollte, überschlug er sich und vollführte einen halben Salto. Dann spürte er plötzlich einen Stich im Rücken, als Pony ihm einen Fußtritt versetzte und ihn wieder in die Richtung beförderte, aus der er gekommen war, bis er schließlich hilflos an der Felskante in der Luft baumelte.

Roger hatte der Angriff zu sehr überrumpelt, und er konnte nicht verhindern, daß Dandelion sich wieder herumwarf und Connor erneut niederschlug, als dieser gerade aufstehen wollte. Dann ließ er sich auf den Mann fallen und drückte ihn zu Boden. Schon hob er seinen Arm mit ausgestreckter Hand und holte zum tödlichen Schlag gegen Connors ungeschützten Hals aus.

Dieser stöhnte und versuchte zu schreien, versuchte, den anderen abzuschütteln. Dann schloß er einen Moment die Augen.

Doch der Schlag kam nicht. Connor öffnete die Augen und sah Dandelion, der noch immer mit hoch erhobenem Arm über ihn gebeugt war und dem die blanke Fassungslosigkeit im Gesicht stand, weil es jemand fertigbrachte, diesen starken Arm festzuhalten.

Denn Nachtvogel hielt sein Handgelenk umfaßt.

Dandelion fuhr mit einer für einen so stämmigen Mann erstaunlichen Wendigkeit herum und ließ den Hüter über seine Schulter abrollen. Doch Elbryan war ebenfalls nicht untätig und drehte Dandelion den Arm so plötzlich um, daß er ihm mit einem Ruck das Ellbogengelenk ausrenkte.

Dandelion jaulte vor Schmerz auf und holte zu einem kräftigen Schlag aus, dem Nachtvogel geschickt auswich, bevor er seinen Gegner mit einer Reihe von Fausthieben ins Gesicht und gegen den Brustkorb eindeckte.

Doch dieser ging gleich wieder auf ihn los, stöhnend vor Schmerz, und steckte einige weitere Hiebe ein bei dem Versuch, nah genug an Elbryan heranzukommen, um ihn außer Gefecht zu setzen.

Jetzt umfaßte der Hüter mit einer Hand Dandelions Kinn, und mit der anderen packte er den Mann im Genick, dann wollte er ihn zur Seite drehen. Doch plötzlich hielt er inne, denn er spürte einen seltsamen Stoß gegen seinen Brustkorb. Zuerst dachte er, Dandelion hätte ihn doch irgendwie getäuscht und einen Dolch bei sich gehabt, doch als er Connor Bildeborough hinter ihm stehen sah, war dem Hüter alles klar.

Da sackte der Mönch auch schon in seinen Armen zusammen, Connors Schwert im Rücken.

»Bastard!« murmelte dieser grimmig und hatte alle Mühe, das Schwert festzuhalten, während der tote Dandelion zu Boden glitt.

Nachtvogel ließ den Mann los, ging dann zu Symphony, nahm den Bogen zur Hand, legte einen Pfeil an die Sehne und richtete seine Aufmerksamkeit auf Youseff. Dann zielte er und spannte den Bogen.

Doch die Gefahr war vorüber: Die Mönche waren geschlagen, und so konnte er diesen Mann nicht einfach töten.

»Tu's nicht!« sagte Pony in vollem Einverständnis, als der Hüter die Sehne wieder lockerließ.

»Ich bringe ihn um«, sagte Connor, dem es endlich gelang, sein Schwert aus dem gewaltigen Leichnam zu ziehen.

»So hilflos, wie er da hängt?« fragte Pony zweifelnd.

Connor stampfte mit dem Fuß auf. »Dann laß ihn runterfallen«, sagte er, aber er meinte es nicht ernst, denn er brachte es ebensowenig fertig, den hilflosen Mann zu töten, wie Elbryan.

Und Pony war froh darüber.

»Wir gehen jetzt unsere Freunde suchen«, sagte der Hüter zu Youseff, »die dein ehrwürdiger Vater zu Unrecht eingesperrt hat.«

Youseff grinste höhnisch.

»Und du wirst uns hinführen, und zwar Schritt für Schritt.«

»Nach St. Mere-Abelle?« erwiderte der Mönch fassungslos. »Ihr Narren! Ihr habt ja keine Ahnung, was euch in so einer Festung erwartet.«

»So wie ihr nicht ahnen konntet, was euch hier erwartet hat«, erwiderte Elbryan ruhig.

Das traf Youseff schwer, und er sah Elbryan mit gefährlich zusammengekniffenen Augen an. »Wie lange könnt ihr mich schon hier festhalten«, sagte er mit eiskalter Stimme. »Tötet mich lieber jetzt, ihr Narren, sonst werde ich mich rächen, darauf könnt ihr euch verlassen –«

Sein Wortschwall brach plötzlich ab, als eine zierliche Gestalt an ihm vorbeihuschte und ihn in der Luft herumwirbelte. Er schlug um sich und wollte sich wehren, doch da bemerkte er, daß er den Sonnenstein nicht mehr in der Hand hatte. Er sah den Elfen gerade noch neben den anderen auf dem Felsvorsprung landen.

»Ein Sonnenstein, wie du vermutet hast, Nachtvogel«, sagte Juraviel und zeigte ihm den erbeuteten Stein. »Ich nehme an, der Granat ist in seinem Gürtel, wenn ihn nicht der Tote hat.«

Elbryan, der Youseff scharf beobachtet hatte, sah, daß Juraviels Worte den Mann wütend machten.

»Er hat vielleicht auch einen Seelenstein«, mischte sich Pony ein. »Um mit seinen Auftraggebern in Verbindung zu bleiben.«

»Das werden wir natürlich verhindern«, meinte Connor grinsend. »Aber ich muß dein Vorhaben ablehnen«, sagte er zu dem Hüter. »Er wird uns nicht nach St. Mere-Abelle führen, sondern wir bringen ihn zurück nach St. Precious, wo er für den Mord an Abt Dobrinion geradestehen soll. Ich werde das mit Roger Flinkfinger zusammen besorgen und dem Orden die Wahrheit über seinen ehrwürdigen Vater erzählen!«

Elbryan betrachtete Connor lange und eingehend und dachte einen Augenblick daran, daß er dem Mann gerade das Leben gerettet hatte. Wenn er nur einen Moment gezögert hätte, wäre Connor Bildeborough, dieser Mann, der Pony so unrecht getan hatte, jetzt tot.

Doch eine solche Schwäche wollte er sich nicht gestatten, und so schob er die finsteren Gedanken beiseite, denn im Grunde seines Herzens wußte er genau, daß er sich notfalls auch dem Mönch in den Weg gestellt hätte, um Connor oder einen seiner Gefährten zu retten.

Dann sah er zu Youseff hinüber und dachte über Connors Einwand nach. Er konnte sich noch gut an die rasende Wut des ersten Bruder Richter erinnern, und ihm wurde klar, daß dieser hier ihnen nicht freiwillig den Weg zeigen würde, ganz gleich, wie sehr sie ihm drohten. Wenn sie aber so vorgingen, wie es Connor vorgeschlagen hatte, dann stünden sie vielleicht bald nicht mehr allein da bei ihrem Feldzug zur Befreiung ihrer Freunde. Mußte der Orden ihnen nicht helfen, wenn er sich nicht mitschuldig machen wollte an den Vergehen des ehrwürdigen Vaters?

Die Sache erschien ihm einleuchtend. »Bringt ihn her!« sagte der Hüter.

Belli'mar Juraviel flog von dem Felsvorsprung zu Youseff hinüber. Mit seinem Bogen stieß er den Mann gegen die Felswand. Zuerst wehrte sich dieser nicht, aber dann, als er sich dem rettenden Rand näherte, griff er plötzlich hinter sich nach dem Elfen und bekam den Bogen zu fassen, den Juraviel vorsichtshalber losließ. Der Mönch aber konnte den Schwung seiner Bewegung nicht mehr aufhalten und drehte sich einmal um sich selber.

Am Rande des Felsvorsprungs aber stand Elbryan mit geballten Fäusten.

Im nächsten Moment überschlug sich Bruder Youseff in der Luft, so daß ihm Hören und Sehen verging. Juraviel lachte über den grotesken Anblick, holte sich seinen Bogen zurück und schubste den hinkenden Mönch wieder auf den Felsvorsprung.

6. Das andere Gesicht von Bruder Francis

Von allen Pflichtübungen, die ein junger Mönch in St. Mere-Abelle zu absolvieren hatte, fand Bruder Dellman diese am schlimmsten. Er hielt mit zwei anderen Mönchen die Querstangen eines riesigen Drehkreuzes fest, und sie setzten mit gebeugtem Rücken mühsam einen Fuß vor den andern, um das Ding vorwärts zu bewegen, und stemmten sich ächzend und stöhnend gegen das ungeheure Gewicht, wobei sie jedoch immer wieder ausglitten.

Unten in der Tiefe – gehalten von schweren Ketten, die allein schon mehr als tausend Pfund wogen – befand sich ein großer Steinblock. Gutes, massives Material aus einem ausgedehnten unterirdischen Steinbruch im südlichsten Hof von St. Mere-Abelle, der einen Zugang durch die tiefgelegenen Gänge der alten Abtei besaß. Und tatsächlich konnte Meister Jojonah, der sich in der unteren Bibliothek verkrochen hatte, hin und wieder das Splittern der Steine hören. Die beste Methode, das für die oberen Klostermauern benötigte Material zutage zu fördern, war jedoch dieses Förderrad.

In den Augen der Meister und des Abtes tat diese Tortur den jungen Mönchen gut.

An jedem anderen Tage hätte sich Bruder Dellman dieser

Meinung angeschlossen. Körperliche Erschöpfung regte den Geist an. Nur nicht gerade heute, so kurz nach seiner Rückkehr von einer anstrengenden Reise. Jetzt wünschte er sich nur eins: in seine kleine Kammer zu gehen und sich auf seiner Pritsche zusammenzurollen.

»Na los, Bruder Dellman!« schimpfte Meister De'Unnero mit schriller Stimme. »Willst du etwa Bruder Callan und Bruder Seumo die ganze Arbeit allein machen lassen?«

»Nein, Meister De'Unnero«, erwiderte Bruder Dellman und stemmte seine Schulter, so fest es ging, gegen die Stange. Die Muskeln seiner Beine und seines Rückens waren zum Zerreißen gespannt und schmerzten höllisch. Er schloß die Augen und stieß einen leisen Seufzer aus.

Doch auf einmal schien das Gewicht zuzunehmen, und das Rad drehte sich in die falsche Richtung. Dellman riß erschrocken die Augen auf.

»Halt dich fest, Bruder!« hörte er Callan rufen. Dann sah er den Mann am Boden liegen und merkte, wie auch Seumo ausrutschte und das Gleichgewicht verlor.

»Festmachen!« rief Meister De'Unnero und meinte damit, daß irgend jemand den Arretierungspflock befestigen sollte.

Der arme Dellman stemmte sich mit aller Kraft gegen das Rad und drückte, so fest er konnte, aber seine Füße rutschten unweigerlich zur Seite. Wo war Callan geblieben? fragte er sich. Und warum stand Seumo nicht wieder auf? Warum reagierten sie nicht?

Er dachte daran, die Stange loszulassen und sich durch einen Sprung zur Seite in Sicherheit zu bringen, aber er wußte, daß das unmöglich war. Wenn niemand das Rad festhielt, würde es ihn zerschmettern und in hohem Bogen davonschleudern.

»Festmachen!« hörte er De'Unnero jetzt wieder rufen, aber niemand schien sich zu rühren.

Und dann hatte das Rad gewonnen, und Dellmans Muskeln versagten ihm den Dienst.

Er wurde nach hinten gerissen, und etwas zerrte ihm sämtliche Sehnen in die falsche Richtung. Er hörte ein plötzliches Geräusch wie ein Peitschenknallen, während ein stechender Schmerz sein eines Bein durchzuckte; dann schlug er hintenüber. Doch sein einer Arm war eingeklemmt, und so nahm ihn das herumwirbelnde Rad auf seiner rasenden Fahrt mit, bis es ihn schließlich in hohem Bogen gegen einen Wasserbottich schleuderte, dessen Wand dabei ebenso zu Bruch ging wie seine Schulter.

Da lag er nun, halb ohnmächtig, mit verrenkten Gliedern und über und über mit Schlamm und Blut bedeckt.

»Bringt ihn in meine privaten Gemächer!« hörte er eine Stimme sagen, die er für die von De'Unnero hielt.

Gleich darauf war der Meister bei ihm, beugte sich über ihn und wirkte ernsthaft erschrocken. »Keine Angst, Bruder Dellman«, sagte er, und obwohl er sich alle Mühe gab, fürsorglich zu klingen, hatte seine Stimme doch immer noch diesen bösartigen Unterton. »Gott ist mit mir, und mit seiner Kraft werde ich deinen entzweigegangenen Körper wieder heilen.«

Der Schmerz schlug plötzlich über dem armen Bruder Dellman zusammen, als Callan und Seumo den jungen Mönch bei den Armen faßten und aufhoben, und jeder seiner Muskeln brannte wie Feuer. Dann wurde es um ihn herum pechschwarze Nacht.

Die Tage verschmolzen miteinander, und er merkte gar nicht, wie sie vergingen. Hier unten hatte die Zeit für Meister Jojonah keinerlei Bedeutung. Die Bibliothek verließ er nur, wenn ihn seine körperlichen Bedürfnisse dazu zwangen, und dann kehrte er immer so schnell wie möglich wieder zurück. Bislang hatte er noch nichts Erhellendes unter den zahllosen Stapeln von Büchern und Pergamenten gefunden, aber er wußte genau, er war nahe daran. Das spürte er ganz deutlich.

Von Zeit zu Zeit sah er zu dem Regal mit den verbotenen

Schriften hinüber und fragte sich, ob man sie vielleicht gar nicht wegen ihres verwerflichen Inhalts hierher verbannt hatte, sondern weil ihr Inhalt für die jetzigen Ordensführer verhängnisvoll wäre. Nachdem er immer wieder darüber nachgedacht hatte – einmal war er sogar aufgestanden und hatte ein paar Schritte auf dieses Regal zu gemacht –, mußte Meister Jojonah lauthals über seine Ängstlichkeit lachen. Er kannte diese Bücher, denn bevor er in den Rang eines Immakulaten aufgestiegen war, hatte es zu seinen Aufgaben gehört, bei der Bestandsaufnahme mitzuhelfen. Es gab darin keine verborgenen Weisheiten. Diese Bücher handelten vom Bösen, von schwarzer Magie und vom Mißbrauch der heiligen Steine zu gottlosen Zwecken wie der Geisterbeschwörung und der Wiederbelebung von Toten, dem Heraufbeschwören der Pest oder dem Verderben der Ernte – verwerfliche Praktiken selbst in Kriegszeiten. Von einer privaten Zusammenkunft einiger Meister wußte Jojonah, daß in einem dieser Bücher tatsächlich eine umfangreiche Mißernte beschrieben wurde, die dem südlichen Königreich von Behren im Jahre des Herrn 67 durch die Kirche zugefügt worden war, als dieses sich mit dem Bärenreich in einem erbitterten Krieg um die Gebirgspässe über den Großen Gürtel befunden hatte. Die Hungersnot hatte das Schlachtenglück gewendet, aber der Sieg war rückblickend die vielen unschuldigen Opfer und die anhaltende Feindschaft der beiden Völker nicht wert gewesen.

Nein, die Bücher, die man dort in der finstersten Ecke der Bibliothek verstaut hatte, enthielten keine ewigen Wahrheiten, abgesehen von dem, was man aus den schrecklichen Fehlern der Vergangenheit lernen konnte.

Das mußte sich Jojonah immer wieder sagen, als die Tage vergingen, ohne daß er irgendwelche wesentlichen Fortschritte gemacht hätte. Und noch etwas anderes nagte an dem empfindsamen Gemüt des gutmütigen Meisters und wuchs sich mit der Zeit zu einer erheblichen Ablenkung aus: die mißliche Lage von Markwarts Gefangenen. Sie zahlten einen hohen Preis für seinen Aufenthalt hier unten, vielleicht war es sogar schon zu spät, und sein Gewissen drängte ihn zunehmend, nach den armen Leuten zu sehen und nach dem Zentauren, der ja wirklich ein Held war, wenn er mit Avelyn zusammen den Geflügelten geschlagen hatte.

Doch Jojonah konnte sich nicht losreißen, noch nicht, und so mußte er seine wachsende Besorgnis vorläufig unterdrücken. Vielleicht konnte er die Gefangenen ja durch seine Arbeit hier unten retten, sagte er sich, oder wenigstens solche Greueltaten in Zukunft verhindern.

Immerhin machte er jetzt langsam Fortschritte. Die Bibliothek war nicht ganz so unübersichtlich eingerichtet, wie er zuerst befürchtet hatte. Sie war in zwei Abteilungen unterteilt, und diese waren grob chronologisch sortiert, von der Frühzeit des Ordens angefangen bis zu Zeiten, die kaum zweihundert Jahre zurücklagen, als die neuere Bibliothek aufgebaut wurde und sich diese Gewölbe hier von einem Arbeitsbereich in einen Lagerraum verwandelten. Glücklicherweise befanden sich die meisten Schriften aus Bruder Allabarnets Zeit, zumindest jene, die man von außerhalb zusammengetragen hatte, hier unten.

Sobald er die grundsätzliche Einteilung erkannt hatte, begann Meister Jojonah mit seiner Suche bei den allerersten Bänden aus der Zeit vor dem Jahre 1 des Herrn, der Großen Epiphanie, der Erneuerung, welche die Kirche gespalten hatte in die alten und die neuen Bücher. Jojonah konnte sich vorstellen, daß er seine Antworten in der Zeit vor dieser Erneuerung finden würde, in den Anfängen des Ordens, der Zeit des heiligen Abelle.

Doch er fand dort keinerlei Hinweis. Die wenigen erhaltenen Werke – von denen die wenigsten überhaupt zu entziffern waren – enthielten Erbauungstexte, zum größten Teil Lobgesänge, die den Herrn priesen. Viele von ihnen waren auf so brüchigem Pergament niedergeschrieben, daß Jojonah sie kaum anzufassen wagte, andere wiederum waren in kleine Steintafeln eingeritzt. Die Schriften des heiligen Abelle befanden sich natürlich nicht hier unten, sondern waren in der oberen Bibliothek ausgestellt. Jojonah kannte ihren Inhalt auswendig und wußte, daß sie nichts enthielten, was ihm bei seinem Kreuzzug behilflich sein konnte. Es waren größtenteils Allgemeinplätze, kluge Worte über Sitte und Anstand, die man nach Belieben auslegen konnte. Dennoch nahm sich der Meister vor, hinaufzugehen und sie noch einmal in Augenschein zu nehmen, wenn es seine Zeit erlaubte, um zu sehen, ob sie ihm vielleicht im Lichte seiner neuen Erkenntnisse einen Anhaltspunkt für die wahren Grundsätze seines Ordens geben konnten.

Was Jojonah hier unten am liebsten gefunden hätte, war die Äbte-Doktrin aus dem denkwürdigen Jahr der Großen Epiphanie, aber er wußte, daß ihm dieser Fund versagt bleiben mußte, denn es war eines der großen Geheimnisse des Abellikaner-Ordens, daß dieses Original seit einigen hundert Jahren verschollen war.

Und so machte der Meister mit dem weiter, was ihm zur Verfügung stand, und befaßte sich als nächstes mit den Schriften, die unmittelbar auf die Entstehung der Neuen Lehre folgten. Doch er fand nichts. Absolut gar nichts.

Einen weniger ausdauernden Menschen hätte das entmutigt, doch Jojonah dachte nicht im Traum daran aufzugeben. Unbeirrt setzte er seine Suche fort und entdeckte hier und da in den Schriften der frühen Äbte vielversprechende Hinweise, wie zum Beispiel einen Satz, den er sich niemals aus Markwarts Mund hätte vorstellen können.

Und dann fand er auf einmal ein äußerst interessantes Bändchen, in rotes Leinen gebunden und verfaßt von einem jungen Mönch, Bruder Francis Gouliard, im Jahre des Herrn 130, dem Jahr nach der ersten Reise nach Pimaninicuit, die auf die Große Epiphanie folgte. Mit zitternden Händen blätterte Jojonah die Seiten um. Bruder Francis – welche Ironie lag in diesem Namen! – war einer der Bereiter auf dieser Reise gewesen, und nach seiner Rückkehr hatte er seine Geschichte niedergeschrieben!

Allein dieser Umstand verblüffte Jojonah zutiefst. Die Mönche, die heute von Pimaninicuit zurückkamen, wurden davon abgehalten, ja, man untersagte ihnen regelrecht, über diesen Ort zu sprechen. Bruder Pellimar hatte seinen Mund nicht gehalten, und es war sicher kein Zufall, daß er anschließend nicht mehr lange gelebt hatte. Zu Francis Gouliards Zeit dagegen hielt man die Steinpräparatoren offensichtlich dazu an, ausführlich über ihre Reise zu berichten.

Obwohl es in dem dunklen Raum kühl war, traten Jojonah Schweißperlen auf die Stirn, und er mußte achtgeben, daß sie nicht auf die empfindlichen Seiten tropften. Mit zitternden Händen las er weiter:

... und trage man zusammen die kleinsten Steine, von grauer und roter Farbe,
   und bereite sie zahlreich, auf daß göttliche Heilkraft zuteil werde aller Welt, so sie uns bekannt ist.

Meister Jojonah lehnte sich zurück und atmete tief durch. Jetzt verstand er endlich, warum man im Kloster einen so riesigen Hort kleiner Hämatite aufbewahrte, die *kleinen Steine von grauer und roter Farbe*. Der nächste Absatz, in dem Bruder Francis Gouliard über seine mitreisenden Gefährten schrieb, traf den Meister noch tiefer:

Und ward gebildet die Mannschaft der Sea Abelle *aus dreimal zwölf Brüdern, Männern von jugendlicher Gestalt, gehörig gerüstet und in hohem Vertrauen, zum sicheren Geleite der beiden Bereiter gen Pimaninicuit und wieder zurück.*

Und nach ihrer Rückkunft von der Reise vereinten sich alle, bis auf zweie, welche waren daselbst zum Herrn eingegangen, in gemeinschaftlicher Auflistung und dem Aufbereiten der Steine.

»Brüder«, murmelte Jojonah leise. »Auf der *Sea Abelle*. Sie haben Mönche genommen.« Er brachte kaum einen Ton über die Lippen, und Tränen rannen ihm übers Gesicht, als er an das Schicksal der *Windläufer* und ihrer unglückseligen Besatzung dachte, die man extra angeheuert hatte. Er brauchte eine ganze Weile, bis er sich wieder gefaßt hatte und weiterlesen konnte. Bruder Francis Gouliards Stil war umständlich, und viele Wörter waren so archaisch, daß Jojonah sie kaum entziffern konnte. Außerdem hatte der Mann die Angewohnheit, nicht chronologisch, sondern in Gedankensprüngen zu schreiben. So beschrieb er ein paar Seiten weiter plötzlich wieder die Abfahrt von St. Mere-Abelle, also den Beginn der Reise.

Und da sah Jojonah es auf einmal vor sich liegen – das Edikt des Abtes Benuto Concarron in seiner Abschiedsrede an die Mannschaft des Schiffes, in dem er dazu aufrief, der Abellikaner-Orden möge die Edelsteine, diese göttliche Gabe, zusammen mit dem Wort Gottes in alle Welt verbreiten.

Frömmigkeit, Würde, Armut.

Jetzt ließ er seinen Tränen freien Lauf. Das war die Kirche, der sich Jojonah einst verschrieben hatte und die sich in einem Manne offenbart hatte, der so reinen Herzens war wie Avelyn Desbris. Was aber war geschehen, daß sie so sehr von diesem Wege abgekommen war? Warum hielt man die *Steine von grauer und roter Farbe* noch immer in St. Mere-Abelle unter Verschluß? Wo war die Barmherzigkeit geblieben?

»Wo ist sie geblieben?« fragte er laut und mußte wieder an die armen Gefangenen denken. Was war aus den Überzeugungen von Bruder Francis Gouliard und dem ehrwürdigen Vater Benuto Concarron geworden?

»Der Himmel strafe dich, Markwart!« flüsterte Meister Jojonah und meinte es ernst. Dann verbarg er das Bändchen unter seinen weiten Gewändern und verließ den Keller, um sich schnurstracks in seine Privaträume zu begeben. Dabei dachte er noch, daß er wieder einmal nach Bruder Braumin sehen sollte, doch dann entschied er, daß dieser Gang noch warten konnte, denn es gab eine andere Sache, die Jojonah schon tagelang bedrückte. Und so stieg er auf der anderen Seite der weitläufigen Abtei noch einmal in die Katakomben von St. Mere-Abelle hinab, in die Räume, die Vater Markwart zu Verliesen umfunktioniert hatte. Er war nicht sonderlich überrascht, als ihm ein junger Mönch, der dort Wache stand, den Weg versperrte.

»Ich denke gar nicht daran, mich erst lange mit dir zu streiten, junger Bruder«, sagte Jojonah forsch, in der Hoffnung, den anderen damit einzuschüchtern. »Wie lange ist es her, seit du die Ruten des Willigen Leidens absolviert hast?«

Der arme Junge zuckte tatsächlich zusammen.

»Ein Jahr und vier Monate, Meister«, erwiderte er zaghaft.

»Erst ein Jahr?« polterte Jojonah. »Und da unterstehst du dich, mir den Weg zu versperren? Ich war schon im Range eines Meisters, bevor du zur Welt kamst, und du willst mir erzählen, was ich zu tun habe?«

»Aber der ehrwürdige Vater ...«

Jojonah hatte genug gehört. Er schob den jungen Mönch beiseite und sah ihn dabei so scharf an, daß dieser es nicht wagte, ihn aufzuhalten.

Und so protestierte der junge Mann nur leise und stampfte hilflos mit dem Fuß auf, als Jojonah weiter die Treppe hinabstürmte. Unten wollten ihn zwei weitere Mönche aufhalten, doch Jojonah nahm gar keine Notiz von ihnen, und auch sie wagten es nicht, ihn mit Gewalt am Weitergehen zu hindern. Allerdings blieb ihm der eine protestierend auf den Fersen, und der zweite rannte in die andere Richtung davon – zu Vater Markwart natürlich, dachte Jojonah.

Er wußte, daß er sich jetzt auf gefährlichem Terrain bewegte und den ehrwürdigen Vater möglicherweise zum Äußersten trieb. Doch das Buch, das er soeben gefunden hatte, bekräftigte seinen Entschluß, sich tapfer gegen die Ungerechtigkeiten des Abtes zu wehren, und er schwor sich, daß nichts ihn hindern würde, nach den armen Leuten zu sehen und sich davon zu überzeugen, daß sie noch am Leben waren und einigermaßen anständig behandelt wurden, ganz gleich, wie hart man ihn dafür bestrafte. Jojonah wußte, daß er sich in große Gefahr begab, und er hätte genausogut stillhalten und sich wieder einmal mit angeblich höheren Zielen herausreden können, die Markwart immer so gern anführte, um sein frevelhaftes Vorgehen zu rechtfertigen.

Doch es kümmerte ihn jetzt nicht mehr, ob er Markwart zur Raserei trieb, und er stürmte weiter vorwärts, durch die nächste Tür, an einem anderen erschrockenen Mönch vorbei und noch eine Treppe hinunter. Da stand auf einmal Bruder Francis vor ihm.

»Ihr habt hier unten nichts zu suchen«, meinte dieser.

»Wer sagt das?«

»Der ehrwürdige Vater«, antwortete Francis prompt. »Nur er, ich und Meister De'Unnero dürfen dort hinuntergehen.«

»Eine ehrenwerte Runde!« meinte Meister Jojonah sarkastisch. »Und aus welchem Grunde, Bruder Francis? Damit ihr unschuldige Leute ungestört foltern könnt?« sagte er laut und bemerkte mit Genugtuung, wie die jungen Wachtposten hinter ihm verlegen von einem Bein aufs andere traten.

»Unschuldig?« wiederholte Francis skeptisch.

»Müßt ihr euch eures Verhaltens so sehr schämen, daß ihr Zeugen fürchtet?« fragte Jojonah und machte noch einen Schritt vorwärts. »Ja, ich habe von der Sache mit Grady Chilichunk gehört.«

»Ein Unfall unterwegs«, verteidigte sich Francis.

»Du kannst deine Sünden verleugnen, so lange du willst,

Bruder Francis«, erwiderte Meister Jojonah, »sie bleiben doch allemal Sünden!«

Francis schnaubte verächtlich. »Ihr macht Euch ja gar keinen Begriff von der Bedeutung dieses Kreuzzugs!« brauste er auf. »Ihr habt Mitleid mit Verbrechern, und Unschuldige sollen für deren Vergehen gegen die Kirche, ja, gegen die gesamte Menschheit bezahlen!«

Die Antwort von Meister Jojonah war ein kräftiger Fausthieb, der Bruder Francis jedoch nicht ganz unvorbereitet traf, und so streifte er lediglich sein Gesicht, und als Meister Jojonah durch den Schwung aus dem Gleichgewicht geriet, sprang der andere hinter ihn und nahm ihn fest in den Würgegriff.

Meister Jojonah wollte sich herauswinden, doch da ihm die Blutzufuhr abgeschnitten war, wurde es ihm im nächsten Augenblick schwarz vor Augen.

»Bruder Francis!« schrie der junge Mönch voller Panik und versuchte, die beiden voneinander zu trennen. Da ließ Francis von Jojonah ab, so daß dieser in sich zusammensackte.

Die Schritte dröhnten hohl auf der hölzernen Treppe. Er ließ sich in ihrem Rhythmus dahintreiben, bis sie ihn allmählich wieder ins Leben zurückholten. Im ersten Moment war er geblendet, denn er hatte ja in letzter Zeit kaum noch das Tageslicht gesehen, doch sobald sich seine Augen an die Helligkeit gewöhnt hatten, wußte er genau, wo er sich befand. Er saß zurückgelehnt in einem Sessel in den Privatgemächern von Vater Markwart.

Vor ihm standen der Abt und Bruder Francis, und die beiden schienen wenig erfreut.

»Ihr habt einen anderen Mönch angegriffen«, sagte Markwart kurz angebunden.

»Ein unverschämter Kerl, der es wahrhaftig verdient hat«, meinte Jojonah und rieb sich die Augen. »Der Bruder kann eine ordentliche Tracht Prügel gebrauchen.«

Markwart warf einen Blick auf den überheblich dreinschauenden Bruder Francis. »Mag sein«, sagte er, nur um dem aufgeplusterten jungen Mönch ein wenig den Wind aus den Segeln zu nehmen. »Aber er hat nur meinen Befehl ausgeführt.«

Meister Jojonah mußte an sich halten, denn er hätte in diesem Augenblick zu gern alle Vorsichtsmaßnahmen über Bord geworfen und dem boshaften Markwart endlich einmal gesagt, was er von ihm und seiner Verblendung hielt. Doch er biß sich nur auf die Lippen und ließ den alten Mann weiterreden.

»Ihr vernachlässigt Eure Pflichten der Sache Bruder Allabarnets zuliebe«, schäumte der Abt. »Eine Sache, die ich angesichts des Schicksals von Abt Dobrinion für wichtig hielt, denn die Mönche von St. Precious können in diesen schlimmen Zeiten ein wenig moralische Aufrüstung gebrauchen.

Doch Ihr verschwendet die Zeit, die ich Euch großzügig zugestanden habe, damit, in der ganzen Abtei herumzuschnüffeln und Eure Nase in Dinge zu stecken, die Euch nichts angehen.«

»Soll es mich etwa nicht kümmern, daß hier Menschen unschuldig gefangengehalten und in Verliesen an die Wände gekettet werden?« erwiderte Meister Jojonah mit fester Stimme. »Soll es mich nicht kümmern, daß brave Leute, die nichts verbrochen haben, und ein Zentaur, der eigentlich als Held gefeiert werden sollte, in den Kerkern dieser angeblich heiligen Gewölbe in Ketten liegen und gefoltert werden?«

»Gefoltert?« zischte der Abt. »Was wißt Ihr schon davon?«

»Deshalb wollte ich ja nachsehen«, betonte Jojonah.

Markwart sah ihn von oben herab an. »Ich lasse die verängstigten Chilichunks und den möglicherweise gefährlichen Zentauren doch nicht von irgend jemand anderem verhören. Sie sind meine Sache.«

»Eure Gefangenen«, verbesserte Jojonah.

Vater Markwart holte tief Luft. »Gefangene«, wiederholte er. »Ja, das sind sie. Nichts verbrochen, sagt Ihr? Und doch decken sie die Steindiebe. Nichts verbrochen? Wir haben allen Grund zu der Annahme, daß der Zentaur mit dem Dämon im Bunde war und nur die zufällige Zerstörung des Berges Aida ihn daran gehindert hat, sich an der Verschwörung gegen alle gottesfürchtigen Menschen zu beteiligen.«

»Die zufällige Zerstörung«, wiederholte Jojonah in fassungsloser Ironie.

»So lautet das Ergebnis meiner Untersuchungen!« schrie Markwart ihn plötzlich an und trat so nah an den im Sessel sitzenden Meister heran, daß Jojonah einen Augenblick lang dachte, er würde ihn ohrfeigen. »Ihr habt zu diesem Zeitpunkt einen anderen Weg eingeschlagen.«

Wenn du wüßtest, wie recht du hast, dachte Jojonah, und er war froh, daß er das alte Buch in seinem Zimmer versteckt hatte, bevor er zu den Gefangenen hinuntergegangen war.

»Dabei konntet Ihr nicht einmal diesen Weg zu Ende gehen!« fuhr Markwart fort. »Und während Ihr Euch in nutzlosen alten Büchern vergraben habt, hätte einen Eurer jüngeren Brüder beinahe sein Schicksal ereilt!«

Bei diesen Worten wurde Jojonah hellhörig.

»Draußen im Hof«, sagte Markwart. »Bei der Arbeit, die normalerweise Meister Jojonah beaufsichtigt, aber diesmal Meister De'Unnero noch zusätzlich überwachen mußte. Vielleicht konnte er deshalb nicht rechtzeitig eingreifen, als zwei der drei Brüder ausglitten und der plötzliche Schwung den armen Dellman als dritten fast in Stücke gerissen hätte.«

»Dellman!« schrie Jojonah und sprang von seinem Sitz auf, so daß Markwart einen Schritt rückwärts machen mußte. Dann kroch Angst in ihm hoch, und er machte sich plötzlich Sorgen um Bruder Braumin, den er seit Tagen nicht mehr gesehen hatte. Wie viele »Unfälle« mochte es sonst noch gegeben haben?

Doch dann wurde ihm klar, daß seine Reaktion Dellman lediglich verdächtig machte, und er bezwang sich und setzte sich wieder.

»Der Bruder Dellman, der mit uns am Berg Aida war?« fragte er scheinheilig.

»Wir haben hier nur einen Bruder Dellman«, erwiderte Markwart, der das Täuschungsmanöver durchschaute, frostig.

»So ein Unglück«, meinte Jojonah. »Aber er ist doch hoffentlich am Leben?«

»Gerade eben so und vielleicht nicht mehr lange«, antwortete der Abt und begann wieder, auf und ab zu gehen.

»Ich werde mich um ihn kümmern.«

»Das werdet Ihr nicht!« fuhr Markwart ihn an. »Er wird von Meister De'Unnero betreut. Ich verbiete Euch, auch nur mit ihm zu sprechen. Er kann auf Eure Entschuldigungen verzichten, Meister Jojonah. Werdet allein mit Eurem schlechten Gewissen fertig! Vielleicht besinnt Ihr Euch dann wieder Eurer wahren Pflichten und Aufgaben.«

Jojonah wußte, daß der Gedanke, ihn für diesen Vorfall verantwortlich zu machen, absurd war, und durchschaute Markwarts Absicht, ihn unter diesem Vorwand von Bruder Dellman fernzuhalten und diesen seinem Einfluß zu entziehen und statt dessen De'Unneros üblen Machenschaften anheimzugeben.

»Du bist mein Zeuge, Bruder Francis«, sagte Markwart. »Und ich warne Euch, Meister Jojonah, wenn ich erfahre, daß Ihr irgendwie in die Nähe von Bruder Dellman gekommen seid, dann wird das schwerwiegende Folgen haben – für Euch und für ihn.«

Es überraschte Jojonah, daß der Abt so weit gegangen war, ihm offen zu drohen. Es lief doch scheinbar alles nach Markwarts Vorstellungen, warum hatte er dann zu so drastischen Mitteln gegriffen?

Doch er wollte die Angelegenheit nicht weiter vertiefen, sondern nickte nur und ging und hatte keinerlei Bedürfnis, Markwart so bald wieder in die Quere zu kommen. Er sagte sich, daß es für ihn und Bruder Dellman besser wäre, wenn er vorerst jeden Kontakt zu dem Mann abbräche. Außerdem hatte für Jojonah die Arbeit gerade erst begonnen. Und so nahm er schnell eine Mahlzeit ein und begab sich dann in sein Zimmer. Er stieß einen tiefen Seufzer der Erleichterung aus, als er das Buch noch an seinem Platz vorfand, und ging dann schnurstracks wieder zu der unteren Treppe, um in der alten Bibliothek nach weiteren Teilchen für dieses immer spannender werdende Puzzle zu suchen.

Doch die Türen waren mit dicken Brettern verbarrikadiert. Ein junger Mönch, den Jojonah nicht kannte, stand davor und hielt Wache.

»Was hat das zu bedeuten?« fragte der Meister.

»Zur Zeit kein Zugang zur unteren Bibliothek«, antwortete der Mann mechanisch. »Befehl vom …«

Noch ehe der andere den Satz zu Ende gesprochen hatte, stürmte Meister Jojonah davon und nahm dabei immer gleich zwei Stufen auf einmal. Es wunderte ihn nicht, daß Markwart ihn bereits in seinen Privatgemächern erwartete, diesmal allein.

»Ihr habt nichts davon gesagt, daß ich meine Arbeit beenden soll«, begann Meister Jojonah vorsichtig, denn er hatte das Gefühl, daß diese Auseinandersetzung endgültig sein würde.

»Jetzt ist nicht die Zeit, sich über Bruder Allabarnets Heiligsprechung den Kopf zu zerbrechen«, erwiderte der Abt ruhig. »Ich kann es mir nicht leisten, daß einer meiner Meister seine kostbare Zeit in den Kellergewölben vertrödelt.«

»Eine merkwürdige Wortwahl«, erwiderte Jojonah, »wenn man bedenkt, daß Ihr viele Eurer tüchtigsten Brüder ihre Zeit in anderen Kellern vergeuden laßt.«

Er sah die Wut in den Augen des alten Mannes aufflackern,

aber Markwart hatte sich schnell wieder unter Kontrolle. »Die Heiligsprechung kann warten, bis der Krieg vorüber ist«, sagte er.

»Nach allem, was man hört, könnte er es bereits sein«, erwiderte Jojonah schnell.

»Und bis unser Orden nicht mehr bedroht ist«, fügte Markwart hinzu. »Es ist anzunehmen, daß, wenn ein Pauri zu Abt Dobrinion gelangen konnte, keiner von uns sicher ist. Unsere Gegner sind außer Rand und Band, weil es für sie schlecht aussieht, und sie könnten durchaus einen größeren Vorstoß gegen die Anführer des Ordens unternehmen.«

Jojonah mußte sich beherrschen, um den Mund zu halten und Markwart nicht auf der Stelle des Mordes an Dobrinion zu bezichtigen. Er sorgte sich nicht mehr um sein persönliches Wohlergehen und hätte sich wohl offen mit Markwart angelegt und damit einen internen Krieg entfacht, der ihn wahrscheinlich sein Leben kosten würde. Doch er mußte an die anderen denken, sagte er sich immer wieder, an Dellman, Braumin Herde, Marlboro Viscenti und an die armen Gefangenen. Um ihretwillen, wenn schon nicht um seiner selbst willen, durfte er keinen offenen Kampf gegen Markwart anfangen.

»Sie hat auch Zeit, bis die gestohlenen Steine wieder da sind«, fuhr Markwart fort.

»Und bis dahin sitze ich müßig da und vertue hier oben meine Zeit«, gab Jojonah zu bedenken.

»Nein, ich habe etwas anderes mit Euch vor«, erwiderte Markwart. »Etwas viel Wichtigeres. Offensichtlich geht es Euch wieder gut – so gut, daß Ihr einen anderen Mönch angreifen konntet –, also solltet Ihr Euch wieder abmarschbereit machen.«

»Ihr habt doch eben gesagt, daß es mit der Heiligsprechung noch Zeit hat«, erwiderte Jojonah.

»Ganz recht«, sagte Markwart. »Aber Ihr geht auch nicht nach Ursal, sondern nach Palmaris, und zwar nach St. Precious, wo Ihr der Ernennung eines neuen Abtes beiwohnen werdet.«

Meister Jojonah konnte sein Erstaunen nicht ganz verbergen. Es gab in dieser Abtei keinen Mönch, der dieser Aufgabe gewachsen war, und deshalb war auch, soviel er wußte, noch gar nicht die Rede davon gewesen, und dieser Punkt stand auch nicht auf der Tagesordnung des Äbtekollegiums, das später in diesem Jahr stattfinden würde.

»Meister De'Unnero«, antwortete Markwart auf seine unausgesprochene Frage.

»De'Unnero?« sagte Jojonah ungläubig. »Der jüngste Meister von ganz St. Mere-Abelle, den man vorzeitig in diesen Rang erhoben hat wegen des Todes von Meister Siherton?«

»Des Mordes an Meister Siherton durch Avelyn Desbris!« erinnerte ihn Markwart schnell.

»Er soll die Leitung von St. Precious übernehmen?« fuhr Meister Jojonah fort und spürte den Stachel dieser letzten Bemerkung kaum, so perplex war er. »Diese Position ist mit Sicherheit von allergrößter Bedeutung angesichts der Tatsache, daß St. Precious der Kampffront am nächsten liegt.«

»Genau deshalb habe ich diese Wahl getroffen«, erwiderte Markwart ruhig.

»Ihr habt die Wahl getroffen?« fragte Jojonah verblüfft. Das war ein beispielloses Vorgehen. Die Ernennung eines Abtes, selbst wenn er aus den eigenen Reihen des betreffenden Klosters kam, war keine Nebensächlichkeit und wurde für gewöhnlich von der Gemeinschaft des Äbtekollegiums entschieden.

»Wir haben keine Zeit, das Äbtekollegium vorzeitig einzuberufen«, erklärte Markwart. »Aber wir können auch nicht warten bis zur turnusmäßigen Zusammenkunft im Monat Calember. Und deshalb habe ich, der Notlage gehorchend, Meister De'Unnero zu Dobrinions Nachfolger ernannt.«

»Vorübergehend«, sagte Jojonah.

»Endgültig«, kam die scharfe Antwort. »Und Ihr, Meister Jojonah, werdet ihn begleiten.«

»Ich bin gerade von einer wochenlangen Reise zurückgekommen«, protestierte Jojonah, aber er wußte, daß er geschlagen war und daß es ein Fehler gewesen war, zu den Gefangenen zu gehen und sich Markwart offen zu widersetzen. Nun würde er für diesen Fehler bezahlen. Markwart hatte durchaus das Recht, das Verfahren der Heiligsprechung vorläufig auszusetzen, und ob seine Entscheidung, De'Unnero zum Nachfolger Dobrinions zu machen, bestehen bliebe, würde beim Äbtekollegium im Herbst entschieden werden, und keinen Tag eher. Für Jojonah gab es kein Entrinnen mehr.

»Ihr werdet in St. Precious bleiben und Meister – Abt De'Unnero als sein Stellvertreter zur Seite stehen«, fuhr Markwart fort. »Wenn es ihm beliebt, dürft Ihr mit ihm zum Kollegium nach St. Mere-Abelle kommen.«

»Ich bin der Ranghöhere.«

»Jetzt nicht mehr«, meinte Markwart lakonisch.

»Ich – das wird das Kollegium nicht zulassen!« protestierte Jojonah.

»Das wird Mitte Calember entschieden«, sagte Markwart. »Wenn die anderen Äbte und ihre Wahlsekundanten es fertigbringen, mich zu überstimmen, dann wird vielleicht Meister Jojonah zum Abt von St. Precious ernannt.«

Doch inzwischen, das war Jojonah klar, würde Markwart wahrscheinlich seine Steine zurückbekommen und alle Mönche, die Jojonah wohlgesonnen waren, in St. Mere-Abelle ausgerottet haben, als Opfer irgendwelcher »Unfälle«, so wie Bruder Dellman. Oder er würde sie sich mit einem Haufen von Lügen und Drohungen gefügig machen. Und für diejenigen Brüder, die wie er unbeugsam waren, würde Markwart Aufgaben in entlegenen, gefährlichen Gegenden finden. Bis zu diesem Augenblick war Meister Jojonah noch nicht wirklich klar gewesen, was für ein mächtiger Gegner der alte Abt war.

»Vielleicht sehen wir uns ja einmal wieder«, sagte Markwart und entließ Jojonah mit einer Handbewegung. »Aber um unser beider Seelenfrieden willen will ich es nicht hoffen.«

Das war also das Ende, dachte Meister Jojonah.

7. Die Entscheidung

Als im Norden von Palmaris die Siedlungen vor ihnen lagen, Bauernhöfe zumeist, atmeten sie auf, denn sie sahen, daß die meisten Leute, die sich in die befestigte Stadt geflüchtet hatten, inzwischen wieder in ihre Häuser zurückgekehrt waren.

»Hier hat der Alltag schon wieder Einzug gehalten«, meinte Connor, der neben Pony herritt. Diese saß zusammen mit Belli'mar Juraviel auf Symphony, während Elbryan und Roger den Zug anführten, zwischen sich Bruder Youseff, dem sie die Hände fest auf dem Rücken zusammengebunden hatten. »Nun ist bald wieder Frieden«, sagte Connor zuversichtlich, und dies schien den anderen durchaus wahrscheinlich, denn sie hatten auf dem ganzen Weg noch keine Ungeheuer gesehen.

»Caer Tinella und Landsdown waren vielleicht die letzten feindlichen Bollwerke in dieser Gegend«, überlegte der Hüter. »Die paar, die jetzt noch übrig sind, dürften für die Garnison von Palmaris kein Problem sein.« Er blieb stehen, griff nach Symphonys Zügeln und brachte das Pferd zum Stehen. Dann sah er seine Freunde an, und Pony und Juraviel verstanden die unausgesprochene Frage.

»Wir halten uns lieber von der Stadt fern«, sagte Elbryan zu Connor. »Es ist auch besser, wenn die Leute auf den Bauernhöfen uns gar nicht erst zu sehen bekommen.« Und mit einem Seitenblick auf Bruder Youseff fügte er hinzu: »Es macht einen ja offenbar schon verdächtig, nur von uns gehört zu haben.«

»Weil ihr Verbrecher seid«, entgegnete Bruder Yousseff scharf. »Bildet euch nur nicht ein, die Kirche würde jemals aufhören, euch zu jagen!« Er lachte verächtlich, ganz so, als wäre nicht er der Gefangene.

»Es könnte sein, daß die Kirche etwas Wichtigeres zu tun hat, wenn sie die Wahrheit über die Vorfälle in St. Precious erfährt«, sagte Connor und lenkte Greystone zwischen den Mönch und den Hüter.

»Könnt ihr denn eure absurden Behauptungen überhaupt beweisen?« erwiderte Bruder Yousseff schnell.

»Das werden wir ja sehen«, meinte Connor und gesellte sich wieder zu Elbryan und den zweien auf Symphony. »Roger und ich werden ihn meinem Onkel übergeben«, erklärte er. »Und wir wenden uns zuerst an die weltlichen Instanzen, bevor wir feststellen werden, wie weit die Kirche diesen Halunken und seine Kumpane deckt.«

»Damit könntest du einen Kleinkrieg auslösen«, gab Pony zu bedenken, denn es war wohl bekannt, daß die Kirche beinahe ebenso mächtig war wie die Regierung – und wer einmal die magischen Kräfte von St. Mere-Abelle erlebt hatte, der hielt die Kirche sogar für mächtiger.

»Wenn tatsächlich ein solcher Krieg ausbrechen sollte, dann haben ihn die Mörder von Abt Dobrinion angezettelt und nicht ich oder mein Onkel«, erwiderte Connor voller Überzeugung. »Ich reagiere lediglich in angemessener Weise auf diese abscheuliche Tat und versuche, mein eigenes Leben zu schützen.«

»Warten wir's ab«, sagte Elbryan, der dieses Thema nicht weiter vertiefen wollte.

»Roger und ich kehren so schnell wie möglich zu euch zurück«, meinte Connor. »Ich weiß ja, daß ihr es eilig habt.« Mehr sagte er vorsichtshalber nicht, denn er wollte nicht, daß ihr gefährlicher Gefangener noch mehr von Elbryans Absichten erfuhr. In Anbetracht der gewaltigen Kräfte dieser Zaubersteine, die Connor noch deutlich vor Augen hatte, fand er es äußerst leichtsinnig, daß der Hüter Youseff freimütig erklärt hatte, was sie vorhatten. Je weniger dieser gefährliche Mann wußte, desto besser für sie alle.

Connor gab Elbryan ein Zeichen, und sie setzten sich beide ein Stück von den anderen ab. »Falls ich nicht zu euch zurückkommen kann, dann lebt wohl, Nachtvogel!« sagte er herzlich.

Elbryan sah, wie er zu Pony hinüberschaute.

»Ich müßte lügen, wollte ich behaupten, ich wäre nicht auf Euch eifersüchtig gewesen«, fuhr Connor fort. »Auch ich habe sie geliebt. Wer würde das nicht tun, der sie einmal gesehen hat?«

Elbryan fiel keine passende Antwort ein, und so sagte er nichts.

»Doch es ist nicht zu übersehen, wem Jills – Ponys Herz gehört«, fügte Connor nach einer längeren Pause hinzu und sah dem Hüter fest in die Augen.

Da begriff Elbryan plötzlich. »Ihr habt nicht vor, zu uns zurückzukommen, nicht wahr? Ihr bringt den Mönch nach Palmaris und bleibt dann dort.«

Connor zuckte seufzend mit den Achseln. »Es tut weh, sie zu sehen«, gab er zu. »Es ist schön und schmerzhaft zugleich. Und ich habe mich noch nicht entschieden, welches Gefühl von beiden überwiegt.«

»Lebt wohl«, erwiderte Elbryan.

»Ihr auch«, sagte Connor. Dann sah er wieder zu Pony hinüber. »Darf ich mich in Ruhe von ihr verabschieden?« fragte er.

Elbryan lächelte zustimmend – nicht, daß er im mindesten das Gefühl hatte, dies wäre seine Entscheidung. Wenn Pony mit Connor allein reden wollte, dann würde sie es sowieso tun, ganz gleich, was er davon hielt. Aber er empfand aufrichtige Zuneigung für diesen Mann, deshalb wollte er es ihm leichter machen und ging zu Pony, um ihr Bescheid zu sagen. Sie wartete, bis Juraviel vom Pferd gehüpft war, und lenkte Symphony dann zu Connor hinüber.

»Ich komme vielleicht nicht wieder«, erklärte er.

Pony nickte; sie war sich noch immer nicht ganz sicher, warum Connor zu ihr gekommen war.

»Ich mußte dich wiedersehen«, fuhr er fort, denn er verstand ihre unausgesprochene Frage. »Ich mußte mich davon überzeugen, daß du wohlauf bist. Ich mußte einfach –« Er unterbrach sich und seufzte tief.

»Was willst du noch?« fragte Pony ungeduldig. »Es ist doch schon alles gesagt.«

»Kannst du mir denn nicht verzeihen?« platzte Connor heraus, dann versuchte er verzweifelt, sich zu erklären. »Ich war gekränkt – mein Stolz war verletzt. Ich wollte dich ja gar nicht fortschicken, aber ich konnte es nicht ertragen, dich zu sehen und zu wissen, daß du mich nicht liebst –«

Ponys Lächeln ließ ihn verstummen. »Ich habe dir nie einen Vorwurf gemacht, also gibt es auch nichts, was ich dir verzeihen müßte«, erwiderte sie ruhig. »Ich fand das, was zwischen uns vorgefallen ist, für uns beide bedauerlich. Wir hatten eine ganz besondere Freundschaft, und die werde ich immer zu schätzen wissen.«

»Aber was ich dir in unserer Hochzeitsnacht angetan habe –«, protestierte Connor.

»Entscheidend ist, was du nicht getan hast. Deshalb konnte ich dir nie einen Vorwurf machen«, sagte Pony. »Du hättest mich auch einfach mit Gewalt nehmen können, und das hätte ich dir nie verziehen – dann hätte ich dich neulich auf der Stelle mit einem Blitz niedergestreckt!« Sobald sie die letzten Worte ausgesprochen hatte, war ihr klar, daß sie gelogen waren. Ganz gleich, was sie Connor gegenüber empfand, sie hätte niemals die Steine, diese heilige Gabe Gottes, in dieser Weise benutzt.

»Es tut mir leid!« sagte Connor.

»Mir auch«, erwiderte Pony. Dann beugte sie sich herab und küßte den Mann auf die Wange. »Leb wohl, Connor Bildeborough!« sagte sie. »Du weißt jetzt, wo der Feind steht. Schlag dich tapfer!« Damit wendete sie ihr Pferd und ritt zurück zu Elbryan.

Kurze Zeit später waren die drei Freunde unterwegs in Richtung Norden, voller Tatendrang, aber wohl wissend, daß die vor ihnen liegende Reise nicht weniger gefährlich war als ihr Feldzug zum Berg Aida. Sie hofften inständig, daß Connor seine Mission rasch und erfolgreich erledigen konnte, so daß der König und die Gerechten unter den Angehörigen des Abellikaner-Ordens, falls es überhaupt noch welche gab, diesen niederträchtigen Abt bald entmachten würden und sie ihre Freunde gesund und munter wiedersähen, noch ehe sie St. Mere-Abelle überhaupt betreten hätten.

Doch die Erfahrung hatte sie gelehrt, daß solche politischen Veränderungen manchmal Monate, wenn nicht sogar Jahre dauerten. Bradwarden und die Chilichunks aber konnten nicht warten, und so beschlossen die drei, zur Abtei an der Allerheiligenbucht aufzubrechen, sobald Roger und vielleicht auch Connor wieder bei ihnen wären.

In derselben Absicht machten sich diese beiden nach Palmaris auf. Connor hielt große Stücke auf seinen Onkel Rochefort. Von Kindesbeinen an hatte er zu ihm aufgeschaut, als einem einflußreichen und bedeutenden Mann, der das Leben in der Stadt entscheidend prägte. Immer wenn Connor wieder einmal in Schwierigkeiten geraten war, hatte sein Onkel die Sache im Handumdrehen in Ordnung gebracht.

Bruder Youseff war der Stolz, mit dem Connor kerzengerade im Sattel saß und über seinen Onkel redete, ein Dorn im Auge.

»Seid Ihr Euch eigentlich darüber im klaren, Master Bildeborough, was es heißt, mit diesen beiden gemeinsame Sache zu machen?« sagte der Mönch verächtlich.

»Wenn du nicht sofort den Mund hältst, wirst du geknebelt«, drohte ihm Connor.

»Das wird eine peinliche Sache für Euren Onkel«, meinte Youseff, »wenn der König erfährt, daß Baron Bildeboroughs Neffe mit Verbrechern durch die Gegend zieht.«

»Das tue ich wahrhaftig«, sagte Connor mit einem Seitenblick auf den Mann. »Aber erst jetzt.«

Das gefiel Bruder Youseff gar nicht. »Eure Anschuldigungen sind lächerlich«, meinte er. »Euer Onkel wird das sofort merken und sich in aller Form bei der Kirche entschuldigen – und vielleicht ist man ja so großzügig, die Entschuldigung anzunehmen und ihn nicht zu exkommunizieren.«

Connor schnaubte verächtlich. Natürlich war das Geschwätz dieses Kerls nicht ernst zu nehmen, und doch beschlich ihn leise Angst, denn wenn er auch tapfer am Glauben an seinen Onkel festzuhalten versuchte, sagte er sich doch, daß die Macht der Kirche nicht zu unterschätzen war.

»Vielleicht kommt ihr beiden sogar noch einmal mit heiler Haut davon«, fuhr Youseff scheinheilig fort, »und man vergibt euch großzügig.«

»Daß wir uns verteidigt haben?« mokierte sich Roger.

»Keiner von euch ist angegriffen worden«, erwiderte Youseff. »Es ging nur um das Mädchen und den anderen. Und den Elfen vielleicht – so etwas hatten wir noch nie gesehen, und deshalb muß erst noch entschieden werden, was aus ihm wird.«

Connor schnaubte erneut. Dieser Mann behauptete, er wäre nicht gemeint gewesen, dabei war er schon im Wirtshaus hinter ihm her gewesen, um ihn umzubringen. Das war einfach lächerlich.

»Ach ja, richtig, das Mädchen«, fuhr Bruder Youseff fort und beobachtete Connor dabei aus den Augenwinkeln. »Was für ein reizender Fang!« sagte er anzüglich. »Vielleicht bleibt mir ja ein bißchen Zeit, mich mit ihr zu vergnügen, bevor ich sie abliefere.«

Der Schlag kam nicht unerwartet – er hatte ihn ja regelrecht herausgefordert. Und als Connor seinen Hinterkopf traf, wich er ihm nicht aus, sondern ließ sich gekonnt fallen, um seine linke Schulter in den Boden zu rammen. Er hörte das knackende Geräusch, als er sich das Gelenk ausrenkte, spürte eine Welle des Schmerzes und schrie laut auf, um von seinem Vorhaben abzulenken. Denn jetzt konnte er die Arme auf seinem Rücken dichter aneinanderbringen und damit den Sitz seiner Fesseln verändern.

»Was soll das? Wir sind gleich in der Stadt!« schimpfte Roger.

»Hat es dir etwa nicht in den Fingern gejuckt?« erwiderte Connor, und Roger wußte nicht, was er darauf antworten sollte. Dann lief er zu dem am Boden liegenden Mönch, und Connor ließ sich vom Pferd gleiten, um ihm zu helfen.

Youseff hatte es durch seinen raffinierten Schachzug geschafft, die Fesseln zu lockern, und die linke Hand in Sekundenschnelle freibekommen, doch vorläufig ließ er sich nichts anmerken, sondern hielt still und achtete nicht auf den dumpfen Schmerz in seiner Schulter.

Roger war als erster bei ihm und bückte sich, um den Mann wieder hochzuziehen.

Youseff ließ sich Zeit – der hier war nicht besonders gefährlich.

Dann kam Connor und half Roger, den Mönch wieder auf die Füße zu stellen.

Schneller als die beiden reagieren konnten, zog dieser die Beine an und schoß senkrecht in die Höhe. Die Stricke flogen in hohem Bogen durch die Luft, als er mit dem rechten Arm ausholte, wobei er Daumen und Finger der Hand zu einem starren C geformt hielt. Diesen tödlichen Widerhaken schlug er Connor nun in die Kehle, wobei er ihn unverwandt ansah, und im nächsten Augenblick riß er ihm die Luftröhre heraus.

Connor Bildeborough sackte in sich zusammen, griff nach der tödlichen Wunde, rang nach Atem und versuchte vergeblich, den Blutstrom einzudämmen, der ihn jetzt in einen roten Sprühnebel tauchte.

Dann fuhr Youseff herum und schlug Roger zu Boden.

Der junge Mann war klug genug zu erkennen, daß er nichts mehr für Connor tun konnte und dem Mönch allein kaum gewachsen war. Und so nahm er die Beine in die Hand, und während der Mönch sich noch einmal über den sterbenden Connor lustig machte, gelang es Roger, das Pferd zu erreichen.

»Als nächstes bringe ich deinen Onkel um«, sagte Youseff und grinste boshaft.

Connor hörte ihn wie aus weiter Ferne. Er sank jetzt tiefer und tiefer in eine schwarze Finsternis. Er spürte, wie die Kälte in ihm hochstieg, und er fühlte sich allein.

Alle Geräusche um ihn herum verloren sich im Nichts, und sein Blick verengte sich zu einzelnen Lichtpunkten.

Dann war es auf einmal wieder hell und warm.

Es gab etwas, das ihn mit Trost und Hoffnung erfüllte: Er hatte seinen Frieden mit Jill gemacht.

Jetzt waren da nur noch dieses Licht und diese Wärme, und seine Seele sank tief darin ein.

Roger hielt sich krampfhaft am Steigbügel fest, als Connors verängstigtes Pferd loslief und ihn hinter sich herschleifte. Hinter sich hörte er, wie der Mönch die Verfolgung aufnahm.

Er biß die Zähne zusammen gegen den Schmerz und zog sich am Sattel empor. Dabei warf er einen Blick zurück und sah Youseff näher kommen. Er spornte Greystone mit einem kräftigen Klaps an, und das Pferd, von der Last, die es mitgeschleppt hatte, befreit, gewann an Boden.

Roger versuchte gar nicht erst, sich ordentlich in den Sattel zu setzen, sondern legte sich der Länge nach darüber. Sein Kopf baumelte nach unten, und er verzog bei jeder Erschütterung vor Schmerz das Gesicht.

Doch das vortreffliche Pferd hatte den Mönch bald hinter sich zurückgelassen.

Verärgert stampfte Bruder Youseff mit dem Fuß auf den Boden. Dann blickte er ratlos die Straße hinauf und hinab und fragte sich, welche Richtung er einschlagen sollte. Er konnte nach Palmaris zurückgehen – jetzt, da Connor tot war, drohte ihm dort höchstwahrscheinlich keine Gefahr mehr. Die Aussagen dieser Halunken oben im Norden würden kaum ausreichen, um eine solche Anklage gegen den Abellikaner-Orden zu bekräftigen.

Doch wenn er auch den Baron von Palmaris und die Mönche von St. Precious nicht mehr zu fürchten brauchte, so stellten sich ihm doch die Nackenhaare auf bei der Vorstellung, dem ehrwürdigen Vater über die jüngsten Vorfälle Bericht erstatten zu müssen. Der unliebsame Master Bildeborough war nun zwar tot, aber Dandelion ebenfalls.

Youseff blickte die Straße in Richtung Norden entlang, auf der Roger verschwunden war. Er mußte die anderen erreichen, ehe Roger zu ihnen stoßen konnte, damit sie nicht darauf vorbereitet waren, wenn er sich noch einmal auf die Frau stürzte. Und er würde sich die drei auf jeden Fall noch einmal vorknöpfen. Beim ersten Mal hatten sie ihn in die Falle gelockt, aber diesmal ...

Und anschließend würde er dem ehrwürdigen Vater Bericht erstatten.

Bruder Youseff rannte los, so schnell ihn seine Beine trugen.

Roger kam gut voran, obwohl er das Pferd nicht übermäßig antrieb. Er ahnte, daß der Mönch die Verfolgung nicht aufgegeben hatte, denn sie wußten ja beide, daß Roger zu Elbryan und Pony wollte, und das konnte Youseff natürlich nicht zulassen. Trotzdem machte sich Roger keine allzu großen Sorgen, denn auf diesem Pferd würde er nicht so bald einzuholen sein.

Als er einen Berghang hinaufkletterte, um Ausschau zu halten, sah er den Mönch in der Ferne noch immer in vollem Lauf.

»Unmöglich«, murmelte Roger, denn sie mußten inzwischen mehr als fünf Meilen zurückgelegt haben. Und doch zeigte der Mönch keinerlei Anzeichen von Ermüdung.

Roger stieg wieder aufs Pferd und legte eine schnellere Gangart vor. Er merkte, daß der Hengst müde war, denn sein goldgelbes Fell war schweißnaß, aber er konnte es sich nicht leisten, Greystone ausruhen zu lassen. Er sah sich immer wieder um, hoffte und betete, daß der Mönch nicht ausdauernder sein möge als sein Pferd. Und während er vorwärts jagte, gab er sich wenig Mühe, sich zu verbergen, denn er wußte, daß der Mönch, so unglaublich er auch war, sein Pferd zu Fuß doch nicht einholen konnte.

Als er das Gefühl hatte, seinen Verfolger weit hinter sich gelassen zu haben, verfiel er wieder in eine gemächlichere Gangart und überlegte, auf welchem Wege er am besten zu seinen Freunden stoßen konnte. Sie hatten sich bei einem abgelegenen Bauernhaus verabredet, das nicht weiter als zehn Meilen vor ihm lag.

Da strauchelte das Pferd auf einmal, und Roger riß erschrocken die Augen auf, als er neben sich auf der Straße etwas Metallenes schimmern sah. Greystone hatte ein Hufeisen verloren und hinkte stark.

Im Nu war Roger abgestiegen, holte das Hufeisen und lief zurück zu dem Pferd, um nachzusehen, von welchem Huf es stammte. Die Antwort sah er schon von weitem, denn der Hengst hinkte deutlich auf der linken Hinterhand. Behutsam hob Roger das Bein an.

Der Huf sah nicht gut aus, und obwohl Roger nicht viel von Pferden verstand, war ihm doch klar, daß man damit nicht weiterlaufen konnte, bevor das Hufeisen wieder befestigt war. Und dazu bestand hier für Roger keine Möglichkeit.

»Dreimal verfluchter Pauri-Dreck!« schimpfte er und blickte ängstlich die Straße hinab. Es kostete ihn all seine Willenskraft, die in ihm aufsteigende Angst zu bezwingen und nüchtern und klar nachzudenken. Zuerst dachte er daran, einfach loszulaufen, doch dann verwarf er diesen Gedanken, denn er sagte sich, daß der Mönch ihn erwischen würde, lange bevor er bei Elbryan und den anderen angelangt war. Dann fragte er sich, ob es hier oben im Norden wohl inzwischen wieder irgendein bewohntes Haus gäbe, so daß er jemanden finden konnte, der ihm das Hufeisen auswechseln würde. Doch auch dafür hatte er keine Zeit.

»Also auf in den Kampf!« sagte Roger laut vor sich hin, um sich Mut zu machen, während er weiter die Straße beobachtete. Dann inspizierte er die Satteltaschen, denn er und Connor hatten unterwegs allerhand aufgelesen, und suchte nach irgend etwas, das ihm jetzt von Nutzen sein könnte.

Das meiste waren einfache Ausrüstungsgegenstände für die Reise, Seile und ein Enterhaken, eine kleine Schaufel, Töpfe und Pfannen, ein paar Kleidungsstücke und dergleichen. Ein Gegenstand aber erregte seine Aufmerksamkeit. Bei ihrem letzten Aufenthalt, auf eben dem Bauernhof, wo Elbryan und die anderen jetzt auf ihn warteten, hatte Roger eine kleine Seilwinde mitgenommen, die die Bauern dazu benutzten, Heuballen hochzuhieven oder störrische Bullen in den Stall zu bugsieren.

Roger nahm das Ding in die Hand und überlegte, was er damit anfangen konnte. Etliche Möglichkeiten schossen ihm durch den Kopf, bis ihm schließlich etwas einfiel, das seinen Fähigkeiten entsprach. Im Zweikampf war er dem Mönch nicht gewachsen, das war ihm klar, aber vielleicht konnte er den Mann ja überlisten.

Als Bruder Youseff zu der Stelle gelangte, war Roger mit dem Pferd verschwunden; nur das Hufeisen lag noch mitten auf der Straße. Der Mönch blieb stehen und untersuchte das Teil, dann sah er sich verblüfft um. Er konnte sich gar nicht vorstellen, daß der junge Mann so dumm gewesen sein sollte, eine so deutliche Spur zu hinterlassen.

Youseff suchte die Straße ab, fand aber lediglich ein paar weitere Fußspuren. Daneben verlief die Spur des hinkenden Pferdes, und auf der anderen Seite entdeckte er einen Blutfleck und einige flachere Fußabdrücke, die Spur eines zierlichen Menschen. Jetzt konnte sich der Mönch die Geschichte zusammenreimen. Das Pferd hatte das Hufeisen verloren und dann den jungen Mann abgeworfen. Mit breitem Grinsen stieg er den Hang hinab zu einer Baumgruppe, in deren Schutz er sein zweites Opfer vermutete.

Hoch oben in einem der Bäume saß Roger Flinkfinger mit dem Seil, dem Haken und der Seilwinde in der Hand und sah zu, wie der Mönch, seiner Sache völlig sicher, auf ihn zuging. Als er in die Nähe der Bäume kam, verlangsamte Youseff seinen Schritt und schlüpfte vorsichtig von Deckung zu Deckung.

Als er in dem Wäldchen verschwand, verlor ihn Roger aus den Augen. Verwundert sah er ihn kurz darauf an einer ganz anderen Stelle wieder auftauchen, denn der Mann hatte eine beträchtliche Strecke zurückgelegt, ohne auch nur das Unterholz zu bewegen. Roger sah sich seine Gerätschaften und den Finger an, den er sich absichtlich blutig gestochen hatte, um die Spur zu legen, und er fragte sich, ob sein raffinierter Plan wohl funktionieren würde.

Doch es war ohnehin zu spät, um noch etwas daran zu ändern, denn Youseff hatte jetzt den Baum erreicht und den letzten Blutstropfen entdeckt.

Der Mönch hob langsam den Kopf und spähte angestrengt durch das Laubwerk, bis sich sein Blick zuletzt auf den dunklen Umriß heftete, der ganz oben, fest an den Stamm geschmiegt, in den Zweigen hockte.

»Wenn du freiwillig herunterkommst, lasse ich dich am Leben«, rief der Mönch.

Roger glaubte ihm kein Wort, trotzdem hätte er sich beinahe auf Verhandlungen eingelassen.

»Wenn ich dich erst von da oben herunterholen muß, dann wirst du's mir büßen, darauf kannst du dich verlassen!« fuhr Youseff fort.

»Ich hab doch der Kirche gar nichts getan!« erwiderte Roger und spielte das verängstigte Kind, was ihm in dem Moment wahrhaftig nicht besonders schwerfiel.

»Deshalb will ich dich ja auch verschonen«, meinte Youseff. »Und jetzt komm runter!«

»Geht weg!« jammerte Roger.

»Runterkommen!« brüllte Youseff. »Das ist deine letzte Chance.«

Roger antwortete lediglich mit einem Wimmern, gerade laut genug, daß der Mönch es hörte.

Als dieser jetzt anfing, wie erwartet auf den Baum zu klettern, behielt ihn Roger scharf im Auge. Zum hundertsten Mal zog er prüfend an dem einen Seil. Das eine Ende war am Baum festgebunden, das andere an der einen Seite der Seilwinde. Ein zweites Seil war mit dem Enterhaken verbunden und mit dem anderen Ende an der anderen Seite der Seilwinde befestigt.

Roger sagte sich immer wieder, daß die Knoten hielten und die Seile die richtige Länge hatten, trotzdem wurde ihm fast schwindlig, wenn er an die Kühnheit seines Vorhabens dachte, das wie am Schnürchen ablaufen mußte. Er würde eine ordentliche Portion Glück brauchen.

Youseff befand sich mittlerweile auf halber Höhe, gute sechs Meter über dem Erdboden.

»Noch einen Ast«, murmelte Roger vor sich hin.

Da setzte der Mönch auch schon seinen Fuß auf den letzten starken Ast. Roger wußte, daß er dort haltmachen mußte, um nachzudenken, denn der nächste kräftige Ast befand sich außer Reichweite.

Sobald Youseff an Ort und Stelle war, nahm Roger sein Seil fest in die Hand und sprang. Er plumpste zwischen zwei Ästen hindurch und bekam dabei ein paar häßliche Schrammen ab. Dann landete er, wie vorgesehen, einige Fuß vom Stamm entfernt auf einem weiteren Ast, holte wieder zum Sprung aus und schwang sich weiter in einem spiralförmigen Bogen immer um den Baumstamm herum. Dabei stieß er ständig an irgendwelche Hindernisse, zog aber unbeirrt weiter seine Kreise, bis er kaum eine Armlänge entfernt an dem verdatterten Youseff vorbeikam.

Als er ihn hinter sich gelassen hatte, atmete er auf. Der andere war einfach zu überrascht gewesen, um zu reagieren.

»Verflucht!« schrie der Mönch. Zunächst hatte er gedacht, daß Roger das Seil nur dazu benutzte, vor ihm hinabzugelangen, doch als sich jetzt die Schlinge um ihn zuzog und ihn am Stamm festnagelte, begriff er plötzlich, was geschehen war.

Mit der letzten Drehung griff Roger, der das Seil jetzt mit einer Hand festhielt, nach dem anderen Seil, schleuderte den Enterhaken in eine Gruppe weißer Birken und hoffte, daß diese Verankerung halten würde. Am Fuß des Baumes griff er nach dem lose herabhängenden anderen Ende des Seils und zog aus Leibeskräften daran.

Er wußte, daß ihm nicht allzuviel Zeit blieb, denn die vielen Zweige verhinderten, daß er das Seil ausreichend straffspannen konnte, um den wild um sich schlagenden kräftigen Mönch lange in Schach zu halten.

Mit der einen Hand zog er jetzt an dem Seil in den Birken, und mit der anderen drehte er die Kurbel der Seilwinde, um die Spannung zu erhöhen. Als er merkte, wie der Enterhaken nachgab, stöhnte er laut auf, aber schließlich hielt die Sache doch.

Über ihm lachte Youseff und versuchte sich zu befreien. Er hatte das Seil bereits bis über die Ellbogen geschoben und würde es bald ganz abstreifen.

Roger zog noch einmal kräftig; dann, als er sah, daß das Seil kaum noch Spielraum hatte, griff er nach der Seilwinde und drehte kräftig mit beiden Händen an der Kurbel.

Youseff wollte das Seil gerade über den Kopf ziehen, als es sich mit einem Ruck zuzog und ihn wieder gegen den Baumstamm rammte. »Was soll das?« entfuhr es ihm, denn er wußte ja, daß dieses Bürschchen nie und nimmer solche Kräfte aufbrachte, und sah genau, daß da unten weit und breit kein Pferd stand, und so zerrte er hartnäckig weiter an dem Seil.

Dann hörte er unter sich das Knacken eines Zweiges, der unter dem Gewicht brach, und das Seil lockerte sich einen winzigen Augenblick lang, bevor es wieder angezogen wurde und ihn erneut gegen den Stamm quetschte. Youseffs linker Arm war jetzt frei, doch das Seil lief diagonal unter seinen anderen Arm und fesselte ihn unentrinnbar. Und je erbitterter er sich wehrte, desto mehr zog es sich fest.

Roger schaute nicht nach oben; er drehte mit letzter Kraft an der Kurbel der Seilwinde, bis das Seil nicht einmal mehr zitterte, sondern straff gespannt war, dann hörte er auf, denn er hatte Angst, er könnte womöglich eine der Birken entwurzeln.

Dann trat er unter dem Baum hervor und schaute nach oben, wo er den Mönch hilflos herumstrampeln sah. Da lächelte er erleichtert und versprach ihm: »Ich komme zurück. Mit meinen Freunden. Es sieht ganz so aus, als wenn du jetzt für zwei Morde geradestehen mußt!« Damit drehte er sich um und lief davon.

Youseff hörte gar nicht hin. Er wollte nicht wahrhaben, daß die Fesseln nicht nachgaben. In blinder Raserei versuchte er sich unter dem Seil hindurchzuwinden.

Sekunden später wurde ihm klar, wie verhängnisvoll dieser Versuch war – doch zu spät. Die Schlinge hatte sich bereits um seinen Hals gelegt.

Belli'mar Juraviel erreichte als erster das Wäldchen, gefolgt von Elbryan, Pony und Roger. Die Sonne stand jetzt tief am Himmel und berührte schon den Horizont. Sie waren so schnell wie möglich aufgebrochen, nachdem Roger zu ihnen gestoßen war, denn sie wollten den gefährlichen Mönch noch vor Einbruch der Nacht endgültig gefangennehmen.

Während sie außerhalb des Wäldchens warteten, beobachtete Elbryan Pony aufmerksam. Sie war die ganze Zeit über sehr schweigsam gewesen, denn die Nachricht von Connors Tod hatte sie tief getroffen.

Merkwürdigerweise rief ihre Trauer bei Elbryan keinerlei Eifersuchtsgefühle hervor, sondern nur Mitgefühl. Er verstand aus tiefstem Herzen, was sie für den jungen Edelmann empfunden hatte, und wußte, daß sie durch seinen Tod einen Teil ihrer selbst verloren hatte. Und so schwor sich Elbryan insgeheim, seine eigenen Empfindungen für sich zu behalten und sich nur um Pony zu kümmern.

Sie saß kerzengerade und regungslos auf dem Pferd, und ihre Gestalt ragte eindrucksvoll im Dämmerlicht empor. Sie würde darüber hinwegkommen, so wie sie über das Massaker in Dundalis und über die Greuel des Krieges hinweggekommen war.

Wieder einmal ergriff den Hüter grenzenlose Bewunderung für die Stärke und den Mut dieser Frau.

Und dafür liebte er sie nur um so mehr.

»Er ist tot«, rief eine Stimme aus dem hohen Gras, und Juraviel war wieder bei ihnen. Der Elf warf Roger einen Blick zu, der Elbryan nicht entging, und erklärte: »Er hatte sich schon fast befreit und hing in den Zweigen, ganz wie du es beschrieben hast. Ich brauchte etliche Pfeile, um ihn zu erledigen.«

»Bist du sicher, daß er tot ist?« fragte Roger nervös, denn er hatte gründlich die Nase voll von diesem Kerl.

»Ja, er ist tot«, beruhigte ihn Juraviel. »Und ich glaube, dein Pferd, Connors Pferd, ist da drüben«, fügte der Elf hinzu und zeigte über die Straße.

»Es hat ein Hufeisen verloren«, erinnerte ihn Roger.

»Das werden wir gleich haben«, meinte Juraviel. »Geh und hol es her!«

Roger nickte und lief los, und Pony ritt auf ein Zeichen Elbryans hinter ihm her.

»Dein Köcher ist noch voll«, bemerkte der Hüter, als er mit dem Elfen allein war.

»Ich habe die Pfeile wieder eingesammelt«, erwiderte Juraviel.

»Ein Elf benutzt keinen Pfeil zum zweiten Mal, mit dem er zuvor getötet hat«, erwiderte der Hüter. »Außer in höchster Not, und eine solche Situation ist hier nicht gegeben.«

»Was denkst du also?« fragte Juraviel trocken.

»Der Mann war schon tot, als du in das Wäldchen gingst«, vermutete Elbryan.

Juraviel nickte bestätigend. »Offensichtlich hat er versucht, die Fesseln abzustreifen, und sich dabei erdrosselt«, meinte er. »Unser kleiner Roger hat ganze Arbeit geleistet und war sehr geschickt, als er den Mann in die Falle gelockt hat. Zu geschickt vielleicht.«

»Ich habe auch schon mal gegen einen gekämpft, der sich Bruder Richter nannte«, sagte Elbryan. »Und du hast ja gesehen, wie fanatisch dieser Mann war, als wir ihn in den Hinterhalt gelockt haben. Hast du je daran gezweifelt, daß es einmal so kommen mußte?«

»Ich wünschte, er wäre nicht durch Rogers Hand gestorben«, erwiderte Juraviel. »Ich glaube nicht, daß er damit fertig wird.«

Elbryan blickte zur Straße, wo er Pony und Roger nebeneinander hergehen sah, mit Symphony und Connors hinkendem Pferd am Zügel.

»Wir müssen ihm die Wahrheit sagen«, meinte der Hüter entschieden und wartete auf Juraviels Widerspruch.

»Er wird es schlecht verkraften«, sagte der Elf warnend, aber er versuchte nicht, den Hüter umzustimmen. Ohne Zweifel, der Weg, der vor ihnen lag, war finster, und vielleicht war es besser, hier und jetzt mit dieser unerfreulichen Sache aufzuräumen.

Als die beiden mit den Pferden ankamen, übernahm Juraviel Greystone, untersuchte den verletzten Huf und winkte Pony, ihm mit Symphony zu folgen.

»Juraviel hat den Mönch nicht getötet«, sagte Elbryan zu Roger, sobald die anderen fort waren.

Roger riß vor Schreck die Augen auf und blickte um sich, als erwarte er, daß Youseff jeden Augenblick über ihn herfallen könnte. Der Mann hatte Roger mehr Nerven gekostet als jeder andere Gegner, Kos-kosio inbegriffen.

»Du hast es getan«, erklärte Elbryan.

»Du meinst, ich habe ihn außer Gefecht gesetzt, und Juraviel hat nur noch den Rest erledigt.«

»Ich meine, daß du ihn getötet hast«, sagte der Hüter bestimmt. »Ich meine, daß du das Seil festgezogen hast und es sich irgendwie um seinen Hals gelegt und ihn erwürgt hat.«

Roger machte erneut große Augen. »Aber Juraviel hat doch gesagt ...«, protestierte er.

»Juraviel hatte Angst, du würdest die grausame Wahrheit nicht ertragen«, erwiderte Elbryan ohne Umschweife. »Deshalb hat er sich nicht getraut, offen zu reden.«

Roger bewegte die Lippen, aber er brachte kein Wort heraus. Elbryan wurde klar, daß ihn die Wahrheit schwer bedrückte, und er sah, daß Roger schwankte.

»Ich mußte es dir sagen«, meinte Elbryan sanft. »Du verdienst es, die Wahrheit zu kennen, und du mußt damit fertigwerden, wenn du der Verantwortung gewachsen sein willst, die jetzt auf deinen zarten Schultern liegt.«

Roger hörte kaum zu; er schwankte jetzt noch deutlicher und sah aus, als würde er gleich umfallen.

»Wir reden später darüber«, sagte Elbryan und legte ihm beruhigend die Hand auf die Schulter. Dann ging er zu Juraviel und Pony hinüber und ließ Roger mit seinen Gedanken allein.

Und mit seinem Schmerz, denn nie zuvor hatte Roger Billingsbury – und auf einmal sehnte er sich nach diesem Namen zurück – irgend etwas so schmerzlich getroffen. Er hatte schon früh und viel zu oft in seinem jungen Leben mit dem Kummer Bekanntschaft gemacht, doch das war etwas anderes gewesen. Bei all dem Schrecklichen, das dem jungen Roger bisher widerfahren war, hatte er sich doch stets gewissermaßen als Mittelpunkt der Welt betrachten und sich einreden können, er sei besser als alle anderen.

Und jetzt war er auf einmal von diesem Podest herabgefallen, denn er hatte einen Menschen getötet.

Er hatte einen Menschen getötet!

Ohne sich dessen richtig bewußt zu sein, saß Roger jetzt im Gras, und sein gesunder Menschenverstand kämpfte verzweifelt gegen sein Gewissen an. Ganz recht, er hatte einen Menschen getötet, aber hatte er denn überhaupt eine andere Wahl gehabt? Dieser Mönch war ein Mörder.

Er hatte Connor vor seinen Augen brutal und skrupellos umgebracht. Und er hatte Abt Dobrinion ermordet!

Doch auch diese Tatsachen konnten Rogers plötzliches Schuldbewußtsein nicht besänftigen. Was auch immer er zu seiner Rechtfertigung vorbringen konnte – und auch wenn er den Mönch nicht absichtlich getötet hatte –, der Mann war jedenfalls tot, und das Blut klebte an seinen Händen.

Er ließ den Kopf hängen und atmete schwer. Er sehnte sich nach all den Dingen, die man ihm schon so früh entrissen hatte: nach familiärer Geborgenheit und den tröstenden Worten erwachsener Menschen, zu denen man aufschauen konnte. Und mit diesem Gedanken blickte er über die Schulter zu seinen drei Freunden, zu dem Hüter, der ihm so schonungslos von seiner Tat erzählt und ihn dann allein gelassen hatte.

Einen Moment lang haßte er Elbryan dafür. Doch dieses Gefühl war nicht von Dauer, denn ihm wurde schnell klar, daß der Hüter ihm aus Achtung und Vertrauen die Wahrheit gesagt und ihn dann allein gelassen hatte, weil ein erwachsener

Mensch – und der war er jetzt – mit solchen Dingen, zumindest ein Stück weit, allein fertig werden mußte.

Bald darauf kam Pony zu ihm. Sie sagte nichts über den Tod des Mönches, sondern ließ ihn nur wissen, daß sie den Toten jetzt aufladen und dann nach Süden reiten und Connors Leichnam bergen würden.

Schweigend reihte sich Roger ein und wandte seinen Blick bewußt von dem über Greystones Rücken gelegten Mönch ab. Das Pferd konnte jetzt wieder besser laufen, nachdem Juraviel seinen Huf in Ordnung gebracht hatte, aber es ging dennoch langsam voran. Die Nacht brach herein, und sie waren immer noch unterwegs, denn sie wollten unbedingt Connors Leichnam auflesen, bevor ihn irgendein wildes Tier zerreißen konnte.

Mit einigen Schwierigkeiten fanden sie den Mann schließlich trotz der Finsternis.

Pony ging als erste zu ihm und schloß ihm behutsam die Augen. Dann lief sie ein Stück weit voraus.

»Geh zu ihr!« sagte Juraviel zu Elbryan.

»Du weißt, was du zu tun hast?« erwiderte der Hüter, und der Elf nickte. Dann fügte Elbryan an Roger gewandt hinzu: »Du mußt jetzt stark und selbstsicher sein. Du hast jetzt vielleicht die wichtigste Rolle von uns allen.«

Dann ging er und ließ den fragend dreinschauenden Roger mit Juraviel zurück.

»Du mußt Connor und den Mönch und das Pferd nehmen und auf schnellstem Wege nach Palmaris gehen«, erklärte ihm der Elf.

Rogers Blick fiel ungewollt auf den toten Mönch, der sein Weltbild so erschüttert hatte.

»Geh zum Baron, nicht in die Abtei«, sagte Juraviel. »Erzähl ihm, was passiert ist. Erzähl ihm, daß Connor der Meinung war, daß diese Mönche Abt Dobrinion umgebracht haben und nicht irgendein Pauri und daß sie ihn verfolgt haben, weil er unwissentlich ebenfalls zum Feind dieser Ordensführer geworden war.«

»Und was wird dann aus mir?« meinte der junge Mann, der sich fragte, ob er wohl seine Freunde jetzt zum letzten Mal sähe.

Juraviel blickte um sich. »Wir können ein anderes Pferd nehmen, zwei andere«, sagte er, »wenn du uns begleiten willst.«

»Will er das denn auch?« fragte Roger und machte eine Kopfbewegung zu Elbryan hinüber.

»Hätte er dir etwa die Wahrheit gesagt, wenn er es nicht wollte?« erwiderte Juraviel.

»Und was ist mit dir?« fragte Roger schnell. »Warum hast du mich belogen? Hältst du mich für einen dummen Jungen, der keine Verantwortung übernehmen kann?«

»Ich halte dich für einen Mann, der in den letzten Wochen über sich selbst hinausgewachsen ist«, erwiderte der Elf aufrichtig. »Ich habe es dir nicht gesagt, weil ich nicht genau wußte, was Nachtvogel – und er ist schließlich der Anführer der Truppe – mit dir vorhatte. Wenn wir vorgehabt hätten, dich mit Belster und Tomas in Palmaris zurückzulassen, wenn wir der Meinung gewesen wären, daß deine Rolle in diesem Kampf jetzt beendet sei, was hätte es dir dann genützt zu wissen, daß Blut an deinen Händen klebt?«

»Ist die Wahrheit denn so relativ?« fragte Roger. »Willst du etwa Gott spielen, Elf?«

»Wenn die Wahrheit gerade überhaupt nicht hilfreich ist, kann man damit auf einen besseren Zeitpunkt warten«, erwiderte Juraviel. »Aber da du jetzt selbst über dein Leben bestimmst, mußtest du es auch wissen. Wir haben noch einen finsteren Weg vor uns, mein junger Freund, und ich bezweifle nicht, daß uns noch andere solche Brüder in die Quere kommen werden, und das vielleicht auf Jahre hinaus.«

»Und mit jedem, den wir erwischen, wird es leichter?« fragte Roger sarkastisch.

»Bete lieber, daß es nicht so kommt«, erwiderte Juraviel streng und sah Roger durchdringend an.

Das brachte den jungen Mann wieder auf den Boden der Tatsachen zurück.

»Nachtvogel war der Meinung, daß du die Wahrheit verkraften kannst«, fügte der Elf hinzu. »Sieh es als Vertrauensbeweis an.«

Dann machte er auf dem Absatz kehrt.

»Ich weiß nicht genau, ob er recht hatte«, gestand Roger unvermittelt.

Der Elf drehte sich um und sah Roger an, der mit gesenktem Kopf und zuckenden Schultern dastand und hemmungslos schluchzte. Er trat zu ihm und legte ihm die Hand auf den Rücken. »Der andere Mönch war auch erst der zweite Mensch, den Nachtvogel getötet hat«, sagte er. »Und diesmal hat er nur deshalb nicht geweint, weil er schon damals sämtliche Tränen vergossen hatte.«

Die Vorstellung, daß dieser starke und unerschütterliche Mann ebenso aufgewühlt gewesen war wie er, traf Roger wie ein Blitzschlag. Er rieb sich die Augen und straffte sich, dann sah er Juraviel an und nickte grimmig.

Und schon bald darauf war er auf dem Weg nach Süden, denn er war zu unruhig, um sich hinzusetzen und abzuwarten, bis die Nacht vorüber war. Er mußte sich Zeit lassen, denn der verletzte Greystone hatte die Last der beiden Leichname zu tragen, aber Roger war fest entschlossen, noch vor dem Mittagessen mit Baron Bildeborough zu reden.

Teil zwei

Straße der Schatten

Erst als ich immer mehr erfahren habe über die Kirche, der Avelyn angehörte – die Kirche meiner Eltern und Freunde –, und noch weitere Abellikaner-Mönche kennengelernt habe, begann ich zu verstehen, wie vielschichtig das Wesen des Bösen ist. Ich hatte noch nie zuvor darüber nachgedacht, aber ist der Mensch eigentlich von Natur aus böse? Ist er sich seiner Schlechtigkeit überhaupt bewußt, oder macht er sich so lange selbst etwas vor, bis er glaubt, im Recht zu sein?

In diesen Zeiten, da das Böse erwacht ist und die Welt im Chaos versinkt, scheinen sich viele diese Frage zu stellen. Wer bin ich denn, werden viele sagen, daß ich darüber urteilen könnte, wer gut und wer böse ist? Wenn ich mich frage, ob ein Mensch von Natur aus schlecht ist, dann setze ich dabei einen eindeutigen Unterschied zwischen Gut und Böse voraus, den die meisten Leute nicht wahrhaben wollen. Ihre Moralvorstellungen sind relativ, und wenn ich auch zugeben muß, daß die moralische Wertung einer Handlungsweise gelegentlich von der jeweiligen Situation abhängen mag, so gilt das jedenfalls nicht für die Moral im großen und ganzen.

Denn diese Wahrheit beinhaltet noch eine größere. Ich weiß einfach, daß es ungeachtet jeder persönlichen Sichtweise und Rechtfertigung einen grundsätzlichen Unterschied zwischen Gut und Böse gibt. So ist für die Touel'alfar das Allgemein-

wohl der Maßstab aller Dinge – an erster Stelle das Wohl des Elfenvolkes, aber ebenso das aller anderen Wesen. Und obwohl den Elfen wenig am Umgang mit den Menschen gelegen ist, nehmen sie schon jahrhundertelang Menschen in ihre Obhut und bilden sie zu Hütern aus, nicht zum Nutzen von Andur'Blough Inninness, denn dieser Ort unterliegt nicht dem Schutz der Hüter, sondern zum Wohle der ganzen Welt. Das Elfenvolk greift niemals ein anderes von sich aus an. Es kämpft nur, wenn es sich gegen Übergriffe verteidigen muß. Wären die Goblins nicht nach Dundalis gekommen, hätten die Elfen sie nie und nimmer verfolgt, denn wenn sie auch keine Sympathien für Goblins, Pauris oder Riesen hegen und diese drei Völker als Geißel dieser Welt ansehen, so würden die Elfen sie dennoch leben lassen. Extra in die Berge zu ziehen und diese Ungeheuer anzugreifen wäre in ihren Augen ein Abstieg auf die Ebene, die sie am allermeisten verachten.

Im Gegensatz dazu zeigen sich Pauris und Goblins als kriegerische, bösartige Kreaturen. Sie greifen jeden an, dem sie sich überlegen fühlen, und so nimmt es nicht wunder, daß sie sich der Geflügelte als Handlanger ausgesucht hat. Bei den Riesen sehe ich die Sache ein bißchen anders, und ich frage mich, ob sie von Natur aus schlecht sind oder ob sie die Welt einfach nur mit anderen Augen sehen. Vielleicht sieht ein Riese, so wie eine hungrige Raubkatze, einen Menschen nur als Nahrung an. Trotzdem habe ich, wie bei den Pauris und Goblins, keinerlei Skrupel, Riesen zu töten.

Ganz und gar nicht.

Die Menschen erscheinen mir von den fünf Völkern Koronas am rätselhaftesten. Einige der besten Persönlichkeiten auf der ganzen Welt – allen voran Bruder Avelyn – waren Menschen, und doch waren – und sind möglicherweise – einige der übelsten Tyrannen es ebenfalls. Für gewöhnlich ist mein eigenes Volk durchaus gutmütig, wenn auch sicher nicht so zuverlässig und diszipliniert wie die Touel'alfar. Dennoch ste-

hen wir von unserem Naturell und unseren Überzeugungen her den Elfen entschieden näher als den anderen drei Völkern.

Wenn man von den gelegentlichen dunklen Flecken einmal absieht ...

Das verwirrende Muster des Bösen ist vielleicht nirgends so sichtbar wie in den Rängen der Kirche, der vom größten Teil der Menschheit anerkannten moralischen Autorität. Das liegt wahrscheinlich daran, daß diese Institution mit einer so anspruchsvollen Aufgabe wie der des Hirten der menschlichen Seelen betraut ist. Wie Avelyn gezeigt hat, ist ein Irrweg in den Rängen der Kirchenoberen eine verhängnisvolle Angelegenheit. In ihren Augen war er ein Ketzer, dabei bezweifle ich, daß es jemals einen Menschen gegeben hat, der gutmütiger, gottgefälliger, barmherziger, großzügiger und bereitwilliger war, alles für das Gemeinwohl hinzugeben.

Mag sein, daß der ehrwürdige Vater, der Avelyn den Bruder Richter auf den Hals gehetzt hat, sein Handeln – zumindest vor sich selbst – mit der Behauptung rechtfertigen kann, daß es zum Wohle aller geschehen sei. Schließlich ist ein Meister bei Avelyns Flucht ums Leben gekommen, und Avelyn hatte keinen rechtmäßigen Anspruch auf die Steine, die er an sich nahm.

Doch da irrt der ehrwürdige Vater meiner Meinung nach, denn wenn man Avelyn auch rein sachlich zum Dieb stempeln kann, so standen ihm die Steine doch aus moralischen Gründen einfach zu. Angesichts seines Lebenswandels, noch ehe er sich selbst geopfert und die Welt vom Dämon befreit hat, kann ich das mit Fug und Recht behaupten.

Ich fürchte, das Vermögen eines einzelnen, sein Vorgehen zu rechtfertigen, wird mich ewig in Erstaunen versetzen.

ELBRYAN WYNDON

8. Ein schwerer Entschluß

Als Roger Flinkfinger endlich das nördliche Stadttor von Palmaris erreichte, hatte er mit seiner grausigen Fracht schon für einiges Aufsehen gesorgt. Etliche Bauern und ihre Familien, die in diesen gefährlichen Zeiten ängstlich auf alles achteten, was sich in ihrer Umgebung tat, hatten ihn vorbeikommen sehen, und viele von ihnen waren ihm sogar hinterhergelaufen und hatten ihn mit Fragen überhäuft.

Doch er hatte keine großen Erklärungen abgegeben, sondern nur ziemlich wortkarg auf allgemeine Fragen wie: »Kommst du von Norden?« oder »Gibt's da noch Goblins?« reagiert. Die Bauern gaben sich mit seinen vagen Antworten zufrieden, aber die Wachtposten am Tor zeigten sich bedeutend hartnäckiger. Sobald er nahe genug herangekommen war und sie sehen konnten, daß er zwei Tote auf sein hinkendes Pferd gebunden hatte, wurde einer der großen Torflügel aufgestoßen, und zwei bewaffnete Krieger stürzten auf ihn zu.

Roger merkte sehr wohl, daß die anderen Wachen ihn von der Stadtmauer aus im Visier hatten und ihre Bogen auf seinen Kopf gerichtet waren.

»Dein Werk?« bellte einer der beiden und schickte sich an, die Leichen zu inspizieren.

»Der da nicht«, sagte Roger schnell, als der Mann Connors Kopf anhob und entsetzt die Augen aufriß.

Im Nu war der andere bei Roger, zog sein Schwert und hielt es ihm an den Hals.

»Glaubst du wirklich, ich würde seelenruhig hier hereinmarschieren und die Leiche von des Barons Neffen mitbringen, wenn ich den Mann umgebracht hätte?« fragte Roger gelassen in der Absicht, den beiden klarzumachen, daß er wußte, wen er bei sich hatte. »Ich hab mir ja schon so manches nachsagen lassen, aber einen Trottel hat mich noch keiner genannt. Im übrigen betrachte ich Connor Bildeborough als guten Freund. Und deshalb konnte ich ihn, obwohl ich eigentlich etwas Dringendes zu erledigen habe, auch nicht einfach da draußen liegenlassen als Fraß für die Goblins und Aasgeier.«

»Und was ist mit dem da?« bellte der Krieger, der neben dem Pferd stand. »Das ist doch einer aus dem Kloster, nicht wahr?«

»Nicht aus St. Precious«, erwiderte Roger. »Er kommt aus St. Mere-Abelle.«

Die beiden Posten sahen sich verstört an. Keiner von beiden gehörte zu denen, die man nach St. Precious geschickt hatte, als der Ärger mit dem Abt von St. Mere-Abelle losgegangen war, aber sie hatten natürlich von den Vorfällen gehört, und so betrachteten sie argwöhnisch die beiden Toten auf Rogers Pferd.

»Hast du ihn getötet?« fragte der eine der Krieger.

»Jawohl«, sagte Roger, ohne zu zögern.

»Ein Geständnis also?« fuhr ihm der andere über den Mund.

»Wenn nicht, hätte er mit Sicherheit mich umgebracht«, beendete Roger ruhig seinen Satz und sah den anderen offen an. »Aber ich denke, diese Unterhaltung sollte besser im Hause des Barons stattfinden.«

Die beiden Wachtposten sahen sich unschlüssig an.

»Oder findet ihr es besser, wenn das gemeine Volk sich über Connor Bildeborough hermacht und ihn betatscht?« meinte Roger in scharfem Ton. »Vielleicht hat ja einer Verwendung für das Schwert, oder ihr Getratsche dringt bis zum Baron oder bis zum Abt von St. Precious vor, und wer weiß, was das dann für Folgen hat.«

»Macht das Tor auf!« rief der Mann, der neben dem Pferd stand, den Wachen auf der Mauer zu. Er winkte seinem Gefährten, und der steckte sein Schwert wieder weg. »Geht nach Hause!« herrschte er die aufgeregt untereinander flüsternde Zuschauermenge an, und dann begleiteten die beiden Roger mit seinem grausigen Gepäck in die Stadt. Als sie das Tor passiert hatten, blieben sie erst einmal stehen und warteten, bis die Wachen es hinter ihnen geschlossen hatten und sie sich außer Sichtweite der Bauern befanden, denn sie waren nicht sicher, ob dieser Fremdling dort womöglich noch irgendwelche Verbündeten hatte. Dann packten sie Roger grob, stießen ihn gegen die Mauer und durchsuchten ihn, wobei sie ihm alles abnahmen, was auch nur entfernt einer Waffe ähnelte.

Ein dritter holte Tücher, um die Leichname zu bedecken, und führte dann das Pferd am Zügel, während die anderen beiden Roger rücksichtslos durch die Straßen zerrten.

Dann war Roger eine ganze Weile allein in Chasewind Manor, dem hochherrschaftlichen Wohnsitz des Barons Rochefort Bildeborough. Dabei war er nicht wirklich allein, doch die beiden grimmig dreinschauenden Soldaten, die ihn bewachten, schienen nicht zu einer Unterhaltung aufgelegt. So saß er einfach da und wartete und summte leise vor sich hin und begann dreimal von vorn, die Dielen des Fußbodens zu zählen, während die Stunden verstrichen.

Als der Baron schließlich eintrat, verstand Roger, warum er ihn so lange hatte warten lassen. Das Gesicht des Mannes war verquollen, seine Augen waren eingesunken, und sein Blick war leer und gequält. Die Nachricht von Connors Tod hatte ihn tief getroffen; offensichtlich hatte Connor nicht übertrieben, als er sich mit dem guten Verhältnis zu seinem Onkel gebrüstet hatte.

»Wer hat meinen Neffen ermordet?« fragte Baron Bildeborough, noch ehe er sich auf einem Stuhl Roger gegenüber hingesetzt hatte.

»Sein Mörder befindet sich in Euren Händen«, erwiderte Roger.

»Der Mönch also«, stellte Baron Bildeborough ohne große Überraschung fest.

»Dieser Mann und noch einer aus St. Mere-Abelle haben uns angegriffen«, begann Roger.

»Uns?«

»Connor, mich und –« Roger zögerte.

»Sprich weiter über Connor!« sagte der Baron ungeduldig. »Die Einzelheiten können warten.«

»Bei dem Kampf ist der Komplize des Mönchs umgekommen«, erklärte Roger. »Und diesen hier haben wir gefangengenommen. Connor wollte ihn mit mir zusammen zu Euch bringen – wir waren bereits in der Nähe der Stadt –, da konnte er sich losreißen und hat Euren Neffen getötet. Mit einem einzigen Hieb seiner Finger gegen Connors Kehle.«

»Mein Arzt sagt mir, daß Connor schon bedeutend länger tot ist, als nach deiner Erzählung anzunehmen wäre«, unterbrach ihn der Baron. »Wenn du den Mönch wirklich in der Nähe der Stadt getötet hast.«

»Ganz so war es nicht«, stammelte Roger. »Connor war sofort tot, das konnte ich sehen, und weil ich dem Mönch doch nicht gewachsen gewesen wäre, bin ich erst einmal mit Connors Pferd geflohen.«

»Greystone«, sagte Rochefort. »Das Pferd heißt Greystone.«

Roger nickte. »Der Mönch ist mir auf den Fersen geblieben, und als Greystone ein Hufeisen verlor, war mir klar, daß er mich erwischen würde. Weil ich nicht stark genug war, habe ich ihn mit einer List geschlagen. Eigentlich wollte ich ihn nur fangen, damit er für seine Missetaten geradestehen sollte.«

»Ich habe schon gehört, daß du ein helles Köpfchen bist, Roger Billingsbury«, sagte der Baron. »Oder ist dir Roger Flinkfinger lieber?«

Darauf wußte der verblüffte junge Mann nichts zu sagen.

»Du hast nichts zu befürchten«, beruhigte ihn der Baron. »Ich habe mich mit einem alten Freund von dir unterhalten, einem Mann, der große Stücke auf dich hält und mir freimütig von deinen Beutezügen gegen die Pauris in Caer Tinella erzählt hat.«

Roger schüttelte benommen den Kopf.

»Durch puren Zufall habe ich die Tochter einer gewissen Mrs. Kelso in meinen Diensten«, erklärte Rochefort.

Da wurde Roger wohler, und er brachte sogar ein Lächeln zustande. Wenn Baron Bildeborough Mrs. Kelso kannte, dann hatte er von dem Mann wirklich nichts zu befürchten.

»Ich habe Connor gewarnt – was für ein ungestümer Hitzkopf er doch war!« sagte Rochefort ruhig und ließ den Kopf hängen. »Wenn die Pauris zu Dobrinion vordringen konnten, dann ist keiner von uns mehr sicher, habe ich zu ihm gesagt.

Aber dieser abtrünnige Mönch«, fügte er kopfschüttelnd hinzu. »Mit so einem Mörder konnte er nicht rechnen. Ich verstehe es nicht.«

»Die Pauris haben Abt Dobrinion nicht ermordet«, sagte Roger bestimmt, und der Baron horchte auf. »Und dieser Mönch war kein Abtrünniger.«

Erstaunt sah der Baron Roger an, sein Gesichtsausdruck schwankte zwischen Entrüstung und Unverständnis.

»Deshalb wollten Connor und ich Euch aufsuchen«, erklärte Roger. »Connor wußte, daß die Mönche Abt Dobrinion umgebracht hatten. Und er dachte, mit dem gefangenen Mönch im Schlepptau hätte er den Beweis.«

»Ein Mönch des Abellikaner-Ordens hat Dobrinion ermordet?« fragte Rochefort ungläubig.

»Bei dieser Sache geht es um viel mehr als um Abt Dobrinion«, versuchte Roger zu erklären. Er wußte, daß er sich davor hüten mußte, zuviel über seine drei Gefährten zu verraten. »Es geht um gestohlene Edelsteine und um einen Machtkampf innerhalb des Ordens. Das ist mir alles zu hoch«, gestand er. »Ein viel zu kompliziertes Gebiet, auf dem ich mich nicht gut auskenne. Aber die beiden Mönche, die mich und meine Freunde im Norden angegriffen haben, haben auch Abt Dobrinion umgebracht. Da war sich Connor ganz sicher.«

»Was hatte er überhaupt da oben im Norden zu suchen?« wollte Rochefort wissen. »Kanntest du ihn schon vor diesem Vorfall?«

»Ich nicht, aber jemand anders aus meinem Freundeskreis«, erklärte Roger. Dann holte er tief Luft und wagte einen Vorstoß. »Sie war mal für kurze Zeit mit Connor verheiratet.«

»Jilly!« keuchte Rochefort.

»Mehr kann ich nicht sagen, und bitte, um ihretwillen, um meinetwillen, um unser aller willen, fragt nicht weiter!« sagte Roger. »Connor wollte uns warnen, mehr braucht Ihr nicht zu wissen. Er hat unser Leben gerettet und seines dabei verloren.«

Baron Bildeborough lehnte sich in seinem Sessel zurück. Er mußte das alles erst einmal verdauen. Er dachte an die jüngsten Unruhen in St. Precious im Zusammenhang mit dem ehrwürdigen Vater und seinen Begleitern aus St. Mere-Abelle. Nach einer Weile sah er Roger wieder an und klopfte mit der Hand auf einen leeren Sessel neben sich. »Komm her, wir wollen wie Freunde beieinander sitzen«, sagte er herzlich. »Ich will alles über Connors letzte Tage wissen. Und ich will alles über Roger Billingsbury wissen, damit wir beide einen Schlachtplan entwerfen können.«

Roger rückte zögernd zu dem Baron hinüber. Daß dieser ihn jetzt als Mitstreiter ansah, erfüllte ihn mit Stolz und Hoffnung.

»Da kommt er«, sagte Juraviel und spähte mit scharfen Augen vom Hügel herab. »Ich erkenne ihn an der unbeholfenen Art, im Sattel zu sitzen.« Der Elf kicherte. »Erstaunlich, daß ein so aufgewecktes Bürschchen auf einem Pferd so tolpatschig aussehen kann.«

»Er kann sich nicht mit dem Tier verständigen«, erklärte Elbryan.

»Weil er es gar nicht erst versucht«, erwiderte der Elf.

»Es ist schließlich nicht jeder von den Elfen ausgebildet worden«, meinte der Hüter grinsend.

»Und es hat auch nicht jeder einen Türkis, damit er sein Pferd verstehen kann«, fügte Pony hinzu und klopfte Symphony liebevoll auf den Hals.

Das Pferd wieherte leise.

Dann schickten sich die drei an, Roger entgegenzugehen.

»Alles bestens!« rief dieser ihnen zu und war heilfroh, seine Freunde wiederzusehen. Er gab seinem Hengst die Sporen und zog noch ein zweites Pferd hinter sich her, das den andern sehr bekannt vorkam.

»Du warst also bei Baron Bildeborough«, sagte Elbryan.

»Ja. Er hat mir die Pferde gegeben«, erklärte Roger und tätschelte seinen Hengst, der Rocheforts Lieblingspferd gewesen war. Jetzt erst wurde ihm bewußt, wie überaus großzügig sich der Baron verhalten hatte.

»Greystone ist für dich«, sagte Roger zu Pony und holte Connors prachtvollen Palomino nach vorn. »Baron Bildeborough bestand darauf, daß Connor es so gewollt hätte. Und das hier auch«, fügte er hinzu und löste Connors prächtiges Schwert von seinem Sattel.

Pony sah Elbryan mit großen Augen an, doch dieser zuckte nur mit den Achseln und sagte gelassen: »Es steht dir gut.«

»Dann weiß der Baron also von uns«, meinte Juraviel weniger begeistert. »Oder zumindest von Pony.«

»Ich hab ihm nicht sehr viel erzählt«, erwiderte Roger. »Ehrenwort. Aber er brauchte eine Erklärung – Connor war wie ein Sohn für ihn, und der Anblick des Toten hat ihm fast das Herz gebrochen.« Dann wandte er sich an Elbryan, von dem er annahm, daß er sein Vorgehen am kritischsten sähe. »Ich habe den Baron richtig ins Herz geschlossen«, sagte er. »Und ich vertraue ihm. Ich bin überzeugt, er ist auf unserer Seite, besonders was Connors Mörder betrifft.«

»Es sieht ganz so aus, als hätte der Baron Roger Flinkfinger ebenfalls ins Herz geschlossen«, meinte der Hüter. »Und ihn ins Vertrauen gezogen. Das hier sind keine geringfügigen Geschenke.«

»Er hat die Botschaft verstanden«, erwiderte Roger. »Und die Absicht des Überbringers. Baron Bildeborough weiß, daß er allein nicht mit dem Abellikaner-Orden fertig werden kann. Er braucht genauso dringend Verbündete wie wir.«

»Wieviel hast du ihm über uns erzählt?« unterbrach ihn Juraviel noch immer skeptisch.

»Er hat gar nicht viel gefragt«, erwiderte Roger ruhig. »Er hat einfach darauf vertraut, daß ich sein Freund und der Feind seiner Feinde bin, und wollte nicht mehr über euch wissen, als ich ihm freiwillig erzählt habe«, sagte er und deutete auf Pony.

»Das hast du gut gemacht«, entschied Elbryan nach kurzem Überlegen. »Wie ist jetzt der Stand der Dinge?«

Roger zuckte mit den Achseln, denn diese Frage hatte er befürchtet. »Der Baron wird die Sache nicht auf sich beruhen lassen, da bin ich mir sicher«, sagte er. »Er hat mir versprochen, daß wir notfalls damit zum König gehen, obwohl ich glaube, daß er Angst hat, einen Krieg zwischen der Kirche und der Krone zu entfachen.«

»Wir?« fragte Pony, der die Anspielung nicht entgangen war.

»Er will, daß ich als Zeuge auftrete«, erklärte Roger. »Deshalb hat er mich gebeten, zunächst einmal zu ihm zurückzukommen, damit wir eine Reise nach Ursal vorbereiten können, für den Fall, daß seine Unterredungen mit ein paar Mönchen seines Vertrauens aus St. Precious ihn nicht zufriedenstellen. Ich habe ihm natürlich gesagt, daß das nicht geht«, betonte Roger, als er die erstaunten Gesichter der andern sah.

Und er war verwirrt, als das Erstaunen in Mißbilligung umschlug.

»Ich dachte, wir wollten nach St. Mere-Abelle«, meinte er. »Baron Bildeborough will noch vor dem Ende des Sommers in Ursal sein, denn er hat erfahren, daß Mitte Calember ein Äbtekollegium einberufen wird, und will unbedingt mit dem König reden, bevor Abt Je'howith nach Norden reist. Ich kann aber unmöglich erst mit euch nach St. Mere-Abelle gehen und dort unsere Aufgabe erledigen und trotzdem rechtzeitig wieder in Palmaris sein, um den Baron zu begleiten.«

Noch immer sahen sie ihn zweifelnd an.

»Ihr wollt gar nicht, daß ich mitkomme!« sagte Roger bestürzt.

»Natürlich wollen wir das«, erwiderte Pony.

»Aber wenn der Sache mehr damit gedient ist, daß du Baron Bildeborough beistehst, dann solltest du das tun«, fügte Elbryan hinzu, und die andern beiden nickten zustimmend.

»Ich habe mir meinen Platz an eurer Seite redlich verdient«, protestierte Roger und verfiel vorübergehend wieder einmal in seine kindische Eitelkeit. »Wir haben uns gut aufeinander eingespielt. Ich war es schließlich, der den Bruder Richter getötet hat!«

»Du hast vollkommen recht«, sagte Pony, trat zu dem jungen Mann und legte den Arm um ihn. »Vollkommen. Du hast dir deinen Platz verdient, und wir sind froh und dankbar, dich bei uns zu haben, und sicher hätten wir es mit deinen besonderen Fähigkeiten viel leichter, nach St. Mere-Abelle hineinzugelangen.«

»Aber?« erkundigte sich Roger.

»Aber wir glauben nicht, daß wir gewinnen können«, antwortete Pony freimütig, und ihre Offenheit verblüffte Roger.

»Aber ihr geht trotzdem.«

»Es sind unsere Freunde«, sagte Elbryan. »Wir müssen zu ihnen. Wir müssen mit allen Mitteln versuchen, Bradwarden und die Chilichunks aus den Klauen dieses Abtes zu befreien.«

»Mit allen Mitteln«, betonte Juraviel.

Roger wollte etwas entgegnen, aber dann begriff er plötzlich den Zusammenhang. »Und wenn ihr sie nicht mit Gewalt retten könnt, dann besteht ihre einzige Chance in einem Eingreifen des Königs oder derjenigen Kräfte des Ordens, die nicht unter der Fuchtel dieses vermaledeiten Abtes stehen«, sagte er.

»Du kannst gern mitkommen, wenn du willst«, meinte Elbryan ernst. »Und wir freuen uns, dich bei uns zu haben. Aber du bist der einzige, der mit Baron Bildeborough gesprochen hat, und deshalb kannst auch nur du allein entscheiden, welcher Weg jetzt für Roger Flinkfinger der wichtigere ist.«

»Welcher für Bradwarden und die Chilichunks wichtiger ist«, verbesserte ihn Roger. Dann wurde er still, und die anderen ließen ihn in Ruhe nachdenken. Er wollte so gern mitgehen nach St. Mere-Abelle und an diesem großen Abenteuer teilnehmen.

Doch schließlich ließ er die Vernunft über seinen brennenden Wunsch siegen. Baron Bildeborough brauchte ihn dringender als Elbryan, Pony und Juraviel. Als Späher konnte Juraviel ihn mühelos ersetzen, und verglichen mit Elbryans Schwert und Ponys Zauberkräften konnte er im Falle eines Kampfes ohnehin keinen nennenswerten Beitrag leisten.

»Ihr müßt mir aber versprechen, daß wir uns wiedersehen, wenn ihr wieder an Palmaris vorbeikommt«, sagte der junge Mann und schluckte bei jedem Wort.

»Zweifelst du etwa daran?« meinte Elbryan lachend. »Juraviel muß auf dem Heimweg sowieso dort entlang.«

»Und Elbryan und ich ebenfalls«, fügte Pony hinzu. »Denn wenn diese Sache erledigt ist und es endlich wieder Frieden gibt, dann gehen wir in unsere und Bradwardens Heimatstadt Dundalis zurück. Und außerdem muß ich doch meine Familie in die Gesellige Runde zurückbringen.« Sie lächelte und zog den Mann an sich, so daß er fast aus dem Sattel gerutscht wäre. »Und selbst wenn wir genau in die entgegengesetzte Richtung müßten, würden wir Roger Flinkfinger nicht im

Stich lassen.« Dann gab sie ihm einen Kuß auf die Wange, der ihn heftig erröten ließ.

»Jeder von uns muß jetzt seine Pflicht erfüllen«, fuhr Pony fort. »Zwei Wege, um denselben Gegner zu bekämpfen. Und wenn wir es geschafft haben, dann werden wir alle gemeinsam unseren Sieg feiern.«

Roger nickte benommen; er war zu aufgewühlt, um zu antworten. Elbryan kam zu ihm und klopfte ihm auf die Schulter, und hinter ihm sah er Juraviel, der ihm aufmunternd zunickte. Er wollte nicht gehen! Wie konnte er sich jetzt von den einzigen Freunden trennen, die er je besessen hatte und die sich die Mühe gemacht hatten, sich ebenso eingehend mit seinen Fehlern wie mit seinen Vorzügen zu beschäftigen!

Und doch wußte er, daß er genau aus diesem Grunde zu Baron Bildeborough zurückkehren mußte, weil eben diese Freunde seine Unterstützung brauchten. In Rogers Leben hatte es schon viele schwere Stunden gegeben, aber noch nie hatte sein eigenes Gewissen ihm ein so großes Opfer abverlangt. Anders als bei seiner Spritztour nach Caer Tinella trieb ihn jetzt nicht mehr Angst oder Eifersucht, sondern die Sorge um andere. Diesmal handelte er aus Liebe zu Pony und Elbryan und zu Juraviel, ihrem erstaunlichen Freund.

Wortlos gab er Elbryan die Hand und drückte sie fest; dann griff er nach den Zügeln und ritt davon.

»Er ist über sich selbst hinausgewachsen«, sagte Belli'mar Juraviel.

Pony und Elbryan nickten stumm. Der Abschied hatte sie beide ebenso mitgenommen wie Roger. Pony ließ sich von Symphony herabgleiten und ging zu Greystone. Der Hüter nahm Symphonys Zügel, und sie brachten die Pferde zu ihrem kleinen Rastplatz zurück.

Dort packten sie die wenigen Dinge zusammen, die sie brauchten, und machten sich auf den Weg nach Süden. Juraviel wickelte sich in eine Decke, um seine Flügel und Waffen zu verbergen, damit er wie ein kleiner Junge aussah, und setzte sich hinter Pony auf Greystone. Sie beschlossen, auf kürzestem Wege durch Palmaris hindurchzumarschieren, denn seit sich die Ungeheuer zurückgezogen hatten, war die Stadt viel offener, und sie erwarteten keinen Widerstand auf ihrem Weg.

Sie sprachen kaum miteinander, während sie durch die nördlichen Außenbezirke ritten, an Häusern vorbei, von denen die meisten leer, einige aber auch schon wieder bewohnt waren. Ein paarmal sahen sie Roger in einigem Abstand vor sich auf der Straße, aber sie hielten es für besser, ihn allein hineinreiten zu lassen, denn sie wollten kein unnötiges Aufsehen erregen.

Auf Juraviels Rat hin beschlossen sie deshalb, ihr Lager für diese Nacht außerhalb der Stadt aufzuschlagen und erst einen Tag abzuwarten, bis die Wachtposten nicht mehr an Roger Flinkfinger dachten.

Noch immer waren sie sehr schweigsam, und besonders Elbryan schien düsterer Stimmung zu sein.

»Ist es wegen Bradwardens?« fragte ihn Pony, als sie zu Abend aßen, ein leckeres Kaninchen, das Juraviel geschossen hatte.

Der Hüter nickte. »Ich dachte gerade an die Tage mit ihm in Dundalis, bevor du zurückgekommen bist«, erklärte er. »Oder sogar noch früher, als wir beide am nördlichen Berghang auf unsere Väter gewartet haben, die auf der Jagd waren, und dabei den Liedern des Waldgeistes lauschten.«

Pony lächelte in Erinnerung an diese längst vergangenen unschuldigen Zeiten. Doch sie verstand, daß Elbryans Traurigkeit mehr war als eine wehmütige Erinnerung, und sie konnte die Gewissensbisse nachempfinden, die in den Worten ihres Liebsten mitschwangen.

Juraviel, der etwas abseits saß, bemerkte es ebenfalls und beeilte sich, in die Unterhaltung einzugreifen. »Du hast gedacht, er wäre tot«, meinte der Elf.

Die beiden drehten sich um und sahen ihn an.

»Es ist unsinnig, euch Vorwürfe zu machen«, fuhr Juraviel fort. »Es sah so aus, als hätte ihn der Berg unter sich begraben. Was hättet ihr denn tun sollen, mit bloßen Händen nach ihm suchen? Und du, Nachtvogel, mit deinem gebrochenen und zerfetzten Arm?«

»Wir machen uns natürlich keine Vorwürfe«, widersprach Pony, doch ihre Worte klangen selbst in ihren eigenen Ohren hohl.

»Natürlich tut ihr das!« erwiderte Juraviel und brach in spöttisches Gelächter aus.

»Es ist immer dasselbe mit euch Menschen – und zu oft für meinen Geschmack sind eure Selbstvorwürfe gerechtfertigt. Aber nicht in diesem Fall und nicht bei euch beiden. Ihr habt getan, was ihr konntet. Und trotz allem, was ihr gehört habt, zweifelt ihr noch immer daran, daß es Bradwarden sein kann.«

»Es scheint aber glaubwürdig«, meinte Elbryan.

»Das schien es damals auch«, erwiderte Juraviel. »Aber es gibt da etwas, das ihr nicht versteht, und das ist gut so, denn wenn es wirklich Bradwarden ist, dann hat ihn etwas am Leben erhalten – oder wieder von den Toten erweckt –, das über euer Begriffsvermögen hinausgeht. Richtig?«

Elbryan sah Pony an, dann wandten sich beide wieder zu Juraviel um und nickten.

»Das sollte eure Gewissensbisse eigentlich ausräumen«, sagte der Elf und hatte sie damit in die Falle gelockt. »Wenn ihr so sicher wart, daß Bradwarden tot war, wie könnte man euch dann einen Vorwurf machen, weil ihr diesen Unglücksort verlassen habt?«

»Das ist auch wieder wahr«, gab Elbryan zu und rang sich ein Lächeln ab, denn er war heilfroh, daß ihn die Weisheit der Touel'alfar nicht im Stich ließ.

»Dann blicke nicht zurück, sondern nach vorn!« sagte Juraviel. »Wenn es wirklich Bradwarden ist, wenn er wirklich noch lebt, dann braucht er euch jetzt. Und wenn wir es geschafft und den Zentauren befreit haben, wieviel besser wird diese Welt dann sein!«

»Und dann können wir mit ihm nach Dundalis zurückkehren«, warf Pony ein. »Und die Kinder derer, die dorthin zurückkehren und die Stadt wieder aufbauen, werden den Zauber der Lieder des Waldgeistes kennenlernen.«

Jetzt fühlten sie sich wieder wohl. Sie beendeten ihre Mahlzeit und unterhielten sich noch eine Weile über die kommenden Zeiten, wenn sie diesen finsteren Weg hinter sich haben würden, und darüber, was sie vorhatten, wenn wieder Friede herrschen würde im Bärenreich, wenn man die Waldlande zurückerobert und die Kirche wieder auf den rechten Weg gebracht hätte.

Pony und Elbryan gingen früh schlafen, denn sie wollten die Stadttore noch vor Sonnenaufgang erreichen, und sie schliefen tief und fest, während ihr Elfenfreund treu und brav über sie wachte.

9. Der neue Abt

Wütend und enttäuscht schlurfte Meister Jojonah den Hauptgang im oberen Bereich des Klosters hinunter, der an der Mauer über der Allerheiligenbucht entlanglief. Zu seiner Rechten waren alle paar Meter große Fenster, die den Blick nach Osten freigaben, während auf der linken Seite sporadisch Holztüren in die Wand eingelassen waren, deren Oberfläche reich mit detaillierten Schnitzereien verziert war. Jede dieser Türen erzählte eine andere Geschichte, eine der Fabeln, auf denen sich der Abellikaner-Orden gründete, und für gewöhnlich hielt Jojonah inne und sah sich ein paar von ihnen an, denn in all den Jahrzehnten, die er in St. Mere-Abelle zugebracht hatte, waren es höchstens zwanzig der fünfzig Türen gewesen, mit denen er sich eingehend befassen konnte. In einer Stunde hätte er einen kleinen Abschnitt unter die Lupe nehmen und all die versteckten Bedeutungen darin enträtseln können. An diesem Tage aber war Jojonah nicht in der Stimmung für solche Betrachtungen, denn er fühlte sich hundeelend, und so ging er mit gesenktem Kopf und biß sich auf die Lippen, um nicht laut vor sich hinzumurmeln.

Er war deshalb vollkommen überrascht, als ihm plötzlich ein Mann in den Weg trat. Erschrocken wich er zurück und blickte in das lächelnde Gesicht von Bruder Braumin Herde.

»Bruder Dellman geht es gut«, ließ ihn der junge Mönch wissen. »Sie glauben, daß er es übersteht und irgendwann wieder gehen kann, wenn auch nicht ganz wie zuvor.«

Meister Jojonah verzog keine Miene. Sein finsterer Blick traf jetzt unbeabsichtigt Bruder Braumin.

»Ist etwas nicht in Ordnung?« fragte dieser.

»Was schert mich das?« entfuhr es Jojonah, noch ehe er richtig darüber nachdachte. Doch im stillen rief er sich sofort zur Ordnung, denn ihm wurde anhand dieses unkontrollierten Ausbruchs klar, wie verbittert er inzwischen war. Durch diese Verbitterung hatte er Markwart zu weit getrieben. Natürlich machte er sich Sorgen um Bruder Dellman! Natürlich freute er sich, daß es diesem braven jungen Mann wieder besser ging. Und natürlich wollte Meister Jojonah seinen Zorn nicht an Bruder Braumin Herde auslassen, der doch eigentlich sein engster Freund war. Er sah dessen überraschten und verletzten Blick und sann über eine Entschuldigung nach.

Doch rasch verwarf er diese Absicht, denn er stellte sich Braumin vor, wie er leblos in einer Holzkiste lag. Und dieses Bild traf den alten Mann so schmerzlich, wie es einem Vater mit einem seiner Kinder ergehen würde.

»Ihr nehmt Euch eine Menge heraus, Bruder Braumin!« sagte Jojonah laut und in scharfem Ton.

Braumin sah sich ängstlich um, ob sie jemand hören konnte, denn es befanden sich tatsächlich noch andere in dem Gang, wenn auch nicht in ihrer unmittelbaren Nähe.

»Bruder Dellman ist schwer verletzt worden«, erklärte Jojonah. »Und das durch seine eigene Dummheit, wie man mir sagte. Nun, der Mensch muß irgendwann sterben, Bruder Braumin. Das ist eine unausweichliche Tatsache unseres Lebens. Und wenn Bruder Dellman gestorben wäre – nun, dann hätte es eben so sein sollen. Es sind schon bedeutendere Menschen gestorben als er.«

»Was ist denn das für ein Unsinn?« fragte Bruder Braumin ruhig.

»Der Unsinn Eurer Selbstüberschätzung«, erwiderte Jojonah schneidend. »Der Unsinn, anzunehmen, irgendein einzelner könne den Lauf der Dinge aufhalten.« Er schnaubte, machte eine wegwerfende Handbewegung und stürmte los. Bruder Braumin versuchte ihn aufzuhalten, aber Jojonah schüttelte seinen Arm brüsk ab.

»Macht nur so weiter, Bruder Braumin«, schimpfte Jojonah. »Seht die Dinge, wie Ihr wollt, und sichert Euch Euer kleines Eckchen in dieser viel zu großen Welt!«

Damit stapfte er davon und ließ den armen Bruder Braumin Herde verdattert und zutiefst gekränkt stehen.

Und auch Jojonah blutete das Herz. Mitten in seiner Rede hätte er um ein Haar einen Rückzieher gemacht, als er sah, welche Wirkung seine Worte hatten. Doch dann erinnerte er sich selbst daran, daß er das alles für einen höheren Zweck tat, und in dem verbalen Ausbruch löste sich all sein innerer Aufruhr und ein gut Teil seines Zorns, und er fand wieder zu seiner Ausgeglichenheit zurück. Er hatte Bruder Braumin lauthals beschimpft, weil er ihn liebte und den Mann so lange von sich fernhalten wollte, daß er längst mit Meister De'Unnero unterwegs war, bevor Braumin ihn vermissen würde.

Das war der sicherste Weg, dachte Jojonah, um ihn vor Markwarts Launen und wachsendem Verfolgungswahn zu bewahren. Braumin mußte sich vorläufig sehr in acht nehmen, vielleicht auch für längere Zeit. Angesichts des »Unfalls« von Bruder Dellman kam Jojonah der Weg, auf den er Bruder Braumin mit all seinen Offenbarungen und dem Besuch von Avelyns Grab geführt hatte, ungeheuer egoistisch vor. Er hatte Braumin zur Beruhigung seines eigenen Gewissens gebraucht und ihn so in seiner Verzweiflung in seinen eigenen kleinen Krieg mit hineingezogen.

Was das für Bruder Braumin Herde für Folgen haben konnte, wurde Jojonah erst jetzt schmerzlich bewußt. Es sah ganz so aus, als habe Markwart gewonnen, und er selbst war ein erbärmlicher Narr gewesen, zu glauben, er könnte diesen Mann schlagen.

Die Verzweiflung kroch wieder in ihm hoch, und er fühlte sich krank und elend. Es war dieselbe Krankheit, die ihn auf dem Weg nach Ursal befallen hatte, als er seine Kraft und seine gerechten Ziele hatte dahinschwinden sehen.

Er bezweifelte stark, daß er die prächtigen Tore von St. Precious noch zu Gesicht bekommen würde.

Nach Meister Jojonahs grober Abfuhr blieb Bruder Braumin wie betäubt in dem endlos langen Gang zurück. Was um alles in der Welt konnte den Meister nur zu einem solchen Sinneswandel bewogen haben?

Plötzlich fragte er sich mit schreckgeweiteten Augen, ob das tatsächlich Meister Jojonah gewesen war, mit dem er sich unterhalten hatte, oder ob vielleicht Markwart oder sogar Francis vom Körper des Mannes Besitz ergriffen hatte.

Doch er beruhigte sich bald wieder und verwarf diesen Gedanken. Es war schon äußerst schwierig, sich eines Menschen zu bemächtigen, der gar nicht damit rechnete und nichts vom Gebrauch der Steine verstand. Meister Jojonah, der gut mit dem Seelenstein umzugehen wußte, hatte mit Sicherheit gelernt, sich vor solchen Übergriffen zu schützen.

Aber was war dann geschehen? Warum war der Meister nach all der guten Zeit so zornig und grob mit ihm umgegangen? Warum hatte er quasi allem abgeschworen, was die beiden sich vorgenommen hatten und wofür Avelyn in ihren Augen stand?

Braumin dachte an den armen Dellman und seinen »bedauerlichen Unfall«. Unter den jungen Mönchen kursierten Gerüchte, daß es sich hierbei gar nicht um einen Unfall gehandelt habe, sondern die ganze Sache ein abgekartetes Spiel zwischen De'Unnero und den beiden anderen Mönchen gewesen sei. Und diese Überlegung führte Braumin zur einzig möglichen Erklärung: Jojonah wollte ihn beschützen.

Braumin Herde war ein kluger Mann, und er kannte den freundlichen Meister Jojonah so gut, daß er seine Enttäuschung überwand und es bei dieser Erklärung beließ. Und doch ergab die Sache für ihn wenig Sinn. Warum sollte Meister Jojonah gerade jetzt seine Meinung ändern? Sie hatten doch ausführlich darüber gesprochen, wie ihr heimlicher Aufstand vonstatten gehen sollte, und dieses Vorgehen barg kein großes Risiko für Bruder Braumin.

Der Mönch stand noch immer an derselben Stelle, starrte aus dem Fenster auf das dunkle Wasser der zu seinen Füßen liegenden Bucht hinab und grübelte, als ihn plötzlich eine schneidende Stimme hinter ihm zusammenfahren ließ. Er drehte sich um, und vor ihm stand Bruder Francis, und er hatte das sichere Gefühl, daß dieser die ganze Zeit über nicht weit gewesen war. Vielleicht hatte Jojonah das gewußt, dachte Braumin, und er tröstete sich mit diesem Gedanken.

»Habt wohl Abschied genommen?« meinte Francis mit breitem Grinsen.

Braumin sah wieder aus dem Fenster. »Von wem denn?« fragte er. »Oder von was? Von der Welt? Hast du gedacht, ich will hinunterspringen? Aber vielleicht hast du das ja auch nur gehofft.«

Bruder Francis lachte. »Kommt schon, Bruder Braumin«, sagte er. »Wir sollten uns wirklich nicht streiten, jetzt, wo sich so ungeahnte Möglichkeiten vor uns auftun.«

»Zugegeben, ich habe dich noch nie so guter Laune erlebt, Bruder Francis«, erwiderte Braumin. »Ist jemand gestorben?«

Francis ließ den Sarkasmus an sich abprallen. »Höchstwahrscheinlich werden wir beide jetzt für viele Jahre zusammenarbeiten«, sagte er. »Und wir müssen uns unbedingt näher kennenlernen, wenn wir uns ordentlich um die Ausbildung der Einjährigen kümmern wollen.«

»Der Einjährigen?« wiederholte Braumin. »Das ist eine Aufgabe für Meister und nicht für Immakulaten –« Bruder Braumin erkannte auf einmal, worauf die Sache hinauslief, und es gefiel ihm gar nicht. »Was weißt du?« fragte er.

»Zum Beispiel, daß in St. Mere-Abelle demnächst zwei neue Meister gebraucht werden«, sagte Francis wichtigtuerisch. »Da gegenwärtig kaum jemand in Frage kommen dürfte, wird dem ehrwürdigen Vater eine Entscheidung schwerfallen, vielleicht wartet er damit sogar, bis diejenigen, die aus meinem Jahrgang dieses Amtes würdig sind, im Frühjahr in den Rang eines Immakulaten aufrücken. Ich hatte ja eigentlich gedacht, daß Eure Einsetzung zum Meister so gut wie sicher wäre, da Ihr der ranghöchste Immakulat seid und bei der wichtigen Fahrt zum Berg Aida als zweiter Mann fungiert habt, aber ehrlich gesagt habe ich da jetzt so meine Zweifel.« Er lachte wieder und machte auf dem Absatz kehrt, aber so einfach ließ ihn Braumin nicht davonkommen. Er packte Francis bei der Schulter und riß ihn wieder herum.

»Noch ein Punkt gegen Euch?« sagte Francis spitz mit einem Blick auf Braumins Hand.

»Wer sind die zwei Meister?« fragte Braumin. Er konnte sich leicht vorstellen, daß einer der beiden Jojonah war.

»Hat Euch das Euer Mentor nicht erzählt?« erwiderte Francis. »Ich habe Euch doch mit ihm reden sehen, oder?«

»Welche beiden Meister?« fragte Braumin jetzt schärfer und zerrte dabei an Francis´ Gewand.

»Jojonah«, antwortete dieser und schüttelte Braumins Hand ab.

»Wie kommt das?«

»Er reist morgen mit Meister De´Unnero ab, der als neuer Abt nach St. Precious geht«, erklärte Francis schadenfroh und genoß Bruder Braumins entgeistertes Gesicht.

»Du lügst!« schrie dieser ihn an. Dann beherrschte er sich mühsam, denn er dachte daran, daß es besser war, wenn er sich seine Enttäuschung über Jojonahs Weggang nicht anmerken ließ. Doch das war mehr, als er ertragen konnte. »Du lügst!« sagte er noch einmal und stieß Francis so hart, daß dieser beinahe umgefallen wäre.

»Aber, aber, nicht so heftig, Bruder Braumin!« schimpfte Francis. »Schon wieder ein Punkt gegen Eure Beförderung.«

Doch Braumin hörte ihm gar nicht mehr zu, sondern schob ihn beiseite und stürzte den Korridor hinunter, zunächst in die Richtung, in die Jojonah verschwunden war, doch dann merkte er, daß er viel zu aufgewühlt und durcheinander war, um sich jetzt mit dem Mann auseinanderzusetzen, und er machte kehrt und steuerte im Laufschritt seine privaten Gemächer an.

Bruder Francis aber rieb sich schadenfroh die Hände.

Trotz seines leidenschaftlichen Protests war Bruder Braumin klar, daß Francis nicht gelogen hatte. Anscheinend hatte der ehrwürdige Vater jetzt zum Schlag gegen Jojonah ausgeholt, und der war mindestens so wirksam wie Bruder Dellmans Unfall. Indem er Jojonah weit weg nach St. Precious schickte, in eine Abtei, deren Stellenwert durch den Tod des ehrwerten Abtes Dobrinion stark gemindert worden war, und ihn unter den wachsamen Blick des bösen De'Unnero stellte, hatte er den Mann nahezu ausgeschaltet.

Nun verstand Braumin das Verhalten seines Mentors besser. Ihm wurde klar, daß Jojonah geschlagen und verzweifelt war, und so setzte er sich über seine eigenen Empfindungen hinweg und suchte den Meister in seinem Zimmer auf.

»Kaum zu glauben, daß du so dumm bist hierherzukommen«, begrüßte ihn Jojonah abweisend.

»Soll ich etwa meine Freunde im Stich lassen, wenn sie mich am meisten brauchen?« fragte Bruder Braumin zaghaft.

»Dich brauchen?« wiederholte Jojonah ungläubig. Doch Braumin ließ nicht locker.

»Finsternis hat sich in Euer Herz und Eure Seele gesenkt«, sagte er. »Ich sehe Euch Euren Kummer deutlich an, denn kaum jemand versteht Euch so gut wie ich.«

»Gar nichts verstehst du. Du redest wie ein Narr«, polterte Jojonah, und es tat ihm aufrichtig leid, so mit Braumin umzugehen. Doch er sagte sich immer wieder, es war besser so für den jungen Mönch, und so machte er weiter.

»Und jetzt geh und erfüll deine Pflichten, bevor ich dich dem ehrwürdigen Vater melde und du noch weiter ins Hintertreffen gerätst.«

Bruder Braumin dachte gründlich über diese Worte nach, dann verstand er ihren tieferen Sinn. Jojonah sprach von der Reihenfolge der Beförderungen, und hier sah er einen neuen Zusammenhang im Vorgehen des Älteren.

»Ich dachte, die Verzweiflung hätte Euch niedergeworfen«, sagte er ruhig. »Nur deshalb bin ich hergekommen.«

Sein veränderter Tonfall berührte Jojonah tief. »Nicht die Verzweiflung hat gesiegt, mein Freund«, sagte er tröstend. »Nur der gesunde Menschenverstand. Es sieht so aus, als wäre meine Zeit hier abgelaufen und als würde mein Weg zu Bruder Avelyn einen unvorhergesehenen Bogen machen. Dieser Umweg verlängert vielleicht meine Reise, aber ich werde nicht stehenbleiben. Trotzdem scheint es so, als wäre die Zeit unseres gemeinsamen Weges jetzt zu Ende.«

»Was soll ich also tun?« fragte Braumin.

»Nichts«, erwiderte Meister Jojonah betrübt, aber ohne zu zögern, denn er hatte bereits gründlich über alles nachgedacht.

Bruder Braumin schnaufte ungläubig, ja geradezu verächtlich.

»Die Lage hat sich geändert«, erklärte Meister Jojonah. »Ach, Braumin, mein Freund, ich mache mir große Vorwürfe. Als ich von der Notlage der bedauernswerten Gefangenen erfuhr, konnte ich mich nicht einfach darüber hinwegsetzen.«

»Ihr seid zu ihnen gegangen?«

»Ich habe es versucht, aber man hat mich brutal daran gehindert«, sagte Jojonah. »Ich habe die Reaktion des ehrwürdigen Vaters unterschätzt. In meiner Unvorsichtigkeit habe ich die Grenzen der Vernunft überschritten und Markwart viel zu weit getrieben.«

»Mitleid kann man doch niemals als unvernünftig bezeichnen«, warf Braumin rasch ein.

»Und doch hat mein Vorgehen Markwart zum Handeln gezwungen«, erwiderte Jojonah. »Der ehrwürdige Vater ist einfach zu mächtig. Ich versichere dir, ich bin mir selbst und meinem Weg nicht untreu geworden, und ich werde offen gegen Markwart vorgehen, wenn die Zeit dafür gekommen ist, aber du mußt mir hier und jetzt versprechen, daß du dich an diesem Feldzug nicht mehr beteiligst.«

»Wie könnte ich Euch jemals so etwas versprechen?« erwiderte Bruder Braumin nachdrücklich.

»Wenn du mich je geliebt hast, wirst du einen Weg finden«, erwiderte Meister Jojonah. »Wenn du an das glaubst, was Avelyn uns noch aus dem Grab heraus sagt, wirst du einen Weg finden. Denn wenn du mir dieses Versprechen nicht geben kannst, dann sollst du wissen, daß mein Weg jetzt zu Ende ist und ich Markwart nicht weiter bekämpfen werde. Ich muß diese Sache allein ausfechten. Ich muß wissen, daß niemand anders darunter zu leiden hat.«

Es entstand eine lange Pause, und schließlich nickte Bruder Braumin. »Ich werde mich nicht einmischen, auch wenn mir Eure Forderung lächerlich vorkommt.«

»Nicht lächerlich, mein Freund, sondern zweckmäßig«, erwiderte Meister Jojonah. »Ich werde mich Markwart in den Weg stellen, aber ich kann nicht gewinnen. Das weiß ich, und du weißt es auch, wenn du einmal deinen Überschwang beiseite läßt und darüber nachdenkst.«

»Wenn Ihr doch nicht gewinnen könnt, warum dann erst einen Kampf entfachen?«

Jojonah schmunzelte. »Weil es Markwart schwächen wird«, erklärte er. »Und öffentlich Dinge zur Sprache bringen wird, die sich vielleicht in den Herzen vieler im Orden eingraben werden. Stell dir mich einfach wie Bruder Allabarnet vor, der Apfelkerne einpflanzt in der Hoffnung, daß sie eines Tages Früchte tragen. Oder wie die ursprünglichen Erbauer von St. Mere-Abelle, die ganz genau wußten, daß sie nicht lange genug leben würden, um ihre Vorstellung von dieser Abtei verwirklicht zu sehen, und doch ihr Werk taten. Manche von ihnen haben sogar ihr ganzes Leben damit zugebracht, an den komplizierten Schnitzereien einer einzigen Tür zu arbeiten oder Steine für das Fundament dieses prächtigen Gebäudes zu hauen.«

Die schönen Worte berührten Braumin tief, doch sie konnten trotz allem sein Bedürfnis nicht stillen, den Kampf nicht nur aufzunehmen, sondern auch zu gewinnen. »Wenn wir wirklich an die Botschaft von Bruder Avelyn glauben, dann können wir nicht abseits stehen«, sagte er. »Dann müssen wir den Kampf wagen –«

»Wir glauben daran, und am Ende werden wir siegen«, unterbrach ihn Meister Jojonah, der sah, worauf Braumin hinauswollte. »Darauf muß ich vertrauen. Doch wenn wir beide uns jetzt mit Markwart anlegen, wirft uns das weit zurück, sehr weit. Ich versichere dir, ich bin ein alter Mann und fühle mich von Tag zu Tag älter. Aber ich werde Markwart und dem Irrweg dieses Ordens den Krieg erklären, und das wird vielleicht einige dazu anregen, das gesamte Geschehen in einem neuen Licht zu sehen.«

»Und wo ist mein Platz in diesem aussichtslosen Krieg?« fragte Bruder Braumin und versuchte, nicht allzu sarkastisch zu klingen.

»Du bist noch jung und wirst Dalebert Markwart mit ziemlicher Sicherheit überleben«, erklärte Meister Jojonah ruhig. »Das heißt, wenn du keinen bedauerlichen Unfall erleidest!« Er brauchte den Namen Dellman nicht erst auszusprechen, um bei Bruder Braumin unliebsame Bilder heraufzubeschwören.

»Und dann?« fragte Braumin, jetzt in gelassenerem Tonfall.

»Du wirst die Botschaft im stillen weitergeben«, erwiderte Jojonah. »An Viscenti Marlboro, an Bruder Dellman, an alle, die dir zuhören. Ich werde dafür sorgen, daß du überall Verbündete findest, aber hüte dich davor, dir Feinde zu machen. Und vor allem«, sagte Jojonah, bückte sich und zog den Teppich von einem geheimen Versteck im Fußboden fort, »bewahre das hier gut auf!« Er holte den alten Text aus der Vertiefung und übergab ihn Braumin Herde, der das Buch mit großen Augen betrachtete.

»Was ist das?« fragte der junge Mönch atemlos, denn ihm war klar, daß er etwas sehr Wichtiges in Händen hielt, daß dieses alte Buch etwas mit Jojonahs überraschendem Sinneswandel zu tun hatte.

»Es ist die Antwort«, erwiderte Jojonah geheimnisvoll. »Lies es heimlich und in aller Ruhe, und dann denk nicht weiter darüber nach, aber behalte es im Herzen!« fügte er hinzu und klopfte Braumin auf die Schulter. »Wenn es sein muß, spiel mit bei Vater Markwarts Machenschaften, notfalls geh sogar so weit wie Bruder Francis.«

Braumin sah ihn entgeistert an.

»Ich verlasse mich darauf, daß du Meister in St. Mere-Abelle wirst«, sagte Jojonah eindringlich.

»Und zwar bald – vielleicht sogar als Ersatz für mich. Das ist nicht ganz unwahrscheinlich, denn Markwart will demonstrieren, daß er keinen persönlichen Feldzug gegen mich führt, und unsere Freundschaft ist allgemein bekannt. Auf diesen Punkt mußt du hinarbeiten und dich so verhalten, daß du eines Tages als Abt für eine der anderen Abteien in Frage kommst – oder sogar als Anwärter für das Amt des ehrwürdigen Vaters. Steck dir das Ziel ebenso hoch, wie es der Einsatz ist. Bewahre dir einen tadellosen Ruf und eine einflußreiche Stellung Markwart gegenüber. Und wenn du den Gipfel deiner Macht erreicht hast, und sei er noch so hoch, dann schließe dich mit deinen Freunden zusammen und nimm den heiligen Krieg wieder auf, den Bruder Avelyn einst begonnen hat. Das bedeutet möglicherweise, daß du dieses Buch an einen jüngeren Vertrauten weiterreichen und einen ähnlichen Weg einschlagen mußt wie ich. Oder aber die Situation verlangt von dir und deinen Mitstreitern die offene Auseinandersetzung innerhalb des Ordens. Das wirst nur du allein wissen.«

»Ihr verlangt viel von mir.«

»Nicht mehr, als ich mir selbst abverlangt habe«, sagte Jojonah mit selbstironischem Lächeln. »Außerdem glaube ich, du bist ein viel besserer Mensch, als es Jojonah jemals war!«

Bruder Braumin wollte protestieren, aber Jojonah schüttelte den Kopf und wich nicht von seiner Meinung ab. »Ich habe sechs Jahrzehnte gebraucht, um zu begreifen, was du bereits tief in deinem Herzen verankert hast«, erklärte der Ältere.

»Aber ich hatte auch einen viel besseren Lehrmeister«, erwiderte Bruder Braumin schmunzelnd.

Da huschte auch über Jojonahs eingefallene Gesichtszüge ein leises Lächeln.

Nun wandte Braumin seine Aufmerksamkeit dem Buch in seiner Hand zu. »Erzählt mir mehr darüber!« sagte er und hielt es in die Höhe. »Was habt Ihr darin gefunden?«

»Bruder Avelyns Herz«, erwiderte Jojonah. »Und die Wahrheit über das, was einmal war.«

Braumin ließ das Buch wieder sinken und verbarg es unter seinen üppigen Gewändern, dicht unter seinem Herzen.

»Denk an das, was ich dir über das Schicksal der *Windläufer* erzählt habe, und vergleiche es mit den Schilderungen in diesem Buch!« sagte Jojonah.

Braumin drückte das Bändchen noch fester an sich und nickte feierlich. »Lebt wohl, mein Freund und Lehrmeister!« sagte er zu Jojonah, und er hatte das Gefühl, daß er den anderen niemals wiedersehen würde.

»Mach dir keine Sorgen um mich!« erwiderte Jojonah. »Wenn ich heute sterben müßte, dann würde ich in Frieden von dieser Welt gehen. Ich habe die Wahrheit und mich selbst gefunden, und ich habe diese Wahrheit in fähige Hände gelegt. Und am Ende werden wir den Sieg davontragen.«

Plötzlich machte Braumin einen Schritt nach vorn und umarmte den stattlichen Mann lange und innig. Dann wandte er sich unvermittelt ab und stürzte aus dem Zimmer, denn er wollte Meister Jojonah nicht sehen lassen, daß seine Augen feucht waren.

Auch dieser wischte sich die Augen und schloß leise die Tür hinter dem andern. Später am selben Tag machte er sich mit De'Unnero und fünfundzwanzig jungen Begleitern auf die Reise. Es war eine beachtliche Truppe, die den Möchtegern-Abt da begleitete, dachte Jojonah. Lauter Mönche aus dem vierten und fünften Jahr in schwerer Lederrüstung und mit Schwert und Armbrust bewaffnet. Der alte Meister seufzte tief bei dem Anblick, denn ihm war klar, daß diese Abordnung weniger dafür gedacht war, De'Unnero unterwegs zu schützen, als dafür, ihm in St. Precious sofort den gehörigen Respekt zu verschaffen.

Doch was machte das schon! Jojonah verspürte ohnehin nicht mehr viel Widerstandskraft in sich. Der Weg nach St. Precious erschien ihm anstrengend genug.

Er zögerte einen Augenblick, als sich das Tor der Abtei hinter ihm schloß, und fragte sich, ob er nicht umkehren und Markwart offen zur Rede stellen sollte, um es hier und jetzt zu Ende zu bringen, denn er hatte wirklich das Gefühl, als wäre seine Zeit bald abgelaufen.

Doch er fühlte sich ziemlich schwach und krank, und so verzichtete er auf diese Anstrengung und ließ den Dingen ihren Lauf.

Er stand mit gesenktem Kopf da, gleichermaßen aus Scham wie aus purer Müdigkeit, und hörte sich an, wie De'Unnero große Reden schwang und allen Marschbefehle erteilte, bis er sich schließlich vor Jojonah aufbaute und verkündete, daß ihn ab sofort jeder mit Abt De'Unnero anzureden hätte.

In Jojonah wehrte sich alles gegen diese Anmaßung. »Bis jetzt seid Ihr noch kein Abt«, wies er den Mann zurecht.

»Aber vielleicht kann es so manchem von euch nicht schaden, sich schon mal an den Gedanken zu gewöhnen«, erwiderte De'Unnero.

Jojonah wich keinen Zoll zurück, als der Mann noch einen Schritt auf ihn zuging.

»Das hier ist vom ehrwürdigen Vater persönlich«, verkündete De'Unnero und entrollte mit einem Ruck ein Pergament. Es enthielt Markwarts neuestes Edikt, in dem dieser bekanntgab, daß Bruder Marcalo De'Unnero fortan als Abt De'Unnero anzusehen sei. »Habt Ihr sonst noch etwas zu sagen, Meister Jojonah?« fragte der Mann von oben herab.

»Nein.«

»Nein was?«

Meister Jojonah zuckte nicht mit der Wimper, während sein Blick Löcher in das verwünschte Dokument bohrte.

»Meister Jojonah?« De'Unnero ließ keinen Zweifel daran, worauf er wartete.

Jojonah sah das boshafte Grinsen und merkte, daß dieser vor den jungen Mönchen ein Exempel statuieren wollte. »Nein, Abt De'Unnero«, sagte er widerwillig, aber er wußte, daß er jetzt keine Auseinandersetzung gebrauchen konnte.

Nachdem De'Unnero Jojonah gezeigt hatte, wer hier der Stärkere war, gab er das Zeichen zum Abmarsch, und der ganze Troß setzte sich in westlicher Richtung in Bewegung.

Meister Jojonah kam es so vor, als wäre die Straße jetzt noch länger geworden.

10. Der Ausweg

»Sind sie fort?« fragte Vater Markwart Bruder Francis später am Nachmittag. Der alte Mann war fast den ganzen Tag in seinen Privaträumen geblieben, denn er wollte jegliche Auseinandersetzung mit Meister Jojonah vermeiden, der, wie er sich vorstellen konnte, kurz davor stand zu explodieren. Er hatte Jojonah absichtlich so weit gebracht und ihn dann aus dem Weg geräumt, denn er befürchtete, daß der alte Meister noch etwas gegen ihn im Schilde führte, und Markwart wollte keine offene Auseinandersetzung. Sollte Jojonah ruhig nach Palmaris gehen und sich mit De'Unnero anlegen!

»Meister ... Abt De'Unnero ist mit ihnen losgezogen«, erklärte Bruder Francis.

»Jetzt können wir endlich richtig mit dem Verhör der Gefangenen anfangen«, sagte Markwart mit solcher Eiseskälte, daß Bruder Francis erschauderte. »Hast du dem Zentauren die verzauberte Armbinde abgenommen?«

Bruder Francis griff in die Tasche und holte das Elfenband hervor.

»Gut.« Markwart nickte. »Er wird es brauchen, um diesen Tag zu überstehen.« Er ging auf die Tür zu, und Francis beeilte sich, ihn einzuholen.

»Ich fürchte, die beiden anderen Gefangenen brauchen es noch nötiger«, erklärte der junge Mönch. »Besonders die Frau sieht todkrank aus.«

»Sie brauchen es vielleicht, aber wir brauchen sie nicht mehr«, sagte Markwart hämisch.

»Vielleicht könnte sie dann jemand mit dem Seelenstein behandeln«, stotterte Francis.

Markwarts Lachen gab ihm einen Stich. »Hast du nicht gehört?« fragte dieser. »Wir brauchen sie nicht mehr!«

»Und trotzdem lassen wir sie nicht gehen?« wunderte sich Bruder Francis.

»O doch!« verbesserte ihn Markwart, und bevor der junge Mann erleichtert aufatmen konnte, fügte er hinzu: »Wir lassen sie vor das Jüngste Gericht gehen. Laß sie in ihren dunklen Löchern verrecken.«

»Aber ehrwürdiger Vater –«

Markwarts Blick brachte ihn zum Schweigen. »Du machst dir Gedanken über einzelne Individuen, wenn der ganze Orden auf dem Spiel steht?« schalt er.

»Wenn wir sie nicht mehr brauchen, warum behalten wir sie dann noch hier?«

»Wenn die Frau, hinter der wir her sind, denkt, daß wir sie haben, dann geht sie uns vielleicht ins Netz«, erklärte Markwart. »Es spielt keine Rolle, ob sie tot oder lebendig sind, solange sie nur denkt, daß sie noch leben.«

»Warum sorgen wir dann nicht dafür, daß sie am Leben bleiben?«

»Weil sie reden könnten!« knurrte der Abt und hielt Bruder Francis sein zerfurchtes altes Gesicht dicht vor die Nase. »Wie würde das dann wohl aussehen? Und was ist mit dem Sohn dieser Frau? Möchtest du vielleicht lauter dumme Fragen beantworten?«

Bruder Francis holte tief Luft und versuchte, ruhig zu bleiben, denn ihm wurde einmal mehr bewußt, wie besessen der Abt von seiner fixen Idee war und wie weit er sich selbst in diese Sache verstrickt hatte. Und wieder einmal befand er sich an einem Kreuzweg, denn tief in seinem Herzen wußte er genau, daß Markwarts Vorgehen eine Ungeheuerlichkeit war. Doch auch er war unentrinnbar in diese Ungeheuerlichkeiten verstrickt, und angenommen, Markwart würde scheitern, dann käme seine Mittäterschaft vor aller Welt ans Licht. Die Frau war krank, weil es ihr das Herz gebrochen hatte, als ihr Sohn unterwegs umgekommen war.

»Es kommt nur darauf an, was diese Frau denkt«, fuhr Markwart fort. »Ganz gleich, ob ihre Eltern nun leben oder tot sind.«

»Ob sie leben oder umgebracht wurden«, verbesserte ihn Francis, doch er murmelte es so leise vor sich hin, daß der Abt, der bereits auf die Treppe zustapfte, es nicht hören konnte. Der junge Mönch holte noch einmal tief Luft, doch beim Ausatmen erlosch das flackernde Flämmchen seines Mitleids sofort wieder. Das hier war ein scheußliches Geschäft, sagte er sich, doch es war alles für einen guten Zweck, und er befolgte nur die Anweisungen des ehrwürdigen Vaters, des Mannes, der auf der ganzen Welt dem lieben Gott am nächsten war.

Da nahm er seinen Weg wieder auf und beeilte sich, Markwart die Tür zum Treppenhaus aufzuhalten.

»Pettibwa? Ach, Pettibwa, warum sagst du denn nichts?« rief Graevis Chilichunk immer wieder. Die ganze Nacht über hatte er durch die Wand der nebeneinanderliegenden Zellen mit seiner Frau geredet, und wenn er sie auch in der Dunkelheit nicht sehen konnte, so hatte ihn doch der Klang ihrer Stimme getröstet.

Nicht daß Pettibwa ihm viel gesagt hätte. Gradys Tod war wie ein Krebsgeschwür in die Seele seiner Frau eingedrungen, das wußte Graevis, und obwohl man ihn viel stärker mißhandelt hatte, er verstümmelt und halb verhungert war und ihm die alten Knochen – von denen etliche gebrochen waren – bei jeder Bewegung weh taten, befand sich seine Frau in einer weitaus schlechteren Verfassung.

Wieder und wieder rief er nach ihr und flehte sie an.

Doch Pettibwa konnte ihn nicht hören, denn ihr ganzes Denken und Fühlen war nach innen gekehrt und in die Vision eines langen Tunnels vertieft, an dessen Ende ein helles Licht war, und dort am Ende des Tunnels stand Grady und streckte die Hand nach ihr aus.

»Ich sehe ihn!« rief sie aus. »Es ist Grady, mein Junge.«

»Pettibwa?« rief Graevis.

»Er winkt mir!« rief Pettibwa, und sie hatte lange nicht mehr so viel Kraft aufgebracht.

Da merkte Graevis, was nebenan vor sich ging, und seine Augen weiteten sich vor Entsetzen. Pettibwa wollte sterben und ihn und diese gräßliche Welt freiwillig verlassen! Sein erster Impuls war, zu schreien, sie zurückzuholen und anzuflehen, daß sie ihn nicht verlassen möge.

Doch er blieb still, denn er erkannte rechtzeitig, wie selbstsüchtig dieses Vorgehen gewesen wäre. Wenn Pettibwa gehen wollte, dann mußte er sie gewähren lassen, denn das nächste Leben würde mit Sicherheit besser werden als dieses.

»Geh zu ihm, Pettibwa!« rief der alte Mann mit zitternder Stimme, und Tränen strömten aus seinen stumpfen Augen. »Geh zu Grady und umarme ihn und sag ihm, daß auch ich ihn liebe.«

Dann schwieg er; die ganze Welt schien verstummt zu sein. Noch konnte er die Frau nebenan atmen hören. »Grady«, murmelte sie ein- oder zweimal, und zuletzt stieß sie einen tiefen Seufzer aus.

Dann war Stille.

Der geschundene Körper des alten Mannes wurde von heftigem Schluchzen gerüttelt. Er zerrte aus Leibeskräften an seinen Ketten, bis er sich eins seiner Handgelenke ausgerenkt hatte und vor Schmerz wieder an die Wand zurücktaumelte. Er schaffte es, sich mit einer Hand die Tränen aus dem Gesicht zu wischen, und dann richtete sich Graevis mit ungeahnten Kräften hoch auf. Diesen letzten Akt der Selbstbehauptung mußte er noch bewerkstelligen.

Er konzentrierte sich, faßte Mut, indem er sich das Bild seiner toten Frau vor Augen führte, und riß mit aller Kraft an der Fessel, die seine verletzte Hand umfing. Ohne sich um den Schmerz zu kümmern, zog er immer fester, hörte nicht einmal das Knacken des Knochens, zerrte nur immer weiter wie ein wildes Tier, bis er die Hand völlig zerquetscht hatte.

Nach einigen Minuten hatte er seine Hand freibekommen, und seine Beine gaben unter ihm nach.

»Kommt nicht in Frage!« schimpfte er und richtete sich wieder auf. Dann drehte er sich zu der jetzt lang herabhängenden Kette um und sprang mit einem Satz über seine ausgestreckte Hand, drehte und wendete sich und schwang den gefesselten Arm über seinen Kopf, so daß sich die Kette um seinen Hals legte. Noch stand er auf Zehenspitzen und konnte so den Zug abfangen.

Doch nicht mehr lange, das merkte er, als ihm die Beine weich wurden und sein Körper in sich zusammensackte, bis sich die Kette um seine Kehle zuzog.

Er wollte auch zu diesem Tunnel, aus dem Pettibwa und Grady ihm zuwinkten.

»Ich hab dir ja gleich gesagt, daß er ein Taugenichts war!« brüllte Vater Markwart Bruder Francis an, als sie sahen, daß der Mann sich erhängt hatte. »Aber das hier – einfach widerlich. Sich einfach aus dem Staub zu machen! So ein elender Feigling!«

Bruder Francis hätte ihm gern mit voller Überzeugung beigepflichtet, aber ganz so einfach wollte ihm sein Gewissen die Sache denn doch nicht machen. Sie hatten die Frau, Pettibwa, tot in der Nachbarzelle gefunden, und nicht von eigener Hand. Francis konnte nur vermuten, daß Graevis gemerkt hatte, daß sie gestorben war, und das hatte dem alten Mann wahrscheinlich den Rest gegeben.

»Es spielt keine Rolle«, sagte Markwart verächtlich, nachdem der erste Zorn verflogen war. Schließlich hatten er und Francis gerade noch über diese Möglichkeit gesprochen. »Wie ich dir eben erklärt habe, hätte uns keiner von beiden noch irgend etwas genützt.«

»Wie könnt Ihr da so sicher sein?« wagte Francis zu fragen.

»Weil sie Schwächlinge waren«, fuhr ihn Markwart an. »Wie man sieht!« Er wedelte mit der Hand vor der schlaff an der Wand baumelnden Gestalt herum. »Wenn sie uns noch irgend etwas zu sagen gehabt hätten, dann wären sie schon lange unter unseren Verhören zusammengebrochen.«

»Und nun sind sie alle drei tot, die ganze Familie, zu der diese Frau einmal gehört hat«, sagte Bruder Francis düster.

»Aber solange sie nicht weiß, daß sie tot sind, können sie uns noch etwas nützen«, sagte der Abt herzlos. »Du wirst niemandem etwas von ihrem Ableben erzählen.«

»Niemandem?« wiederholte Francis skeptisch. »Soll ich sie denn allein begraben, so wie Grady damals?«

»Grady Chilichunk hast du dir selber eingebrockt«, knurrte Markwart.

Bruder Francis suchte stotternd nach einer Antwort, fand aber keine.

»Laß sie da, wo sie sind!« sagte Markwart, als er meinte, daß der junge Mönch sich lange genug gewunden hatte. »Die Würmer können sie hier drinnen ebenso gut auffressen wie draußen in der Erde.«

Francis wollte widersprechen und vorsichtig auf das Problem des Gestanks hinweisen, doch dann hielt er inne und überlegte. In diesem stickigen Loch würde der Geruch zweier verfaulender Leichen gar nicht auffallen, und der ekelerregenden Atmosphäre dieses Ortes konnte es mit Sicherheit nicht schaden. Trotzdem wollte es Francis ganz und gar nicht behagen, die beiden hier so einfach liegenzulassen, ohne ordentliches Begräbnis, ganz besonders die Frau, die ihren Tod nicht selbst verschuldet hatte.

Doch er stand ja selbst schon lange nicht mehr auf dem Boden der Frömmigkeit, sagte sich Francis, und seine Hände waren nicht mehr rein. Und so wischte der Mann, den Markwart zu seinem Handlanger gemacht hatte, seine Bedenken wieder einmal mit einem Achselzucken beiseite, verscheuchte sie vollständig aus seinem Gewissen und ließ das Licht der Barmherzigkeit einmal mehr verlöschen.

Markwart winkte ihn zur Tür, und Francis bemerkte die Ungeduld in dieser Bewegung. Sie waren zuerst zu den Chilichunks gegangen, und nun mußten sie feststellen, ob Bradwarden, den Markwart für den wichtigeren Gefangenen hielt, noch am Leben war. Francis eilte hinaus, den rußgeschwärzten, modrigen Gang hinunter und nestelte an seinem Schlüsselbund, als er voranging zu Bradwardens Zelle.

»Schert euch zum Teufel, ihr elenden Hunde! Ich habe euch nichts zu sagen!« schallte es ihnen von drinnen entgegen, als Francis – sehr erleichtert – den Schlüssel ins Schloß steckte.

»Das werden wir ja sehen, Zentaur«, murmelte Markwart leise und bösartig. Dann fragte er Francis: »Hast du die Armbinde bei dir?«

Dieser wollte das Gewünschte aus der Tasche ziehen, doch dann zögerte er.

Doch zu spät, denn Markwart hatte es schon gesehen und

nahm ihm den Stoffstreifen aus der Hand. »Laß uns ans Werk gehen, die Pflicht ruft!« sagte der Abt, sichtlich erfreut.

Sein heiterer Tonfall jagte Francis einen kalten Schauer über den Rücken, denn er wußte genau, daß dem Zentauren, mit der Armbinde versehen, eine lange, qualvolle Zeit bevorstand.

11. Wenn die Pflicht ruft

Es wehte eine steife Brise über dem breiten Masurischen Fluß, als Elbryan, Pony und Juraviel, der in seiner Verkleidung zahlreiche neugierige Blicke auf sich zog, in Palmaris an Bord der Fähre gingen. Doch Pony hielt ihn so dicht an sich gedrückt, daß die Leute glaubten, er wäre ihr kranker Sohn, und sich nicht allzu nah an ihn heranwagten, denn Krankheiten waren dieser Tage im Bärenreich ebenso verbreitet wie gefürchtet.

Tatsächlich kam Juraviels Stöhnen nicht ganz von ungefähr, denn die schwere Decke, in die er eingewickelt war, verbog seine zarten Flügel recht schmerzhaft.

Die riesigen Segel blähten sich, und dann glitt das behäbige Schiff sanft aus dem Hafen, während die hölzernen Masten knarrten und die Wellen sich klatschend am Rumpf brachen. Auf dem weiträumigen Deck standen mehr als fünfzig Passagiere herum, während die sieben Männer der Besatzung routiniert und gemächlich der Arbeit nachgingen, die sie schon seit Jahren zweimal am Tag verrichteten, wenn es das Wetter zuließ.

»So eine Fähre soll ja gut sein, um Neuigkeiten zu erfahren«, flüsterte Juraviel Elbryan und Pony zu. »Die Leute, die über den Fluß setzen, haben häufig Angst, und verängstigte Menschen reden gern über ihre Befürchtungen in der Hoffnung, daß sie jemand tröstet.«

»Ich höre mich mal ein bißchen um«, meinte Elbryan und ließ seine vermeintliche »Familie« stehen.

»Euer Junge ist wohl krank?« fragte ihn einer, sobald der Hüter an einer Gruppe von drei Männern und zwei Frauen vorbeikam, die aussahen wie Fischer.

»Wir kommen aus dem Norden«, erklärte Elbryan. »Sie haben uns aus unserem Dorf vertrieben, und wir sind mindestens seit einem Monat auf der Flucht vor den Pauris und Goblins. Wir mußten uns unsere Nahrung überall und nirgends zusammensuchen und hatten meist einen leeren Magen. Der Junge, Belli – Belli hat irgend etwas Schlechtes gegessen, einen Pilz, nehme ich an, und ist immer noch krank davon. Vielleicht wird er nie wieder gesund.«

Das brachte ihm mitleidiges Kopfnicken, besonders von seiten der Frauen ein.

»Und wo wollt Ihr jetzt hin?« fragte einer der Männer.

»Nach Osten«, sagte Elbryan vage.

»Und Ihr?« fragte er schnell, bevor der andere weiter in ihn dringen konnte.

»Nur nach Amvoy«, erwiderte der Mann und meinte die Stadt auf der anderen Seite, wo die Fähre anlegen würde.

»Wir wohnen alle in Amvoy«, warf eine der Frauen ein.

»Haben nur ein paar Freunde in Palmaris besucht, jetzt, wo es da wieder ruhig ist«, fügte der Mann hinzu.

Elbryan nickte und ließ seinen Blick über das Wasser zu den Docks von Palmaris gleiten, die rasch in der Ferne verschwanden, während das schaukelnde Schiff sich in den Wind legte.

»Seht Euch vor, wenn Ihr weiter als bis nach Amvoy geht!« sagte die eine Frau.

»Das haben wir vor.«

»Nach St. Mere-Abelle?« vermutete der Fischer.

Elbryan sah den Mann verblüfft an, ließ sich jedoch nichts anmerken.

»Da würde ich auch hingehen, wenn mein Junge krank wäre«, fuhr der andere fort, dem das erstaunte Gesicht des Hüters ebenso entgangen war wie den andern. »Diese Mönche sollen ja für alles eine Medizin haben, allerdings sind sie angeblich ziemlich geizig damit.«

Das brachte seine Gefährten zum Lachen, besonders die Frau, die jetzt noch eindringlicher sagte: »Seht Euch vor, wenn Ihr hinter Amvoy nach Osten geht. Es sollen da Pauri-Horden herumlungern, und dieses Pack schert sich nicht um Euren kranken Jungen, da könnt Ihr sicher sein!«

»Und ein gräßlicher Haufen Goblins soll auch noch da sein«, fügte der Mann hinzu. »Wie man hört, haben die Pauris sie im Stich gelassen, und jetzt sind sie völlig aus dem Häuschen.«

»Es gibt nichts Gefährlicheres als Goblins, die in Panik geraten«, warf ein anderer ein.

Der Hüter lächelte freundlich. »Ich versichere euch, ich weiß, wie man mit Pauris und Goblins fertig wird.« Mit diesen Worten verbeugte er sich kurz und ging weiter. Er hörte noch etliche Leute von herumziehenden Horden im Osten reden, erfuhr dabei aber nichts wirklich Interessantes.

Nach einer Weile kehrte er wieder zu Pony und Juraviel zurück. Der Elf saß zurückgelehnt da und hatte die Decke fest um sich gezogen, während Pony damit beschäftigt war, die Pferde zu beruhigen, denn besonders Greystone war bei dem Seegang ziemlich nervös geworden, und er stampfte unaufhörlich mit den Hufen, schnaubte und wieherte, und sein muskulöser Nacken war schweißnaß.

Elbryan ging zu ihm und nahm ihn fest beim Zaumzeug. Als er kräftig daran zog, beruhigte sich das Pferd vorübergehend, doch bald darauf fing es wieder an, zu stampfen und die Mähne zu schütteln.

Symphony war indessen erstaunlich ruhig geworden, und als Elbryan den Hengst betrachtete und sah, wie sich Pony tief zu dessen Hals hinabbeugte und ihre Wange an den magischen Türkis legte, wußte er auch, warum. Sie hatte eine stillschweigende Verbindung mit dem Pferd aufgenommen und es geschafft, dem Tier klarzumachen, daß es sich ruhig verhalten sollte.

Greystone machte eine ruckartige Bewegung, die Elbryan fast umgeworfen hätte. Das Pferd wollte sich aufbäumen, aber der Hüter griff nur um so fester zu.

Ein paar Leute, unter ihnen zwei von der Mannschaft, kamen herüber und wollten ihm helfen, das Tier zu beruhigen, denn ein nervöses Pferd auf einem offenen Schiffsdeck konnte ziemlich gefährlich werden.

Doch auf einmal trat Symphony hinter Elbryan und legte seinen Kopf quer über Greystones Hals. Die beiden Pferde schnaubten und wieherten, und letzterer stampfte wieder und wollte sich aufbäumen, doch Symphony ließ das nicht zu, sondern drückte das kleinere Pferd mit der ganzen Kraft seines Körpers nieder.

Dann stieg Symphony zum großen Erstaunen der Umstehenden, Elbryan und Pony inbegriffen, wieder von Greystones Rücken, beschnupperte das Pferd, schnaubte und schüttelte den Kopf.

Greystone protestierte noch ein wenig, doch dann waren beide Pferde ruhig.

»Prächtiges Pferd«, murmelte ein Mann, als Elbryan wieder losgehen wollte.

Ein anderer fragte ihn, ob er Symphony nicht verkaufen wolle.

»Avelyns Stein ist doch immer wieder nützlich«, meinte Pony, als die drei Freunde wieder mit ihren Pferden allein waren.

»Daß du dich mit Symphony verständigen kannst, ist mir ja nicht neu, denn das haben wir beide schon öfter getan«, sagte der Hüter. »Aber irre ich mich, oder hat Symphony gerade deine Botschaft an Greystone weitergegeben?«

»Irgend so etwas muß es wohl gewesen sein«, erwiderte Pony und schüttelte den Kopf, denn sie hatte auch keine andere Erklärung dafür.

»Wie eingebildet ihr Menschen doch seid«, meinte Juraviel, und die beiden sahen ihn fragend an. »Wundert es euch so sehr, daß sich Pferde miteinander verständigen können, zumindest notdürftig? Wie hätten sie sonst wohl so viele Jahrhunderte überleben können?«

Elbryan und Pony mußten sich durch diese simple Logik geschlagen geben und lachten. Doch die Miene des Hüters wurde bald wieder ernst.

»Es sollen Pauri-Horden in den östlichen Bezirken des Königreichs unterwegs sein«, erklärte er. »Und eine Horde besonders unangenehmer Goblins.«

»Damit mußten wir schließlich rechnen«, meinte Juraviel.

»Nach allem, was ich gehört habe, sind unsere Gegner auf der anderen Seite des Flusses in völliger Auflösung begriffen«, fuhr der Hüter fort. »Die Pauris sollen die Goblins im Stich gelassen haben, und jetzt sind die Goblins vor Angst und Wut völlig aus dem Häuschen.«

Juraviel nickte, doch Pony fügte schnell hinzu: »Du meinst, es sieht so aus, als befänden sich ein paar unserer Gegner in wildem Durcheinander. Und ich schätze, zur Zeit kann man weder Pauris noch Goblins als unsere schlimmsten Feinde bezeichnen.«

Diese schmerzliche Erinnerung an ihr Vorhaben warf einen Schatten auf die drei Freunde und ließ sie verstummen. Die letzte Stunde ihrer Überfahrt verbrachten sie mehr oder weniger schweigend; sie kümmerten sich um die Pferde und waren heilfroh, als die Fähre schließlich in Amvoy anlegte.

Als sie von Bord gingen, schärfte der Kapitän, der an der Landungsbrücke stand, allen Passagieren ein, sich vor Goblins und Pauris in acht zu nehmen, falls sie noch weiterreisen wollten.

Da sie keinen Proviant benötigten, begaben sich die drei Freunde auf direktem Weg zum östlichen Stadttor, wo man sie erneut vor den Gefahren des flachen Landes warnte. Man hielt sie aber nicht zurück, und so ritten sie noch am selben Nachmittag zur Stadt hinaus, und die beiden Pferde legten ein gutes Stück Weges zurück.

Die Gegend war hier weitaus spärlicher bewaldet als das Land nördlich von Palmaris. Es gab mehr Ackerland, das von breiten, teilweise gepflasterten Straßen durchzogen war, die eigentlich gar nicht nötig gewesen wären, denn man konnte die saftigen Wiesen auch so leicht überqueren. In sicherer Entfernung neben der Straße kamen sie noch am selben Tag an einer weiteren Ortschaft vorbei, und obwohl sie nicht befestigt war, sahen sie doch Verteidigungsvorkehrungen in Form von Bogenschützen auf Hausdächern und sogar eine Schleuder auf dem Marktplatz.

Bauern, die unermüdlich auf den Feldern arbeiteten, hielten inne, als sie vorüberzogen, und einige luden sie sogar mit freundlichem Winken zu einer kostenlosen Mahlzeit ein. Doch die drei Freunde strebten vorwärts, und als die Sonne schon tief am Himmel stand, sahen sie vor sich eine weitere, diesmal viel kleinere Ortschaft, und das Land war immer dünner besiedelt, je weiter sie sich von dem großen Fluß entfernten.

Sie machten einen Bogen auf die Ostseite der Ansiedlung und schlugen ihr Lager so auf, daß sie in der Ferne die schwarze Silhouette der Häuser sehen konnten, denn sie wollten heute nacht ein wachsames Auge auf die Dorfbewohner haben.

»Wie weit ist es noch?« fragte Juraviel, als sie sich um ein kleines Feuerchen setzten, um ihre Abendmahlzeit einzunehmen.

Elbryan sah Pony an, die viele Jahre in dieser Gegend verbracht hatte.

»Zwei Tage«, erwiderte sie. »Mehr nicht.« Sie hob einen Zweig auf und malte die groben Umrisse einer Karte in den Sand, mit dem Masurischen Fluß und der Allerheiligenbucht. »St. Mere-Abelle ist nicht mehr als hundert Meilen vom Fluß entfernt, wenn ich mich recht erinnere«, sagte sie, und dann zog sie die Linien weiter nach Osten, zeichnete das Dorf Macomber und zuletzt Pireth Tulme ein. »Ich war hier in Pireth Tulme, aber nachdem ich Avelyn begegnet bin, sind wir zum Fluß zurückgegangen – nicht in die Nähe von St. Mere-Abelle, sondern einen Weg südlich der Abtei entlang.«

»Zwei Tage«, murmelte Elbryan. »Dann sollten wir vielleicht anfangen, einen Schlachtplan zu entwickeln.«

»Was gibt es da schon groß zu überlegen«, sagte Juraviel keck. »Wir bauen uns einfach vor dem Klostertor auf und verlangen, daß sie unsere Freunde herausrücken. Und wenn das nicht schleunigst passiert, dann machen wir das ganze Ding platt!«

Diese humorvolle Einlage brachte sie alle zum Lachen, aber nicht lange, denn sie wußten nur zu genau, wie wenig aussichtsreich dieser Feldzug in Wirklichkeit war. St. Mere-Abelle wurde von ein paar hundert Mönchen bewohnt, von denen viele gut mit den magischen Steinen umgehen konnten. Wenn sie Elbryan oder ganz besonders Pony entdeckten, dann war das Unternehmen sofort beendet.

»Du solltest die Steine nicht mit ins Kloster nehmen«, meinte Elbryan.

Pony sah ihn mit großen Augen an. Die Steine waren eine ihrer wirksamsten Waffen und außerdem ein wertvolles Werkzeug zur Orientierung und zur Unterwanderung.

»Wir könnten uns damit verraten«, erklärte der Hüter. »Vielleicht merken sie etwas von den Steinen, auch wenn du sie nicht benutzt.«

»Ein Überraschungsschlag ist unsere einzige Chance«, stimmte ihm Juraviel zu.

Pony nickte; sie wollte sich darüber jetzt noch nicht streiten.

»Und wenn sie uns entdecken«, fuhr der Hüter grimmig fort und wandte sich direkt an Pony, »dann müssen wir beide uns ergeben und einen Austausch verlangen.«

»Wir beide gegen Bradwarden und die Chilichunks«, überlegte Pony.

»Und dann wird Juraviel Avelyns Steine holen und damit nach Westen gehen und Bradwarden wieder nach Dundalis bringen«, fuhr Elbryan fort. »Dann nimmst du die Steine mit nach Andur'Blough Inninness«, sagte er zu dem Elfen, »und bittest deine Lady Dasslerond, sie für immer gut zu verwahren.«

Doch Juraviel schüttelte den Kopf, noch ehe Elbryan ausgesprochen hatte. »Die Touel'alfar wollen nicht in die Sache mit den Steinen hineingezogen werden«, sagte er.

»Aber du steckst doch schon mit drin«, protestierte Pony.

»Nicht direkt«, sagte Juraviel. »Ich helfe nur meinen Freunden und zahle alte Schulden zurück, mehr nicht.«

»Dann hilf uns auch hierbei!« sagte Pony, aber Elbryan, der die Eigensinnigkeit der Elfen kannte, hatte es schon aufgegeben.

»Du willst, daß sich mein Volk einmischt«, erklärte Juraviel. »Das geht aber nicht.«

»Ich bitte dich, Avelyns Andenken zu bewahren«, widersprach ihm Pony.

»Das ist eine Sache, die die Kirche in Ordnung bringen muß«, antwortete Juraviel schnell. »Sie müssen selbst ihren Weg finden, nicht durch die Touel'alfar.«

»Diese Sache müssen die Menschen unter sich regeln«, pflichtete ihm Elbryan bei und legte Pony beruhigend die Hand auf den Arm. Sie sah ihn trotzig an, doch er schüttelte nur bedächtig den Kopf und versuchte, ihr die Sinnlosigkeit dieses Streits klarzumachen.

»Ich möchte dich bitten, daß du die Steine holst und sie

Bradwarden aushändigst«, sagte der Hüter zu dem Elfen. »Er soll sie mitnehmen und irgendwo tief vergraben.«

Juraviel nickte zustimmend.

»Und bring Greystone zu Roger zurück«, fuhr Pony fort. »Und Symphony nach Hause in seinen Wald hinter Dundalis.«

Der Elf nickte erneut, und es entstand eine lange Pause, die erst endete, als Juraviel plötzlich anfing zu lachen.

»Wir sind ja vielleicht ein vielversprechender Haufen!« meinte der Elf. »Planen hier unsere Niederlage anstatt unseres Sieges. Haben wir dir das etwa so beigebracht, Nachtvogel?«

Elbryan strahlte übers ganze Gesicht, das mit den Stoppeln eines Dreitagebartes bedeckt war. »Ihr habt mir beigebracht, wie man siegt«, sagte er. »Und wir werden schon irgendwie in die Abtei hineinkommen und mit Bradwarden und den Chilichunks wieder verschwunden sein, ehe die Mönche überhaupt merken, daß wir da waren.«

Auf diese Hoffnung tranken sie. Dann beendeten sie ihre Mahlzeit und machten sich daran, das Lager herzurichten, während Juraviel ausschwärmte und die beiden allein ließ.

»Ich habe Angst«, räumte Pony ein. »Ich habe das Gefühl, daß der lange Weg, der begonnen hat, als ich Avelyn kennengelernt habe, hier zu Ende ist.«

Trotz seiner vorherigen Zuversicht konnte Elbryan ihr nicht ganz widersprechen.

Da kam Pony ganz nah zu ihm, und er legte die Arme um sie. Sie sah ihm in die Augen, stellte sich auf die Zehenspitzen und küßte ihn zärtlich. Dann ließ sie sich wieder zurücksinken und sah ihn unverwandt an. Allmählich wuchs die Spannung. Dann küßte sie ihn wieder, jetzt leidenschaftlicher, und er erwiderte den Kuß, während seine Hände ihren muskulösen Rücken streichelten.

»Was ist mit unserer Abmachung?« fragte er, doch Pony legte ihm den Finger auf den Mund, küßte ihn wieder und wieder und zog ihn schließlich neben sich auf den Boden.

Elbryan war es jetzt, als wären sie ganz allein auf der Welt, unter dem funkelnden Sternenzelt, und der Sommerwind streichelte sanft ihre nackte Haut.

Am nächsten Tag waren sie schon zeitig unterwegs und trieben ihre Pferde kräftig an, als die aufgehende Sonne den Himmel im Osten rot färbte. Jede Überlegung, wie sie unbemerkt in die Abtei hineinkommen würden, war sinnlos, denn sie konnten sich keine Vorstellung von den Gegebenheiten machen, bevor sie ihr Ziel gesehen hatten. Würden die Tore weit geöffnet sein für Flüchtlinge aus der Umgebung, oder hatten sich die Mönche fest verbarrikadiert mit Dutzenden bewaffneter Krieger, die auf den Mauern des Klosters patrouillierten?

Sie hatten keine Ahnung, und so schoben sie ihre Überlegungen auf und steigerten ihr Tempo, denn sie wollten die Abtei unbedingt bis zum nächsten Morgen erreicht haben.

Doch dann sahen sie auf einmal den Rauch, der über einer baumbewachsenen Hügelkette aufstieg. Sie hatten alle schon solchen Rauch gesehen und wußten, daß er nicht von einem Lagerfeuer oder einem Schornstein herrührte.

Trotz ihrer Eile und trotz des Risikos wußten sie genau, was zu tun war. Elbryan und Pony wendeten gemeinsam ihre Pferde in Richtung Süden und ritten in scharfem Galopp auf die Hügelkette zu, dann den grasbedeckten Hang hinauf bis zu der Baumreihe. Juraviel, den Bogen in der Hand, flatterte von Greystone fort, sobald sie bei den Bäumen angelangt waren, um von dort aus die Gegend zu erkunden.

Elbryan und Pony hielten an und stiegen ab, dann näherten sie sich vorsichtig dem Abhang. Unter ihnen an der Hauptstraße befand sich in einem kraterförmigen Tal eine Wagenkarawane, voll beladen mit Waren und im Kreis aufgestellt. Etliche der Wagen standen in Flammen, und Elbryan und Pony konnten hören, wie Männer nach Wasser riefen oder nach Vorkehrungen zur Verteidigung. Sie sahen auch, daß viele am Boden lagen, und die Schmerzensschreie der Verwundeten drangen bis zu ihnen empor.

»Kaufleute«, meinte der Hüter.

»Wir sollten zu ihnen hinuntergehen«, sagte Pony. »Oder wenigstens ich mit dem Seelenstein.«

Elbryan sah sie skeptisch an, denn er wollte möglichst keinen der Steine benutzen, jetzt, wo sie der Abtei schon so nahe waren. »Warte, bis Juraviel zurückkommt!« bat er sie. »Ich sehe keine toten Ungeheuer um die Wagenburg herum liegen, das läßt vermuten, daß die Schlacht gerade erst begonnen hat.«

Pony nickte, obwohl das Jammern der Verwundeten sie sehr bedrückte.

Juraviel war schon bald wieder da und ließ sich auf einem Zweig direkt über ihren Köpfen nieder. »Die Sache hat zwei Seiten«, erklärte der Elf. »Zuerst das Wichtigste: Die Angreifer waren Goblins und keine Pauris, also ein weitaus harmloserer Feind. Aber es sind achtzig an der Zahl, und sie bereiten gerade einen zweiten Angriff vor.« Er zeigte über das Tal hinweg zu der südlichen Hügelkette. »Da hinten.«

Elbryan, der ewige Stratege, der die Goblins gut kannte, ließ seinen Blick über das Gelände schweifen. »Sie fühlen sich sicher?« fragte er Juraviel.

Der Elf nickte. »Ich habe kaum Verwundete gesehen und keinen, der etwas gegen einen weiteren Angriff einzuwenden hätte.«

»Dann werden sie schnurstracks über den Bergkamm kommen«, überlegte der Hüter, »und den unteren Hang benutzen. Goblins machen sich niemals Gedanken darüber, daß sie selbst umkommen könnten. Sie werden sich nicht die Mühe machen, sich eine komplexere Strategie auszudenken.«

»Das haben sie auch gar nicht nötig«, sagte Juraviel und blickte auf die Wagen und die notdürftigen Befestigungsversuche. »Die Kaufleute und ihre Wachtposten können sie nicht aufhalten.«

»Es sei denn, wir helfen ihnen«, warf Pony schnell ein, und ihre Hand griff unbewußt nach dem Beutel mit Steinen, eine Bewegung, die Elbryan nicht entging.

Er sah Pony an und schüttelte den Kopf. »Nimm die Steine erst, wenn es gar nicht anders geht!« sagte er.

»Achtzig Mann«, meinte Juraviel.

»Aber es sind nur Goblins«, sagte der Hüter. »Wenn wir ein Viertel davon erledigen, werden die übrigen wahrscheinlich die Flucht ergreifen. Laßt uns das Schlachtfeld vorbereiten!«

»Ich behalte die Goblins im Auge«, sagte der Elf und war so plötzlich verschwunden, daß sich Elbryan und Pony verdutzt die Augen rieben.

Dann führten die beiden die Pferde auf die andere Seite des Tals, indem sie außer Sichtweite der Wagenburg die Straße überquerten und dann den Südhang wieder bis zu der Baumreihe hinaufkletterten. »Sie sind verängstigt und haben Hunger«, meinte Elbryan.

»Die Kaufleute oder die Goblins?«

»Alle beide wahrscheinlich«, erwiderte der Hüter. »Aber ich rede von den Goblins. Sie haben Hunger und Angst und sind zu allem fähig, das macht sie doppelt gefährlich.«

»Dann werden sie also nicht davonlaufen, wenn wir ein Viertel von ihnen töten?« fragte Pony.

Der Hüter zuckte die Achseln. »Sie sind zu weit von zu Hause entfernt ohne Aussicht auf Rückkehr. Ich nehme an, es stimmt, daß die Pauris sie hier draußen im Feindesland im Stich gelassen haben.«

Pony sah ihn von oben bis unten an. »Tun sie dir etwa leid?« fragte sie.

Der Hüter lachte verächtlich. »Die Goblins bestimmt nicht«, sagte er überzeugt. »Nicht nach Dundalis. Ich bete darum, daß sie nicht fliehen, denn sonst werden sie noch mehr Unheil anrichten. Sie sollen alle herunterkommen und von unserer Hand sterben.«

Inzwischen waren sie oben angelangt und konnten die Goblins sehen, die eine halbe Meile weiter südlich an einem Berghang hockten. Es gab nicht viele Bäume zwischen ihnen und den Goblins, aber Pony und Elbryan verwarfen schnell die Idee, Juraviel auf seinem Weg nach unten ausfindig zu machen. Statt dessen wandten sie sich der Baumreihe zu, um festzustellen, welche Überraschungen sie der anrückenden Horde bereiten konnten. Pony durchkämmte das Unterholz nach jungen Bäumen, die sie als Fußangeln verwenden konnte, und der Hüter konzentrierte sich auf eine große abgestorbene Ulme, die gefährlich weit über den Abgrund hinausragte.

»Wenn wir ihnen den Baum auf den Kopf fallen lassen, können wir sie ganz schön aus dem Konzept bringen«, meinte er, als Pony zu ihm herüberkam.

»Allerdings brauchen wir dann noch zwei kräftige Ackergäule!« erwiderte Pony ironisch beim Anblick des riesigen Ungetüms.

Doch Elbryan hatte schon eine Idee. Aus einem Beutel holte er ein Päckchen mit einer roten Paste hervor. »Ein Geschenk der Elfen«, erklärte er. »Ich schätze, der Baumstamm ist so verfault, daß es funktioniert.«

Pony nickte. Sie hatte am Berg Aida gesehen, wie Elbryan diese Paste benutzt hatte, um eine Metallstange so aufzuweichen, daß er sie mit einem einzigen Schwerthieb zerschlagen konnte. »Ich habe schon eine Falle ausgelegt und sehe noch etliche andere Möglichkeiten«, sagte sie. »Und ein paar angespitzte Äste im Unterholz könnten auch nicht schaden.«

Der Hüter nickte geistesabwesend. Er war zu sehr in seine eigene Arbeit vertieft und merkte nicht einmal, wie Pony sich wieder der ihren zuwandte.

Als Elbryan die schwächste Stelle an dem Baumstamm gefunden hatte, prüfte er Umfang und Beschaffenheit. Er war überzeugt, daß er den Baum mit ein paar kräftigen Schwerthieben fällen konnte, aber dafür würde er mitten im Kampfgewühl natürlich keine Zeit haben. Doch wenn er den Stamm jetzt sorgfältig präparierte, konnte es klappen.

Er hob sein Schwert und schlug zu, dann hielt er kurz inne, als er das Rascheln in den angrenzenden Bäumen hörte. Noch einmal hackte er in den Stamm und auch noch ein drittes Mal. Dann riß er das Päckchen auf und bestrich die Stelle mit der rötlichen Substanz.

Als er fertig war, kam Pony auf Greystone auf ihn zugeritten. »Wir sollten ihnen Bescheid sagen«, meinte sie und zeigte auf die Kaufmannskarawane.

»Sie wissen schon, daß hier oben jemand ist«, erwiderte der Hüter.

»Aber sie sollten wissen, daß wir ihnen helfen wollen«, sagte Pony, »damit sie sich entsprechend vorbereiten können. Wir können die Goblins nicht alle auf einmal aufhalten, und wenn wir noch so gut sind.« Sie zeigte auf einen Baumstumpf, der weiter unten im hohen Gras kaum zu sehen war. »Der Hang ist steil da unten, und die Goblins an der Spitze werden mit voller Geschwindigkeit dort ankommen, wenn sie in Reichweite der Pfeile aus dem Lager der Kaufleute geraten«, erklärte sie. »Wenn ich dort einen Fallstrick anbringe, könnten wir die Goblins so weit aufhalten, daß die Kaufleute sie besser unter Beschuß nehmen können.«

»Neunzig Meter«, meinte Elbryan, der die Entfernung vom Baumstumpf bis zur nächst gelegenen Deckung abschätzte.

»Die Kaufleute haben sicher so ein langes Seil übrig«, sagte Pony. Sie wartete, bis er nickte, dann wendete sie Greystone und bewegte sich vorsichtig den Hang hinab. Nach zwei Dritteln des Weges, in knapp fünfzig Schritt Entfernung von der Karawane, befand sie sich auf freiem Feld und bemerkte die vielen Pfeile, die auf sie gerichtet waren. Als die Schützen sahen, daß sie kein Goblin war, ließen sie ihre Bogen jedoch sinken.

»Seid gegrüßt!« sagte sie, als sie die Wagen erreicht hatte, zu einem stattlichen Mann, der in feinstes Tuch gekleidet war und seinem Auftreten nach einer ihrer Anführer sein mußte. »Ich bin kein Gegner, sondern will Euch helfen.«

Der Mann nickte vorsichtig, ohne zu antworten. »Die Goblins sind nicht weit, und sie wollen noch einmal angreifen«, sagte Pony und deutete hinter sich auf den Hang. »Von da oben«, erklärte sie. »Mein Freund und ich haben ihnen schon ein paar Fallen gestellt, aber ich fürchte, wir können sie nicht alle aufhalten.«

»Was habt Ihr mit diesem Kampf zu tun?« fragte der Kaufmann argwöhnisch.

»Wir kämpfen schon lange gegen die Goblins«, erwiderte sie, ohne zu zögern. »Aber vielleicht wollt Ihr Euch ja lieber von achtzig Goblins überrennen lassen.«

Da verging dem Mann seine Großspurigkeit. »Woher wollt Ihr denn wissen, daß sie von Süden kommen?« fragte er.

»Wir kennen die Goblins«, sagte Pony. »Und ihre fehlende Strategie. Sie hocken im Süden und sind viel zu ungeduldig, um sich erst zu verteilen und von mehreren Seiten anzugreifen. Jedenfalls solange sie glauben, daß ihnen die Beute sicher ist.«

»Denen werden wir's zeigen!« polterte einer der Schützen und schwenkte drohend seinen Bogen in der Luft, woraufhin einige andere halbherzig seinem Beispiel folgten. Pony schätzte, daß der Troß alles in allem höchstens über vierzig kampftüchtige Krieger verfügte, und eine Anzahl von zwanzig Bogen, noch dazu wahrscheinlich in den Händen völlig ungeübter Schützen, war wohl kaum geeignet, den Goblins etwas anzuhaben, ehe es zum Kampf Mann gegen Mann kommen würde. Elbryan konnte mit einiger Aussicht auf Erfolg gegen drei oder sogar vier Goblins auf einmal kämpfen, aber für einen gewöhnlichen Menschen war schon ein einziger Goblin zuviel.

Das war offenbar auch dem Kaufmann klar, denn er ließ die Schultern hängen und fragte: »Was schlagt Ihr vor?«

»Habt Ihr ein paar Seile?«

Der Mann nickte einem anderen zu, der neben ihm stand, und dieser lief zu einem der Wagen, zog die Plane beiseite, und zum Vorschein kamen viele Rollen feinster Taue, dünne und dicke. Pony ließ sich eine ausreichende Menge davon geben.

»Wir werden die Kräfte ein bißchen ausgleichen«, sagte sie, »indem ich ihr Tempo auf der Höhe dieses Baumstumpfes drossle, genau in Reichweite Eurer Pfeile. Zielt also gut!«

Sie befestigte das Seil hinter sich am Sattel und machte mit Greystone kehrt.

»Wer seid Ihr, Jungfer?« fragte der Kaufmann.

»Darüber können wir uns später unterhalten«, erwiderte sie und gab dem Pferd die Sporen.

Oben auf dem Hügel legte Elbryan letzte Hand an sein Werk. Er knüpfte ein Lasso, warf es hinauf in die Zweige des abgestorbenen Baumes und band dann das andere Ende am Knauf von Symphonys Sattel fest. Dann führte er das Pferd zu einem dichten Wäldchen und machte sich daran, das Seil zu tarnen.

»Wir bekommen Gesellschaft«, hörte er Juraviels Stimme von oben, als er gerade fertig war.

Er mußte sich anstrengen, um die zarte Gestalt des Elfen zu erspähen.

»Von Osten«, erklärte Juraviel. »Eine Gruppe von Mönchen, ein Dutzend vielleicht. Sie kommen langsam näher.«

»Werden sie bis zum Ausbruch der Schlacht hier sein?«

Juraviel blickte nach Süden. »Die Goblins sind schon im Anmarsch«, vermeldete er. »Die Mönche könnten vielleicht rechtzeitig hier sein, wenn sie sich beeilen, aber davon habe ich nichts bemerkt. Der Rauch kann ihnen eigentlich nicht entgangen sein, aber ich weiß ja nicht, ob sie überhaupt scharf darauf sind, hier mitzumischen.«

Elbryan schmunzelte; irgendwie überraschte ihn das nicht. »Sag Pony, daß sie die Steine gut verbergen soll«, bat er den Elfen.

»Wenn es nötig ist, wird sie ihre Zauberkräfte einsetzen«, wandte Juraviel ein. »Und das sollte sie dann auch.«

»Aber wenn sie die Steine benutzt, dann werden wir auch noch gegen ein Dutzend Mönche zu Felde ziehen müssen, sobald die Goblins in die Flucht geschlagen sind«, erwiderte der Hüter grimmig.

Der Elf bahnte sich flink seinen Weg am Rande des Hügels entlang und gab acht, daß ihn die Leute unten in der Wagenburg nicht sahen. Er sagte Pony Bescheid und erreichte gerade noch, halb fliegend, halb kletternd – denn seine zarten Flügel wurden allmählich furchtbar müde – seinen Standort in einem Baum, ehe die ersten Goblins auftauchten. Erleichtert, jedoch ohne große Verwunderung beobachtete er das Durcheinander des wilden Haufens. Wie die drei Freunde gehofft hatten, machten die Goblins gar nicht erst halt, als sie den Bergkamm erklommen hatten, sondern rannten einfach blindlings drauflos, ohne sich im mindesten darum zu kümmern, welche Vorkehrungen ihre Beute inzwischen getroffen hatte.

Und auch das Mißgeschick ihrer Gefährten schien sie kaum zu interessieren, wie Juraviel feststellte, als ein Goblin in eine von Ponys Fallen tappte und den umgebogenen Schößling aus seiner Verankerung löste. Das Kreischen des Ungeheuers ging im Schlachtengeschrei seiner Kumpane unter, während es kopfüber in die Luft flog und schließlich hilflos hoch über dem Boden hängenblieb.

Etliche Goblins liefen direkt an ihm vorbei und lachten nur über sein Mißgeschick, ohne sich weiter um ihn zu kümmern.

Auf der anderen Seite schrie ein weiterer Goblin vor Überraschung und Schmerz auf, als er in einen von Ponys häßlichen kleinen Gräben trat, die sie noch schnell ausgehoben und getarnt hatte. Dabei wurde sein eines Bein so weit überdehnt, daß das Kniegelenk heraussprang. Der Goblin fiel hintenüber und griff jaulend nach seinem schmerzenden Bein, doch auch das interessierte seine Kameraden wenig.

Und dann ging ein dritter zu Boden und brüllte vor Schmerz, als sich ein sorgfältig vorbereiteter Dorn in seinen Fuß bohrte.

Im Vertrauen auf die Unaufmerksamkeit der Goblins zückte Juraviel jetzt seinen kleinen Bogen und begann, seine Ziele anzupeilen. Ein Goblin blieb genau unter seinem Baum stehen, um Luft zu holen, und lehnte sich gerade an den Stamm, als Juraviels Pfeil seinen Schädel durchbohrte. Benommen ging er in die Knie und starb, während er sich mit einer Hand noch immer am Stamm festhielt.

Doch trotz aller Mühe hatten sie nur einen von zwanzig Goblins auf diese Weise aufhalten können, und die Anführer der wilden Horde jagten weiter den grasbewachsenen Hang hinab. Juraviel legte noch einmal an und erwischte einen Goblin, der gerade zwischen den Bäumen hervorbrach. Dann blickte er nach Westen, ein Stück den Hügel hinab, wo Nachtvogel noch die größte Überraschung bereithielt.

Der Hüter wartete, auf ein Knie gestützt, im Schutze der Bäume, den Bogen hielt er quer zwischen den Stämmen im Anschlag. Die ersten Goblins ließ er unbehelligt, denn er wollte vor allem den Hauptteil der Truppe treffen. So würde er hoffentlich nicht nur den größtmöglichen Schaden anrichten, sondern außerdem dafür sorgen, daß die Ungeheuer den Kaufleuten in weniger geballter Form in die Arme liefen.

Jetzt kam ein Dutzend Goblins auf einmal zwischen den Bäumen hervor, und hinter ihnen ein weiteres Dutzend.

Nachtvogel zielte, aber der Pfeil blieb im letzten Moment in der Seite eines ahnungslosen Goblin stecken. Doch der Hüter, der mit so etwas gerechnet hatte, schickte auf der Stelle einen zweiten Pfeil hinterher, der zielsicher in den Stamm des präparierten Baumes fuhr.

Im selben Augenblick stieß er einen Pfiff aus, und Symphony machte einen Satz vorwärts und zog das Seil straff.

Der tote Baum gab wie zum Protest eine Reihe unheimlicher knarrender Geräusche von sich, und viele Goblins blieben vor Schreck wie angewurzelt stehen.

Und dann stürzte der Baum auf sie herab und begrub sie unter Tonnen von Holz und Dutzenden langer, spitzer Äste.

Strampelnd und kreischend versuchten die Goblins nach rechts und links auszuweichen, doch der Hüter hatte ganze Arbeit geleistet. Drei von ihnen waren sofort tot, und mehr als ein Dutzend anderer wurden von herumfliegenden Holzsplittern aufgeschlitzt, mit voller Wucht zu Boden geschmettert oder unter den Ästen eingeklemmt. Ungefähr ein Viertel der Truppe hatte den Bereich der Falle bereits hinter sich gelassen und rannte mit unvermindertem Schwung auf die Wagenburg zu. Die meisten von denen, die von dem umgestürzten Baum eingeschlossen waren, kletterten einfach über das neue Hindernis hinweg und kamen vor lauter Blutgier gar nicht auf die Idee, daß es sich hier um einen Hinterhalt handeln könnte. Andere wiederum liefen aufgeregt im Kreis herum oder suchten nach Deckung. Dieses Durcheinander war genau das, worauf Nachtvogel gehofft hatte.

Um keine Gelegenheit auszulassen, brachte der Hüter noch einmal seinen Bogen in Anschlag und durchbohrte einen Goblin, der ihm ein bißchen zu nah gekommen war; dann nahm er einen zweiten aufs Korn, der sich gerade aus dem Gewirr von Zweigen befreien wollte.

Oben auf dem Berg zog und zerrte Symphony so lange, bis das Stück des Baumes, an dem das Seil befestigt war, abbrach. Ein Goblin näherte sich dem dichten Gebüsch, hinter dem der mächtige Hengst verborgen war, aber Nachtvogel schaltete ihn umgehend aus.

Als Symphony aus dem Wäldchen hervorbrach, johlten etliche Goblins bei seinem Anblick. Dann galoppierte das Pferd den Berg hinab zu dem Hüter.

Nachtvogel lief dem Pferd entgegen, das Schwert in der

Hand. Er holte aus und durchtrennte das Seil mit einem einzigen Hieb. Dann schwang er sich in den Sattel, legte Sturmwind auf seinen Schoß und spannte im nächsten Augenblick schon wieder seinen Bogen.

Da rannten die Goblins um ihr Leben, als sie sahen, wie die Pfeile aus nächster Nähe auf sie zukamen!

Nachtvogel streckte den ersten nieder, und unter wildem Geheul ließ er Symphony ins Freie preschen, wo er im Vorbeireiten einen weiteren Treffer landete.

Die Goblins in seiner unmittelbaren Nähe blieben unvermittelt stehen, einige von ihnen warfen mit Speeren, doch Nachtvogel war schneller und schwenkte den Bogen jetzt wie eine Keule, um die Geschosse von sich abzulenken.

Dann wirbelte er den Bogen mit einer schnellen Drehung wieder herum und packte ihn mit der Linken, während die Rechte bereits den nächsten Pfeil anlegte. Einen Sekundenbruchteil später wand sich wieder ein Goblin schreiend am Boden.

Und schon stürmte der Hüter weiter vorwärts. Er schoß noch einen Pfeil ab, hängte dann den Bogen über den Sattelknauf und griff wieder nach seinem Schwert, um gleich drei auf einmal niederzumähen. Dann riß er Symphony im letzten Augenblick scharf herum, sprang mit einem Satz aus dem Sattel, rollte sich ab und benutzte den Schwung eines kurzen Anlaufs, um sein Schwert einem Goblin mitten durch die hocherhobene Keule hindurch in den Schädel zu bohren.

Ein Ruck aus dem Handgelenk, und der Goblin flog durch die Luft. Sofort stürzte sich der Hüter auf sein zweites Opfer, und als er Sturmwind wieder herausgezogen hatte, kam er gerade rechtzeitig, um das herabsausende Schwert eines dritten abzufangen.

Allein konnte dieser gegen Nachtvogel nicht mehr viel ausrichten. Der Hüter fing auch den nächsten Schlag ab, und dann noch einen. Und diesmal schlug er mit solcher Wucht auf das Schwert des Goblin ein, daß es hoch in die Luft flog. Nun machte Nachtvogel einen Schritt vorwärts und packte mit der freien Hand den mageren Hals seines Gegners.

Mit eiserner Hand bog er den Goblin nach hinten, dann brach er dem Ungeheuer mit einem knirschenden Ruck das Genick und ließ es tot zu Boden fallen.

Nun strömten immer mehr Goblins herbei, und er nahm sie gebührend in Empfang.

Die an der Spitze vorausstürmenden Goblins ließen sich von dem Lärm nicht stören, zu groß war ihre Gier auf die vermeintlich leichte Beute vor ihrer Nase. Unter lautem Gejohle rannten sie Hals über Kopf den Hang hinunter und achteten gar nicht auf die Pfeile, die ihnen jetzt entgegenflogen und sogar einen von ihnen niederstreckten.

Doch dann rissen die Vordersten auf einmal die Arme hoch und fielen der Länge nach zu Boden. Immer mehr von ihnen stolperten, bis sich die ganze Horde hoffnungslos ineinander verheddert hatte.

Etwas abseits hinter den Büschen stand Pony und trieb Greystone vorwärts, um das Seil gespannt zu halten, während ein Goblin nach dem anderen darüber fiel. Das eine Ende hatte sie an dem Baumstumpf festgemacht und dann das Seil quer durchs Gras gezogen bis zu den Bäumen auf der anderen Seite. Dabei hatte sie sorgfältig darauf geachtet, daß es in der richtigen Höhe verlief, nämlich genau unterhalb der Knie eines Goblin. Das andere Ende hatte sie zuerst unter einer freiliegenden Wurzel hindurchgezogen, bevor sie es an ihrem Pferd festgebunden hatte, damit das Rucken Greystone nicht unmittelbar traf. Und nun hielt der kraftvolle Hengst das Seil straff gespannt.

Auf diese Weise konnten die Bogenschützen in der Wagenburg in Ruhe auf relativ unbewegliche Ziele anlegen, und ihre nächste Salve zeigte schon weitaus mehr Wirkung. Die Goblins hatten unterdessen damit zu tun, sich wieder aufzurappeln und von neuem Schwung zu holen, und das kaum vierzig Schritt von den Schützen entfernt.

Wenn auch die Kaufleute und ihre Wachen keine richtigen Krieger waren, so waren sie doch nicht dumm, und etliche sparten ihre Pfeile für jeden Goblin auf, der sich zu nah heranwagte. Und da die Ungeheuer bunt durcheinandergewürfelt auf die Wagen zustolperten, immer ein oder zwei auf einmal, und nichts mehr von dem beängstigenden Anblick einer wilden Horde an sich hatten, konnten die Schützen ruhig zielen, so daß die meisten ihrer Pfeile ihr Ziel nicht verfehlten.

Pony wußte, daß ihre Arbeit hier erledigt war. Und so holte sie mit ihrem Schwert aus und machte Greystone los. Dann wendete sie das Pferd und wollte sich eigentlich mit den Goblins befassen, die noch versuchten, wieder auf die Beine zu kommen. Doch dann sah sie ihren Liebsten oben auf dem Berg, umgeben von einer ganzen Horde, und während sie dem Bedürfnis widerstand, ihre Zaubersteine hervorzuholen, gab sie dem Hengst die Sporen und jagte den Hang hinauf.

Als sich der größte Teil der Goblin-Horde unter Zurücklassung einiger Toter hinter den Bergkamm zurückgezogen hatte, konnte sich Juraviel seine Ziele großzügiger aussuchen. Zuerst konzentrierte er sich auf die unmittelbare Umgebung des Hüters, aber als den Goblins langsam das ganze Ausmaß des Desasters klar wurde, machten etliche auf dem Absatz kehrt und versuchten über den Bergkamm zu entkommen. Dabei liefen sie in unvermindertem Tempo direkt unter dem Standort des Elfen entlang.

Juraviels Bogen sirrte ohne Unterlaß, ein Pfeil nach dem anderen spießte die panisch flüchtenden Ungeheuer auf. Er schoß auf jeden, der ihm unter die Augen kam, und sein Köcher war schon fast leer, als einer der Kerle unvermittelt am Fuß des Baumes stehenblieb und zu ihm hinaufzeigte.

Sofort jagte ihm Juraviel einen Pfeil in seine häßliche Fratze, so daß er neben seinem toten Kumpan zu Boden fiel. Dann erlegte er noch zwei andere, die angerannt kamen, um nachzusehen, warum ihr Mitstreiter so herumschrie.

Juraviel griff mechanisch hinter sich in seinen Köcher, um festzustellen, daß er nur noch einen Pfeil übrig hatte. Achselzuckend schoß er auch diesen ab und hängte dann den Bogen über die Ausbuchtung eines Astes; dann zog er sein zierliches Schwert heraus, stieg weiter hinunter und wartete auf den richtigen Augenblick, um zuzuschlagen.

Doch dann sah er, daß sich die Schlacht bereits ihrem Ende näherte, denn mehr als zwanzig Goblins lagen tot am Berghang, weitere zwanzig schrumpften zusehends im Sperrfeuer der Karawane zusammen, etliche waren auf dem Rückzug über den Bergkamm, und eine beträchtliche Anzahl machte sich den Berg hinunter in Richtung Osten aus dem Staube. Bei diesem Anblick wurde Juraviel zunehmend zuversichtlich, denn das waren die alten, feigen Goblins, wie er sie kannte, der Gegner, den das geringste unerwartete Ereignis völlig aus dem Tritt brachte. Die Goblins, die trotz aller zahlenmäßigen Überlegenheit über die Menschen und Elfen doch nie eine ernsthafte Gefahr dargestellt hatten.

Der Eifer, mit dem sich die Goblins zunächst auf den vor ihnen auftauchenden Krieger gestürzt hatten, legte sich schnell, als Nachtvogels glühende Schwertspitze einen nach dem andern durchbohrte.

Als er sich plötzlich von fünfen umringt sah, machte er einen großen Satz nach vorn, dann, als er sah, daß sie vor ihm zurückwichen, änderte er schnell die Richtung und schlug mit einem kräftigen Rundumschlag seines Schwertes einem die Keule und einem anderen den Speer aus der Hand. Mit der vollkommenen Körperbeherrschung jahrelanger Übung wich er jetzt vor den von hinten Nachdrängenden zur Seite aus und landete anschließend einen zielsicheren Treffer im Brustkorb eines verblüfften Angreifers.

Als dieser fiel, wobei er in vergeblichem Bemühen, den Blutstrom einzudämmen, nach der Wunde griff, holte sich sein Kamerad den Speer zurück und schleuderte ihn dem Hüter entgegen.

Der Wurf war gut gezielt, genau auf Nachtvogels Kopf, doch dieser duckte sich kurz, und da blitzte auch schon Sturmwind auf und lenkte das Geschoß ab, das nun über seine Schulter hinweg in die hinter ihm aufmarschierte Menge sauste, so daß diese in wilder Panik auseinander stob und dem Hüter mehr Zeit für seinen nächsten Angriff verschaffte.

Der nunmehr unbewaffnete Speerwerfer riß in hilfloser Abwehr die Arme hoch, doch Sturmwind blitzte dreimal kurz hintereinander auf und schlitzte erst den einen Arm auf, bohrte sich dann in die andere Schulter und anschließend mitten in die Kehle.

Wieder fuhr Nachtvogel herum, gerade rechtzeitig, um den Angriff der restlichen drei abzuwehren, und wandte sich im nächsten Moment schon wieder zwei weiteren zu, die ihn anstelle ihrer gefallenen Kameraden umringten, diesmal jedoch sichtlich weniger geneigt, den ersten Schritt zu wagen.

Nachtvogel aber wirbelte weiter herum und hielt seine Abwehr in alle Richtungen aufrecht. Dabei ließ er hin und wieder sein Schwert aufblitzen, nicht um einen Treffer zu landen, sondern um die Goblins zu reizen, denn er wollte sie in Sicherheit wiegen und dazu verleiten, Fehler zu machen. Doch plötzlich überlegte er es sich anders, und ein zufriedenes Lächeln, das den Goblins ausgesprochen unheimlich war, breitete sich auf seinem Gesicht aus.

Sekunden später verstanden sie seine Aufgeräumtheit, als Greystone donnernd in ihre Mitte pflügte und Ponys Schwert auf sie herabfuhr. Sie eilte zu ihrem Liebsten und wollte ihm die Hand reichen, um ihn hinter sich aufs Pferd zu ziehen.

Doch der Hüter winkte ihr zu, abzusteigen und am Kampf teilzunehmen.

Pony wartete, bis zwei weitere Goblins vor Greystones Hufen die Flucht ergriffen, sprang ab und gab dem Pferd einen Klaps, bevor sie kräftig Anlauf nahm.

Ein Goblin stand mit gezücktem Schwert zwischen ihr und Nachtvogel.

Doch Pony war viel zu schnell. Sie duckte sich kurz und schlug dem Goblin dann mit aller Kraft das Schwert aus der Hand, so daß es zusammen mit ein paar Fingern hoch in die Luft flog. Dann lief sie weiter neben dem Kerl her und bohrte ihm ihre Klinge mitten durch den Brustkorb.

Der Goblin kreischte und zappelte herum, bis Pony ihr Schwert wieder herauszog und mit der blutigen Klinge weiter wild um sich schlug.

Auch Nachtvogel war in der Zwischenzeit nicht untätig gewesen und hatte Pony verbissen den Weg freigekämpft.

Innerhalb weniger Sekunden standen die beiden Rücken an Rücken.

»Ich dachte, du würdest unten am Berg bleiben und auf die Kaufleute aufpassen«, sagte Nachtvogel und schien nicht begeistert darüber, daß Pony zu ihm heraufgekommen war.

»Und ich dachte, es wäre höchste Zeit, einmal auszuprobieren, was du mir beigebracht hast«, erwiderte sie gelassen.

»Hast du die Steine zur Hand?«

»Die brauchen wir nicht.«

Die Entschiedenheit, mit der sie das sagte, beruhigte den Hüter und ließ sogar ein Lächeln über sein Gesicht huschen.

Die Goblins umringten sie und versuchten die Stärke der beiden abzuschätzen. Ihre zahlreichen toten Kameraden, die um sie herumlagen, erinnerten sie lebhaft an die Folgen irgendwelcher voreiligen Attacken. Andererseits waren sie Pony und Nachtvogel zahlenmäßig noch immer um mehr als das Fünffache überlegen.

Jetzt heulte einer der Kerle auf und schleuderte einen Speer auf Pony. Doch schon blitzte ihr Schwert auf und lenkte das Geschoß über ihre Schulter hinweg ab, so daß es fast seine ganze Schlagkraft einbüßte. Sie brauchte gar keinen Schrei auszustoßen, denn Nachtvogel spürte ihre Muskelbewegungen in seinem Rücken so deutlich, als hätte er sie selbst ausgeführt. Als der Speer über Ponys Schulter flog, drehte er sich halb um und fing ihn mit einer flinken Handbewegung auf. Dann stieß er ihn, ohne die Bewegung zu unterbrechen, einem Goblin, der sich zu nah herangewagt hatte, mit voller Wucht in den Brustkorb.

»Wie hast du das denn angestellt?« fragte Pony, obwohl sie sich nicht einmal umgedreht hatte.

Nachtvogel schüttelte lediglich den Kopf, und Pony spürte es und schwieg ebenfalls. Sie standen nach wie vor Rücken an Rücken, und es war ein Gefühl, als würden sie miteinander verschmelzen; ihre Muskeln entwickelten ein so vollkommenes Zusammenspiel, als könnten sie miteinander reden, und Pony griff jede einzelne Bewegung ihres Gefährten auf.

Auch der Hüter konnte es spüren, und er fand diese enge Verbundenheit wirklich erstaunlich. Doch trotz seiner logischen Bedenken ließ er sich voll und ganz auf diese eigenartige Ausweitung des Schwerttanzes ein. Und insgeheim fragte er sich, ob die Elfen überhaupt wußten, wie weit man dabei gehen konnte. Doch er tauchte sofort wieder aus seiner Grübelei auf, denn die Goblins wurden jetzt nervös, ein paar kamen näher, einer hielt einen Speer abwurfbereit in die Höhe, was den andern, die den ersten Versuch beobachtet hatten, gar nicht behagte.

Jetzt spürte Pony, daß sie sich nach links wenden sollte, und ein kurzer Blick in diese Richtung zeigte ihr den Grund: Ein besonders fetter Goblin konnte eine empfindliche Lektion gebrauchen. Sie atmete tief durch und verbannte jeden Zweifel aus ihren Gedanken, denn sie wußte, daß Zweifel zum Zögern führten, und jedes Zögern konnte verhängnisvoll sein. Das war es, was sie bei ihrem allmorgendlichen Ritual lernen sollte, sagte sie sich, diesem Tanz, der ein ebenso enges Zusammenspiel erforderte wie die Liebe, und jetzt würden sie ihr gegenseitiges Vertrauen auf die Probe stellen.

Nachtvogel spürte, wie sich ihre Rückenmuskeln anspannten, dann machte sie plötzlich einen Satz nach vorn, und gleichzeitig stieß er sich ab und machte einen kompletten Schwenk in die andere Richtung, so daß die beiden Goblins völlig unerwartet in die Lücke hineinrannten. Während der zunächst stehende Goblin noch mit seinem Speer auf Pony zielte, sauste Sturmwind schon hernieder und hackte ihm beide Arme an den Ellbogen ab.

Der zweite schaffte es immerhin noch, seine Keule vor sich hinzuhalten, doch der Hüter schlug sie einfach entzwei und bohrte dem Kerl seine Klinge in den Bauch.

Pony war kampfbereit, und wieder rannten die Goblins drauflos und in ihr herabsausendes Schwert hinein. Einer fiel zu Boden und griff nach seiner aufgeschlitzten Kehle, während zwei andere hastig das Weite suchten.

Dann standen Pony und Nachtvogel wieder Rücken an Rücken, in perfekter Abwehr und vollkommener Übereinstimmung.

Von den Bäumen herab sah Belli'mar Juraviel zufrieden zu, wie Symphony Greystone in Sicherheit brachte. Schon oft hatte der Elf beobachtet, wie klug dieses Pferd war, und doch begeisterte es ihn jedesmal aufs neue.

Noch tiefer war er jedoch von dem Schauspiel beeindruckt, das sich vor seinen Augen abspielte, als er zu seinen beiden Freunden hinabblickte und sah, wie sich Pony und Nachtvogel in vollkommener Harmonie der Bewegungen gegenseitig ergänzten. Für die Touel'alfar war der Schwerttanz eine ganz persönliche Sache, die Meditation eines Kämpfers, doch als er die beiden jetzt beobachtete, verstand er sehr schnell, warum Nachtvogel ihr diesen Tanz beigebracht hatte und warum sie ihn gemeinsam ausführten.

Tatsächlich verschmolzen Pony und Nachtvogel in diesem Augenblick auf dem grasbewachsenen Hang – der sich alsbald vom Blut der Goblins rot färbte – miteinander und wurden zu einem einzigen Krieger.

Juraviel wurde klar, daß auch er jetzt nicht untätig sein durfte, sondern seinen Bogen in den Dienst seiner Freunde stellen mußte. Allerdings schienen sie seine Hilfe kaum nötig zu haben, denn sie arbeiteten so flüssig Hand in Hand, daß die Goblins um sie herum immer weiter zurückwichen und ihre Zahl zusehends abnahm.

Juraviel mußte sich gewaltsam von dem Anblick losreißen, um einen Pfeil abzuschießen, der einen Goblin genau im Genick traf.

Der Ring um Pony und Nachtvogel lichtete sich beträchtlich, und immer mehr Goblins machten kehrt und liefen davon. Während Pony noch einen erwischte, streckte der Hüter einen anderen nieder, der dummdreist von hinten auf sie losgegangen war, nachdem sie sich umgedreht hatte. Doch dann schien der Kampf zum Stillstand zu kommen, denn keines der Ungeheuer wagte sich noch in ihre Reichweite.

Nachtvogel spürte, wie die Angst und Anspannung ihrer Gegner wuchsen, und sah, wie die Goblins sich immer häufiger umschauten und nach einer Fluchtmöglichkeit Ausschau hielten. Er wollte Pony erklären, daß der Kampf jetzt in sein kritisches Stadium eintrat, doch sie fiel ihm ins Wort und sagte einfach nur: »Ich weiß.«

Und sie wußte wirklich Bescheid, das erkannte Nachtvogel an ihren Muskelbewegungen, als sie sich duckte und zum Sprung ansetzte.

Die Speere flogen ihnen völlig ungeordnet entgegen. Der erste Goblin schleuderte seinen Speer, machte kehrt und rannte davon. Dann folgte ein Schwarm von Geschossen, der die Flucht der restlichen Ungeheuer decken sollte.

Nachtvogel und Pony fuhren herum und duckten sich, dann ließen sie etliche Geschosse an ihren Schwertern abprallen.

Nachdem sie den Beschuß unbeschadet überstanden hatten, stürzten sie sich sofort auf die am nächsten stehenden Goblins und stachen sie nieder. Jetzt arbeiteten die beiden nicht mehr gemeinsam, doch die Goblins taten das ebensowenig, und so kämpfte jeder einzeln. Pony schwang ihr Schwert so lange über ihrem jeweiligen Gegner, bis sie eine Lücke fand, und stach dann gezielt zu.

Nachtvogel dagegen ging eher mit reiner Körperkraft zu Werke als mit Raffinesse. Mit brachialer Gewalt schlug er zumeist die zur Abwehr in die Höhe gehaltene Waffe und den Goblin auf einen Streich nieder. Dabei schnellte er vor und zurück, sprang zur Seite und drehte sich um sich selbst. Die in Panik geratenen Goblins versuchten gar nicht erst einen koordinierten Angriff, und so starben sie schnell einer nach dem anderen.

Die paar, die es den Hügel hinauf bis zu der Baumreihe schafften, erwartete dort bereits ein weiterer Gegner. Ein zierliches Wesen, kaum so groß wie ein Goblin, in der Hand ein Schwert, so schmal, daß es eher wie ein Eßbesteck anmutete.

Der vorderste Goblin, der glaubte, ein Menschenkind vor sich zu haben, machte einen Schlenker, um einen schnellen Treffer zu landen.

Doch Juraviels Schwert traf die Spitze der feindlichen Klinge dreimal hintereinander in so schneller Folge, daß der Goblin gar keine Zeit hatte zu reagieren. Und bei jedem Mal rückte der Elf ein Stückchen weiter vor, bis er beim vierten Schritt dem verblüfften Goblin fast vor der Nase stand.

Und wieder blitzte das Elfenschwert dreimal hintereinander auf und bohrte drei Löcher in den Brustkorb des Gegners.

Schon stürzte sich Juraviel auf den nächsten, der die Arme hochriß, denn er hatte keine Waffe mehr.

Belli'mar Juraviel von den Touel'alfar aber kannte kein Erbarmen mit einem Goblin.

Die Schlacht am Hang fand ungefähr zur gleichen Zeit ihr Ende wie die unten bei den Wagen. Der erste Haufen der Goblins, den Pony in die Falle gelockt hatte, fiel bis auf den letzten Mann, ohne die Wagenburg überhaupt erreicht zu haben.

Doch es blieb noch ein Grüppchen übrig, das auf der Straße gen Osten aus dem Tal hinauslief.

Pony erspähte Juraviel als erste. Er saß vollkommen ruhig auf einem niedrigen Ast und wischte mit einem Fetzen Goblin-Kleidung sein blutiges Schwert ab.

»Ich hab vier vorbeikommen sehen«, rief er den beiden zu. »Sind Hals über Kopf die andere Seite des Hügels hinuntergerannt.«

Nachtvogel pfiff, doch Symphony war bereits bei ihm, bevor er einen Ton von sich gegeben hatte.

»Willst du nicht ein paar laufenlassen, damit sie die Legende von Nachtvogel weitererzählen?« zog ihn Pony auf, als er nach dem Sattel griff. Im Krieg in den Nordlanden hatte Nachtvogel häufig ein oder zwei Ungeheuer entwischen lassen, damit sich sein Name mit Schaudern verbreitete.

»Diese Goblins richten bloß noch mehr Unheil an«, erklärte der Hüter und schwang sich aufs Pferd. »Es gibt hier zu viele Unschuldige, die darunter zu leiden hätten.«

Pony sah ihn fragend an und überlegte mit einem Blick auf Greystone, ob sie ihn begleiten sollte.

»Behalte die Kaufleute im Auge«, sagte der Hüter. »Wahrscheinlich brauchen sie deine Heilkräfte.«

»Wenn ich sehe, daß einer von ihnen sonst sterben wird, benutze ich den Seelenstein«, meinte Pony.

Der Hüter war damit einverstanden.

»Und was ist mit denen da?« fragte Pony und zeigte auf die Horde, die in Richtung Osten flüchtete. Es waren mindestens zwanzig, vielleicht sogar dreißig.

Der Hüter sah ihnen nach und grinste. »Es sieht ganz so aus, als ob die Mönche jetzt auch in der Sache mit drinstecken«, sagte er. »Wenn nicht, jagen wir die Bande, wenn wir hier fertig sind. Unser Weg führt sowieso nach Osten.«

Noch ehe Pony nicken konnte, war er auf und davon und jagte den Hang hinauf und auf der Rückseite wieder hinab, während er seinen Bogen bereithielt. Als er den ersten Goblin durchs hohe Gras rennen sah, setzte er ihm nach und zog sein Schwert. Doch dann sah er den zweiten, der genau in die andere Richtung lief. Die Gruppe hatte sich also zerstreut.

Keine Zeit für Sturmwind, sagte sich der Hüter und brachte den Bogen in Anschlag.

Am Ende blieben nur drei Pfeile übrig.

12. Blutgier

»Wenn wir uns im Gebet vereinen, wird die Faust Gottes sie alle mit einem Blitzstrahl vernichten«, schlug ein junger Mönch vor, der auch an der Reise zum Berg Aida und somit am Gefecht vor dem Dorf der Alpinadoraner teilgenommen hatte.

Meister De'Unneros stechende Augen wurden schmal, als er den Mönch sah und das zustimmende Kopfnicken der Umstehenden, die alle die Geschichte vom großartigen Sieg im Norden gehört hatten und von den funkensprühenden Fingern, die aus den Reihen der Mönche hinabgefahren waren und den Gegner in die Knie gezwungen hatten.

Und da war noch etwas anderes, was sie beflügelte, sagte sich De'Unnero. Die Angst. Sie wollten einen sauberen und schnellen Schlag gegen die anrückende Goblin-Truppe führen, denn sie fürchteten sich vor einem Handgemenge mit diesen relativ unbekannten Wesen. Der Möchtegern-Abt baute sich drohend vor dem Mann auf, so daß diesem alles Blut aus dem Gesicht wich.

»Nur Meister Jojonah wird Magie anwenden«, bellte er und bewegte den Kopf ruckartig hin und her, so daß alle sein Gesicht sehen konnten und keiner es wagte, ihm zu widersprechen. »Er ist zu alt und zu gebrechlich, um zu kämpfen.«

Jojonah sah den elenden Kerl an und verspürte das unwiderstehliche Bedürfnis, ihm das Gegenteil zu beweisen.

»Und was die übrigen von uns angeht«, brüllte De'Unnero, »so wollen wir das hier als eine gute Übung betrachten. Vielleicht stehen uns ja auch in Palmaris noch Gefechte bevor.«

»Das könnte eine tödliche Übung werden«, mischte sich Meister Jojonah ein, und seine ruhige, leise Stimme unterstrich noch den sarkastischen Tonfall.

»Um so besser!« erwiderte De'Unnero, und als er sah, wie Jojonah den Kopf schüttelte, stürmte er auf ihn zu und baute sich mit verschränkten Armen vor ihm auf.

Nicht jetzt, ermahnte sich Meister Jojonah insgeheim, denn er wollte De'Unnero nicht noch mehr reizen. »Ich bitte Euch, laßt uns diese Sache kurz und bündig erledigen«, sagte er. »Mit einem einzigen gemeinsamen Blitzschlag. Und dann wollen wir nachsehen, wer hinter diesem Spektakel steckt.« Er zeigte auf die schwarze Rauchwolke hinter De'Unnero, die noch immer in der Luft hing.

Als Antwort händigte ihm De'Unnero ein Stück Graphit aus, einen einzigen Stein. »Gebraucht ihn gut, Bruder!« sagte er. »Aber nicht zu gut, denn ich möchte, daß mein neues Gefolge sich ordentlich im vergnüglichen Kampfgetümmel üben kann.«

»Vergnügliches Kampfgetümmel?« murmelte Jojonah leise, als De'Unnero wieder davonstürzte und den andern zurief, sie sollten ihre Armbrüste bereithalten. Der alte Meister konnte nur ungläubig den Kopf schütteln. Dann rieb er den Graphit in seiner Handfläche. Er gedachte die Goblins möglichst schnell und hart anzugreifen und zu töten oder in die Flucht zu schlagen, damit nur wenige der jungen Mönche – wenn überhaupt – den Kampf aufnehmen mußten. Als die vorausgehenden Späher das Näherrücken der Goblins meldeten, rieb er den Stein kräftiger, denn er konnte dessen magische Kräfte nicht spüren.

Der Meister ließ sich in tiefe Versenkung fallen und suchte nach dem magischen Ort in sich selbst, an dem Gott wohnte. Er versuchte, nicht mehr an De'Unnero zu denken, denn er befürchtete, daß solche negativen Gedanken die Wirkung beeinträchtigen könnten. Er rieb den Graphit in seinen Fingern und spürte jede einzelne Vertiefung.

Doch sonst spürte er gar nichts. Als Jojonah wieder die Augen öffnete, war er allein auf der Straße. Erschrocken blickte er um sich und wurde dann etwas ruhiger, als er sah, daß De'Unnero mit den andern in den seitlichen Büschen in Deckung gegangen war. Jetzt kamen die ersten Goblins an einer Wegbiegung in Sicht. Jojonah sah ungläubig auf den Graphit hinab und fühlte sich betrogen.

Die Goblins drängten vorwärts, und ihr Rückzug verwandelte sich in einen rasenden Angriff.

Jojonah hob den Arm und schloß die Augen, während er die Kräfte des Steins beschwor.

Doch nichts tat sich, kein Blitz, nicht einmal ein Funke brach hervor, und die Goblins kamen immer näher. Jojonah machte noch einen Versuch, doch vergebens. Da begriff er, daß dieser Stein gar nicht verzaubert war, sondern ein ganz gewöhnlicher Felsbrocken. Angst erfaßte Jojonah. Sicher wollte De'Unnero ihn hier auf der Straße sterben lassen. Er war ein alter Mann, der keine Waffe hatte und nicht mehr kämpfen konnte. Er stieß einen Schrei aus, machte kehrt und humpelte davon, so schnell ihn seine dicken Beine trugen.

Hinter sich hörte er die Goblins jaulend näher kommen, und er rechnete jeden Augenblick damit, daß ihn ein Speer im Rücken treffen würde.

Aber dann eröffneten De'Unnero und die Brüder den Angriff auf die Goblin-Horde; die Mönche sprangen aus den Büschen hervor und feuerten mit ihren schweren Armbrüsten, die dafür gedacht waren, Pauris oder sogar Riesen auf Anhieb niederzustrecken. Dicke Pfeile bohrten sich ins Fleisch der Goblins und rissen große Löcher in die dürren Gestalten, manchmal fuhren sie sogar noch in den Dahinterstehenden hinein. Das Pack sprang kreischend herum, und ihr Kriegsgeheul wurde schnell von Überraschungs- und Todesschreien abgelöst.

Jojonah verlangsamte seinen Schritt und wagte einen Blick zurück. Er sah, daß die Hälfte der Goblins am Boden lag, einige wanden sich noch, andere waren bereits tot, und Meister De'Unnero war inmitten der andern aus dem Gebüsch auf die Straße gesprungen. De'Unnero hatte sich jetzt in eine perfekte Tötungsmaschine verwandelt. Er sprang hin und her, und seine ausgestreckten Finger fuhren durch die Kehle eines Goblins. Als ihm ein anderer seine Keule über den Kopf schlagen wollte, fuhr er herum und fing den Schlag mit über dem Kopf gekreuzten Armen ab. Dann riß er dem verdutzten Goblin blitzschnell die Keule aus den Händen und schlug sie dem Kerl mehrmals heftig ins Gesicht.

Danach lief De'Unnero weiter, schlug mit der Keule einen Speer beiseite und ging dann noch einmal auf den ersten los, der schon schwankte, und schickte ihn zu Boden.

Nun wandte er sich erneut um und schleuderte die Keule auf den Speerwerfer; dann folgte er mit einem Satz dem Flug des Speers und lenkte die Spitze ab, während er mit der freien Hand harte Schläge auf Gesicht und Kehle des Goblins niederprasseln ließ.

Jetzt waren auch die anderen Mönche auf der Straße und

überwältigten die Goblins und trieben sie auseinander. Ein paar der Ungeheuer wollten sich jaulend in die Büsche schlagen, aber De'Unnero hatte noch ein paar seiner Krieger dort zurückgelassen, und diese warteten schon mit ihren mächtigen Armbrüsten auf sie.

Dann, als die Goblin-Horde schon in alle Richtungen auseinanderstob, kam vielleicht der schlimmste Schlag, denn der brutale De'Unnero ließ sich in seinen speziellen Stein, die Tigertatze, hineinfallen, und seine Arme, bereits in die riesigen Mordwerkzeuge des Raubtiers verwandelt, krallten sich in die nächstbesten Goblins.

Noch ehe Meister Jojonah die anderen erreicht hatte, war alles vorbei. Als er schnaufend ankam, befand sich De'Unnero in einer nahezu euphorischen Stimmung, rannte aufgeregt vor den jungen Mönchen auf und ab, klopfte ihnen begeistert auf die Schulter und war völlig aus dem Häuschen über ihren großartigen Sieg.

Nur wenige Mönche lagen am Boden, und den am schlimmsten Verwundeten hatte ein Irrläufer aus der Armbrust eines Kameraden auf der anderen Straßenseite getroffen, der nicht achtgegeben hatte, in welche Richtung er schoß. Es waren noch etliche Goblins am Leben, die jedoch nicht in der Verfassung waren, noch weiterzukämpfen, und einige waren entwischt und rannten in wilder Panik quer über die Felder zu beiden Seiten der Straße.

De'Unnero schien das alles nicht zu kümmern. Statt dessen sah er Jojonah mit breitem Grinsen an.

»Es hätte auch nicht schneller gehen können, wenn wir mit Magie zu Werke gegangen wären«, sagte der Möchtegern-Abt.

»Das hattet Ihr offensichtlich auch nie vor, von Eurem persönlichen Stein einmal abgesehen«, erwiderte Jojonah scharf und warf ihm den nutzlosen Stein zu. »Ich lasse mich nicht gern zum Narren halten, Meister De'Unnero«, fügte er hinzu.

Der andere blickte in die Runde der jungen Mönche, und Jojonah entging nicht sein verschlagenes Grinsen. »Ihr habt eine wichtige Rolle gespielt«, hielt ihm De'Unnero entgegen und machte sich nicht einmal die Mühe, ihn zurechtzuweisen, weil er ihn nur als Meister betitelt hatte.

»Mit einem echten Stein hätte ich weit mehr ausrichten können.«

»Ganz und gar nicht«, sagte De'Unnero. »Euer Blitzschlag hätte vielleicht ein paar getötet, aber der Rest hätte sich zerstreut, und wir hätten es nur noch schwerer gehabt.«

»Es sind etliche entkommen«, erinnerte ihn Jojonah.

Doch De'Unnero meinte nur wegwerfend: »Nicht genug, um wirklich Unheil zu stiften.«

»Ihr wolltet mich also davonlaufen sehen.«

»Um sie zu ködern«, erwiderte De'Unnero.

»Mit einem Meister von St. Mere-Abelle?« fragte Jojonah nachdrücklich, denn ihm waren die tatsächlichen Beweggründe De'Unneros völlig klar. Der Mann hatte ihn vor den jungen Mönchen lächerlich gemacht, um selbst besser vor ihnen dazustehen. Während Jojonah wie ein Hasenfuß davongelaufen war, hatte sich De'Unnero mitten unter die Feinde gestürzt und mindestens fünf von ihnen umgebracht.

»Vergebt mir, Bruder«, sagte De'Unnero scheinheilig. »Aber Ihr seid der einzige, der gebrechlich genug ist, um die Goblins hereinzulegen. Vor einem jüngeren, kräftigen Mann wie mir hätte wahrscheinlich die ganze Truppe die Flucht ergriffen.«

Jojonah verstummte und sah den Mann scharf an. Solch ein Verhalten, einen Abellikaner-Meister derart hereinzulegen, das war ein Fall, den man an höherer Stelle vorbringen konnte, mit dem Ergebnis, daß De'Unnero für seine Vermessenheit hart bestraft würde. Aber an welche höhere Instanz hätte er sich wenden sollen? Etwa an Vater Markwart? Wohl kaum.

Für heute hatte De'Unnero gesiegt, sagte sich Jojonah, aber er beschloß in diesem Augenblick, daß er noch einen langen Kampf gegen De'Unnero austragen würde.

»Den Hämatit, bitte!« sagte er dann. »Wir haben Verwundete, die behandelt werden müssen.«

De'Unnero blickte um sich und schien nicht sehr beeindruckt von der Schwere der Verwundungen, doch er warf Jojonah den Stein zu. »Da sieht man doch wieder mal, wozu Ihr gut seid«, meinte er.

Jojonah wandte sich ab und ließ ihn stehen.

»Du hast es ihr beigebracht«, sagte Juraviel, der auf einem Baum hockte, vorwurfsvoll, als Elbryan nach erfolgreich beendeter Jagd zum Berg zurückkehrte.

Der Hüter brauchte den Elfen gar nicht erst zu fragen, was er meinte, denn er wußte genau, daß Juraviel ihm und Pony zugeschaut hatte, und ihm war klar, daß zwei Menschen ohne den Schwerttanz niemals einen solchen Grad von Übereinstimmung erreichen konnten. Er erwiderte nichts und überhörte den Vorwurf einfach. Als er zu der Wagenburg hinunterblickte, sah er Pony, die sich um die Kaufleute kümmerte.

Juraviel stieß einen tiefen Seufzer aus und lehnte sich zurück an den Baumstamm. »Gib es doch wenigstens zu!« sagte er.

Der Hüter starrte den Elfen ungläubig an. »Zugeben?« meinte er. »Du tust ja so, als hätte ich etwas verbrochen.«

»Hast du das denn nicht?«

»Hat sie es etwa nicht verdient?« erwiderte Elbryan und machte eine Handbewegung in Richtung der Wagen.

Das besänftigte den Elfen etwas, aber er ließ trotzdem nicht locker. »Entscheidet Elbryan jetzt darüber, wer es verdient und wer nicht?« meinte er. »Dann ist also Elbryan jetzt der Lehrmeister anstelle der Touel'alfar, die *Bi'nelle dasada* schon beherrschten, als die Welt noch jung war?«

»Nein«, sagte der Hüter grimmig. »Nicht Elbryan, sondern der Nachtvogel.«

»Das ist ziemlich anmaßend!« sagte Juraviel.

»Ihr habt mir diesen Titel gegeben.«

»Wir haben dir das Leben gegeben und noch mehr«, erwiderte der Elf. »Sieh dich vor, daß du diese Geschenke nicht mißbrauchst, Nachtvogel. Lady Dasslerond würde eine solche Beleidigung niemals hinnehmen.«

»Beleidigung?« echote der Hüter, als fände er die ganze Sache lächerlich. »Du vergißt wohl, in was für einer Situation wir uns befanden? Pony und ich hatten gerade den Geflügelten vernichtet, und jetzt mußten wir uns durch Horden von Ungeheuern hindurchkämpfen, bloß um nach Dundalis zu gelangen. Und da, jawohl, da habe ich mein Geschenk mit ihr geteilt, zu unser beider Wohl, so wie sie das Geschenk, das ihr Avelyn gemacht hat, mit mir geteilt hat.«

»Sie hat dir beigebracht, wie man mit den Steinen umgeht«, sagte der Elf.

»Ich kann nicht annähernd so gut damit umgehen wie sie«, räumte der Hüter ein.

»Und sie kann nicht annähernd so gut kämpfen wie du«, sagte der Elf.

Elbryan wollte eine spitze Bemerkung machen, denn er konnte es nicht zulassen, daß man Pony beleidigte, noch dazu auf so lächerliche Weise, aber Juraviel sprach gleich weiter.

»Und doch ist ein Mensch, der sich mit so vollkommener Anmut bewegen und einen, den die Touel'alfar ausgebildet haben, so wunderbar ergänzen kann, wahrhaftig eine Seltenheit«, fuhr der Elf fort. »Jilseponie tanzt geradezu, als wäre sie jahrelang in Caer'alfar gewesen.«

Da glitt ein Lächeln über Elbryans Gesicht. »Sie hat bei dem Meister gelernt«, sagte er grinsend.

Juraviel überhörte die scherzhafte Prahlerei. »Du hattest recht«, sagte der Elf entschieden. »Wahrhaftig, wenn es je ein Mensch verdient hat, dann Jilseponie.«

Zufrieden schaute der Hüter ins Tal hinab nach Osten. »Ein größerer Haufen ist da entlanggerannt«, meinte er.

»Wahrscheinlich sind sie den Mönchen direkt in die Arme gelaufen.«

»Es sei denn, die Mönche haben es vorgezogen, sich zu verstecken und die Goblins vorbeizulassen«, sagte Elbryan.

Juraviel verstand den Wink. »Geh zu deiner Mitstreiterin, und kümmer dich um die Kaufleute«, sagte er. »Ich werde inzwischen feststellen, was aus unseren Goblins geworden ist.«

Der Hüter lenkte Symphony den Hügel hinab zu den Wagen. Ein verängstigter Mann hob abwehrend seine Waffe, doch ein anderer versetzte ihm einen Schlag in die Seite.

»Du Trottel!« sagte er. »Der da hat gerade dein jämmerliches Leben gerettet und eigenhändig die Hälfte der Goblins umgebracht!«

Der Mann ließ die Waffe sinken und machte ein paar alberne Verbeugungen. Elbryan lächelte nur und dirigierte Symphony ins Innere der Wagenburg, wo er Pony sofort entdeckte. Er ließ sich vom Pferd gleiten und übergab die Zügel einer jungen Frau, fast noch ein Kind, die beflissen herbeieilte.

»Es gibt viele Schwerverwundete«, erklärte Pony, und tatsächlich war sie gerade mit einem Mann beschäftigt, der aussah, als würde er nicht überleben. »Aus dem vorherigen Kampf, nicht aus diesem.«

Elbryan schaute auf und wandte den Blick besorgt gen Osten. »Ich fürchte, die Mönche sind nicht mehr weit«, sagte er leise. Als er wieder nach unten blickte, sah ihn Pony mit großen Augen erwartungsvoll an und kaute auf ihrer Oberlippe herum. Er wußte genau, was sie vorhatte, ob er nun versuchte, es ihr auszureden oder nicht, und merkte, daß sie nur auf seine Zustimmung wartete.

»Sei vorsichtig mit dem Seelenstein«, bat er sie. »Verbinde die Wunde, als würdest du sie auf herkömmliche Weise behandeln, und nimm den Stein nur –« Er verstummte, denn er sah, wie sich Ponys Gesichtsausdruck veränderte. Sie hatte aus Höflichkeit auf seine Antwort gewartet, aber sie brauchte keine Anweisungen von ihm. Also nickte er nur zum Zeichen dafür, daß er ihr die Entscheidung überließ.

Dann sah er zu, wie sie den grauen Stein aus ihrem Beutel hervorholte, ihn fest in die Hand nahm und sich über den Mann beugte. Elbryan beugte sich ebenfalls hinab und begann die Wunde zu verbinden, einen klaffenden Riß in der rechten Seite des Brustkorbs, der tief zwischen die Rippen reichte, vielleicht sogar bis in eine Lunge. Der Hüter legte den Verband fest an – er wollte dem Mann nicht noch mehr Schmerzen zufügen, aber er mußte ihm doch einen Schrei entlocken, um Ponys heimliche Arbeit zu verbergen.

Der Verwundete stöhnte; Elbryan redete ihm gut zu, und dann, in Sekundenschnelle, entspannte sich der Mann und sah den Hüter entgeistert an. »Was denn?« fragte er atemlos.

»Es sah viel schlimmer aus, als es war«, flunkerte Elbryan. »Die Klinge ist nur bis zu den Rippen eingedrungen.«

Der Mann machte ein ungläubiges Gesicht, doch dann ließ er es gut sein und war einfach nur froh, daß der Schmerz weg war oder doch beinahe und er wieder atmen konnte.

Dann gingen Pony und Elbryan durch das Lager auf der Suche nach Verwundeten, die eine besondere Behandlung brauchten. Doch sie fanden nur noch ein Opfer, eine ältere Frau, die einen Schlag auf den Kopf bekommen hatte und ins Leere starrte, während ihr der Speichel aus dem Mund lief.

»Aussichtsloser Fall«, sagte ein Mann, der sich um sie kümmerte. »Ich hab's gesehen. Der Goblin hat ihr den Schädel eingeschlagen. Sie wird noch heute nacht im Schlaf sterben.«

Pony beugte sich tief hinunter und untersuchte die Wunde.

»Das muß nicht sein«, sagte sie. »Nicht, wenn wir sie ordentlich verbinden.«

Der Mann sah sie skeptisch an, sagte aber nichts, als die beiden jetzt ans Werk gingen. Elbryan legte der alten Frau den Verband an, während Pony, den Seelenstein in einer Hand versteckt, ihren Kopf hielt, als müsse sie ihm dabei helfen.

Dann schloß sie die Augen und ließ sich in den Stein fallen und dessen Heilkräfte durch ihre Finger fließen. Sie spürte einen stechenden Schmerz, ihre Hände wurden empfindlich und schwollen an, aber bei den Kämpfen im Norden hatte sie schon weitaus schlimmere Wunden behandelt.

Im nächsten Augenblick tauchte sie wieder aus der Trance auf; die Wunde hatte sich so weit zurückgebildet, daß sie nicht mehr lebensgefährlich war – da hörte sie die Rufe: »Von Osten kommen welche!«

»Goblins!« kreischte einer der Kaufleute erschrocken.

»Nein!« rief ein anderer. »Es sind Mönche. St. Mere-Abelle kommt uns zu Hilfe!«

Elbryan warf Pony einen beunruhigten Blick zu, und sie verstaute rasch den Stein.

»Ich weiß zwar nicht, wie Ihr das angestellt habt, aber Ihr habt Timmy ganz bestimmt das Leben gerettet«, sagte eine Frau und kam auf Elbryan zugerannt. Die beiden folgten ihrem Blick und sahen auf der anderen Seite den Mann mit dem Stich im Brustkorb stehen und sich lachend unterhalten.

»Es war halb so schlimm«, meinte Pony.

»Es war ein Stich in die Lunge«, sagte die Frau entschieden. »Hab ihn selbst untersucht und gedacht, er wär noch vor dem Mittagsläuten tot.«

»Ihr wart aufgeregt und verwirrt«, meinte Pony. »Und in Eile, denn Ihr wußtet ja, daß die Goblins zurückkommen würden.«

Die Frau sah sie mit einem entwaffnenden Lächeln an. Sie war älter als die beiden, Mitte dreißig vielleicht, und hatte die rauhe, aber herzliche Art einer redlichen Arbeiterin an sich, die ein hartes, aber zufriedenes Leben führte. Sie sah an den beiden vorbei zu der verwundeten alten Frau am Boden, in deren Augen sich schon wieder Leben zeigte.

»So verwirrt nun auch wieder nicht«, sagte sie freundlich. »Ich hab viel gesehen in den letzten paar Wochen, und einen

Sohn hab ich auch verloren, auch wenn meine anderen fünf Kinder, dem Himmel sei Dank, in Sicherheit sind. Sie haben mich bloß mit nach Amvoy genommen, weil ich dafür bekannt bin, daß ich die Leute immer wieder zusammenflicke.«

Der Frau entging nicht, daß die beiden sich beunruhigt ansahen.

»Ich weiß nicht, was Ihr zu verbergen habt«, meinte sie ruhig. »Aber ich bin keine Klatschbase. Ich hab Euch da oben auf dem Berg gesehen, wie Ihr für uns gekämpft habt, obwohl Ihr keinen einzigen von uns kennt, wie ich gehört hab. Ich verrate Euch jedenfalls nicht«, meinte sie augenzwinkernd und machte kehrt, um mit den anderen zuzusehen, wie die Mönche auf der Straße von Osten immer näher kamen.

»Wo ist eigentlich unser Sohn?« fragte Pony Elbryan schmunzelnd.

Der Hüter blickte um sich, obwohl Juraviel natürlich nicht in der Nähe war. »Wahrscheinlich ist er hinter den Mönchen her«, meinte er trocken. »Oder er hockt unter einer ihrer Kutten.«

Pony, die Angst hatte, die Steine könnten die Mönche angelockt haben und ihre Reise könnte damit ein vorzeitiges Ende nehmen, war froh über Elbryans Scherz. Sie hakte sich bei ihrem Liebsten unter und ging mit ihm zu den anderen.

»Ich bin Abt De'Unnero und komme aus St. Mere-Abelle, um nach St. Precious zu gehen«, hörten sie den Mönch an der Spitze sagen, einen Mann, der so viel Energie ausstrahlte, daß seine Augen förmlich glühten.

»Wer ist hier der Anführer?« Noch ehe irgend jemand antworten konnte, hatten De'Unneros Adleraugen Elbryan und Pony erspäht, die sich durch ihren Gang und ihre Waffen von den anderen abhoben.

Der Möchtegern-Abt ging auf sie zu und sah sie scharf an.

»Wir kennen diese Leute nicht viel länger als Ihr, guter Mönch«, sagte der Hüter bescheiden.

»Und Ihr habt sie so ganz zufällig getroffen?« fragte De'Unnero argwöhnisch.

»Wir haben den Rauch aufsteigen sehen, so wie Ihr es im Osten sicher auch getan habt«, antwortete Pony mit fester Stimme, die deutlich zeigte, daß sie keine Angst hatte. »Und weil wir gutmütige Leute sind, haben wir nachgesehen, ob wir vielleicht helfen können. Als wir hier ankamen, war der zweite Kampf schon in vollem Gange, und so haben wir nicht lange gezögert.«

De'Unneros schwarze Augen flackerten vor Zorn, und die beiden hatten den Eindruck, er hätte sie am liebsten für den in diesem Satz enthaltenen Vorwurf geohrfeigt. Sie hatte den Mönch ja praktisch gefragt, warum er und seine Gefährten den Kaufleuten nicht zu Hilfe geeilt waren.

»Nesk Reaches«, ertönte jetzt die Stimme eines kräftigen, gutgekleideten Mannes. Es war der, mit dem Pony bei ihrer Ankunft vor dem Kampf geredet hatte. Er eilte herbei und streckte seine linke Hand aus, denn die rechte war verbunden. »Nesk Reaches aus der Gemeinde Dillaman«, sagte er. »Die Karawane gehört mir, und wir sind froh, daß Ihr da seid.«

De'Unnero beachtete die Hand gar nicht, die der Mann ihm hinhielt, sondern musterte noch immer mit scharfem Blick Elbryan und Pony.

»Meister De'Unnero«, mischte sich jetzt ein stattlicher alter Mönch ein und trat neben den mächtigen Mann. »Sie haben Verwundete. Bitte gebt mir den Seelenstein, damit ich sie behandeln kann!«

Elbryan und Pony entging nicht das zornige Flackern, das über De'Unneros kantiges Gesicht huschte; offensichtlich paßte es ihm gar nicht, daß der andere so bereitwillig seine Hilfe anbot, noch dazu magische Hilfe. Doch er war jetzt den Kaufleuten und seinem eigenen Troß gegenüber in Zugzwang, und so griff er in seinen Beutel und holte einen Hämatit hervor.

»Abt De'Unnero!« verbesserte er.

Der dicke Mönch machte eine Verbeugung und ging an ihm vorbei, dabei streifte er Elbryan und Pony mit einem lächelnden Blick.

Pony, die den Mann ganz gut einzuschätzen wußte, wunderte sich nicht, als Nesk Reaches nun auf den Mönch zuging, seine leicht verletzte Hand in die Höhe hielt und nach Kräften mit der Wunde angab.

De'Unnero aber wollte den Kaufmann nicht so leicht davonkommen lassen. Er packte Reaches grob an der Schulter und drehte ihn zu sich herum.

»Ihr gebt also zu, daß das Eure Karawane ist?«

Der andere nickte ergeben.

»Was seid Ihr bloß für ein Narr, die Leute einer solchen Gefahr auszusetzen!« fuhr De'Unnero ihn an. »Hier laufen jede Menge Ungeheuer gierig durch die Gegend, im ganzen Land ist davor gewarnt worden, und ihr seid hier draußen, ganz allein und ohne große Bewachung.«

»Bitte, guter Vater«, stotterte Nesk Reaches. »Wir brauchten dringend Nahrungsmittel und hatten keine andere Wahl.«

»Ihr brauchtet wahrscheinlich eher Geschäfte«, meinte De'Unnero bissig. »Habt wohl gedacht, Ihr könnt schnell ein paar Goldstücke einheimsen, jetzt, wo wenig Karawanen unterwegs und die Waren teuer sind.«

Das Murren in der Menge verriet Elbryan und Pony und auch De'Unnero, daß diese Vermutung zutreffend war.

Jetzt ließ De'Unnero Nesk Reaches gehen und rief dem dicken Mönch zu: »Beeilt Euch! Wir haben schon viel zu lange hier herumgetrödelt.« Und an Reaches gewandt fügte er hinzu: »Wo wollt Ihr hin?«

»Amvoy«, stammelte der gründlich eingeschüchterte Krämer.

»Ich werde bald zum Abt von St. Precious geweiht«, erklärte De'Unnero laut.

»St. Precious?« echote Nesk Reaches. »Aber Abt Dobrinion –«

»Abt Dobrinion ist tot«, stellte De'Unnero kaltschnäuzig fest. »Und ich bin sein Nachfolger. Und, Kaufmann Reaches, ich erwarte, daß Ihr mit Eurer Karawane an der Zeremonie teilnehmt. Ja, ich bestehe sogar darauf. Und ich mache Euch darauf aufmerksam, daß Ihr gut daran tut, Euch dabei großzügig zu zeigen.«

Dann machte er kehrt und winkte den Mönchen, ihm zu folgen. »Macht schnell!« rief er Meister Jojonah im Gehen zu. »Ich will nicht den ganzen Tag mit dieser Sache verplempern!«

Elbryan nutzte die Ablenkung, um sich zu den Pferden davonzustehlen, denn ihm war eingefallen, daß Symphony auf seiner Brust einen vielsagenden Edelstein trug, der sie verraten konnte. Pony beobachtete unterdessen den dicken Mönch, der sich hingebungsvoll um die vielen Verwundeten kümmerte. Als De'Unnero mit seinem Troß verschwunden war, ging sie zu dem Mann hinüber und bot ihm an, ihm mit herkömmlichen Handreichungen wie dem Abreißen von Verbandsstreifen zu helfen.

Der Mönch betrachtete ihr Schwert und ihre blutbespritzte Kleidung. »Vielleicht solltet Ihr Euch erst einmal ausruhen«, sagte er. »Ihr und Euer Gefährte habt für heute schon genug getan nach allem, was ich gehört habe.«

»Ich bin nicht müde«, sagte Pony lächelnd, und sie mochte diesen Mann auf Anhieb ebensosehr, wie sie den anderen, De'Unnero, verabscheute. Sie konnte nicht umhin, letzteren mit Abt Dobrinion zu vergleichen, den er anscheinend ersetzen würde, und die Vorstellung jagte ihr einen Schauer über den Rücken. Dieser hier dagegen, der so hingebungsvoll ans Werk ging, um den Leidenden zu helfen, erschien ihr eher wie der frühere Abt von St. Precious, dem Pony ein paarmal begegnet war. Sie beugte sich hinab und hielt die Hand des Mannes, den der Mönch gerade behandelte; dabei drückte sie genau auf die richtige Stelle, um den Blutfluß zu stillen.

Dann bemerkte sie, daß der Mönch sie oder den Verwundeten gar nicht ansah, sondern sein Blick auf Elbryan und den Pferden ruhte.

»Wie heißt Ihr?« fragte er Pony und musterte sie.

»Carralee«, log Pony, indem sie den Namen ihrer Cousine benutzte, die bei dem ersten Goblin-Überfall auf Dundalis ums Leben gekommen war.

»Ich bin Meister Jojonah«, erwiderte der Mönch. »Es trifft sich gut, würde ich sagen, und die armen Leute haben Glück gehabt, daß wir – vor allem Ihr und Euer Gefährte – zur rechten Zeit vorbeigekommen sind.«

Pony hörte die letzten Worte kaum noch. Sie starrte Jojonah einfach nur an. Sie kannte diesen Namen, den Namen des einzigen Meisters, von dem Avelyn voller Zuneigung gesprochen hatte, des einzigen Menschen in St. Mere-Abelle, von dem er geglaubt hatte, daß er ihn verstand. Avelyn hatte nicht viel über seine Brüder in der Abtei geredet, doch eines Nachts nach etlichen »Mutmachern«, wie er seinen Schnaps nannte, hatte er ihr von Jojonah erzählt. Allein dieser Umstand hatte Pony gezeigt, wie sehr der alte Mann Avelyn ans Herz gewachsen war.

»Ihr macht das wirklich großartig, Vater«, meinte sie, als Meister Jojonah den Verwundeten mit einem Seelenstein behandelte. In Wahrheit merkte Pony bald, daß sie mehr mit den Steinen bewirken konnte als dieser Mönch, und das wiederum machte ihr einmal mehr bewußt, wie mächtig Avelyn Desbris gewesen war.

»Das ist eine Kleinigkeit«, erwiderte Meister Jojonah, als die Wunde des Mannes geheilt war.

»Für mich nicht«, sagte dieser und lachte heiser.

»Ihr seid wirklich ein guter Mensch!« entfuhr es Pony vor lauter Begeisterung. Sie konnte einfach nicht anders, als instinktiv ihrem Herzen zu folgen, auch wenn ihr Verstand Alarm schlug und sie zur Vorsicht mahnte. Sie schaute ängstlich, ob auch wirklich keiner der Mönche zurückgekommen war, dann fuhr sie leise fort: »Ich hab mal einen von Eurem Orden gekannt – St. Mere-Abelle, nicht wahr?«

»So ist es«, erwiderte Meister Jojonah geistesabwesend und sah sich nach weiteren Verwundeten um, die seine Hilfe brauchen konnten.

»Er war ein guter Mensch«, fuhr Pony fort. »Ach, so ein guter Mensch.«

Meister Jojonah lächelte höflich, machte aber Anstalten weiterzugehen.

»Er hieß, glaube ich, Aberly«, sagte Pony.

Der andere blieb abrupt stehen, drehte sich um und sah sie plötzlich mit wachem Interesse an.

»Nein, Avenbrook«, flunkerte Pony. »Ach, ich kann mich nicht mehr richtig an seinen Namen erinnern, fürchte ich. Es ist Jahre her, wißt Ihr. Aber auch wenn ich seinen Namen nicht mehr weiß, werde ich diesen Mönch doch niemals vergessen. Ich bin ihm begegnet, als er einem armen Straßenbettler in Palmaris half, so wie Ihr gerade diesem Mann hier geholfen habt. Und als der arme Kerl ihn bezahlen wollte und ein paar Münzen aus seinen zerlumpten Taschen hervorkramte, da hat Aberly oder Avenbrook, oder wie immer er hieß, sie dankbar angenommen, aber dann hat er sie ihm unauffällig wieder zugesteckt und sogar noch ein paar eigene dazugelegt.«

»Ach wirklich«, murmelte Jojonah und nickte bei jedem ihrer Worte.

»Ich habe ihn gefragt, warum er das getan hätte – das mit den Münzen, meine ich«, fuhr Pony fort. »Er hätte sie ja nicht annehmen müssen. Da erklärte er mir, daß es ebenso wichtig war, dem Stolz des armen Mannes Rechnung zu tragen wie seiner Gesundheit.« Sie lächelte von einem Ohr zum anderen. Es war eine wahre Geschichte, wenn sie sich auch in einem kleinen Dorf weit unten im Süden zugetragen hatte und nicht in Palmaris.

»Könnt Ihr Euch wirklich nicht an den Namen des Bruders erinnern?« fragte Jojonah eindringlich.

»Aberly, Aberlyn, irgendwas in der Art«, erwiderte Pony und schüttelte den Kopf.

»Avelyn?« fragte Jojonah.

»Das könnte sein, Vater«, erwiderte Pony, die immer noch versuchte, nicht allzuviel zu verraten. Doch Meister Jojonahs liebevoller Gesichtsausdruck machte ihr Mut.

»Ich hab gesagt, Ihr sollt Euch beeilen!« bellte der neue Abt von St. Precious aus einiger Entfernung.

»Avelyn«, sagte Meister Jojonah noch einmal zu Pony. »Es war Avelyn. Vergeßt niemals diesen Namen!« Er klopfte ihr freundlich auf die Schulter und ging an ihr vorbei.

Pony sah ihm nach, und aus irgendeinem unerfindlichen Grund erschien ihr die Welt jetzt ein wenig besser. Dann ging sie zu Elbryan, der noch immer dicht vor Symphony stand und den verräterischen Türkis verdeckte.

»Können wir jetzt endlich gehen?« fragte er ungeduldig.

Pony nickte und bestieg Greystone, und mit einer Handbewegung hinüber zu den Kaufleuten verließen die beiden auf ihren Pferden die Wagenburg und zogen den Hang hinauf in Richtung Süden, fort von den Mönchen, die sich inzwischen wieder auf der Straße nach Westen befanden. Oben trafen sie wieder auf Juraviel, und dann jagten sie alle drei, so schnell sie konnten, nach Osten.

De'Unnero empfing Meister Jojonah mit wüsten Schimpfkanonaden, kaum daß dieser sich der Prozession wieder angeschlossen hatte, und seine Tiraden hatten immer noch kein Ende genommen, als sie schon längst das Tal hinter sich gelassen hatten.

Doch Jojonah hörte gar nicht richtig hin; seine Gedanken

waren noch immer bei der Frau, die ihm geholfen hatte, die Verwundeten zu versorgen. Ein Gefühl von Wärme, Ruhe und Zuversicht erfüllte ihn, denn nun konnte er wieder hoffen, daß Avelyns Botschaft doch Gehör gefunden hatte. Die Erzählung der Frau hatte ihn tief berührt, hatte ihn in seinen Empfindungen für Avelyn bestärkt und ihn erneut daran erinnert, wie sein Orden im Grunde sein sollte.

Sein versonnenes Lächeln erboste De'Unnero natürlich erst recht, doch Jojonah konnte das kaum etwas anhaben. Immerhin zeigte De'Unnero jetzt in seiner Raserei den jungen Mönchen gegenüber einmal sein wahres Gesicht. Auch wenn er sie mit seinen kämpferischen Fertigkeiten beeindruckt hatte – die selbst Jojonah verblüfften –, diese verbale Geißelung eines wehrlosen alten Mannes würde sicher dem einen oder anderen sauer aufstoßen.

Als De'Unnero schließlich merkte, daß er Jojonah nicht aus der Ruhe bringen konnte, gab er es auf, und der Troß zog von dannen. Meister Jojonah reihte sich in Gedanken versunken ganz am Ende ein und versuchte sich vorzustellen, wie Avelyn mit den Armen und Kranken umging. Wieder fiel ihm die Frau ein, und das machte ihn glücklich, doch als er über ihre Geschichte nachdachte und darüber, daß sie und ihr Gefährte offensichtlich eine wichtige Rolle in diesem Kampf gespielt hatten, da wurde er zunehmend neugierig. Es erschien ihm nicht sehr einleuchtend, daß zwei so mächtige Krieger von Palmaris aus nach Osten gingen, und das nicht als Bewacher für eine der wenigen kostbaren Karawanen, die versuchten, sich dorthin durchzuschlagen. Schließlich tummelten sich die meisten Helden im Norden, um auf den großen Schlachtfeldern zu Ruhm und Ehren zu gelangen. Das mußte noch genauer untersucht werden, dachte Meister Jojonah.

»Den Stein!« brüllte ihn De'Unnero von der Spitze des Zuges her an.

Dabei schenkte er ihm kaum Beachtung, und so bückte sich

Jojonah schnell und hob heimlich einen anderen Stein von gleicher Größe auf, den er anstelle des Hämatits in das Säckchen fallen ließ und De'Unnero mit ergebener Miene aushändigte. Er atmete auf, als der böse Meister, den allein die Magie seiner Tigerpranke interessierte, das Säckchen einsteckte, ohne auch nur einen Blick darauf zu werfen.

Sie marschierten so lange, bis die Sonne unterging, und legten etliche Meilen zurück, ehe sie ihr Lager aufschlugen. De'Unnero ließ sich ein einzelnes Zelt errichten, in welchem er gleich nach dem Essen mit Pergament und Tinte verschwand, um weitere Vorbereitungen für seine große Ernennungszeremonie zu treffen.

Meister Jojonah redete nicht viel mit seinen Kameraden, sondern zog sich leise zurück und ließ sich inmitten einiger dicker Decken nieder. Er wartete, bis es ganz ruhig war im Lager und etliche der Brüder friedlich vor sich hin schnarchten, dann holte er den Hämatit aus seiner Tasche. Er blickte noch ein letztes Mal um sich und vergewisserte sich, daß auch wirklich niemand zusah, dann ließ er sich in den Stein hineinfallen, nahm dessen Zauber in sich auf und benutzte ihn, um seinen Geist aus seinem Körper zu befreien.

Nachdem er die Fesseln seiner physischen Gebrechlichkeit und Schwerfälligkeit abgelegt hatte, konnte er innerhalb von Minuten viele Meilen zurücklegen, bis er an der Kaufmannskarawane vorbeikam, die noch immer ihre Wagenburg im Tal stehen hatte.

Die Frau und ihr Freund waren nicht dort, und so hielt sich Jojonahs Geist nicht weiter dort auf, sondern schwebte hoch hinauf über die Bergspitzen. Da entdeckte er zwei Lagerfeuer, eines im Norden und ein anderes im Osten, und auf gut Glück beschloß er, das im Osten zuerst in Augenschein zu nehmen.

Vollkommen lautlos und unsichtbar glitt der Geist weiter. Da sah er auch schon die beiden Pferde, den großen schwarzen Hengst und den muskulösen goldgelben Palomino. Und dahinter am Feuer kauerte das Paar und unterhielt sich mit einem Dritten, den er nicht kannte. Er kam vorsichtig und mit dem gebotenen Respekt näher und umkreiste das Lager, um sich den Dritten im Bunde genauer anzusehen.

Wäre er in seinem Körper gewesen, so hätte Jojonah beim Anblick der zierlichen Gestalt mit den kantigen Gesichtszügen und den durchsichtigen Flügeln hörbar nach Luft geschnappt.

Ein Elf! Ein Touel'alfar! Jojonah hatte in St. Mere-Abelle Skulpturen und Zeichnungen dieser winzigen Lebewesen gesehen, aber in den Schriften hatte es keine eindeutigen Aussagen darüber gegeben, ob es sie wirklich gab oder ob es sich nur um eine Legende handelte. Nachdem er schon Pauris und Goblins begegnet war und all die Geschichten über die Bergriesen gehört hatte, überraschte es Jojonah zwar nicht, daß die Touel'alfar tatsächlich existierten, aber der Anblick verblüffte ihn doch ausgesprochen. Und so schwebte er noch lange über dem Lager, hörte der Unterhaltung zu und konnte seinen Blick gar nicht von Juraviel losreißen.

Sie sprachen über St. Mere-Abelle, über Markwarts Gefangene und vor allem über den Zentauren.

»Der Mann konnte mit dem Hämatit umgehen«, sagte die Frau jetzt.

»Könntest du ihn mit Zauberkraft schlagen?« fragte der kräftige Mann.

Die Frau nickte selbstsicher, und Jojonah mußte schlucken, doch sein gekränkter Stolz legte sich sofort, als sie erklärte: »Avelyn war der beste Lehrmeister, den man sich vorstellen kann. Und diesen Mann hat er immer als seinen Mentor bezeichnet. Es war der einzige in St. Mere-Abelle, den er geliebt hat. Avelyn hat immer mit großer Hochachtung von Meister Jojonah gesprochen, aber mit den Steinen kann er nicht so wirkungsvoll umgehen wie Avelyn oder ich.«

Es war eine nüchterne Feststellung ohne jeden prahlerischen Unterton, und so fühlte sich Jojonah auch nicht weiter gekränkt. Er dachte vielmehr über den tieferen Zusammenhang ihrer Worte nach. Avelyn hatte sie im Gebrauch der Steine unterwiesen! Und jetzt war dieses Mädchen, das noch weit von seinem dreißigsten Geburtstag entfernt schien, mächtiger als ein Meister von St. Mere-Abelle. Da er keinen Zweifel an der Richtigkeit ihrer Einschätzung hegte, bestärkte ihn dieser Umstand nur in seinem beständig zunehmenden Respekt vor Avelyn.

Am liebsten hätte er den dreien noch länger zugehört, aber er wußte, daß die Zeit knapp war und er vor Tagesanbruch noch eine gute Wegstrecke zurücklegen mußte. So kehrte er in seinen zurückgelassenen Körper zurück und atmete erleichtert auf, als er sah, daß im Lager der Mönche alles ruhig war und niemand etwas von seinem kleinen Ausflug bemerkt hatte.

Dann fiel sein Blick auf den Seelenstein, und er überlegte, was er damit anfangen sollte. Er würde ihn vielleicht brauchen, aber wenn er ihn an sich nahm, würde De'Unnero seine Verfolgung wahrscheinlich über alles andere stellen, selbst über seine Reise nach St. Precious. Andererseits, wenn er den Stein da ließ, konnten sie ihn dazu benutzen, ihn zu suchen, so wie er es eben getan hatte.

Doch Jojonah fand noch eine dritte Möglichkeit. Aus den Tiefen seiner voluminösen Gewänder förderte er Tinte und ein Stück Pergament zutage. Dann schrieb er ein paar Zeilen nieder, in denen er erklärte, er kehre zu der Kaufmannskarawane zurück, um diese nach Palmaris zu begleiten. Den Seelenstein nehme er mit, da ihn diese Leute wahrscheinlich weitaus dringender benötigen würden als die Mönche, zumal – und auf dieses Argument verwandte Jojonah besondere Sorgfalt – diese ja Meister De'Unnero zum Anführer hatten, den vielleicht mächtigsten Kämpfer, der je aus St. Mere-Abelle hervorgegangen sei. Außerdem versicherte Jojonah De'Unnero, er würde dafür sorgen, daß die Kaufleute und alle anderen Landsleute, die er zusammentrommeln konnte, mit kostbaren Geschenken an der Zeremonie in St. Precious teilnehmen würden.

»Mein Gewissen erlaubt es mir nicht, diese Leute hier draußen ganz allein ihrem Schicksal zu überlassen«, schloß er. »Die Kirche hat die Pflicht, jenen zu helfen, die sich in Bedrängnis befinden, und auf diesem Wege führen wir der Gemeinde bereitwillige Mitglieder zu.«

Er hoffte, daß die in Aussicht gestellten Güter und die Betonung der Macht De'Unneros Bosheit besänftigen würden, doch darüber machte er sich jetzt keine Sorgen, denn hier waren drei Leute zum Greifen nah, die für alles standen, was ihm lieb und teuer war, und die ihm unendlich wichtig waren. Nur mit dem Seelenstein und einem kleinen Messer bewaffnet schlich er sich vorsichtig aus dem Lager und gab acht, daß ihn niemand bemerkte. Dann machte er sich, so schnell es sein betagter Körper zuließ, auf den Weg nach Osten.

Sein erstes Ziel war das Tal, in dem sich die Kaufleute niedergelassen hatten; zum einen, um sich zu orientieren, und zum andern aus dem ehrlichen Bedürfnis, nach den Leuten zu sehen. Beim Näherkommen fiel ihm noch etwas ein. Kurzerhand riß er einen Streifen von seinem Gewand ab, was keiner großen Anstrengung bedurfte, denn der Stoff war von der langen Reise schon fadenscheinig. Dann brach er ein paar niedrige Zweige ab und trat mit den Füßen darauf herum, damit es so aussah, als hätte ein Kampf stattgefunden. Schließlich schnitt er sich noch absichtlich in den Finger, tauchte den Stoffetzen in sein Blut und verspritzte etwas davon um sich herum.

Rasch versiegelte er die Wunde mit dem Hämatit, dann überwand er die Anhöhe und stieg auf der anderen Seite den Hang hinab. Unten im Lager war alles ruhig, zwei Feuer brannten, und ein paar Gestalten bewegten sich leise hin und her. Der Mönch hielt einen Augenblick inne und machte sich dann auf den Weg.

Noch vor Sonnenaufgang sah er von weitem das niedergebrannte Lagerfeuer. Er wollte die beiden nicht erschrecken und keinesfalls in Panik versetzen, aber er dachte, daß es das beste wäre, wenn er so nah heranging, daß ihn das Mädchen erkennen konnte.

Von den Büschen aus, die das kleine Lager umgaben, hatte er das Feuer gut im Blick. Er hatte sich ganz leise herangeschlichen und war froh, als er sah, wie sich das Bettzeug über den Körpern wölbte. Wie sollte er sie nur wecken, fragte er sich, ohne daß sie vor Schreck aufsprangen?

Er beschloß, bis zum Morgengrauen zu warten und sie von allein aufwachen zu lassen, doch als er sich eben auf ein Mußestündchen einrichten wollte, spürte er, daß er beobachtet wurde.

Meister Jojonah fuhr herum, als die hochgewachsene Gestalt über ihn herfiel, und obwohl Jojonah wie alle Mönche von St. Mere-Abelle ein ausgebildeter Kämpfer war, lag er auf dem Rücken, und die Spitze eines erlesenen Schwertes drückte gegen seine Kehle, während der kräftige Mann über ihm ihn mit eisernem Griff zu Boden preßte.

Jojonah rührte sich nicht, und als der Mann ihn erkannte, lockerte er langsam seinen Griff.

»Sonst ist keiner da«, ertönte eine melodiöse Stimme von oben – Jojonah vermutete, daß es der Elf war.

»Meister Jojonah!« sagte die Frau, die jetzt in sein Blickfeld trat. Sie eilte herbei und legte dem Krieger die Hand auf die Schulter, und nach einem Blick und einem Nicken erhob sich Elbryan und reichte dem Mönch die Hand.

Jojonah griff danach und war völlig verblüfft, wie mühelos ihn der andere auf die Füße zog.

»Was macht Ihr hier?« fragte die Frau überrascht. Jojonah sah ihr offen in die Augen, deren Schönheit das Dämmerlicht keinerlei Abbruch tat. »Und Ihr?« erwiderte er, und sein warmer, verschwörerischer Tonfall gab den beiden zu denken.

13. Auf der Suche nach Antworten

»Bruder Talumus«, sagte Baron Bildeborough betont langsam und ruhig, in dem vergeblichen Bemühen, die Erregung zu verbergen, die unter seiner souveränen Oberfläche brodelte, »erzählt mir noch einmal von Connors Besuch hier bei Euch, von jedem einzelnen Schritt, den er gemacht, und von allem, was er sich angesehen hat.«

Der junge Mönch, der vollkommen durcheinander war, weil er offensichtlich nicht das sagte, was der Baron hören wollte, begann wieder von vorn und redete so überstürzt und in so viele verschiedene Richtungen, daß er die Worte nur noch als unartikulierten Kuddelmuddel herausbrachte. Als ihm der Baron beruhigend auf die Schulter klopfte, verstummte er und holte tief Luft.

»Als erstes hat er sich das Zimmer des Abtes angesehen«, sagte Talumus langsam. »Er war verärgert, weil wir es aufgeräumt hatten, aber was sollten wir denn tun?« Seine Stimme überschlug sich wieder vor Aufregung. »Der Abt muß öffentlich aufgebahrt werden – der Brauch verlangt es so! Und wenn in der Abtei Gäste erwartet wurden – und sie strömten nur so herbei! –, dann konnten wir doch den Raum nicht einfach so lassen, wie er war, so verwüstet und voller Blut.«

»Gewiß, gewiß«, sagte Baron Bildeborough immer wieder und versuchte, den Mönch zu beruhigen.

Roger beobachtete seinen neuen Gönner genau, und es beeindruckte ihn, mit welcher Geduld er diesen lamentierenden Mönch immer wieder zur eigentlichen Sache zurückführte.

Trotzdem sah er die unterschwellige Anspannung auf Rocheforts Gesicht, denn dieser merkte ebenso wie Roger, daß er hier kaum eine befriedigende Antwort finden würde. St. Precious war jetzt völlig außer Rand und Band, da der Abt

Dobrinion keine Meister hinter sich gehabt hatte. Die Mönche eilten kopflos hin und her und diskutierten noch in den Gebetsstunden über das eine oder andere Gerücht. Eines davon beunruhigte Roger und Rochefort ganz besonders: In St. Precious sollte demnächst ein neuer Abt einziehen, und zwar ein Meister aus St. Mere-Abelle.

In den Augen der beiden schien dieser Umstand Connors Verdacht zu bestätigen, der ehrwürdige Vater selbst stecke hinter dem Mord.

»Den Pauri haben wir aber liegengelassen«, fuhr Bruder Talumus fort. »Zumindest so lange, bis Master Connor wieder fort war.«

»Und dann ist Connor in die Küche gegangen?« forschte Rochefort weiter.

»Ja, zu Keleigh Leigh«, erwiderte Talumus. »Das arme Ding.«

»Und sie hatte weiter keine Verletzungen?« wagte Roger einzuwerfen, und obwohl die Frage an den Mönch gerichtet war, sah er Rochefort dabei an. Roger hatte dem Baron zuvor erklärt, daß dieser Umstand für Connor ein entscheidender Hinweis darauf gewesen war, daß der Pauri nicht der Mörder war, denn Pauris lassen es sich niemals nehmen, ihre Kappen in das Blut ihrer Opfer zu tauchen.

»Nein«, antwortete Talumus.

»Es gab keine Blutspritzer?«

»Nein.«

»Geh und hol mir denjenigen, der ihre Leiche gefunden hat!« befahl Baron Bildeborough. »Aber beeil dich.«

Bruder Talumus rappelte sich auf, salutierte, machte eine Verbeugung und rannte davon.

»Der Mönch, der sie gefunden hat, wird uns wahrscheinlich nicht viel sagen können«, meinte Roger, der sich über die Aufforderung des Barons wunderte.

»Der Mönch ist unwichtig«, erklärte Rochefort. »Ich habe

Bruder Talumus nur fortgeschickt, damit wir ein paar Minuten lang allein sind. Wir müssen uns überlegen, wie wir weiter vorgehen wollen, mein Freund, und zwar schnell.«

»Wir sollten ihnen nichts von Connors Verdacht und von seinem Ableben erzählen«, sagte Roger nach kurzem Nachdenken. Der Baron nickte, und er fuhr fort: »Sie würden dem Ganzen völlig hilflos gegenüberstehen. Kein einziger von ihnen könnte dem kommenden Meister aus St. Mere-Abelle standhalten.«

»Abt Dobrinion hat es offenbar versäumt, sich um die Ertüchtigung seiner Schützlinge zu kümmern«, pflichtete der Baron Roger bei und schnaubte. »Ich würde allerdings den Aufruhr genießen, wenn man Talumus und all den anderen erzählte, daß St. Mere-Abelle ihren geliebten Abt umgebracht hat.«

»Das gäbe keinen großen Kampf«, meinte Roger trocken.

»Nach allem, was mir Connor über den Orden erzählt hat, würde St. Mere-Abelle schnell in St. Precious die Macht an sich reißen, und dann würde sich der ehrwürdige Vater noch fester in Palmaris einnisten, als wenn der neue Abt allein hier eintrifft.«

»Das ist wahr«, räumte Baron Bildeborough ein und seufzte. Er machte jedoch sofort wieder ein freundliches Gesicht, als zwei Mönche zitternd eintraten, Talumus und der Zeuge, der das Mädchen gefunden hatte. Er beschloß, die Befragung fortzusetzen, doch nur zum Schein – denn sie wußten alle beide, daß sie weder von diesem Mann noch von irgendeinem anderen in St. Precious etwas Neues in Erfahrung bringen würden.

Bald darauf waren sie wieder in Chasewind Manor, und Rochefort lief unruhig auf und ab, während Roger auf dessen gepolstertem Lieblingsstuhl Platz genommen hatte.

»Bis nach Ursal ist es eine lange Reise«, sagte Rochefort. »Natürlich hätte ich dich gern bei mir.«

»Gehen wir wirklich zum König?« fragte Roger, dem es bei dieser Aussicht ein wenig mulmig wurde.

»Ach, Roger, König Danube Brock Ursal ist ein guter Freund von mir«, erwiderte der Baron. »Ein wirklich guter Freund. Er wird mich auf jeden Fall empfangen und mir glauben, keine Angst. Ob er allerdings etwas unternehmen kann angesichts der fehlenden Beweise –«

»Ich war doch Zeuge!« protestierte Roger. »Ich habe gesehen, wie der Mönch Connor umgebracht hat.«

»Du könntest ja die Unwahrheit sagen.«

»Ihr glaubt mir nicht?«

»Doch, natürlich tue ich das!« erwiderte der Baron und fuchtelte wie üblich mit seinen plumpen Händen in der Luft herum. »Natürlich, mein Junge, warum hätte ich mir sonst all die Mühe machen sollen? Warum hätte ich dir sonst Greystone und Beschützer geben sollen? Wenn ich dir nicht vertraute, mein Junge, dann lägest du in Ketten und würdest so lange gefoltert werden, bis ich sicher wäre, daß du die Wahrheit sagst.«

Der Baron sah Roger nachdenklich an. »Wo ist eigentlich das Schwert?« fragte er.

Roger rutschte verlegen hin und her und fragte sich, ob er sich das Vertrauen des andern gerade verscherzt hatte. »Ich habe beides in gute Hände übergeben«, erklärte er.

»In wessen Hände?« wollte der Baron wissen.

»In Jillys«, erwiderte Roger schnell. »Ihr Weg ist dunkel und mit Gefahren gepflastert, fürchte ich. Ich habe es ihr gegeben, weil ich kein Reiter und kein großer Kämpfer bin.«

»Man kann alles lernen«, murrte der Baron.

»Aber wir haben jetzt keine Zeit dafür«, erwiderte Roger. »Und Jilly kann es sofort gebrauchen. Ihr wißt nicht, wie tapfer sie ist –« Roger hielt inne und wartete die Reaktion des anderen ab.

»Ich vertraue auch hierbei auf dein Urteilsvermögen«,

meinte der Baron schließlich. »Laß uns also nicht mehr darüber reden. Und nun zurück zu unserem wichtigen Vorhaben. Ich glaube dir – natürlich. Aber Danube Brock Ursal wird zweifellos vorsichtiger sein. Bist du dir über die Folgen unserer Behauptungen im klaren? Wenn der König sie für bare Münze nimmt und öffentlich verkündet, dann kann es leicht zum Krieg zwischen Staat und Kirche kommen, zu einem Blutbad, das sich niemand wünscht.«

»Aber eines, das der ehrwürdige Vater von St. Mere-Abelle angezettelt hat«, erinnerte ihn Roger.

Das Gesicht des Barons verdüsterte sich, und er erschien Roger jetzt sehr alt und müde. »Also müssen wir nach Süden gehen, wie es scheint«, sagte er.

Rogers Antwort ging in einem Klopfen an der Tür unter.

»Herr Baron«, sagte ein Bediensteter und trat ein. »Wir haben gerade die Nachricht erhalten, daß der neue Abt von St. Precious eingetroffen ist. Meister De'Unnero mit Namen.«

»Weißt du irgend etwas über ihn?« fragte der Baron Roger, doch dieser schüttelte nur den Kopf.

»Er hat bereits nach Eurem Besuch verlangt«, fuhr der Diener fort. »In St. Precious heute nachmittag zur Teezeit.«

Bildeborough nickte, und der Diener zog sich wieder zurück.

»Sieht ganz so aus, als müßte ich mich beeilen«, meinte der Baron mit einem Blick aus dem Fenster in die untergehende Sonne.

»Ich begleite Euch«, sagte Roger und erhob sich von seinem gepolsterten Stuhl.

»Nein«, erwiderte Bildeborough. »Obwohl ich wirklich gern hören würde, welchen Eindruck der Mann auf dich macht. Aber wenn diese abscheuliche Verschwörung so weitreichend ist, wie wir befürchten, dann ist es besser, ich gehe allein, und Abt De'Unnero bekommt das Gesicht von Roger Billingsbury nicht zu sehen.«

Roger wollte widersprechen, doch ihm war klar, daß der andere recht hatte, und auch, daß die Erklärung des Barons nur die halbe Wahrheit war. Roger war noch jung und unerfahren in politischen Angelegenheiten, und Bildeborough hatte Angst – und darin konnte Roger ihm nicht völlig widersprechen –, dieser neue Abt könnte ein bißchen zuviel aus ihm herauslocken.

Und so saß Roger den restlichen Nachmittag in Chasewind Manor und wartete.

Bis Mitte Calember war nicht mehr viel Zeit, wenn man all die Vorbereitungen bedachte, die Vater Markwart noch für die beabsichtigten Ernennungen treffen mußte. Der alte Mann mit dem runzligen Gesicht lief nervös in seinem Arbeitszimmer in St. Mere-Abelle auf und ab. Jedesmal, wenn er am Fenster vorbeikam, blieb er stehen und betrachtete das sommerliche Grün. Die Ereignisse der letzten paar Wochen, insbesondere die Entdeckung am Barbakan und der Ärger in Palmaris, hatten Markwart zum Umdenken in einigen Dingen gezwungen, zumindest aber zur Beschleunigung der Manöver, mit deren Hilfe er seine langfristigen Ziele zu erreichen gedachte.

Nach dem Wegfall Dobrinions hatte sich die Zusammensetzung des Äbtekollegiums entscheidend geändert. De'Unneros Stimme würde allein durch die Tatsache, daß er St. Precious vorstand, großes Gewicht bekommen, möglicherweise würde er als dritter gleich hinter Markwart und Je'howith aus Ursal rangieren, und damit hätte Markwart dann freie Hand.

Der alte Kirchenmann lächelte boshaft, als er sich diese Zusammenkunft ausmalte. Beim Äbtekollegium würde er Avelyn Desbris ein für allemal in Verruf bringen und den Mann unwiderruflich zum Ketzer stempeln. Ja, das war wichtig, dachte Markwart, denn ohne diese Maßnahme würde es immer wieder Diskussionen über das geben, was Avelyn getan hatte. Solange der Mann nicht als Ketzer gebrandmarkt war, stand es selbst Einjährigen frei, über die Umstände von Avelyns Verschwinden zu spekulieren, und das war eine gefährliche Sache. Womöglich fänden sich Sympathisanten, die anstelle von Mord und Diebstahl von »Flucht« reden würden. Nein, je eher er diesen Ketzer moralisch vernichtete, desto besser. Sobald der Schuldspruch verkündet war, konnte es niemand mehr wagen, ein gutes Haar an Avelyn Desbris zu lassen, und er würde unwiderruflich als Abtrünniger in die Annalen der Kirchengeschichte eingehen.

Markwart stieß einen tiefen Seufzer aus, als er an den langen Weg dachte, der zu dem ersehnten Ziel führte. Und sicher würde ihm dieser aufrührerische Jojonah noch dabei in die Quere kommen – falls er so lange am Leben blieb.

Doch Markwart verwarf die Möglichkeit eines weiteren Anschlags. Wenn all seine wohlbekannten Gegner langsam zu Tode kamen, würde er damit unweigerlich prüfende Blicke auf sich ziehen. Im übrigen wußte er, daß Jojonah mit seinen Ansichten nicht allein stand, und deshalb konnte er nicht gleich so hart gegen ihn vorgehen. Noch nicht.

Doch er mußte vorbereitet sein für den Zeitpunkt der Auseinandersetzung, mußte Beweise finden für seinen Standpunkt, denn die Verwüstung des Barbakan ließ sicher verschiedene Interpretationen zu. Daß Siherton in derselben Nacht umgekommen war, in der sich Avelyn aus St. Mere-Abelle abgesetzt hatte, stand außer Zweifel, doch auch hierfür mochte Jojonah irgendeine Erklärung finden. Und erst die Absicht und der Vorsatz einer Tat, nicht die Tat als solche, machten einen Menschen zum Ketzer.

Markwart war klar, daß er mehr beweisen mußte als die Ereignisse in der Nacht, als Avelyn mit den Steinen verschwunden war. Die Kirche war noch nie sehr schnell mit einem solchen Urteilsspruch bei der Hand gewesen, und um ihn zu erwirken, würde er beweisen müssen, daß Avelyn fortgesetzt mit den Steinen Unheil gestiftet und sich vollkommen dem

Bösen verschrieben hatte. Doch Jojonah würde er nie zum Schweigen bringen, das wußte Markwart nur zu genau. Dieser Mann würde ihn bekämpfen, was Avelyn Desbris betraf, und seine Absichten bis zum letzten durchkreuzen, das sah er jetzt ganz deutlich. Jojonah würde mit dem Äbtekollegium zurückkehren und ihm die Stirn bieten. Dieser Kampf war längst überfällig. Und so beschloß Markwart, daß er den Meister selbst loswerden mußte und nicht nur dessen Widerspruch.

Er wußte auch schon, wo er Unterstützung für diesen Präventivschlag gegen Jojonah finden würde. Abt Je'howith fungierte als enger Ratgeber des Königs und hatte in dieser Stellung Zugriff auf die fanatische Allheart-Brigade. Er brauchte Je'howith nur ordentlich aufzuwiegeln, damit er ein paar dieser unerbittlichen Krieger mitbrachte.

Zufrieden mit dieser Aussicht wandte er sich wieder dem Thema Avelyn zu. Er hatte nur noch einen Zeugen für Avelyns Verbrechen, Bradwarden, aber aus seinen Verhören, sowohl direkt als auch mit dem Seelenstein, wußte er, daß der Zentaur über beachtliche Willenskraft verfügte und wahrscheinlich nicht reden würde, ganz gleich, wie brutal man ihn folterte.

Der Abt setzte sich an seinen Schreibtisch und verfaßte eine Nachricht für Bruder Francis: Dieser solle den Zentauren so lange unaufhörlich bearbeiten, bis das Kollegium zusammentrat. Wenn sie sich nicht darauf verlassen konnten, daß Bradwarden doch zusammenbrach und alles sagen würde, was sie von ihm verlangten, dann würde man den Zentauren töten, bevor die hohen Gäste eintrafen.

Während er diese Nachricht niederschrieb, kam Markwart noch ein Problem in den Sinn. Francis war erst im neunten Jahr, doch es war nur Immakulaten und Äbten gestattet, am Kollegium teilzunehmen. Und er wollte Francis dabeihaben.

Der Mann hatte seine Grenzen, aber er war ihm ergeben.

Der Abt riß ein Stück von dem Pergament ab und notierte sich als Gedächtnisstütze die drei Buchstaben »IBF«, dann steckte er den Zettel ein. Ebenso wie er gegen die Regeln De'Unnero vorzeitig zum Abt von St. Precious ernannt und Jojonah als seinen Stellvertreter mit nach Palmaris geschickt hatte, würde er Bruder Francis in den Rang eines Immakulaten erheben.

Immakulat Bruder Francis.

Das hörte sich gut an, und er genoß es, die Macht derjenigen zu stärken, die ihm stillschweigend gehorchten. Seine Erklärung für die vorzeitige Ernennung wäre so einfach wie einleuchtend: Nachdem er zwei Meister nach St. Precious geschickt hatte, war St. Mere-Abelle in den oberen Rängen zu schwach besetzt. Auch wenn sich die Abtei unzähliger Immakulaten rühmte, hatten doch nur wenige die Befähigung für eine Beförderung in den Rang eines Meisters, und wenige strebten überhaupt nach einer solchen Stellung. Francis aber würde, nach seiner unschätzbaren Leistung bei der Reise zum Barbakan zu schließen, die Mannschaft beträchtlich stärken.

Ja, dachte Vater Markwart versonnen, er würde Francis vor dem Kollegium zum Immakulaten befördern und bald danach zum Meister, als Nachfolger für –

Für Jojonah, sagte er sich, nicht für De'Unnero. Letzteren würde er durch einen der zahllosen anderen Immakulaten ersetzen, vielleicht sogar durch Braumin Herde. Der Mann hatte es verdient, auch wenn er in der Wahl seiner Mentoren sehr zu wünschen übrigließ. Doch jetzt, wo Jojonah so weit fort war und – von den drei Wochen des Kollegiums abgesehen – wahrscheinlich nie wieder zurückkehren würde, stellte sich Markwart vor, daß er Braumin Herde besser unter Kontrolle halten konnte, indem er ihn mit der begehrten Beförderung köderte.

Je weiter er in seinen Überlegungen voranschritt, je deutlicher die Lösungen vor seinem inneren Auge auftauchten, desto beschwingter fühlte sich der Abt. Diese neuen Erkenntnisse, diese innere Führung kamen ihm geradezu vor wie ein Wunder. Ein Problem nach dem andern löste sich, und er sah den Weg glasklar vor sich.

Blieb nur noch die Frage, wie er Avelyn möglichst schnell zum Ketzer machen konnte. Bei diesem Gedanken schlug er verärgert mit der flachen Hand auf die Schreibtischplatte. Nein, Bradwarden würde sich nicht kleinkriegen lassen, er würde standhaft bleiben bis zum bitteren Ende. Zum ersten Mal beklagte Markwart den Verlust der Chilichunks, denn die hätte er viel leichter »überzeugen« können, das war ihm klar.

Da fiel ihm plötzlich die kleine Bibliothek ein, in der Jojonah nach Informationen über Bruder Allabarnet gestöbert hatte. Ohne zu wissen, warum, sah er den Raum ganz deutlich vor sich – bis schließlich die hinterste Ecke mit dem längst vergessenen Regalbrett in sein geistiges Blickfeld rückte.

Markwart folgte seinem Instinkt, der inneren Führung, und nahm zuerst ein paar Steine von seinem Schreibtisch, dann stieg er die feuchten, dunklen Stufen zu der alten Bibliothek hinab. Es standen keine Wachen mehr vor der Tür, denn Jojonah war vermutlich weit weg, und Markwart betrat zögernd den Raum, einen leuchtenden Diamanten in der Hand. Er ging an den Bücherregalen vorbei bis in die hinterste Ecke, zu den Büchern, die vor langer Zeit von der Kirche verboten worden waren. Sein Verstand sagte ihm, daß selbst er, der ehrwürdige Vater, sie nicht berühren sollte, doch diese innere Stimme versprach ihm hier den Ausweg aus seinem Dilemma.

Ein paar Minuten sah er von einem Band zum anderen, prägte sich die Beschriftung jeder einzelnen Pergamentrolle genau ein, dann schloß er die Augen und rief sich das Bild ins Gedächtnis zurück.

Während seine Augen geschlossen blieben, streckte er die Hand aus, denn er war überzeugt, daß irgendeine Kraft sie zu dem Buch führen würde, das er brauchte. Schließlich griff er behutsam zu, klemmte sich einen Band unter den Arm, und erst in seinem Arbeitszimmer warf er einen Blick auf den Einband und las: *Kompendium der Geisterbeschwörung.*

Roger hatte den Baron erst spät abends zurückerwartet, und so war er ziemlich überrascht, als dieser bereits lange vor Sonnenuntergang wiederkam. Er lief Bildeborough entgegen, zuversichtlich, daß alles gut gelaufen war, doch seine Hoffnung zerschlug sich, sobald er den hünenhaften Mann wutschnaubend und mit rot angelaufenem Gesicht auf sich zukommen sah.

»In meinem ganzen Leben ist mir noch kein so unangenehmer Zeitgenosse untergekommen, schon gar nicht einer, der sich als Gottesmann ausgibt!« schnaubte Rochefort Bildeborough und stürmte schnurstracks in sein Empfangszimmer.

Roger folgte ihm auf dem Fuße und dachte schon, er müsse diesmal mit einem anderen Sitzplatz vorliebnehmen, denn der Baron ließ sich schwer in den Polstersessel fallen. Doch schon im nächsten Augenblick sprang er wieder auf und lief ruhelos hin und her, so daß Roger rasch wieder seinen Lieblingsplatz okkupieren konnte.

»Er hat mich gewarnt!« sagte Baron Bildeborough außer sich vor Wut. »Mich, den Baron von Palmaris und Freund Seiner Majestät des Königs höchstselbst!«

»Was hat er denn gesagt?«

»Oh, zuerst ließ sich ja alles recht gut an«, meinte Bildeborough und schlug die Hände zusammen. »Solange der Kerl annahm, er könne sich einfach so übergangslos in St. Precious breitmachen, war er ja noch höflich, meinte, wir könnten doch zusammenarbeiten –« Bildeborough machte eine Pause, und Roger hielt den Atem an, denn er merkte, daß jetzt etwas Wichtiges kommen mußte. »Trotz der offensichtlichen Verfehlungen und kriminellen Umtriebe meines Neffen!« platzte der Baron heraus; dabei stampfte er wütend mit dem Fuß auf und ballte die Fäuste. Die Aufregung nahm ihn so stark mit, daß Roger aufspringen und ihm in den bequemen Sessel helfen mußte.

»Dieser elende Hund!« ereiferte sich Bildeborough weiter. »Er weiß noch nicht, daß Connor tot ist, aber er wird es sicher bald erfahren. Hat mir doch tatsächlich angeboten, er würde Connor vergeben, wenn ich mich dafür verbürge, daß der Junge in Zukunft keine Dummheiten mehr macht. *Vergeben!*«

Roger versuchte verzweifelt, den Mann zu beruhigen, denn er hatte Angst, die Aufregung könnte ihn umbringen. Sein Gesicht war blutrot angelaufen, und die Augen quollen hervor.

»Das beste ist, wir gehen zum König«, sagte Roger ruhig. »Wir haben schließlich Verbündete, die der neue Abt nicht so einfach übergehen kann. Wir können Connors Namen wieder reinwaschen – ja, wir können dafür sorgen, daß diejenigen zur Rechenschaft gezogen werden, die an dem ganzen Unheil schuld sind.«

Dieser Einwand schien den Baron sichtlich zu beruhigen. »Na dann los!« sagte er. »Auf nach Süden, so schnell es geht. Sag meinen Dienern, sie sollen den Wagen anspannen.«

De'Unnero hatte Baron Bildeborough keineswegs unterschätzt. Sein massives Auftreten bei ihrer ersten Begegnung war in voller Absicht geschehen, um etwas über den Mann und seine politische Einstellung herauszubringen, und das war De'Unnero seiner Meinung nach ausgezeichnet gelungen, denn Bildeboroughs Entrüstung hatte ihm gezeigt, daß dieser sich als ein noch gefährlicherer Gegner erweisen konnte als sein Neffe oder Abt Dobrinion.

Und De'Unnero war klug genug, um den wirklichen Schuldigen an der ganzen Misere zu erkennen.

Denn im Gegensatz zu seinen Äußerungen war er durchaus

im Bilde über den Tod von Connor Bildeborough, und er wußte auch, daß ein junger Mann den Toten nach Palmaris zurückgebracht hatte, zusammen mit dem Leichnam eines Mannes, der wie ein Abellikaner-Mönch gekleidet war. Und zum wiederholten Male beklagte der neue Abt, daß Vater Markwart nicht ihn losgeschickt hatte, um die Steine zurückzuholen. Hätte man ihm diesen wichtigen Auftrag erteilt, dann wäre diese ärgerliche Angelegenheit längst erledigt, die Steine wären wieder da, und Avelyn und all seine Verschwörer wären tot. Und Bildeborough wäre für ihn kein großes Problem mehr!

Denn ein solches hatten Markwart und der Orden jetzt seiner Meinung nach wirklich! Nach Aussagen jener Mönche aus St. Precious, die De'Unnero bereits befragt hatte, und jener aus St. Mere-Abelle, die bei den Vorgängen im Klosterhof dabeigewesen waren, hatte Baron Bildeborough seinen Neffen wie einen Sohn behandelt. Für dessen Ermordung machte er nach Lage der Dinge zweifellos den Orden verantwortlich, und Bildeborough, dessen Einfluß weit über die Grenzen von Palmaris hinausreichte, würde über diese Sache sicher nicht schweigen.

Es überraschte den neuen Abt deshalb nicht im geringsten, als einer seiner Mönche, der ihn nach St. Precious begleitet hatte, von seinem Beobachtungsposten zurückkehrte und meldete, daß eine Kutsche aus Chasewind Manor abgefahren sei und sich jetzt auf der Küstenstraße in Richtung Süden befände.

Andere Späher bestätigten diese Geschichte, und einer von ihnen behauptete sogar ausdrücklich, daß Baron Bildeborough in dem Wagen säße.

De'Unnero ließ sich nichts anmerken, blieb vollkommen ruhig und absolvierte die wenigen verbliebenen Abendverrichtungen, als wäre nichts geschehen. Dann zog er sich zeitig in seine Gemächer zurück unter dem äußerst einleuchtenden Vorwand, er sei müde von der Reise.

»Darin habe ich selbst Euch etwas voraus, ehrwürdiger Vater«, murmelte der neue Abt von St. Precious, als er aus seinem Fenster über das nächtliche Palmaris blickte. »Ich brauche keine Handlanger, um meine Angelegenheiten zu erledigen.«

Dann vertauschte er seine Ordenstracht mit einfachen schwarzen Kleidern, stieß das Fenstergitter auf, kletterte hinaus und verschwand in der Dunkelheit. Augenblicke später duckte er sich in einen Hohlweg mit seinem Lieblingsstein in der Hand.

Er ließ sich in den Stein fallen und spürte den köstlichen Schmerz, als sich seine Hand- und Armknochen dehnten und verformten. Im Rausch des Jagdfiebers tauchte er tiefer ein und schleuderte euphorisch seine Schuhe von sich, als sich nun seine Beine und Füße in die Hinterpfoten eines Tigers verwandelten. Ihm war, als verlöre er sich in dem Zauber und würde eins mit dem Stein. Sein ganzer Körper zuckte und bebte. Jetzt holte er mit einer Pranke aus und riß sich mit den Krallen die Kleider vom Leib.

Schon ging er auf allen vieren, und seiner Kehle entfuhr ein gewaltiges Knurren.

Nie zuvor war er so weit gegangen!

Aber er fühlte sich großartig.

Oh, diese Kraft! Er war jetzt ein Tiger auf der Jagd, und die ganze geballte Energie dieses Raubtiers lag in seiner Hand. Schon flog er lautlos auf weichen Pfoten dahin, setzte behende und mühelos über die hohe Stadtmauer und stürzte auf die Straße im Süden von Palmaris zu.

Schon beim Überfliegen der ersten Seiten des Bandes war dem ehrwürdigen Vater alles klar. Noch vor ein paar Monaten hätte dieser Gedanke den Abt Dalebert Markwart mit Entsetzen erfüllt.

Doch das war, bevor er sich der »inneren Stimme« von Bestesbulzibar anheimgegeben hatte.

Ehrfürchtig verstaute er das Buch in der untersten Schublade seines Schreibtischs und verschloß sie sorgfältig.

»Das Wichtigste zuerst«, sagte er laut zu sich selbst und holte einen sauberen Bogen Pergament und ein Fläschchen schwarzer Tinte aus einem anderen Fach. Er entrollte das Pergament und beschwerte dessen Ecken mit Gewichten, dann starrte er längere Zeit darauf und versuchte, die richtigen Worte zu finden. Schließlich nickte er und schrieb als Überschrift:

*Ernennung von Bruder Francis Dellacourt zum
Bruder Immakulaten des Ordens von St. Mere-Abelle*

Markwart nahm sich viel Zeit, um dieses wichtige Schriftstück zu verfassen, doch am Ende enthielt es nicht mehr als dreihundert Wörter. Als er fertig war, neigte sich der Tag bereits dem Ende zu, und die anderen Mönche versammelten sich zum Abendessen. Der Abt verließ sein Arbeitszimmer und begab sich in den Flügel des Klosters, der die jüngsten Schüler beherbergte. Er rief drei von ihnen zusammen und schickte sie in ein abgelegenes Zimmer.

»Jeder von euch wird mir fünf Kopien dieses Schriftstücks anfertigen«, erklärte er. Einer der jungen Brüder trat unruhig von einem Bein aufs andere.

»Sprich dich aus!« forderte Markwart ihn auf.

»Ich bin nicht sehr geschickt im Schreiben, ehrwürdiger Vater«, stotterte der junge Mann mit gesenktem Kopf. In Wirklichkeit waren sie alle drei völlig überrascht von der Aufforderung. St. Mere-Abelle rühmte sich einiger der besten Kopisten der ganzen Welt, denn viele Immakulaten, die nie in den Rang eines Meisters aufsteigen würden, hatten diese Berufung gewählt.

»Danach habe ich nicht gefragt«, erwiderte Markwart und blickte in die Runde. »Könnt ihr lesen und schreiben?«

»Natürlich, ehrwürdiger Vater«, bestätigten alle drei.
»Dann tut, was ich euch gesagt habe«, meinte der alte Mann. »Und stellt keine Fragen.«
»Jawohl, ehrwürdiger Vater.«
Markwart sah jeden einzelnen von ihnen drohend an, dann sagte er nach einer scheinbar endlosen Pause: »Wenn einer von euch ein Wort über das hier verliert oder auch nur irgendeinem anderen gegenüber eine Andeutung über den Inhalt dieses Schriftstückes macht, landet ihr alle drei auf dem Scheiterhaufen!«
Wieder herrschte Stille, und Markwart musterte die jungen Mönche eingehend. Er hatte sich für diese blutigen Anfänger entschieden, weil er überzeugt war, daß solch eine Drohung bei ihnen ihre Wirkung nicht verfehlen würde. Dann ließ er sie allein, ganz sicher, daß sie es nicht wagen würden, sich dem Befehl ihres ehrwürdigen Vaters zu widersetzen.
Als nächstes begab sich Markwart zum Zimmer von Bruder Francis. Dieser war bereits beim Abendessen, aber der Abt, den das nicht anfocht, schob seine Anweisungen bezüglich Bradwarden unter der Tür hindurch.
Kurze Zeit später saß Markwart in seinen Privatgemächern in einer kleinen Rumpelkammer neben seinem Schlafzimmer und traf die nächsten Vorbereitungen. Zuerst räumte er alles, sogar die Möbel, hinaus. Dann kehrte er mit dem alten Buch, einem Messer und ein paar farbigen Kerzen zurück und machte sich daran, ein eigenartiges Muster in den Holzfußboden zu schnitzen, dessen Abbildung er in dem alten Band gefunden hatte.

Dieser Wald erschien Roger so ruhig und friedlich. Irgend etwas war hier anders als im Norden, es herrschte so eine entspannte Atmosphäre, so als wüßten alle Tiere, alle Blumen und Bäume genau, daß es hier keine Gefahr gab.
Er hatte das kleine Lager neben der Kutsche verlassen, um

sich zu erleichtern, doch nun stand er, allein mit seinen Gedanken, dort draußen unter dem Sternenhimmel und versuchte, nicht an die bevorstehende Begegnung mit König Danube zu denken.

Er versuchte auch, sich keine Sorgen um seine Freunde zu machen, obwohl sie inzwischen fast in St. Mere-Abelle angekommen sein mußten oder vielleicht sogar schon mit den Mönchen um die Gefangenen gekämpft hatten. Im Augenblick wollte Roger sich nur ausruhen und die Ruhe und Stille der Sommernacht genießen.

Wie oft hatte er so eine stille Nacht allein in einem Baum in den Wäldern bei Caer Tinella verbracht? Fast immer, wenn das Wetter schön war. Mrs. Kelso hatte ihn nur zum Abendessen zu Gesicht bekommen und dann wieder zum Frühstück, und obwohl die mütterliche Frau immer dachte, er läge gemütlich eingekuschelt in ihrer Scheune, war er doch viel öfter draußen im Wald gewesen.

Doch so sehr er sich auch bemühte, jetzt konnte Roger diese Ruhe, diesen tiefen Seelenfrieden einfach nicht wiederfinden. Zuviel hatte er inzwischen erlebt, zu viele Sorgen schlichen sich in sein Unterbewußtsein.

Er lehnte sich mit schwerem Herzen an einen Baum, starrte hinauf zu den Sternen und beklagte seine verlorene Unschuld. Die ganze Zeit über hatten Elbryan, Pony und Juraviel ihn zu seinem Erwachsenwerden beglückwünscht und zustimmend genickt, als seine Entscheidungen immer verantwortungsvoller wurden. Doch dieses Verantwortungsbewußtsein hatte seinen Tribut gefordert, das merkte Roger jetzt, denn die Sterne leuchteten auf einmal nicht mehr ganz so hell, seit er nicht mehr so unbeschwert war wie früher.

Er seufzte tief und sagte sich, daß alles wieder gut würde, daß der König die Welt schon wieder in Ordnung brächte, daß man die Ungeheuer verscheuchen und er wieder zu seinem früheren Leben in Caer Tinella zurückkehren würde.

Doch er glaubte nicht wirklich daran. Und so kehrte er achselzuckend wieder zu dem Wagen zurück und damit zu den wichtigen Verhandlungen und zu seiner Verantwortung.

Noch ehe er das Lager erreicht hatte, hielt er plötzlich inne und horchte, und auf einmal bekam er eine Gänsehaut.

Im Wald war es auf einmal geradezu unheimlich still geworden.

Dann ertönte ein leises Knurren, das von allen Seiten widerhallte. Roger hatte dergleichen noch nie zuvor gehört. Er blieb wie angewurzelt stehen, lauschte angestrengt und versuchte, die Richtung auszumachen, aus der das Geräusch kam. Doch es hörte sich an, als käme das leise Knurren von überall her. Roger rührte sich nicht und wagte kaum zu atmen.

Jetzt hörte er, wie jemand sein Schwert zog, dann wieder ein Knurren, diesmal lauter, und dann die entsetzlichen Schreie. Er lief Hals über Kopf los, stolperte wiederholt über Wurzeln, und mehr als einmal schlugen ihm Zweige ins Gesicht. Dann sah er das Lagerfeuer und die Schatten, die sich davor hin und her bewegten.

Und die Schreie nahmen kein Ende, Angstschreie, dann Schmerzensschreie.

Als er das Lager vor sich hatte, sah Roger die drei Wächter am Feuer liegen, zerfetzt und mit verrenkten Gliedmaßen. Doch er beachtete sie kaum, denn der Baron hatte sich zur Hälfte in die Kutsche gerettet und versuchte verzweifelt, vollständig hineinzugelangen, damit er die Tür schließen konnte.

Doch selbst wenn ihm das gelungen wäre, sagte sich Roger, hätte die Tür dieser Bestie, einer riesigen, orange-schwarz gestreiften Raubkatze, die ihre Klauen in einen Stiefel des Barons geschlagen hatte, kaum standhalten können.

Der Baron fuhr herum und trat zu, und der Tiger ließ gerade lange genug los, um den Mann in den Wagen hineingelangen zu lassen. Doch er kam gar nicht erst dazu, die Tür zu schließen, denn die Bestie hatte sich lediglich auf die Hinterbeine gesetzt, und noch ehe Bildeborough die Türschwelle hinter sich gelassen hatte, sprang der Tiger schon in den Wagen und schlug ihm seine Klauen ins Fleisch. Die Kutsche schaukelte heftig, der Baron schrie, und Roger starrte hilflos hinüber. Er besaß zwar eine Waffe, ein kleines Schwert, kaum mehr als ein Dolch, aber er wußte, daß er nicht rechtzeitig an Bildeborough herankäme, um den Mann zu retten, und auf gar keinen Fall würde er dieses Raubtier töten oder auch nur ernsthaft verletzen können.

Er machte kehrt und rannte davon, Tränen liefen ihm übers Gesicht, und sein Atem ging schwer und stoßweise. Es war noch einmal geschehen! Genau wie bei Connor! Und wieder konnte er nur hilflos zusehen, wie man seinen Freund umbrachte. Blindlings stolperte er vorwärts, und je länger er lief, desto mehr zerschrammten Gestrüpp und Äste seine Haut. Schließlich gaben seine Beine vor Erschöpfung nach, doch er schleppte sich weiter und wagte vor lauter Angst nicht einmal, sich umzublicken.

14. Verschiedene Wege

Vor der leuchtenden Kulisse der aufgehenden Sonne zeichnete sich, in einen Schleier von Morgennebel gehüllt, in der Ferne die mächtige Festung St. Mere-Abelle über den Klippen der Allerheiligenbucht ab. Erst dieser ehrfurchtgebietende Anblick vermittelte Elbryan, Pony und Juraviel einen Eindruck von der Macht ihrer Gegner und vom Ausmaß ihres Vorhabens. Sie hatten Jojonah von ihren Absichten erzählt, bald nachdem er zu ihnen gekommen war.

Und dann hatte er Pony vom Tod ihres Bruders berichtet.

Die Nachricht hatte sie tief getroffen, auch wenn sie sich nie besonders gut mit Grady verstanden hatte, aber immerhin hatte sie viele Jahre mit ihm zusammen verbracht. Sie schlief schlecht in dieser Nacht und war schon lange vor Tagesanbruch auf den Beinen und bereit für den letzten Teil ihres Weges, der sie bis zu dieser scheinbar uneinnehmbaren Trutzburg geführt hatte, in der man jetzt ihre Eltern und ihren Freund gefangenhielt.

Die mächtigen Tore waren fest verschlossen, die Mauern hoch und dick.

»Wie viele leben da drinnen?« fragte Pony Jojonah atemlos.

»Allein die Brüder zählen mehr als siebenhundert«, erwiderte er. »Und selbst die Jüngsten, die erst im letzten Frühjahr dort einzogen, sind ausgebildete Kämpfer. Mit Gewalt könntet ihr euch dort keinen Zutritt verschaffen, selbst wenn ihr die ganze Armee des Königs hinter euch hättet. In ruhigeren Zeiten hätte man sich vielleicht als Bauer oder Arbeiter hineinschmuggeln können, aber jetzt ist das völlig unmöglich.«

»Was habt Ihr also vor?« fragte der Hüter, denn es leuchtete allen dreien ein, daß ihr Feldzug ein aussichtsloses Unterfangen war, wenn Meister Jojonah sie nicht irgendwie hineinschleusen konnte. Und genau das hatte dieser ihnen bei ihrer Begegnung im Wald versprochen, nachdem er sie davon überzeugt hatte, daß er nicht ihr Feind, sondern ein wertvoller Mitstreiter war. Am darauffolgenden Morgen hatten sie sich dann zu dritt auf den Weg gemacht, und Jojonah hatte sie an diesen Ort geführt, der so viele Jahrzehnte sein Zuhause gewesen war.

»Ein Bauwerk dieser Größenordnung hat immer ein paar geheime Zugänge«, meinte Jojonah. »Einen davon kenne ich.«

Dann führte sie der Mönch in weitem Bogen um die nördlichste Spitze der Klosteranlage herum und schließlich einen steilen, gewundenen Pfad zum schmalen Küstenstreifen hinab. Das Wasser reichte bis zu den Felsen hinauf, und die Wellen brachen sich am Gestein, wie sie es bereits seit Hunderten von Jahren taten. Trotzdem war der Strand noch sicher begehbar, und der Hüter tauchte prüfend seinen Fuß ins Wasser.

»Jetzt nicht«, erklärte der Mönch. »Bald kommt die Flut, und wir werden zwar noch rechtzeitig hindurchkommen, bevor das Wasser zu hoch gestiegen ist, aber ich bezweifle, daß uns noch genug Zeit für den Rückweg bleiben wird. Später, wenn die Ebbe kommt, können wir an der Küste entlang zum Hafen der Abtei gehen, der selten benutzt und kaum bewacht wird.«

»Und bis dahin?« fragte der Elf.

Jojonah zeigte auf eine Höhle, an der sie beim Abstieg vorbeigekommen waren, und alle waren sich einig, daß sie nach der langen Reise eine Ruhepause brauchen konnten. Sie schlugen ein kleines Lager auf, geschützt vor der kalten Meeresbrise, und Juraviel bereitete eine Mahlzeit zu, die erste, die sie seit vielen Stunden eingenommen hatten.

Sie unterhielten sich angeregt, und Pony mußte Jojonah immer wieder von ihren Erlebnissen mit Avelyn erzählen. Er konnte offenbar gar nicht genug bekommen von ihren Geschichten, hing förmlich an ihren Lippen und bat sie wiederholt, ihm ihre Empfindungen in allen Einzelheiten zu schildern und ihm alles über Avelyn Desbris zu sagen. Als Pony schließlich an dem Punkt angelangt war, als sie und Avelyn mit Elbryan zusammengetroffen waren, schaltete sich der Hüter mit ein, und auch Juraviel hatte einiges beizutragen, als sie dem Mönch haarklein beschrieben, wie sie in Dundalis gegen die Ungeheuer zu Felde gezogen waren und sich dann auf die Reise zum Barbakan gemacht hatten.

Jojonah lief es kalt den Rücken herunter, als der Elf ihm seine Begegnung mit Bestesbulzibar schilderte, und dann noch einmal bei Ponys Beschreibung der Schlacht am Berg Aida und ihres brutalen Aufeinanderprallens mit dem geflügelten Dämon.

Dann war Jojonah an der Reihe. Während er noch kaute – denn der Elf hatte ihnen eine wirklich köstliche Mahlzeit aufgetischt –, erzählte er ihnen, wie sie den Zentauren gefunden hatten und wie erstaunlich schnell sich dessen beklagenswerter Zustand unter dem Einfluß der Elfenarmbinde gebessert hatte.

»Ich nehme an, nicht einmal Lady Dasslerond wußte genau, wie stark ihre Wirkung ist«, meinte Juraviel. »Und ich wußte es auch nicht. Es ist wohl ein seltenes Stück, sonst würden wir alle eine solche Armbinde tragen.«

»So wie die hier?« sagte Elbryan schmunzelnd und hielt ihm seinen linken Arm mit dem grünen Stoffstreifen hin.

Juraviel antwortete mit einem Lächeln.

»Eine Sache habe ich noch nicht verstanden«, meinte Jojonah und heftete seinen Blick auf Pony. »Avelyn war doch mit Euch befreundet?«

»Wie ich schon sagte«, erwiderte sie.

»Und als er starb, habt Ihr die Edelsteine an Euch genommen?«

Pony sah verlegen zu Elbryan hinüber.

»Ich weiß, daß die Steine nicht mehr da waren«, fuhr der Mönch fort. »Als ich seinen Leichnam untersucht habe –«

»Ihr habt ihn ausgegraben?« fragte Elbryan entsetzt.

»Natürlich nicht!« antwortete Jojonah. »Ich habe ihn mit dem Seelenstein und dem Granat untersucht.«

»Und keine Zauberkraft an ihm festgestellt«, meinte Pony.

»Sehr wenig«, sagte Jojonah. »Dabei bin ich sicher – erst recht nach allem, was ihr mir erzählt habt –, daß er eine ganze Menge Steine bei sich hatte. Ich weiß, warum er seine Hand in die Höhe gestreckt hielt und wer ihn als erster gefunden hat.«

Erneut sah Pony Elbryan an, und er wirkte nicht weniger verunsichert als sie selbst.

»Ich würde sie gern sehen«, sagte Jojonah. »Und sie, wenn nötig, in dem bevorstehenden Kampf benutzen. Ich kann gut mit den Steinen umgehen und werde sie gewinnbringend einsetzen, das verspreche ich euch.«

»Pony kann es besser«, meinte Elbryan, und der Mönch sah ihn erstaunt an.

Trotzdem griff Pony in ihren Beutel, holte ein kleines Säckchen hervor und öffnete es.

Jojonahs Augen funkelten, als er die Steine sah. Den Rubin, den Graphit und den Granat, den sie Bruder Youseff abgenommen hatten, den Serpentin und all die andern. Er streckte den Arm aus, aber Pony zog ihre Hand zurück.

»Avelyn hat sie mir gegeben, also trage ich die Verantwortung dafür«, erklärte die Frau.

»Und wenn ich sie jetzt zu größerem Nutzen verwenden kann?«

»Das könnt Ihr nicht«, sagte Pony ruhig. »Avelyn hat es mir selbst beigebracht.«

»Ich habe jahrelang –«, wollte Jojonah widersprechen.

»Ich habe gesehen, wie Ihr die Leute von der Kaufmannskarawane behandelt habt«, erinnerte ihn Pony. »Die Verwundungen waren nicht schwer, und doch hat es Euch enorme Anstrengung gekostet, sie zu versiegeln. Ich habe Eure Kraft gesehen, Meister Jojonah, und ich will Euch keineswegs beleidigen oder mich aufspielen. Aber ich kann zweifellos mehr mit den Steinen ausrichten, denn Avelyn und ich haben einen Weg gefunden, unsere Seelen miteinander zu verbinden, und diese Verbindung macht mich stark.«

»Ponys Zauberkräfte haben mich und viele andere so manches Mal gerettet«, fügte Elbryan hinzu. »Sie prahlt nicht, sondern sagt einfach nur die Wahrheit.«

Jojonah blickte von einem zum anderen, dann zu Juraviel, der ebenfalls nickte.

»Ich habe sie in dem Kampf um die Kaufmannskarawane nicht benutzt, weil wir wußten, daß Mönche in der Nähe waren, und Angst hatten, sie könnten uns entdecken«, erklärte Pony.

Jojonah hob die Hand zum Zeichen, daß es keiner weiteren Erklärungen bedurfte. Er hatte diese Geschichte schon einmal gehört, als sein Geist die drei belauscht hatte. »Na schön«, meinte er. »Aber ich finde, ihr solltet die Steine nicht mitnehmen nach St. Mere-Abelle – zumindest nicht alle.«

Pony sah Elbryan an, der nur achselzuckend nickte, denn er dachte daran, daß Juraviel schon dasselbe gesagt hatte, und deshalb mußte dieser Einwand wohl begründet sein.

»Wir können ja nicht wissen, ob wir da jemals wieder herauskommen«, erklärte Juraviel. »Aber wäre es denn besser«, fragte er Jojonah, »wenn wir die Steine hier draußen versteckten, als wenn sie wieder in die Hände der Mönche Eures Klosters zurückkehrten?«

Für Jojonah war die Antwort klar. »Ja«, sagte er, ohne zu zögern. »Es wäre besser, die Steine ins Meer zu werfen, als daß sie Vater Markwart in die Hände fallen. Und deshalb bitte ich euch, sie ebenso wie diese erlesenen Pferde hier draußen zurückzulassen.«

»Wir werden sehen«, sagte Pony ausweichend.

Dann wandten sie sich den praktischeren Dingen zu, und der Hüter fragte, mit wie vielen Wachtposten sie an dem Seiteneingang zu rechnen hätten.

»Ich bezweifle, daß überhaupt welche da unten sind«, erwiderte Jojonah zuversichtlich. Dann beschrieb er ihnen die massive Tür mit dem Fallgitter dahinter und der zusätzlichen Innentür, die jedoch wahrscheinlich offenstehen würde.

»Das hört sich nicht gerade so an, als wäre es ein Eingang für uns«, meinte Juraviel.

»Daneben sind vielleicht noch ein paar kleinere Türen«, erwiderte Jojonah. »Dieser Abschnitt der Abtei ist sehr alt, und früher wurde der Hafen ausgiebig genutzt. Die großen Tore sind viel neuer, höchstens zweihundert Jahre alt, aber früher gab es viele Wege, die vom Hafen aus in das Gebäude führten.«

»Und Ihr habt wirklich die Hoffnung, im Dunkeln einen davon zu finden?« fragte der Elf zweifelnd.

»Möglicherweise könnte ich die großen Türen mit den Steinen öffnen«, sagte Jojonah und sah Pony an. »In St. Mere-Abelle trifft man kaum Vorkehrungen gegen einen Angriff mit Zauberkraft. Und wenn sie gerade auf ein Schiff warten, ist das Fallgitter, das einzige Hindernis gegen die Steine, vielleicht offen.«

Pony gab keine Antwort.

»Unsere Bäuche sind gefüllt, und das Feuer ist noch warm«, meinte der Hüter jetzt. »Laßt uns ein wenig ausruhen, bis es soweit ist.«

Jojonah blickte zum Himmel empor, wo der Mond hell leuchtete, und versuchte sich daran zu erinnern, was er zuletzt über die Gezeiten gehört hatte. Dann erhob er sich und bat den Hüter, mit ihm noch einmal zum Wasser hinunterzugehen, und als sie dort ankamen, war die Flut schon fast bis zum Fuß des Felsens zurückgegangen.

»Noch zwei Stunden«, sagte Jojonah. »Dann haben wir genug Zeit, um in St. Mere-Abelle einzudringen und unser Werk zu vollenden.«

Elbryan fiel auf, wie einfach sich das alles bei ihm anhörte.

»Du solltest vorläufig nicht hierherkommen«, sagte Markwart zu Bruder Francis, als dieser ihn in seinen Privatgemächern aufsuchte, in denen sich der Abt in den letzten paar Wochen häufig aufhielt.

Bruder Francis streckte die Arme weit von sich, verblüfft über diese unfreundliche Aufnahme.

»Wir müssen unser ganzes Augenmerk auf das Äbtekollegium richten«, erklärte Markwart. »Du wirst dabeisein – und wenn wir Glück haben, auch der Zentaur.«

Bruder Francis schaute jetzt noch verständnisloser drein. »Ich?« fragte er. »Aber ich bin doch noch gar nicht zugelassen, ehrwürdiger Vater. Ich bin ja noch kein Immakulat und werde diesen Titel auch erst im nächsten Frühjahr erwerben, wenn alle Äbte wieder in ihre jeweiligen Abteien zurückgekehrt sind.«

Ein breites Grinsen zog über das verwitterte, runzlige Gesicht des Abtes.

»Was ist los?« fragte Bruder Francis aufgeregt.

»Du wirst dabeisein«, sagte Markwart noch einmal. »Immakulat Bruder Francis wird an meiner Seite sein.«

»Aber – aber –«, stotterte Francis vollkommen überwältigt. »Aber ich habe doch meine zehn Jahre noch gar nicht erfüllt. Ich habe gewissenhaft alle Vorbereitungen für meine Beförderung getroffen, aber wer nicht volle zehn Jahre hier war –«

»So wie ich Meister De'Unnero zum jüngsten Abt in der neueren Kirchengeschichte gemacht habe, genauso wirst du der jüngste Immakulat werden«, sagte Markwart nüchtern. »Die Zeiten sind gefährlich, und manchmal muß man die Regeln eben ein wenig den unmittelbaren Erfordernissen anpassen.«

»Was ist mit den anderen Brüdern meines Jahrgangs?« fragte Francis. »Zum Beispiel Bruder Viscenti?«

Markwart lachte. »Viele von ihnen werden wie vorgesehen im Frühjahr in den neuen Rang aufrücken. Was Bruder Viscenti angeht –« Er überlegte, und sein Grinsen wurde noch breiter. »Nun, sagen wir mal, es kommt darauf an, mit wem er sich abgibt. Aber für dich«, fuhr der Abt fort, »gibt es keinen Aufschub. Ich muß dich erst zum Immakulaten befördern, bevor ich dich zum Meister machen kann. In diesem Punkt sind die Vorschriften unabänderlich, ungeachtet der Situation.«

Francis wankte, und dann fiel er in eine kurze Ohnmacht. Zwar hatte er sich gerade vorhin im Korridor vor Braumin Herde damit gebrüstet, aber er hatte keine Ahnung gehabt, daß sein Gönner so schnell handeln würde. Und jetzt, wo er laut und deutlich und aus erster Hand vernommen hatte, daß der ehrwürdige Vater ihn tatsächlich für eine der beiden freigewordenen Positionen eines Meisters vorgesehen hatte, war er restlos überrumpelt.

Jetzt hatte Bruder Francis das Gefühl, als würde das Podest seiner Selbstgerechtigkeit wieder zusammengezimmert, das zusammengebrochen war, als er Grady Chilichunk getötet hatte, und als würde ihn diese Beförderung einfach von seiner Schuld freisprechen, so daß alles tatsächlich nur noch ein bedauerlicher Unfall war.

»Aber du mußt dich so lange von mir fernhalten, bis die Beförderung erfolgt ist«, sagte Markwart. »Das ist besser für den Ablauf der Dinge. Auf jeden Fall habe ich eine äußerst wichtige Aufgabe für dich – du mußt Bradwarden zum Reden bringen. Der Zentaur soll als Zeuge gegen Avelyn aussagen und gegen diese Frau, die jetzt Avelyns Steine hat.«

Bruder Francis schüttelte den Kopf. »Er hält große Stücke auf sie«, gab er zu bedenken.

Doch Markwart wischte den Einwand einfach vom Tisch. »Jeder Mensch und jedes Tier hat seine Grenzen«, sagte er nachdrücklich. »Mit Hilfe der magischen Armbinde kannst du dir Bradwarden so gründlich vornehmen, daß er um seinen Tod betteln und seine Freunde ans Messer liefern wird, wenn du ihm nur versprichst, ihn schnell zu töten. Laß dir etwas einfallen, Bruder Immakulat!«

Der neue Titel klang wirklich verlockend; trotzdem verzog Francis angewidert das Gesicht beim Gedanken an diese unangenehme Aufgabe.

»Enttäusche mich ja nicht!« sagte Markwart streng. »Dieser elende Kerl könnte die Grundlage unserer Aussage gegen Avelyn bilden, und, glaub mir, diese Anklage ist lebenswichtig für den Abellikaner-Orden.«

Francis biß sich auf die Lippen und war offensichtlich hin- und hergerissen.

»Ohne die Bestätigung des Zentauren werden wir die Aussage von Meister Jojonah und anderen gegen uns haben, und das einzige, was wir dann noch erwarten können, ist, daß man die Erklärung von Avelyn Desbris zum Ketzer in Erwägung zieht«, erklärte Markwart. »Und so ein ›In-Erwägung-Ziehen‹ kann Jahre dauern.«

»Aber wenn er wirklich ein Ketzer war – und das war er doch«, fügte Francis schnell hinzu, als er sah, wie der ehrwürdige Vater vor Wut die Augen aufriß, »dann arbeitet ja die Zeit für uns, und Avelyns Vergehen werden ihn von ganz allein vor Gott und der Kirche in die Verdammnis stürzen.«

»Idiot!« fuhr Markwart ihn an und machte auf dem Absatz kehrt, als könne er den Anblick des anderen nicht mehr ertragen, eine Geste, die den jungen Mönch tief kränkte. »Jeder Tag, der vergeht, arbeitet gegen uns, gegen mich, wenn wir die Steine nicht auftreiben. Und wenn Avelyn nicht öffentlich verurteilt wird, helfen uns die Bevölkerung und das Heer des Königs nicht dabei, die Frau zu finden und zur Verantwortung zu ziehen.«

Das leuchtete Francis ein. Jeder, den man öffentlich zum Ketzer erklärte, wurde dadurch zum Gesetzlosen nicht nur für die Kirche, sondern gleichzeitig für die Regierung.

»Und ich will diese Steine wiederhaben!« fuhr Markwart fort. »Ich bin kein junger Mann mehr. Willst du etwa, daß ich ins Grab sinke, ohne diese Angelegenheit in Ordnung gebracht zu haben? Willst du wirklich, daß mein Vorsitz über St. Mere-Abelle mit diesem Makel behaftet bleibt?«

»Natürlich nicht, ehrwürdiger Vater«, erwiderte Francis.

»Dann geh zu dem Zentauren«, sagte Markwart so kalt, daß Francis eine Gänsehaut bekam. »Und nimm ihn dir vor.«

Bruder Francis wankte aus dem Zimmer. Er fühlte sich, als hätte ihn Markwart geohrfeigt. Dann fuhr er sich mit den Fingern durchs Haar und ging zu den Verliesen, wild entschlossen, seinen ehrwürdigen Vater nicht zu enttäuschen.

Markwart schloß die Tür und verriegelte sie, während er sich insgeheim Vorwürfe machte, daß er so leichtsinnig gewesen war in Anbetracht des aufschlußreichen Fußbodenmusters im Nebenzimmer. Dann ging er hinüber und bewunderte sein Werk. Das Pentagramm war makellos; genau wie in dem Buch dargestellt, hatte er es in den Boden geritzt und die Vertiefungen mit farbigem Wachs ausgefüllt.

Der ehrwürdige Vater hatte schon länger als einen Tag nicht geschlafen, so sehr hatten ihn seine Arbeit und die Geheimnisse des seltsamen Buches gefangengenommen. Vielleicht würden ja auch noch die Chilichunks beim Äbtekollegium in Erscheinung treten. Markwart verstand es, tote Körper wiederzubeleben, und mit dem Hämatit konnte er die natürliche Verwesung fast vollständig beseitigen.

Es war ein riskanter Schachzug, das war ihm klar, aber es hatte so etwas schon gegeben. Im Handbuch der Geisterbeschwörung war ausdrücklich die Rede von einer ähnlichen Finte gegen die zweite Äbtissin von St. Gwendolyn. Zwei der Meister von St. Gwendolyn hatten der Äbtissin entgegengehalten, keine Frau dürfe einen so mächtigen Rang bekleiden. Tatsächlich spielten Frauen, von dieser Abtei einmal abgesehen, immer nur eine untergeordnete Rolle in der gesamten Kirche. Als einer der beiden starb, sah sich der andere in einer mißlichen Lage, denn er wußte, daß er allein die Äbtissin nicht bekämpfen konnte. Doch mit Hilfe des Handbuchs der Geisterbeschwörung sorgte der Meister dafür, daß er nicht allein war. Er rief einen niederen Dämon an und ließ ihn in den Leichnam seines Freundes schlüpfen, und gemeinsam erklärten sie dann der Äbtissin fast ein Jahr lang den Krieg.

Markwart ging wieder zu seinem Schreibtisch hinüber; er mußte sich setzen und über sein Vorgehen nachdenken. Die Chilichunk-Attrappen brauchten nur für kurze Zeit vor dem Kollegium zu erscheinen. Möglicherweise würde ihm die Täuschung gelingen, denn nur er und Francis wußten mit Sicherheit, daß die beiden tot waren, und dann hätte er zwei starke Zeugen gegen diese Frau.

Was aber, wenn die Sache mißlänge? Markwart dachte nach, und die Aussichten waren nicht gerade rosig.

»Ich muß es mir vorher erst einmal ansehen«, sagte er laut und nickte. Und dann beschloß er, es zu versuchen. Er würde sich der Chilichunks – oder zumindest ihrer Körper – für seine Zwecke bemächtigen und sich das Ergebnis ansehen. Dann konnte er immer noch entscheiden, während er Bradwardens Entwicklung beobachtete, ob er sie beim Kollegium vorführen würde oder nicht.

Markwart lächelte boshaft und rieb sich erwartungsvoll die Hände; dann nahm er das schwarze Buch und zwei Kerzen und ging hinüber in den vorbereiteten Raum. Er stellte die Kerzen an den richtigen Stellen auf und entzündete sie, nahm einen Diamanten und verwandelte ihren gelben Schein in schwarzes Licht. Schließlich setzte er sich mit überkreuzten Beinen zwischen die Kerzen in das Pentagramm.

Mit dem Seelenstein in der einen und dem Buch in der anderen Hand ließ er nun seinen Geist aus seinem Körper frei.

Das Zimmer bekam jetzt merkwürdige Dimensionen – es schien sich vor seinem geistigen Auge zu verzerren und zu verbiegen. Er sah den normalen Ausgang und dann noch einen anderen, eine Öffnung im Fußboden mit einem langen, abschüssigen Gang dahinter.

Diesen dunklen Weg nahm seine Seele jetzt und stieg hinab und immer weiter hinab.

Der Mond stand direkt über der Abtei, und das Wasser war weit zurückgegangen, als Jojonah den Hüter und seine Gefährten zu den Kais und dann zu der unteren Tür führte. Sie hatten Greystone und Symphony zurückgelassen, wie auch die meisten der Steine, und Pony hatte nur jene mitgenommen, von denen sie glaubte, daß sie sie vielleicht brauchen würde. Jetzt hielt sie einen Malachit, den Levitationsstein, und einen Magnetstein in der Hand.

Jojonah führte sie zu den großen Türen vor den Kaianlagen und inspizierte diese eingehend. Er nahm sogar Elbryans

Schwert und fuhr damit an einer abgewetzten Stelle unter das Holz. Als er mit der Klinge hin- und herfuhr, fühlte er den Widerstand – das Fallgitter war geschlossen.

»Wir sollten lieber weiter südlich die Klippen entlang suchen«, meinte Jojonah flüsternd und bedeutete ihnen, es könnten Wachen oben auf der Mauer stehen – obwohl sich diese Mauer weit über ihnen befand.

»Dort finden wir wahrscheinlich eine zugänglichere Tür.«

»Glaubt Ihr, daß hinter dieser Tür hier irgendwelche Wachen postiert sind?« fragte Pony.

»Ich bezweifle, daß sich zu dieser nachtschlafenden Zeit irgend jemand tiefer als in der zweiten Ebene aufhält«, erwiderte Jojonah zuversichtlich. »Abgesehen von denen, die Markwart vielleicht zur Bewachung der Gefangenen aufgestellt hat.«

»Dann laßt es uns hier versuchen«, erwiderte Pony.

»Das Fallgitter ist heruntergelassen«, erklärte Jojonah und gab sich vergeblich alle Mühe, seine Stimme nicht ganz hoffnungslos klingen zu lassen.

Pony hielt den Malachit in die Höhe, doch der Mönch sah sie zweifelnd an.

»Sie ist zu schwer«, erklärte er. »Dreitausend Pfund vielleicht. Deshalb wird dieses Tor auch kaum bewacht. Die Außentüren gehen nach innen auf, aber man kann sie nicht öffnen, wenn das Fallgitter heruntergelassen ist. Und an das Fallgitter kommt man natürlich mit keinem Werkzeug heran, während die massiven Türen geschlossen sind.«

»Mit Zauberkraft schon«, widersprach Pony. Ehe der Meister protestieren konnte, fischte sie den Seelenstein heraus, und schon war sie aus ihrem Körper heraus und schlüpfte durch den Spalt in den Außentüren, um sich das Fallgitter anzusehen. Ebenso schnell war sie wieder in ihre stoffliche Hülle zurückgekehrt, denn sie wollte nicht zuviel Kraft verschwenden.

»Das ist der richtige Weg«, verkündete sie. »Die inneren Türen sind nicht verschlossen, und ich habe auch kein Anzeichen irgendwelcher Wachen in dem Gang dahinter gesehen.«

Jojonah zweifelte nicht an ihren Worten. Er hatte selbst oft genug seinen Geist auf die Wanderschaft geschickt, um zu wissen, daß sie selbst in dem finsteren Gang genug hatte »sehen« können.

»Die Außentüren sind verriegelt und außerdem durch das Fallgitter versperrt«, erklärte Pony. »Haltet eine Fackel bereit, und hört genau auf die Geräusche. Beeilt euch, wenn ihr hört, daß sich das Fallgitter hebt, denn ich weiß nicht, wie lange ich es halten kann.«

»Ihr könnt doch nicht –«, wollte Jojonah protestieren, aber Pony hielt bereits die Hand mit dem Malachit in die Höhe und hatte sich in den grünlichen Stein versenkt.

Elbryan legte dem Meister die Hand auf die Schulter und bat ihn, leise zu sein und achtzugeben.

»Ich höre das Fallgitter«, flüsterte Juraviel, der sein Ohr gegen die dicke Tür preßte, nach einer Weile. Elbryan und der verblüffte Jojonah huschten zu ihm hinüber, und trotz seiner vorherigen Zweifel hörte der Mönch jetzt das knarrende Geräusch des mächtigen Gitters.

Pony mußte all ihre Kraft aufbieten. Sie hatte schon Riesen in die Luft gehoben, aber noch nie etwas von solchen Ausmaßen. Sie konzentrierte sich auf das Bild des Gitters und ließ sich tief in den Stein fallen, um seine Kraft zu bündeln. Das Fallgitter war jetzt weit genug oben, dachte sie, aber nun mußte sie auch noch den Riegel erreichen und irgendwie anheben.

Sie zitterte am ganzen Leib, Schweißperlen standen auf ihrer Stirn, und sie blinzelte angestrengt. Dann fand sie den Riegel und griff danach mit aller Kraft, die sie noch übrig hatte.

Juraviel hörte, wie sich der Riegel verschob und auf der einen Seite angehoben wurde. »Jetzt, Nachtvogel!« sagte er, und der Hüter stemmte die Schulter gegen die mächtige Tür und drückte mit aller Kraft dagegen. Der Riegel löste sich, die Türen gaben nach, Elbryan schlüpfte unter dem Fallgitter hindurch in den Gang und entzündete rasch seine Fackel.

»Die Kurbel befindet sich in einem Verschlag rechts unten«, rief der Mönch Juraviel zu, als dieser an Elbryan vorbeirannte.

Kurz darauf wurde die Fackel hochgehalten, und der Elf verkündete, daß er das Gitter gesichert habe. Jojonah lief zu Pony zurück und schüttelte sie heftig, um sie aus ihrer Trance zu wecken. Sie kam zu sich, stolperte und fiel beinahe vor Erschöpfung über ihre eigenen Beine.

»So was habe ich bisher nur bei einem gesehen«, meinte Jojonah, als er sie in den Gang hineinführte.

»Und der ist bei mir«, erwiderte Pony ruhig.

Der Meister lächelte, glaubte ihr jedes Wort, und es tröstete ihn sehr. Dann schloß er die inneren Türen wieder und erklärte den anderen, daß man die Zugluft bis ins Innere der Abtei spüren konnte, wenn die Tür zum Meer hin offenstünde.

»Wo gehen wir jetzt hin?« fragte der Hüter.

Jojonah überlegte einen Moment. »Ich kann uns zu den Verliesen bringen, aber nur, indem wir ein paar Etagen hinauf- und an einer anderen Stelle wieder hinuntersteigen.«

»Geht voraus«, sagte Elbryan.

Doch der Mönch schüttelte den Kopf. »Die Sache gefällt mir nicht«, erklärte er. »Wenn wir auf irgendeinen der Brüder stoßen, wird er Alarm schlagen.« Die Vorstellung, sie könnten tatsächlich jemandem aus St. Mere-Abelle über den Weg laufen, erfüllte Jojonah mit Panik, nicht wegen seiner mächtigen Freunde und ihrer Mission, sondern um der unglückseligen Brüder willen, die dabei in Gefahr gerieten.

»Ich bitte Euch, tötet keinen von ihnen!« entfuhr es ihm unvermittelt.

Elbryan und Pony sahen sich fragend an.

»Von den Brüdern, meine ich«, erklärte Jojonah. »Die meisten von ihnen sind schlimmstenfalls ahnungslose Handlanger von Markwart und haben es nicht verdient –«

»Wir sind nicht hergekommen, um irgend jemanden umzubringen«, unterbrach ihn Elbryan. »Und das werden wir auch nicht. Ihr habt mein Wort.«

Pony nickte zustimmend, und Juraviel schloß sich an, auch wenn der Elf nicht ganz sicher war, ob dies die richtige Entscheidung war.

»Es gibt vielleicht noch einen besseren Weg in die Katakomben«, sagte Jojonah. »Auf der einen Seite gibt es alte Durchgänge. Die meisten sind versperrt, aber wir können die Hindernisse aus dem Weg räumen.«

»Und Ihr kennt Euch dort aus?« fragte der Hüter.

»Nein«, mußte Jojonah zugeben. »Aber sie hängen alle zusammen – es ist der älteste Teil der Abtei –, und ich bin sicher, daß wir auf jedem dieser Wege bald zu einer Stelle kommen, die ich wiedererkenne.«

Elbryan sah seine Freunde an, und sie nickten beide zustimmend, denn auch sie zogen den Weg durch unbenutzte Gänge demjenigen vor, auf dem sie wahrscheinlich mit anderen Mönchen in Berührung kamen. Doch zuvor schlossen sie auf Juraviels Rat hin noch das Fallgitter, denn sie wollten lieber keinerlei Spuren ihres Eindringens hinterlassen.

Bald darauf fanden sie den alten Gang, und wie Jojonah vorausgesagt hatte, überwanden sie ohne Schwierigkeiten die Hindernisse, welche die Mönche dort errichtet hatten. Schon kamen sie an den ältesten Gängen und Räumen von St. Mere-Abelle vorbei, die seit Jahrhunderten nicht mehr benutzt wurden. Boden und Wände waren hier völlig geborsten, und die unregelmäßigen Steinquader warfen im Schein der Fackel drohende, langgezogene Schatten. An vielen Stellen standen sie knietief im Wasser, und kleine Eidechsen huschten an Wänden und Decken entlang. An einer Stelle mußte Elbryan sein Schwert ziehen, um ihnen den Weg durch dicke Spinnweben zu bahnen.

Sie kamen sich hier unten wie Eindringlinge vor, denn diese Gefilde gehörten den Eidechsen und Spinnen, dem Moder und dem mächtigsten aller Feinde, dem Zahn der Zeit. Doch die drei Freunde strebten unbeirrt vorwärts durch die engen, gewundenen Gänge, angespornt vom Gedanken an Bradwarden und die Chilichunks.

Der Tunnel war ein finsteres, grauschwarzes Einerlei, und Nebelschwaden waberten um ihn her, als Markwarts Geist hinabfuhr. Und obwohl er seiner körperlichen Gestalt entkleidet war, spürte er den kalten Hauch, der ihn hier unten anwehte.

Da machte sich Markwart zum ersten Mal seit langer, langer Zeit Gedanken über den Weg, den er eingeschlagen hatte, und fragte sich, ob er sich nicht zu weit vom Licht entfernt hatte. Er erinnerte sich daran, wie er ein halbes Jahrhundert zuvor als junger Mann nach St. Mere-Abelle gekommen war. Damals war er voller Inbrunst und Zuversicht gewesen, und das hatte seinen Aufstieg beschleunigt, so daß er am zehnten Jahrestag seines Eintritts in den Orden zum Immakulaten und nur drei Jahre darauf in den Rang eines Meisters erhoben wurde. Im Gegensatz zu vielen seiner Vorgänger hatte der ehrwürdige Vater St. Mere-Abelle nie verlassen, um sich als Abt in den Dienst einer anderen Abtei zu stellen, sondern hatte all die Jahre bei seinen Edelsteinen in diesem erhabensten aller Ordenshäuser verbracht.

Und nun hatten ihm die Steine einen neuen, großartigen Weg gewiesen. Er begab sich weit über die Grenzen seiner Vorgänger hinaus in bislang unerforschte und nie genutzte Bereiche. Und so siegten nach einem kurzen Augenblick des Zweifelns wieder einmal sein Stolz und sein unerschütterliches Selbstvertrauen, und er stieg weiter hinab in den langen, finsteren Tunnel, ganz sicher, es mit jeder Gefahr aufnehmen und sich aller bösen Mächte bedienen zu können, denn der Zweck heiligte jedes Mittel.

Der unterirdische Gang verbreitete sich zu einem düsteren Gewölbe, und in den grauen, modrigen Nebelschwaden sah Markwart die pechschwarzen Schattengestalten kauern.

Einige in seiner Nähe witterten ihn und streckten ihm gierig ihre Krallenfinger entgegen.

Doch Markwart hob gebieterisch die Hand und stellte befriedigt fest, daß sie tatsächlich zurückwichen. Sie umringten ihn jedoch im Halbkreis und starrten ihn mit ihren rotglühenden Augen gierig an.

»Wollt ihr die Welt der Lebenden noch einmal sehen?« fragte sein Geist die beiden nächststehenden Gestalten.

Da machten sie einen Satz auf ihn zu und grapschten mit eiskalten Händen nach ihm.

Ein Hochgefühl ergriff den Geist des ehrwürdigen Vaters. Wie einfach das war! Er machte kehrt und stieg wieder hinauf, die beiden Dämonen im Schlepptau. Dann öffnete er die Augen seines menschlichen Körpers und blinzelte in das ungewohnte Kerzenlicht, denn die beiden Flammen flackerten heftig. Zunächst brannten sie noch schwarz, doch nicht mehr lange, denn auf einmal schlugen riesige rote Flammen aus den beiden dünnen Kerzen empor, hüpften und tanzten und füllten den ganzen Raum mit ihrem rötlichen Schein, so daß Markwart die Augen brannten.

Doch er konnte den Blick nicht abwenden, sondern starrte wie hypnotisiert auf die beiden zusammengekrümmten menschenähnlichen Gestalten, die sich jetzt aus dem Feuerschein herausbildeten.

Seite an Seite entstiegen die scheußlichen Gebilde den Flammen und bohrten ihre gierigen, rotglühenden Blicke in den Abt. Neben ihnen flackerten die Kerzen ein letztes Mal auf und kehrten dann zu ihrem normalen Zustand zurück. Auf einmal war alles still.

Markwart spürte, daß diese Dämonengestalten ihn anfallen und in Stücke reißen konnten, und doch hatte er keine Angst.
»Kommt!« sagte er. »Ich zeige euch eure neuen Gastgeber.« Dann ließ er sich in den Hämatit fallen, und sein Geist verließ noch einmal seinen Körper.

15. Ponys Alptraum

Der Hüter markierte immer wieder gewissenhaft den Weg an den Wänden, denn es gab viele Abzweigungen in diesem Labyrinth alter, unbenutzter Gänge. Die vier waren bereits länger als eine Stunde unterwegs, an einer Stelle mußten sie eine Tür aufbrechen und eine Mauer einreißen, ehe sie sich plötzlich in einer Umgebung wiederfanden, die Jojonah bekannt vorkam.

»Wir sind jetzt fast in der Mitte der Abtei«, erklärte der Mönch.

»Südlich von hier befinden sich der Steinbruch und die ehemaligen Grüfte und Bibliotheken. Auf der anderen Seite sind die ehemaligen Quartiere der Brüder, die Markwart jetzt als Gefängniszellen benutzt.« Ohne besondere Eile ging der Meister vorsichtig und leise voraus.

Kurze Zeit später löschte Elbryan die Fackel, denn der Feuerschein war womöglich von oben zu sehen.

»Einige der Zellen sind hier«, sagte Jojonah.

»Bewacht?« fragte der Hüter.

»Schon möglich«, erwiderte der Mönch. »Und es kann sein, daß der ehrwürdige Vater selbst oder einer seiner mächtigen Lakaien gerade in der Nähe ist und die Gefangenen verhört.«

Elbryan gab Juraviel ein Zeichen, er möge sich umsehen. Der Elf machte sich auf den Weg und kam nach wenigen Minuten zurück, um zu berichten, daß tatsächlich zwei junge

Männer im Schein einer Fackel postiert waren und Wache hielten. »Sie passen nicht auf«, meinte Juraviel.

»Hier unten rechnen sie nicht mit Ärger«, sagte Meister Jojonah zuversichtlich.

»Ihr bleibt hier«, sagte Elbryan zu dem Mönch. »Es wäre nicht sehr klug, wenn man Euch sähe. Pony und ich machen den Weg frei.«

Jojonah legte ihm ängstlich die Hand auf den Unterarm.

»Wir bringen sie nicht um«, versprach Elbryan.

»Sie sind kampferprobt«, sagte Jojonah warnend, doch der Hüter schien kaum hinzuhören und war schon mit Pony und Juraviel unterwegs.

Als sie sich der Stelle näherten, ging Elbryan voran, ließ sich dann auf ein Knie herab und spähte um die letzte Wegbiegung.

Da standen die beiden jungen Mönche; der eine räkelte sich gähnend, der andere lehnte schwerfällig an der Mauer und war halb eingeschlafen.

Mit einem Satz war der Hüter bei ihnen, holte mit dem Ellbogen aus und rammte den letzteren mit voller Wucht gegen die Wand. Dann schnellte sein Handrücken in die andere Richtung und traf den gähnenden Mönch, der erschrocken die Augen aufriß und protestieren wollte. Jetzt fuhr Elbryan wieder zu dem andern herum, der inzwischen an der Wand zusammengesackt war, und packte den Mann, so daß er sich überschlug und mit dem Gesicht nach unten am Boden landete. Inzwischen kümmerten sich Pony und Juraviel um den andern, der viel zu benommen war, um sich zu wehren. Sie fesselten die beiden mit dünner Elfenschnur, knebelten sie und verbanden ihnen die Augen mit ihren eigenen Mönchskutten; dann zerrte sie der Hüter in einen dunklen Seitengang.

Als er zurückkehrte, war Jojonah wieder bei ihnen, und Pony hatte ihren Blick auf eine hölzerne Tür geheftet. Sobald Jojonah festgestellt hatte, daß es sich um Pettibwas Zelle handelte, war sie darauf zugegangen, als wolle sie schnurstracks hineinmarschieren, doch nun stand sie wie angewurzelt davor.

Der Gestank verriet ihr, was sie drinnen erwartete. Es war derselbe Geruch wie vor vielen Jahren im verwüsteten Dundalis.

Elbryan war sofort bei ihr und legte den Arm um sie, als sie schließlich den Riegel anhob und die Tür aufstieß.

Das Licht der Fackel fiel in den verdreckten Raum, und da lag Pettibwa, mitten in ihrem eigenen Unrat; die Haut hing schlaff um ihre dicken Arme, und ihr Gesicht war schrecklich bleich und aufgedunsen. Pony stürzte zu ihr hin, fiel auf die Knie und wollte den Kopf der Frau in ihren Schoß legen, aber der Leichnam war starr, und so beugte sie sich schluchzend zu Pettibwa hinunter.

Sie hatte ihre Pflegemutter aufrichtig geliebt, diese Frau, die sie ins Erwachsenenleben begleitet hatte, die ihr gezeigt hatte, was Liebe und Großzügigkeit sind, denn damals, vor vielen Jahren, hatte es für Pettibwa keinen praktischen Grund gegeben, sich um das Waisenkind zu kümmern. Und doch hatte sie Pony in ihre Familie aufgenommen und sie ebenso liebevoll behandelt wie ihren eigenen Sohn.

Und jetzt war sie tot, und das hing weitgehend mit dieser Großzügigkeit zusammen. Man hatte Pettibwa umgebracht, weil sie sich um ein Waisenkind gekümmert hatte, weil sie dem Mädchen die Mutter ersetzt hatte, das jetzt in den Augen der Kirche eine Verbrecherin war.

Elbryan nahm Pony in die Arme und versuchte, ihre Gefühle aufzufangen. In ihrer Brust tobten so mannigfaltige Empfindungen: Gewissensbisse und Verzweiflung, schlichte Traurigkeit und eine große Leere.

»Ich muß mit ihr reden«, sagte Pony immer wieder unter Schluchzen. »Ich muß –«

Elbryan versuchte sie zu trösten und zu beruhigen. Als sie nach dem Seelenstein griff, hielt er ihren Arm fest.

»Sie ist schon zu lange fort«, sagte er.

»Ich kann ihre Seele suchen und ihr Lebewohl sagen«, widersprach Pony.

»Nicht hier und jetzt«, erwiderte Elbryan sanft.

Pony wollte protestieren, aber schließlich steckte sie mit zitternder Hand den Stein wieder in ihren Beutel – doch sie behielt ihn in der Hand.

»Ich muß mit ihr reden«, sagte sie bestimmt und wandte sich von ihrem Liebsten noch einmal zu dem Leichnam, beugte sich tief hinab und sagte ihrer Pflegemutter leise Lebewohl.

Jojonah und Juraviel verfolgten die Szene von weitem, und dem Mönch stand das Entsetzen darüber ins Gesicht geschrieben, daß einer von seinem Orden, noch dazu der oberste Hirte selbst, dieser unschuldigen Frau so etwas angetan hatte.

»Wo ist der andere Mensch?« fragte Juraviel.

Jojonah wies mit dem Kopf zu der angrenzenden Zelle, und die beiden gingen schnell hinein – um Graevis erhängt vorzufinden, die Kette noch immer um den Hals geschlungen.

»Er hat den einzigen Fluchtweg gewählt, der ihm blieb«, sagte Jojonah betrübt.

Juraviel ging sofort zu dem Toten und machte ihn vorsichtig frei. Der starre Körper verrenkte sich gräßlich, als er an der Fessel zu Boden fiel, aber es war besser, wenn Pony ihn so sah, dachte der Elf, als in der Stellung, in der er gestorben war.

»Sie muß ein wenig allein sein«, sagte Elbryan und trat zu Jojonah auf die Türschwelle.

»Ein harter Schlag«, meinte Juraviel voller Mitgefühl.

»Wo ist Bradwarden?« fragte der Hüter Jojonah in strengem Ton, so daß der Mönch schuldbewußt einen Schritt zurückwich. Doch Elbryan sah Jojonahs Entsetzen sofort, und so legte er ihm tröstend die Hand auf die Schulter. »Es ist eine schwere Zeit für uns alle«, sagte er freundlich.

»Der Zentaur ist weiter hinten«, erklärte Jojonah.

»Wenn er noch lebt«, warf Juraviel ein.

»Wir gehen zu ihm«, sagte der Hüter zu dem Elfen und winkte Jojonah, ihnen den Weg zu zeigen. »Bleib du bei Pony und beschütze sie vor äußeren und inneren Heimsuchungen.«

Juraviel nickte und verließ die Zelle, während Elbryan und Jojonah leise den Korridor entlangliefen. Dann ging er zurück zu Pony, erzählte ihr behutsam, daß Graevis ebenfalls tot war, und umarmte sie, als der Kummer sie übermannte.

Jojonah folgte dem Hüter den niedrigen Gang entlang und dirigierte Elbryan flüsternd an Abzweigungen vorbei. Als sie um die letzte Ecke bogen und zu einem weiteren notdürftig von einer Fackel erhellten Bereich gelangten, sahen sie zwei Türen, eine auf der linken Seite der Wand und die andere am hintersten Ende des Korridors.

»Wenn du denkst, das war alles – jetzt geht es erst richtig los!« hörten sie einen Mann brüllen, dann knallte eine Peitsche, gefolgt von einem tiefen, wilden Knurren.

»Das ist Bruder Francis«, erklärte Jojonah. »Einer der Lakaien des ehrwürdigen Vaters.«

Der Hüter stürmte vorwärts, blieb aber gleich darauf unvermittelt stehen, und Jojonah verschwand im Dunkel, als sich die Tür öffnete.

Der Mönch, ein Mann ungefähr im selben Alter wie Elbryan, trat heraus, die Peitsche in der Hand und mit äußerst verdrossenem Gesicht. Als er Elbryan bemerkte, der regungslos und ohne sein Schwert zu ziehen dastand, blieb er wie angewurzelt stehen und riß die Augen auf.

»Wo sind die Wachen?« fragte der Mönch. »Und wer seid Ihr?«

»Ein Freund von Avelyn Desbris«, erwiderte Elbryan laut und vernehmlich. »Und ein Freund von Bradwarden.«

»Bei den Göttern, das nenn ich einen guten Auftritt!« ertönte es aus der Zelle, und es tat Elbryan gut, die polternde Stimme seines Freundes zu hören. »Jetzt kriegst du dein Fett, Francis, du Tölpel!«

»Halt den Mund!« fuhr dieser den Zentauren an. Er rieb sich die Hände und ließ die Peitsche lose hängen, als Elbryan einen Schritt näher kam, ohne sich allerdings die Mühe zu machen, sein Schwert zu ziehen.

Francis hob drohend die Peitsche. »Eure Freundschaft allein macht Euch schon zum Verbrecher«, sagte er, und seine Stimme klang nervös, obwohl er sich alle Mühe gab, ruhig zu wirken.

Der Hüter erkannte dieses Bemühen, doch es kümmerte ihn wenig, ob dieser Mann ein Feigling war oder nicht. Bradwardens Stimme und das Bewußtsein, daß dieser Mann gerade die Peitsche gegen seinen Freund erhoben hatte, brachten seine Gefühle so in Wallung, daß er augenblicklich zum Krieger wurde. Er ging noch einen Schritt weiter auf den Mönch zu.

Francis spannte die Armmuskeln an, aber er schwang die Peitsche nicht. Statt dessen trat er nervös von einem Bein aufs andere und blickte abwechselnd nach vorn und nach hinten.

Jetzt sprang Nachtvogel auf ihn zu, das Schwert noch immer in der Scheide.

Francis, in Panik, versuchte nun, mit der Peitsche nach ihm zu schlagen, doch Nachtvogel trat flugs darauf und zog sie beiseite. Da warf der Mönch die Waffe nach ihm, machte kehrt und rannte auf die Tür am Ende des Ganges zu. Er packte die Klinke und zerrte aus Leibeskräften daran, und die Tür ging ein Stück weit auf, bevor Nachtvogel ihren Schwung aufhielt.

Mit furchterregender Kraft schmetterte der Hüter die Tür wieder zu.

Francis, der eine Lücke in der Abwehr des andern witterte, fuhr herum und wollte eine gerade Rechte zwischen den ungeschützten Rippen des Mannes landen.

Doch im selben Augenblick schnellte Nachtvogels Linke vor und lenkte den Angriff ab, und auch die andere Hand seines Gegners traf unter seinem hocherhobenen rechten Arm nur noch ins Leere.

Francis versuchte es noch einmal mit einer schnellen Rechten, und wieder fing der Hüter sie ab, doch diesmal griff Nachtvogel blitzschnell zu, packte mit der Rechten Francis' Faust und zog sie mit einem kräftigen Ruck zu sich herüber.

Francis schwankte, und schon traf ihn ein kurzer, aber gewaltiger Stoß in die linke Seite, der ihm den Atem nahm. Francis prallte hart gegen die geschlossene Tür, wollte sich wieder aufrappeln, doch der Hüter, der noch immer die Faust des Mönchs festhielt, riß jetzt dessen Arm mit einem solchen Ruck in die Höhe, daß das Ellbogengelenk mit hörbarem Knacken entzweibrach. Eine Welle des Schmerzes lief durch seinen Körper, und er taumelte wieder rückwärts, der Hüter aber versetzte ihm mit der Rechten einen Schlag in die Magengrube, daß er sich krümmte, und anschließend einen linken Haken gegen den Brustkorb, der ihn den Boden unter den Füßen verlieren ließ.

Es folgte ein wildes Trommelfeuer von Faustschlägen, das den Mönch abwechselnd gegen die Tür rammte und in die Luft schleuderte.

Dann war der Kampf ebenso plötzlich vorüber, wie er begonnen hatte. Nachtvogel trat einen Schritt zurück und ließ Francis los, der zusammengekrümmt vornüberkippte. Mit einer Hand hielt er sich den Bauch, die andere hing schlaff herab. Er schaute gerade noch rechtzeitig zu dem Hüter auf, um den kräftigen linken Schwinger auf sich zukommen zu sehen, der jetzt seine Kinnlade traf, so daß sein Kopf ruckartig zur Seite knickte und er hart zu Boden ging.

Dann wurde um ihn herum alles schwarz, als die imposante Gestalt sich über ihn beugte. »Bringt ihn nicht um!« hörte er eine Stimme aus weiter Ferne.

Nachtvogel machte Jojonah schnell ein Zeichen zu schweigen, denn er wollte nicht, daß der andere ihn erkannte. Erleichtert stellte er jedoch fest, daß Francis bewußtlos war. Rasch zog er dem Mönch einen Sack über den Kopf und bat

Jojonah, ihn zu fesseln, während er selbst zu Bradwarden in die Zelle stürmte.

»Habt ja reichlich lange gebraucht, bis ihr mich gefunden habt!« meinte der Zentaur gutgelaunt.

Elbryan war überwältigt und hingerissen, denn Bradwarden war in der Tat ausgesprochen lebendig und wohlauf, weit mehr, als er je zu hoffen gewagt hätte.

»Die Armbinde«, erklärte ihm der Zentaur. »Ganz schön nützlich, dieses Ding!«

Elbryan umarmte seinen Freund; dann fiel ihm ein, daß sie nicht viel Zeit hatten, und er machte sich an den Fesseln zu schaffen.

»Hoffentlich hast du den Schlüssel mitgebracht«, meinte Bradwarden. »Die kriegst du nicht so einfach klein!«

Da griff Elbryan in die Tasche und holte das Päckchen mit der roten Paste hervor. Er wickelte den Inhalt aus und bestrich damit die Ketten.

»Ach, du hast noch was übrig von dem Zeug, das du am Berg Aida benutzt hast«, sagte der Zentaur begeistert.

»Wir müssen uns beeilen«, meinte Jojonah, der jetzt hinzukam. Sein Anblick brachte Bradwarden in Rage, aber Elbryan erklärte ihm schnell, daß dieser Mönch kein Gegner war.

»Er ist einer von denen, die mich gefangengenommen und in Ketten gelegt haben«, sagte Bradwarden.

»Und nun gehört er zu denen, die dich von diesen Ketten befreien wollen«, fügte der Hüter schnell hinzu.

Jetzt wurde Bradwardens Gesicht weicher. »Sieht ganz so aus«, gab er nach. »Immerhin hat er mir unterwegs meinen Dudelsack wiedergegeben.«

»Ich bin Euer Freund, edler Bradwarden!« sagte Jojonah und verbeugte sich höflich.

Der Zentaur nickte, dann drehte er den Kopf und blinzelte erstaunt, als sein rechter Arm sich von der Wand löste. Dort stand Elbryan, hatte Sturmwind gezückt und machte Anstalten, die Kette zu durchtrennen, mit der das rechte Hinterbein des Zentauren gefesselt war.

»Gute Arbeit, dieses Schwert!« meinte Bradwarden, und mit einem einzigen Hieb des Hüters war auch sein Bein frei.

»Sieh mal nach Elbryan!« sagte Pony. Sie kniete noch immer neben der toten Pettibwa, aber jetzt hatte sie ihre Fassung wiedergewonnen.

»Er wird mich kaum brauchen«, erwiderte der Elf.

Pony atmete tief durch. »Ich auch nicht«, sagte sie, und Juraviel verstand, daß sie allein sein wollte. Es beunruhigte ihn, daß sie die Hand noch immer in dem Beutel mit den Steinen vergraben hatte, aber letzten Endes wußte er, daß er Pony vertrauen mußte. Und so küßte er sie sanft auf den Scheitel und zog sich dann rücksichtsvoll zurück. Doch er blieb draußen vor der Zellentür stehen und hielt still im Schein der Fackel Wache.

Pony rang schwer um ihre Fassung. Sie legte die Hand an Pettibwas aufgedunsene Wange und streichelte sie sanft und liebevoll, und es kam ihr so vor, als sähe das bleiche Gesicht der Frau jetzt viel friedlicher aus.

Dann spürte sie auf einmal ein Kribbeln und fragte sich verstört, ob sie sich in ihrem verzweifelten Wunsch, Pettibwa zu finden, vielleicht ohne es zu wollen, zu sehr auf den Seelenstein in ihrer Hand konzentriert hatte. Sie schloß die Augen und versuchte, den Weg weiterzugehen. Da sah sie plötzlich die drei Geister durch den Raum huschen, unter ihnen ein alter Mann.

Wer waren die drei? Pettibwa, Graevis und Grady?

Die Vorstellung erschreckte und faszinierte Pony gleichermaßen, doch dann bekam sie es mit der Angst zu tun und ließ von dem Seelenstein ab. Sie öffnete die Augen und betrachtete Pettibwa – und plötzlich erwiderte die Frau ihren Blick!

»Was ist das denn?« murmelte Pony vor sich hin. Hatte sie

ungewollt mit dem Seelenstein Pettibwas Geist in seinen Körper zurückgeholt? War eine solche Wiederbelebung denn überhaupt möglich?

Die grausige Antwort folgte auf dem Fuße, als Pettibwas Augen dämonisch zu glühen begannen, ihr Gesicht sich verzerrte und ihr offener Mund unartikulierte Fauchlaute ausstieß.

Pony wich zurück, zu überrumpelt und verstört, um zu reagieren. Da richtete sich der Leichnam unvermittelt auf, und die pummligen Arme schossen vorwärts und krallten sich mit übermenschlicher Kraft um Ponys Kehle. Erschrocken schlug die junge Frau aus Leibeskräften um sich und versuchte auf jede erdenkliche Weise, den Griff des Dämons abzuschütteln, jedoch ohne den geringsten Erfolg.

Doch dann war Juraviel bei ihr und schlug mit seinem zierlichen Schwert kräftig auf Pettibwas angeschwollenen Arm ein, so daß das geronnene Blut aufspritzte.

Elbryan war gerade im Begriff, Bradwarden von der letzten Fessel zu befreien, als Ponys Schrei an sein Ohr drang. Er schlug kräftig zu, machte auf dem Absatz kehrt und war schon etliche Schritte voraus, Jojonah dicht hinter ihm, als die Kette klirrend zu Boden fiel. Er bog um die Ecke, hörte das Getöse in der Zelle von Graevis und trat die Tür auf.

Dann blieb er wie angewurzelt stehen, denn der wiederbelebte Leichnam hatte sich das eine Handgelenk, an dem er gefesselt gewesen war, einfach durchgebissen und stapfte jetzt mit rotglühenden Augen auf ihn zu, während sein Armstumpf eine Blutspur hinterließ.

Elbryan wollte unbedingt zu Pony, aber er konnte jetzt nicht einfach davonstürzen, und so beruhigte es ihn ein wenig, als Jojonah hinter ihm vorbei zu Pettibwas Zelle rannte. Da stürzte er sich mit gezücktem Schwert auf den Dämon und schlug in rasender Wut um sich.

»Meine Mama!« sagte Pony immer wieder und taumelte gegen die Wand, während Juraviel die Schreckensgestalt in Schach hielt. Ihr Verstand sagte ihr, daß sie Juraviel helfen oder mit Hilfe der Steine, vielleicht des Seelensteins, den bösen Geist aus Pettibwas Körper vertreiben sollte. Aber sie konnte sich nicht rühren, sondern stand starr vor Entsetzen vor diesem Zerrbild ihrer Pflegemutter.

Sie zwang sich zur Ruhe, sagte sich immer wieder, daß sie mit dem Seelenstein herausfinden konnte, was das für ein Wesen war. Doch noch ehe sie damit begonnen hatte, stieß Juraviel dem Ungeheuer sein Schwert mit aller Kraft mitten ins Herz, ein Anblick, der Pony das Blut in den Adern gefrieren ließ.

Der Dämon lachte gellend und schlug dem Elfen die Hand vom Schwertgriff, dann versetzte er ihm einen Stoß, der Juraviel kopfüber durch die Luft wirbelte.

Der Elf fing den Stoß geschickt auf, und mit einem Flügelschlag und einer perfekten Rolle in der Luft landete er wieder sicher auf seinen Füßen – dem Dämon gegenüber, in dessen Brust noch immer das Schwert steckte.

Da stürmte noch jemand in die enge Zelle, und Jojonah rannte mit voller Wucht gegen den Dämon an, begrub ihn unter seinen Körpermassen und quetschte ihn gnadenlos gegen die rückwärtige Wand.

Als Bradwarden auch noch hinzukam, platzte der kleine Raum aus allen Nähten.

»Was ist los?« keuchte der Zentaur.

Mit einem markerschütternden Schrei stieß der Dämon Jojonah von sich, doch nun stürzte sich Bradwarden auf ihn und schmetterte ihn mit doppelter Wucht wieder zurück gegen die Wand. Mit den Vorderhufen attackierte er die Bestie, und gleichzeitig hämmerte er mit den Fäusten so unablässig auf den Dämon ein, daß dieser gar nicht dazu kam, sich zu wehren.

»Bringt sie hier weg!« sagte Juraviel zu Jojonah. Als der

Mönch Pony in die Arme nahm, legte der Elf seinen Bogen an und wartete auf eine Lücke.

Doch bei Bradwarden entlud sich jetzt die monatelang aufgestaute Wut, und er ließ Schlag auf Schlag auf den Dämon herabhageln, bis dieser nur noch eine undefinierbare Masse aus blutigen Fleischfetzen war. Dennoch zeigte das Scheusal keinerlei Schmerz, sondern versuchte nur unbeirrt weiter, nach ihm zu grapschen.

Doch plötzlich fuhr ein Pfeil in eines der rotglühenden Augen, und der Dämon jaulte wild auf.

»Das gefällt dir wohl gar nicht!« meinte der Zentaur und nutzte die Gelegenheit, herumzuwirbeln und dem Dämon mit den Hinterbeinen einen Tritt mitten ins Gesicht zu verpassen, so daß sein Schädel zwischen den Hufen und der Steinmauer zerquetscht wurde. Der Rumpf aber schlug weiter mit den Armen wie wild um sich.

Jojonah schob Pony hastig in den Gang und setzte sie an die Wand gelehnt nieder.

»Verfluchter Kerl, stirb endlich!« ertönte Elbryans Stimme aus der Nebenzelle.

Der Mönch stürzte auf die Tür zu, dann drehte er sich mit angewidertem Gesicht um und bedeutete Pony zu bleiben, wo sie war.

In der Zelle schwang Elbryan heftig sein Schwert. Nachdem er die Spitze mehrfach tief ins Fleisch seines Gegenübers gebohrt hatte, ohne eine nennenswerte Wirkung zu erzielen, änderte er seine Taktik, nahm das Schwert fest in beide Hände und schwenkte es gewaltig von einer Seite zur anderen. Einen Arm trennte er dem Scheusal am Ellbogen ab, den anderen traf ein senkrechter Hieb genau an der Schulter.

Doch die Bestie wehrte sich noch immer. Ein weiterer Schwerthieb hielt sie in Schach, bis der Hüter gezielt zum nächsten Streich Anlauf nehmen konnte.

Jojonah wandte den Blick ab, als er sah, wie der Hüter mit gewaltigem Schwung ausholte, um dem Biest den Kopf abzuschlagen. Als er wieder hinschaute, wuchs sein Ekel ins Unermeßliche, denn der Kopf, der jetzt abgetrennt in der Ecke lag, fletschte noch immer mit flammensprühenden Augen die Zähne! Und währenddessen setzte sich der Rumpf weiter zur Wehr.

Elbryan schmetterte ihn mit einem Faustschlag zurück, dann nahm er Sturmwind in beide Hände, drehte sich einmal um sich selbst und trennte dem Leichnam in vollem Schwung ein Bein ab. Dieser taumelte zur Seite, während der Armstumpf wild um sich schlug und das übriggebliebene Bein um sich trat. Und der abgetrennte Kopf in der Ecke schnappte weiter gierig ins Leere.

Doch das Glühen in den Augen erlosch allmählich, und so merkte Elbryan bald, daß der Kampf vorüber war. Er stürzte wieder hinaus in den Gang, vorbei an Jojonah, Bradwarden und Juraviel, die gerade aus der ersten Zelle traten, und schloß die hemmungslos weinende Pony in die Arme.

»Strampelt immer noch«, meinte Bradwarden zu Jojonah, als dieser sah, wie Pettibwas Leichnam, dem die blutigen Überreste seines Kopfes über der Schulter baumelten, immer wieder gegen die Wand anrannte und auf die Steine einschlug.

»Aber ohne Sinn und Verstand«, fügte der Zentaur hinzu und schloß die Tür vor dem grausigen Spektakel.

Jojonah ging zu dem Hüter und dem Mädchen hinüber. Pony hatte erstaunlich schnell ihre Fassung zurückgewonnen.

»Dämonengeister«, erklärte der Mönch und sah ihr fest in die Augen. »Das waren nicht Graevis und Pettibwa.«

»Ich habe sie gesehen«, stammelte Pony keuchend und zähneklappernd. »Ich habe sie kommen sehen, aber es waren drei.«

»Drei?«

»Zwei Schattengestalten und ein alter Mann«, sagte sie. »Ich dachte zuerst, es wäre Graevis, aber ich konnte ihn nicht genau sehen.«

»Markwart«, flüsterte Jojonah. »Er hat sie hergebracht. Und wenn Ihr sie gesehen habt –«

»Dann hat er Pony auch gesehen«, stellte Elbryan fest.

»Wir müssen so schnell wie möglich hier weg!« rief Jojonah. »Markwart ist schon unterwegs, darauf könnt ihr euch verlassen. Zusammen mit einem ganzen Trupp von Brüdern!«

»Lauft!« sagte Elbryan und schubste Jojonah zurück in den alten Gang, durch den sie an diesen unseligen Ort gelangt waren. Nach einem kurzen Blick in den Seitengang, in dem sie die Wachtposten verstaut hatten, bildete er mit Pony die Nachhut. Sie liefen so schnell, wie es die engen, verwinkelten Gänge zuließen, und alsbald gelangten sie wieder zu den Hafentoren der Abtei, die sie unverändert geschlossen und mit herabgelassenem Fallgitter vorfanden.

Meister Jojonah wollte nach der Kurbel greifen, doch Pony hielt ihn mit wild entschlossener Miene zurück. Sie holte noch einmal den Malachit hervor und ließ sich in seine Zauberkraft hineinfallen, und obwohl sie noch immer stark mitgenommen war, gelang es ihr, die geballte Wut in den Stein zu lenken. Fast mühelos schien sich das Fallgitter zu heben.

Im Nu war Elbryan an dem großen Tor und öffnete einen Flügel, nachdem er die Querstange leicht angehoben hatte. Als er sie beiseite schieben wollte, griff Pony, die noch immer mit dem Levitationszauber beschäftigt war, erneut ein.

»Halte die Stange über den Riegel«, sagte sie. »Schnell!«

Sie hörten die gewaltige Anstrengung in ihrer Stimme, und Bradwarden drängte Jojonah durch die offene Tür hinaus, während Juraviel zu Pony ging und sie behutsam hinterher bugsierte. Als sie an Elbryan vorbei durch die Tür trat, hielt Pony rasch die andere Hand mit dem Magnetit von außen an die eisenbeschlagene Tür und ließ sich auch in diesen Stein fallen.

Das Fallgitter knarrte gefährlich über Elbryans Kopf, doch Jojonah begriff, was das clevere Mädchen vorhatte, nahm ihr den Magnetit aus der Hand und verstärkte seine Anziehungskraft durch die Tür hindurch auf die eiserne Querstange. Inzwischen konzentrierte sich Pony wieder voll und ganz auf den Malachit und hielt das Fallgitter fest, damit Elbryan ebenfalls ins Freie gelangen konnte.

Dann zog der Hüter die Tür hinter sich zu, und Jojonah nahm die Anziehungskraft zurück und stieß einen erleichterten Seufzer aus, als die Stange wieder in ihre Halterung fiel und die Tür von innen verriegelte. Dann ließ Pony langsam das Fallgitter herabgleiten, so daß es schließlich aussah, als hätte nie jemand an diesem Eingang gerührt.

Draußen blinzelten sie alle, denn die tiefstehende Morgensonne schickte grelle Lichtstrahlen durch den dicken Nebel, der aus der Allerheiligenbucht aufstieg. Die Flut brach gerade an, und so machten sie sich unverzüglich auf, den Strand entlang und zurück zu ihren Pferden.

Außer sich vor Wut und ohne sich um die Proteste der zwei Dutzend Brüder zu kümmern, die aufgeregt um ihn herumwuselten, stieß der Abt polternd die Türen zu den Katakomben auf.

Dort fand er den hilflosen Francis, den Sack noch immer fest über den Kopf gezogen, während einer der Wachtposten, die Elbryan überwältigt hatten, gerade versuchte, ihn zu befreien. Weiter vorn in den Zellen lagen die entsetzlich zugerichteten Leichname der Chilichunks; der von Pettibwa zuckte noch immer am Boden, denn der Dämon wollte einfach nicht weichen.

Markwart war nicht weiter überrascht, denn er hatte ja die Frau an Pettibwas Seite knien sehen, als er mit den Dämonen hinabgestiegen war. Doch die andern hatten diesen grausigen Anblick nicht erwartet, und so schrien einige auf und fielen in Ohnmacht, während andere auf die Knie sanken und sich bekreuzigten.

»Unsere Feinde haben die Dämonen auf uns gehetzt«, kreischte Markwart und zeigte auf Pettibwas aufgedunsenen Leichnam. »Hast dich tapfer geschlagen, Bruder Francis!«

Mit Hilfe eines weiteren jungen Mönchs gelang es diesem endlich, seine Fesseln abzustreifen. Er wollte gerade erklären, daß er eigentlich kaum zum Kämpfen gekommen war, doch Markwarts Blick ließ ihn verstummen. Francis war nicht ganz sicher, was hier vor sich ging, denn er hatte ja das gräßliche Schauspiel nicht miterlebt und wußte nicht genau, wer die Dämonen vernichtet hatte. Allerdings hatte er eine unbestimmte Ahnung, und diese Vorstellung geisterte noch ganze Weile durch seinen Kopf.

Elbryan bekam es regelrecht mit der Angst zu tun, als er Pony stöhnen hörte, während sie vor ihm den Weg entlangstapfte. Dies waren keine Laute der Erschöpfung, obwohl sie sich mit ihrem letzten Bravourstück zweifellos völlig verausgabt hatte, sondern Äußerungen einer abgrundtiefen, elementaren Wut. Der Hüter blieb dicht bei ihr und legte, so oft es ging, beruhigend den Arm um sie, doch sie nahm kaum Notiz davon, sondern kämpfte nur mit starrem Blick und zusammengebissenen Zähnen fortwährend gegen die Tränen an.

Als sie die Pferde erreicht hatten, sammelte sie mechanisch die zurückgelassenen Steine wieder ein.

Jojonah erbot sich, Bradwarden mit dem Hämatit zu behandeln, falls sie ihm einen ausleihen würde, doch der Zentaur wischte den Gedanken beiseite, noch ehe Pony antworten konnte. »Ich brauch bloß was Ordentliches zu essen«, erklärte er. Und tatsächlich sah er gar nicht so krank aus, nur ein wenig magerer als beim letzten Mal. Dann klopfte er sich auf den

Arm, an dem das rote Elfenband sicher und fest saß. »Da hast du mir was Feines gegeben!« sagte er zwinkernd zu Elbryan.

»Wir haben noch einen langen und anstrengenden Weg vor uns«, sagte der Hüter warnend, doch Bradwarden klopfte nur auf seinen etwas geschrumpften Bauch und und meinte lachend: »Jetzt kann ich um so schneller laufen.«

»Dann laßt uns aufbrechen«, sagte der Hüter. »Und zwar sofort. Ehe die Mönche hinter uns her sind. Wir müssen Meister Jojonah rechtzeitig nach St. Precious bringen.«

»Nehmt Greystone«, sagte Pony und reichte dem Mönch die Zügel.

Jojonah nahm sie ohne Widerspruch entgegen, denn es erschien ihm einleuchtend, daß nicht er, sondern die zierliche Frau auf dem Rücken des Zentauren reiten sollte.

Doch zu ihrer großen Überraschung ging Pony nicht zu Bradwarden, sondern rannte plötzlich Hals über Kopf zurück in Richtung St. Mere-Abelle, die Steine in der Hand.

Als Elbryan sie nach zwanzig Schritt eingeholt hatte, mußte er sie mit sanfter Gewalt zurückhalten. Obwohl sie von Schluchzen geschüttelt wurde, wehrte sie sich heftig und versuchte ihn abzuschütteln.

»Du kannst nichts gegen sie ausrichten«, sagte der Hüter und hielt sie fest. »Sie sind viel mehr und viel stärker. Jetzt noch nicht.«

Doch Pony ließ nicht von ihm ab und zerkratzte Elbryan, ohne es zu wollen, das Gesicht.

»Das kannst du Avelyn nicht antun«, sagte er, und das brachte sie wieder zur Vernunft. Keuchend und mit tränenüberströmtem Gesicht sah sie ihn an.

»Er hat dir die Steine gegeben, damit du sie sicher verwahrst«, erklärte Elbryan. »Wenn du zur Abtei zurückkehrst, werden sie dich töten, und dann fallen die Steine dem in die Hände, der den Chilichunks so zugesetzt hat. Willst du das wirklich?«

Nun schien aller Widerstand von ihr abzufallen, und sie fiel ihrem Liebsten in die Arme und vergrub ihr Gesicht an seiner Brust. Sanft brachte er sie zurück zu den andern und setzte sie auf Bradwardens Rücken und Juraviel dahinter, um sie festzuhalten.

»Gib mir den Sonnenstein«, bat er sie, und als sie gehorchte, gab er ihn Jojonah und erklärte ihm, daß sie eine magische Barriere aufbauen müßten für den Fall, daß man versuchen würde, sie mit Zauberkraft aufzuspüren. Als Jojonah meinte, das sei ein Kinderspiel, bestieg der Hüter Symphony und führte die Gruppe in fliegendem Galopp davon, und noch ehe die Sonne hoch am östlichen Himmel stand, hatten sie St. Mere-Abelle schon weit hinter sich gelassen.

»Sucht sie!« tobte der ehrwürdige Vater. »Durchkämmt jeden Winkel, und verbarrikadiert sämtliche Türen! Na los, macht schon!«

Die Mönche liefen durcheinander, und einige hetzten den Weg zurück, auf dem sie gekommen waren, um sich den Rest der Bibliothek vorzunehmen.

Als es sich langsam bis zu Markwart herumgesprochen hatte, daß die Tore zum Hafen offenbar unberührt waren, durchsuchten sie die Bibliothek noch emsiger, und bis zum frühen Vormittag hatten sie fast das gesamte Gebäude auf den Kopf gestellt. Außer sich vor Wut richtete der Abt in der riesigen Kapelle der Abtei eine zentrale Meldestube ein, wo er, umgeben von den Meistern, die jeweils eine Anzahl von Mönchen unter sich hatten, auf neue Ergebnisse wartete.

»Sie müssen durch die Hafentore hinein- und wieder hinausgelangt sein«, überlegte einer der Meister, und viele andere teilten diese Meinung. Der Anführer seines Suchtrupps war gerade zurückgekehrt und hatte ihm berichtet, daß keine der anderen Türen irgendwelche Zeichen fremden Eindringens aufwies.

»Aber die Türen waren doch geschlossen und verrammelt; unmöglich, von außen hineinzugelangen«, meinte ein anderer.

»Es sei denn mit Zauberkraft«, sagte jemand.

»Oder jemand aus der Abtei hat drinnen auf sie gewartet, ihnen die Tür geöffnet und sie hinterher wieder geschlossen«, meinte Markwart, und bei diesem Gedanken rutschten alle unbehaglich auf ihren Stühlen hin und her.

Als bald darauf feststand, daß die Eindringlinge längst auf und davon waren, schickte Markwart die Hälfte der Mönche in einzelnen Suchtrupps hinaus, und weitere zwei Dutzend ließ er mit Quarzen und Hämatiten auf die Suche gehen.

Die Vergeblichkeit seines Unternehmens war ihm jedoch völlig klar, denn der ehrwürdige Vater hatte mittlerweile eine Vorstellung von der wahren Stärke und Geschicklichkeit seiner Gegner bekommen. Und diese Hoffnungslosigkeit stürzte Markwart in eine Raserei, wie er sie noch nie zuvor erlebt hatte, so daß er ernsthaft glaubte, er würde sich nie wieder davon erholen.

Später am Nachmittag beruhigte er sich wieder ein wenig, als er Francis und die beiden Wachtposten befragte und nähere Einzelheiten über die Eindringlinge erfuhr, von denen einer in St. Mere-Abelle wohl bekannt war.

Vielleicht würde er den Zentauren und die Chilichunks ja gar nicht mehr brauchen. Yielleicht konnte er die Schuld an dem Diebstahl der Steine durch Avelyn ja auf eine größere Verschwörung innerhalb des Ordens schieben. Denn jetzt hatte er einen Sündenbock.

Und Je'howith würde für ein Aufgebot an Allheart-Soldaten sorgen.

In dieser Nacht stand Markwart in seinen Privatgemächern am Fenster und starrte hinaus ins Dunkel. »Das wollen wir doch mal sehen«, sagte er, und ein leises Grinsen huschte über sein Gesicht. »Warten wir's ab!«

»Fragt Ihr mich gar nicht mehr nach den Steinen?« sagte Pony, als sie mit Elbryan und Meister Jojonah in den Straßen von Palmaris stand. Die drei waren am frühen Morgen im Norden der Stadt angekommen, nachdem sie mit Kapitän Al'u'mets *Saudi Jacintha* über den Fluß gesetzt hatten. Al'u'met hatte glücklicherweise noch mit seinem Schiff in Amvoy gelegen und sich auf Jojonahs Bitte hin bereit erklärt, ihnen zu helfen, ohne Fragen zu stellen, und versprochen, keinem Menschen etwas von der überraschenden Überfahrt zu erzählen.

Juraviel und Bradwarden waren noch im Norden geblieben, während Elbryan, Pony und Jojonah nach Palmaris gingen, der Mönch, um nach St. Precious zurückzukehren, und die anderen beiden, um nach ein paar alten Freunden zu sehen.

»Die heiligen Steine sind jetzt in guten Händen«, erwiderte Jojonah mit einem herzlichen Lächeln. »Mein Orden hat Euch viel zu verdanken, aber ich fürchte, von Markwart und seinesgleichen werdet Ihr Euren gerechten Lohn nicht erhalten.«

»Und Ihr?« fragte Elbryan.

»Ich habe es jetzt mit einem zu tun, der weniger gerissen, aber ebenso bösartig ist«, erklärte Jojonah. »Ich bedaure die Mönche von St. Precious, die Abt Dobrinion verloren und Abt De'Unnero bekommen haben.«

Schließlich schieden sie als Freunde; Jojonah begab sich zur Abtei, und die anderen beiden liefen durch die Straßen der Stadt auf der Suche nach einer Auskunft. Der Zufall ließ sie bald darauf Belster O'Comely über den Weg laufen, der in wildes Freudengeheul ausbrach, als er sie plötzlich so quicklebendig vor sich stehen sah.

»Habt Ihr etwas von Roger gehört?« fragte der Hüter.

»Er ist mit dem Baron nach Süden aufgebrochen«, erklärte Belster. »Zum König, soviel ich weiß.«

Das freute sie ungemein und erfüllte sie mit Hoffnung, denn die Kunde vom Tod des Barons hatte die Bevölkerung von Palmaris noch nicht erreicht.

Mit Belster im Schlepptau zogen sie als nächstes zur Geselligen Runde, wo Pony in der schlimmen Zeit nach dem ersten Überfall auf Dundalis zu Hause gewesen war. Als sie das Gasthaus wiedersah, wollte Pony schier das Herz brechen, und sie bat Elbryan flehentlich, sie aus dieser Stadt hinauszubringen und mit ihr zurückzukehren in die Nordlande, wo sie beide hingehörten.

Der Hüter stimmte zu, doch zuvor wandte er sich noch an Belster. »Bleibt hier«, schlug er dem Schankwirt vor. »Ihr habt mir doch gesagt, Ihr wolltet in Palmaris bleiben. Hier brauchen sie jetzt dringend Unterstützung, und ich kann mir niemand Besseren dafür vorstellen als Euch.«

Belster musterte den Hüter eingehend und sah dessen Blick zu Pony.

Da begriff er, worum es diesem zu tun war.

»Soll ja das beste Gasthaus in ganz Palmaris sein«, sagte er.

»Gewesen sein«, verbesserte Pony finster.

»Und wird es auch wieder!« rief Belster überschwenglich; dann klopfte er Elbryan auf die Schulter, drückte Pony liebevoll an sich und machte sich beschwingt auf den Weg zum Wirtshaus.

Pony sah ihm mit wehmütigem Lächeln nach, dann schaute sie Elbryan an und sagte ruhig: »Ich liebe dich.«

Der Hüter lächelte sie an und küßte sie zärtlich auf die Stirn. »Komm«, sagte er sanft. »Auf der Straße nach Caer Tinella warten Freunde auf uns.«

Epilog

Der Morgen war kühl trotz der strahlend am östlichen Himmel stehenden Sonne, und obwohl kein starker Wind wehte, streifte der Luftzug spürbar jede Handbreit von Ponys nackter Haut, als sie inmitten der bunten Blätter ihren Schwerttanz vollführte. Elbryan war heute nicht bei ihr, und auch an den vorangegangenen Tagen hatte sie es vorgezogen, allein zu bleiben in diesen Momenten tiefer Versenkung, in denen sie all ihren Kummer und ihre Selbstvorwürfe hinter sich ließ.

Während sie durch die Blätterhaufen wirbelte, sah sie Pettibwa und Graevis und auch Grady vor sich. Sie rief sich die Tage ihrer Jugend ins Gedächtnis zurück und versuchte, sie mit allem, was später geschehen war, in Zusammenhang zu bringen. Denn trotz ihrer Gewissensbisse wußte Pony ganz genau, daß sie alles wieder genauso machen würde, wenn sie noch einmal von vorn anfangen könnte.

Und so tanzte sie jeden Morgen und weinte dabei, und als der Schmerz allmählich nachließ und die Vernunft wieder die Oberhand gewann, blieb nur noch eines zurück – Wut.

Der Anführer des Abellikaner-Ordens war ihr erklärter Feind, und Pony war fest entschlossen, den Kampf aufzunehmen. Avelyn hatte ihr die Steine gegeben, und durch dieses Vermächtnis fühlte sie sich gut gerüstet.

Sie drehte und wendete sich in vollkommenem Gleichgewicht, und die Blätter stoben unter ihren flinken Schritten davon. Sie befand sich jetzt in einem Zustand äußerster Entrückung, ähnlich demjenigen, in den sie geriet, wenn sie sich in die Steine fallen ließ, und sie spürte, wie sie wieder zu Kräften kam.

Sie gedachte nicht, einen Bogen um diese Mauer des Zorns zu machen, nein, sie würde sie mit Bravour zerschmettern.

In diesem Jahr brach der Winter zeitig an, und in der Mitte des Monats Calember schimmerte auf den Teichen nördlich von Caer Tinella bereits eine hauchzarte Eisschicht, und der Morgen erwachte häufig unter einer dünnen Schneedecke.

Weiter im Süden hingen dicke Wolken über der Allerheiligenbucht, und die Winterstürme zogen herauf. Das Wasser zeichnete sich schwarz unter den Schaumkronen der Wellen ab, die sich an den Klippen brachen. Nur zwei der dreißig Äbte, die sich hier zum Kollegium einfanden – Olin von St. Bondabruce in Entel und die Äbtissin Delenia von St. Gwendolyn –, waren auf dem Seeweg gekommen, und sie hatten beide vor, den Winter über als Markwarts Gäste in St. Mere-Abelle zu bleiben, denn zu dieser Jahreszeit würden nur wenige Schiffe den gefährlichen Weg zu Wasser wagen.

Trotz der Anwesenheit so vieler kirchlicher Würdenträger und der Berichte, daß der Krieg nahezu vorüber sei, war die Stimmung in der Abtei ebenso düster wie die Jahreszeit. Viele der Äbte waren persönlich mit Abt Dobrinion befreundet gewesen, außerdem ging das Gerücht um, dieses Kollegium würde entscheidende Veränderungen, möglicherweise sogar eine Wende für die Zukunft des Ordens bringen. Die Einsetzung von Marcalo De'Unnero zum Oberhaupt von St. Precious und die Ernennung eines Neunjährigen zum Immakulaten durch Vater Markwart entfachten kontroverse Diskussionen.

Und es hatte sich auch herumgesprochen, daß noch andere »Gäste« bei diesem Kollegium herumlungern würden, nämlich eine Abordnung Soldaten aus Ursal, dem Hörensagen nach Männer von der wilden Allheart-Brigade, die der König dem Abt Je'howith zur Verfügung gestellt hatte. Ein solcher Begleitschutz war zwar im Orden gelegentlich schon vorgekommen, doch deutete er fast immer darauf hin, daß ernsthaft Gefahr im Anzug war.

Der Brauch verlangte es, daß das Kollegium am fünfzehnten Tage des Monats nach der Abendandacht zusammentrat, nachdem alle Teilnehmer den gesamten Tag in stiller Einkehr verbracht und sich so auf die bevorstehenden Verhandlungen vorbereitet hatten. Meister Jojonah nahm sich diese Pflicht ganz besonders zu Herzen und versenkte sich in dem kleinen Raum, den man ihm zugeteilt hatte, neben seinem Lager kniend ins Gebet, in der Hoffnung, daß ihm auf diesem Wege göttlicher Beistand zuteil würde. All die Monate in St. Precious hatte er sich stillschweigend dem Diktat De'Unneros gefügt und diesem keinerlei Anlaß zur Verärgerung und nicht den leisesten Hinweis darauf gegeben, wie es in seinem Herzen aussah. Natürlich hatte er für sein Verschwinden auf der Reise gehörig Schelte bezogen, aber nach einer harten Auseinandersetzung mit De'Unnero hatte man nie wieder ein Wort über die Angelegenheit verloren – zumindest nicht Jojonah gegenüber.

Jetzt war seine Chance gekommen, und vielleicht war es die letzte seines Lebens, aber würde er überhaupt den Mut aufbringen, offen etwas gegen Markwart zu sagen? Er hatte wenig über die Tagesordnung des Kollegiums gehört, doch er nahm stark an – besonders in Anbetracht der Verstärkung, die Abt Je'howith mitgebracht hatte –, daß Markwart die Gelegenheit nutzen würde, um Avelyn offiziell in Ungnade fallen zu lassen.

Offensichtlich hatte Markwart in dieser Sache mächtige Verbündete, doch Jojonah wußte, was ihm sein Gewissen vorschreiben würde, sollte dieser seine Stimme gegen Avelyn erheben.

Und wenn nicht?

Jetzt wurde mit einem kurzen Klopfen das Mittagessen vor seiner Tür abgestellt, und als er die Tür öffnete, um es hereinzuholen, sah er zu seiner großen Überraschung Francis mit dem Tablett im Gang stehen.

»Dann stimmt es also«, sagte Jojonah angewidert. »Herzlichen Glückwunsch zur unerwarteten Beförderung!« Damit nahm er das Tablett an sich, griff aber gleichzeitig mit der freien Hand nach der Tür, als wolle er sie Francis ins Gesicht schlagen.

»Ich habe Eure Stimme gehört«, meinte Francis gelassen.

Jojonah sah ihn fragend an.

»Unten in den Katakomben«, sagte der andere.

»Ich weiß wahrhaftig nicht, wovon du redest«, erwiderte Jojonah höflich und trat einen Schritt zurück. Er wollte die Tür schließen, doch da schlüpfte Francis schnell hinein.

»Macht die Tür zu«, sagte er ruhig.

Jojonahs erster Impuls war, den jungen Ehrgeizling ordentlich abzukanzeln, doch er konnte die Behauptung nicht so einfach vom Tisch wischen, und so schloß er behutsam die Tür und stellte das Tablett auf den kleinen Tisch neben seinem Bett.

»Ich weiß, daß Ihr es wart, der uns an die Verschwörer verraten hat«, sagte Francis unverblümt. »Ich bin bloß noch nicht dahintergekommen, wer Euch die Werfttore geöffnet und sie dann wieder hinter Euch geschlossen hat, denn dafür, wo sich Bruder Braumin Herde zu diesem Zeitpunkt aufgehalten hat, gibt es Zeugen.«

»Vielleicht hat der liebe Gott sie hereingelassen«, meinte Jojonah trocken.

Francis schien das gar nicht lustig zu finden.

»Euch hereingelassen, meint Ihr wohl. Ich habe Euch gehört, bevor ich das Bewußtsein verlor, und Ihr könnt sicher sein, daß ich Eure Stimme wiedererkenne.«

Jojonahs Lächeln wich einem strengen Blick.

»Vielleicht hättet Ihr den Mann nicht daran hindern sollen, mich umzubringen«, erklärte Francis jetzt.

»Dann wäre ich kein bißchen besser als du«, sagte Jojonah ruhig. »Und davor fürchte ich mich mehr als vor jeder Strafe, sogar mehr als vor dem Tod.«

»Woher wißt Ihr das?« fragte Francis zitternd vor Wut und ging einen Schritt auf Jojonah zu, als wolle er ihn ohrfeigen.

»Was denn?« fragte der Meister.

»Daß ich ihn umgebracht habe!« stieß Francis hervor. »Grady Chilichunk. Woher wußtet Ihr, daß ich es war, der ihn unterwegs getötet hat?«

»Ich habe es gar nicht gewußt«, erwiderte Jojonah überrascht und voller Abscheu.

»Aber Ihr sagtet doch eben –«, wollte Francis widersprechen.

»Ich habe ganz allgemein von Eurem Betragen gesprochen und nicht von einer bestimmten Tat«, unterbrach ihn Jojonah.

Dann musterte er Francis und sah, daß der Mann hin- und hergerissen war.

»Es spielt keine Rolle«, meinte dieser schließlich mit einer wegwerfenden Handbewegung. »Es war ein Unfall. Ich konnte nichts dafür.«

Jojonah war völlig klar, daß der andere selbst kein Wort davon glaubte, und so ging er nicht weiter darauf ein, als Francis jetzt hinauswankte.

Der Auftritt des Mönchs beschäftigte ihn anschließend so sehr, daß er nicht einmal sein Essen zu sich nahm. Er wußte genau, was jetzt kommen würde, und so kniete er erneut nieder und betete, und diesmal war es gleichzeitig das Bekenntnis eines dem Untergang Geweihten und die Bitte um Beistand.

Am Abend begann das Kollegium mit den endlosen Vorstellungen der verschiedenen Äbte und ihrer Meister, und dieses prunkvolle Zeremoniell würde voraussichtlich die ganze Nacht hindurch dauern. Es war das einzige Ereignis, an dem alle Mönche des Gastgeber-Klosters teilnehmen durften, und so versammelten sich mehr als siebenhundert Männer in dem großen Empfangssaal, zusammen mit den Soldaten der Allheart-Brigade, die Abt Je'howith begleitet hatten.

Jojonah sah sich das Schauspiel von einer der hinteren Reihen in der Nähe des Ausgangs an und versuchte, Markwart im Auge zu behalten, der sich nach der Einsegnung und einigen Begrüßungsworten in die äußerste Ecke des Raumes verkrochen hatte. Die Förmlichkeiten wollten kein Ende nehmen, und er dachte mehr als einmal daran, einfach davonzulaufen. Wie lange mochte es dauern, fragte er sich, bis man sein Verschwinden bemerken würde?

Es wäre wahrhaftig der einfachere Weg gewesen.

Er hatte sich schon darauf gefaßt gemacht, einen weiteren langen Tag betend in seiner Stube zu verbringen, doch auf einmal hielt er den Atem an, denn kurz vor Tagesanbruch betrat Markwart noch einmal das Podium.

»Es gibt da noch etwas, das wir vor der Pause erledigen sollten«, begann der ehrwürdige Vater. »Etwas, das auch die jüngeren Brüder aus erster Hand erfahren sollten, bevor sie entlassen werden.«

Jojonah sprang auf und lief an den Sitzreihen entlang zur Mitte, um wie zufällig an Braumin Herde vorbeizugehen.

»Hör gut zu!« sagte er und beugte sich tief zu dem Jüngeren hinab. »Und merke dir jedes Wort.«

»Es ist kein Geheimnis, daß vor einigen Jahren ein dunkler Schatten über unseren Orden gefallen ist – durch ein Verbrechen, dessen ganze Niedertracht sich erst in der Wiedererweckung des dämonischen Erzfeindes und im Ausbruch dieses schrecklichen Krieges, der soviel Elend über unser Land brachte, vollends offenbart hat«, fuhr Markwart mit donnernder Stimme fort.

Als Jojonah seinen Weg gemächlich fortsetzte, drehten sich viele Anwesende nach ihm um, und etliche begannen hinter seinem Rücken zu tuscheln, was ihn keineswegs überraschte, denn ihm war klar, daß seine Sympathie für Avelyn auch über die Mauern von St. Mere-Abelle hinaus bekannt war.

Gleichzeitig sah er, wie Je'howiths Soldaten, Markwarts Handlanger, an der Seite Aufstellung nahmen.

»Daher ist es von allergrößter Wichtigkeit«, schloß der Abt dramatisch, »daß der Mann, Avelyn Desbris mit Namen, nach allen Regeln dieses Äbtekollegiums zum Ketzer gegen Kirche und Königreich erklärt wird.«

»Ein Häresieantrag, ehrwürdiger Vater?« fragte Abt Je'howith, der in der vordersten Reihe saß.

»Allerdings!« bestätigte Markwart.

Jetzt erhob sich allgemeines Gemurmel im Saal, einige schüttelten den Kopf, andere nickten zustimmend.

Jojonah schluckte schwer, denn ihm wurde klar, daß ihn der nächste Schritt an den Rand des Abgrunds führen würde. »Ist das nicht derselbe Avelyn Desbris, dem früher die höchsten Ehren des Abellikaner-Ordens verliehen wurden?« fragte er laut, und alle, ganz besonders Bruder Braumin Herde, horchten auf. »Hat nicht der ehrwürdige Vater höchstselbst Avelyn zum Bereiter der heiligen Steine ernannt?«

»Das waren andere Zeiten«, erwiderte Markwart gelassen. »Um so schlimmer ist diese Abkehr vom Glauben.«

»Ihr sagt es«, erwiderte Jojonah. »Doch nicht Avelyn ist vom Glauben abgefallen.«

Im Hintergrund des Saales huschte ein zaghaftes Lächeln über Braumin Herdes Gesicht, und er nickte beifällig, denn die Reaktionen der Umsitzenden schienen Jojonah durchaus recht zu geben.

»Nicht nur Avelyn, meint Ihr wohl!« sagte Markwart hinterhältig.

Jojonah hielt verblüfft inne, und diese Gelegenheit nutzte Markwart, um dem Auditorium eine weitere Eröffnung zu machen. »Ich tue hiermit kund, daß in diesem Sommer erneut ein Anschlag auf die Sicherheit von St. Mere-Abelle verübt worden ist«, rief der Abt. »Denn man hat die Gefangenen, die hier gegen Avelyn aussagen sollten, meinem Zugriff entwendet.«

Jetzt schnappten die Zuhörer vernehmlich nach Luft.

»Ich möchte Euch jetzt den Immakulaten Bruder Francis

vorstellen«, erklärte Markwart, und dieser Name war der Versammlung nicht neu, denn ein Tagesordnungspunkt des Kollegiums betraf in der Tat die vorzeitige Ernennung dieses Mannes.

Braumin Herde biß sich heftig auf die Lippen, als er Jojonahs gequälten Gesichtsausdruck sah. Doch er dachte an das Versprechen, das er seinem geliebten Meister gegeben hatte, und sagte sich immer wieder, daß Jojonah dieses Szenario exakt vorausgesehen hatte. Und so mußte er dem andern zuliebe stillschweigen, auch wenn er beim geringsten Anzeichen dafür, daß dieses Kollegium zu Jojonah umschwenkte, ohne zu zögern an dessen Seite gestanden hätte.

Doch davon war nichts zu spüren. Markwart fragte Francis jetzt kurz und bündig über die Gefangenenbefreiung aus. Dieser gab eine haargenaue Beschreibung von Elbryan ab und bestätigte dann, daß die Leichname der Chilichunks offenbar von Dämonen besessen gewesen waren.

Dann sah er Jojonah unverhohlen an.

Und sagte kein Wort.

Jojonah konnte kaum glauben, daß der Mann ihn nicht verraten hatte. Doch Markwart blieb bei seiner überlegenen Gebärde, als er Francis dankte und entließ, denn er hatte diesen ohnehin nur als Auftakt für seinen nächsten Zeugen benutzt. Es war einer der Wachtposten, die Elbryan überwältigt hatte und der ein Stück den Seitengang entlanggekrochen war, um einen Blick auf die Eindringlinge zu erhaschen. Nun identifizierte er Meister Jojonah als einen der Verschwörer.

Jojonah verstummte. Er wußte zu genau, daß man ihm jetzt kein Gehör schenken würde, ganz gleich, wie laut sein Protest auch ausfiel.

Als nächster kam Abt De'Unnero und berichtete in allen Einzelheiten, wie Jojonah sich abgesetzt hatte und daß er in dieser Zeit durchaus in St. Mere-Abelle gewesen sein könnte. »Ich habe auch mit dem Krämer geredet«, betonte De'Unnero.

»Und er hat mir bestätigt, daß Meister Jojonah nicht zu dem Lager zurückgekehrt ist.«

Jetzt überkam Jojonah eine seltsame Ruhe, und er begriff, daß er diesen Kampf nicht gewinnen konnte. Markwart war nicht unvorbereitet hergekommen.

Lächelnd blickte er zu den grimmigen Soldaten hinüber.

Als nächsten rief Markwart einen von Jojonahs Reisebegleitern zum Berg Aida auf, der den Zuhörern anschaulich schilderte, wie Jojonah die Gruppe von Avelyns Leichnam abgelenkt hatte.

Langsam fügte sich ein Teilchen zum andern.

»Genug!« rief Jojonah und bremste den Redeschwall des Mannes. »Es ist genug. Ich war tatsächlich in Euren Verliesen, finsterer Markwart.«

Jetzt wurden Mißfallensäußerungen laut.

»Um diese zu Unrecht mißhandelten Menschen zu befreien. Ich habe mir Eure Bosheit lange genug angesehen, mit der Ihr eine Hetzkampagne gegen den gutmütigen und gottgefälligen Avelyn inszeniert habt. Und die sich besonders deutlich am Schicksal der *Windläufer* offenbart hat.«

Meister Jojonah hielt inne und lachte verächtlich. Jeder einzelne der Anwesenden kannte und billigte die Geschichte und war so zum Komplizen des Mörders geworden.

Jojonah wußte, daß er verloren war. Und so wollte er wenigstens noch einmal gegen Markwart ausholen, wollte anhand der alten Texte aufzeigen, wie man früher mit den Steinen umgegangen war, und herausschreien, daß seine angeblich so frommen Ordensbrüder auch Bruder Pellimar auf dieser Reise umgebracht hatten.

Doch es hatte einfach keinen Sinn, und er wollte nicht zuviel preisgeben. Und so sah er nur lächelnd zu Bruder Braumin Herde hinüber, dem Manne, der die Fackel weitertragen würde.

Markwart forderte noch einmal kreischend, Avelyn zum

Ketzer zu erklären, dann fügte er hinzu, Jojonah habe selbst eingestanden, ein Abtrünniger der Kirche zu sein.

Und dann erhob sich Abt Je'howith, der zweitmächtigste Mann im Orden, und gab auf einen Wink Markwarts hin seinen Soldaten ein Zeichen.

»Nach Eurer eigenen Aussage seid Ihr des Hochverrats an Kirche und Vaterland schuldig!« erklärte er, während seine Leute Jojonah umringten. »Habt Ihr irgend etwas zu Eurer Verteidigung vorzubringen?« Dann wandte er sich zu der Versammlung um. »Hat sonst irgend jemand etwas zugunsten dieses Mannes zu sagen?«

Jojonah stand aufrecht da, sein Blick suchte Braumin Herde, und der Mann hielt unverbrüchlich sein Versprechen.

Jetzt stürzten sich die Soldaten auf ihn, und unter lebhaften Beifallsbekundungen Markwarts, Je'howiths und vieler anderer prügelten sie auf ihn ein und zerrten ihn davon. Als sie ihn zur Tür hinausstießen, sah er Bruder Francis, der ruhig und teilnahmslos danebenstand und irgendwie verstört und hilflos wirkte. »Ich vergebe dir«, sagte er zu dem Mönch. »Und Avelyn und der Herrgott tun es auch.«

Fast hätte er auch noch für Bruder Braumin gesprochen, aber so weit konnte er Francis nicht trauen.

Und dann brachten sie ihn fort, während sich die Gemüter im Saal zunehmend erregten.

Viele aber saßen einfach regungslos und wie benommen da, Bruder Braumin inbegriffen. Er sah, wie Bruder Francis ihn anstarrte, doch er konnte ihn nur mit leerem Blick ansehen.

Später an diesem kalten Tag im Monat Calember fuhren sie Meister Jojonah splitternackt in einem offenen Käfig durch die Straßen und riefen seine angeblichen Sünden und Verbrechen vor den eingeschüchterten Dorfbewohnern aus.

Sie verhöhnten, bespuckten und bewarfen ihn mit Steinen, und ein Mann lief sogar hinter dem Karren her und stieß Jojonah einen spitzen Stecken in den Leib.

Bruder Herde, Bruder Viscenti, Bruder Dellman und all die anderen sahen dem Spektakel von der Anhöhe aus zu, einige mit Abscheu, andere mit Befriedigung.

Über eine Stunde karrten sie ihn so hin und her, und er war ein gebrochener Mann und kaum noch bei Bewußtsein, als die Allheart-Soldaten ihn schließlich von dem Karren herunterzerrten und auf einen Scheiterhaufen stießen.

»Deine Taten haben dich in die Verdammnis gestürzt!« verkündete Markwart unter wildem Gejohle der aufgebrachten Menge. »Möge der Herr sich deiner erbarmen.«

Dann entzündeten sie das Feuer unter Jojonahs Füßen.

Er spürte, wie die Flammen an ihm emporzüngelten, wie sein Blut zu sieden begann und seine Lungen langsam verkohlten. Doch im nächsten Augenblick schloß er die Augen und sah Bruder Avelyn, der ihm seine Arme entgegenstreckte.

Und kein einziger Schrei kam über seine Lippen.

Das verdroß Markwart ungemein.

Braumin Herde stand unbeweglich da und beobachtete, wie die Flammen seinen geliebten Freund verschlangen. Als Bruder Viscenti und Bruder Dellman sich abwenden und fortgehen wollten, hielt er sie fest.

»Ihr sollt später Zeugnis ablegen«, sagte er, und die drei Mönche verließen den Ort des Schreckens als letzte.

»Kommt«, sagte Braumin Herde, als die Flammen endlich erloschen waren. »Ich habe etwas, das ich euch zeigen muß.«

Mitten in der Menge stand auch Roger Flinkfinger und sah zu. Er hatte viel erfahren, seit er dem Ungeheuer entkommen war, das auf der Straße südlich von Palmaris Baron Bildeborough umgebracht hatte. In den letzten paar Stunden hatte er von Jojonah und der Befreiung des gefangenen Pferdemenschen gehört, und nachdem ihn diese Neuigkeiten eben noch mit Hoffnung erfüllt hatten, beobachtete er dieses Schauspiel nun voller Abscheu und Verzweiflung.

Und während er dem Spektakel zusah, wurde ihm deutlicher denn je bewußt, wo sein Feind stand.

Meilenweit entfernt, in den Gefilden nördlich von Palmaris, saßen Elbryan und Pony friedlich auf einem Hügel und sahen zu, wie Sheila, die Mondin, am Abendhimmel aufging. Der Hüter hielt Pony zärtlich in den Armen, und in diesem Augenblick spürten sie beide: Der Krieg gegen die Ungeheuer war nun zu Ende, aber ihr Kampf gegen einen viel mächtigeren Gegner hatte gerade erst begonnen.

GOLDMANN

Der phantastische Verlag

Phantastische und galaktische Sphären, in denen Magie und Sci-Tech, Zauberer und Ungeheuer, Helden und fremde Mächte aus Vergangenheit und Zukunft regieren – das ist die Welt der Science Fiction und Fantasy bei Goldmann.

Die Schatten von
Shannara   11584

Das Gesicht im Feuer   24556

Raistlins Tochter   24543

Die Star Wars Saga   23743

Goldmann · Der Taschenbuch-Verlag

GOLDMANN

*Das Gesamtverzeichnis aller lieferbaren Titel erhalten Sie
im Buchhandel oder direkt beim Verlag*

★

Taschenbuch-Bestseller zu Taschenbuchpreisen
– Monat für Monat interessante und fesselnde Titel –

★

Literatur deutschsprachiger und internationaler Autoren

★

Unterhaltung, Kriminalromane, Thriller
und Historische Romane

★

Aktuelle Sachbücher, Ratgeber, Handbücher und
Nachschlagewerke

★

Bücher zu Politik, Gesellschaft, Naturwissenschaft und Umwelt

★

Das Neueste aus den Bereichen
Esoterik, Persönliches Wachstum und Ganzheitliches Heilen

★

Klassiker mit Anmerkungen, Anthologien und Lesebücher

★

Kalender und Popbiographien

★

Die ganze Welt des Taschenbuchs

★

Goldmann Verlag • Neumarkter Str. 18 • 81673 München

Bitte senden Sie mir das neue kostenlose Gesamtverzeichnis

Name: _____

Straße: _____

PLZ / Ort: _____